내가 사랑했던 모든 남자들에게

to all the boys I've loved before

내가 사랑했던 모든 남자들에게

제니 한 지음 ㅣ 이지연 옮김

한스미디어

내 동생 수잔 한에게 바칩니다.

한 자매여, 영원하라!

나는 물건을 잘 못 버린다. 그래서 구질구질한 것들까지 죄다 모아두곤 한다. 기념품점에서 흔히 파는 도자기 종. 절대로 써볼 일이 없는 제과용 틀. (대체 발 모양 쿠키를 누가 만든단 말인가.) 헤어 리본. 연애편지. 그중에서도 가장 소중한 걸 꼽으라면 아마 연애편지가 될 것이다.

나는 이 편지들을 엄마가 시내 빈티지 가게에서 사준 청록색 모자 상자에 보관한다. 남들이 내게 써준 것들은 아니다. 그런 건 하나도 없으니까. 이것들은 모두 내가 쓴 연애편지들이다. 내가 좋아했던 남자애 한 명마다 한 통씩 모두 합해 다섯 통이다.

편지를 쓸 때 나는 하고 싶은 말을 아껴두지 않는다. 나는 상대방이 절대로 읽어볼 일이 없을 것처럼, 그렇게 편지를 쓴다. 실제로 상대방은 못 읽어볼 것이기 때문이다. 나 혼자 생각했던 것들, 내가 찾아낸 그 아이의 특징들, 내 속에만 쌓아두었던 그 모든 것들을 나는 편지 한 통에 쏟아낸다. 그렇게 편지를 다 쓰고 나면 봉투에 넣고 입구를 봉한 다음, 겉면에 주소를 쓰고, 모자 상자에 넣어둔다.

아주 정확히 말하면 이것들은 연애편지가 아니다. 더 이상 사랑하고 싶지 않을 때 쓰기 때문이다. 말하자면 작별 편지이다. 이렇게 편지를 쓰고 나면 나는 더 이상 나를 온통 집어삼킬 것 같은 사랑에 휘둘리지 않아도 된다. 시리얼을 먹으면서 '그 애도 시리얼보다 바나나를 더 좋아할까?' 궁금해하지 않아도 된다. 사랑 노래가 나와도 그 애에게 불러주는 것이 아니라 혼자서 흥얼흥얼 따라 하면 된다. 사랑이 소유 같은 거라면 내 편지들은 일종의 푸닥거리다. 나를 자유롭게 해주는 것들. 적어도 의도는 그렇다.

01

조시 오빠는 언니의 남자친구다. 하지만 어떻게 보면 우리 가족 전체가 조시 오빠와 사랑에 빠져 있는 것 같기도 하다. 누가 제일이라고 말하기 힘들 정도로 말이다. 언니의 남자친구가 되기 전에 조시 오빠는 그냥 '조시 오빠'였다. 항상 그 자리에 있는. 아니, 어쩌면 '항상'은 아닐 수도 있다. 조시 오빠가 옆집으로 이사를 온 건 5년 전이니까. 하지만 왠지 조시 오빠는 '항상' 거기에 있었던 것만 같다.

아빠가 조시 오빠를 좋아하는 건 여자들에게 둘러싸여 사는 아빠에게 구경하기 힘든 '남자'이기 때문이다. 정말이지, 우리 아빠는 '하루 종일' 여자들한테 둘러싸여 산다. 산부인과 의사인 아빠는 딸만 셋이다 보니, 안에서고 밖에서고 종일 여자들에게 휩싸여 있다. 조시 오빠는 만화책도 좋아하고 낚시도 함께 갈 수 있으니 아빠로서는 좋아할 수밖에 없다. 언젠가 아빠가 우리를 데리고 낚시를 시도해본 적이 있었는데, 나는 신발이 진창에 닿는 순간 울음을 터뜨렸고, 언니는 책이 젖었다고 눈물을 보였고, 키티는 그냥 아직 아기라서 울어 젖혔다.

키티가 조시 오빠를 좋아하는 건 오빠가 카드놀이를 함께 해주고, 또 그러면서도 지루해하지 않기 때문이다. 겉으로만 지루하지 않은 척해주는 것일 수도 있지만. 둘은 카드놀이를 할 때면 항상 내기를 하는데, '다음 판에 내가 이기면 토스트에 크런치 피넛버터를 발라서 테두리는 다 자르고 줘야 돼' 하는 식이다. 키티는 그런 애다. 하지만 그럴 땐 꼭 집에 크런치 피넛버터가 없게 마련이고, 그러면 조시 오빠는 '미안하지만 다른 걸로 하자.'고 하겠지만, 키티는 꼭 그거라야 된다고 떼를 쓰고, 그러면 오빠는 또 달려 나가서 기어이 크런치 피넛버터를 사 온다. 조시 오빠는 그런 사람이다.

마고 언니가 왜 조시 오빠를 사랑하는지 이유를 물어본다면, 나는 아마 '우리 가족 모두가 조시 오빠를 사랑하니까'라고 답할 것이다.

다들 거실에 있었다. 키티는 커다란 마분지에 강아지 사진을 오려 붙이고 있다. 그 주위가 온통 종잇조각이었다. 혼자 흥얼거리고 있던 키티가 불쑥 말했다. "아빠가 크리스마스 선물 뭐 받고 싶냐고 하면, '이 중에 하나면 아무거라도 상관없어요'라고 해야지."

언니와 조시 오빠는 소파에 앉아 있고, 나는 바닥에 누워 TV를 보고 있었다. 조시 오빠가 팝콘을 잔뜩 만들어줘서 나는 그걸 먹느라 정신이 없었다. 한 줌, 또 한 줌, 계속 손이 갔다.

그때 TV에서 향수 광고가 나왔다. 종잇장처럼 얇은 보라색 홀터넥 드레스를 입은 여자가 파리의 거리를 달려가고 있었다.

봄날에 종잇장 같은 드레스를 입고 파리를 뛰어다니는 저 여자가 될 수만 있다면! 나도 모르게 벌떡 일어나 앉는 바람에 팝콘 알갱이가 목에 걸려서 연신 캑캑거리며 말했다. "언니, 봄방학 되면 우리 파리에서 만나자!" 내 머릿속에서는 벌써 한 손에는 피스타치오 마카롱을, 다른 손에는 라즈베리 마카롱을 들고 빙글빙글 춤을 추고 있는 내 모습이 그려지고 있었다.

언니의 두 눈이 '반짝'했다. "아빠가 허락해주실까?"

"당연하지. 다들 하는 건데. 허락해주실 수밖에 없어." 말은 그렇게 했지만 나는 아직 한 번도 혼자서 비행기를 타 본 적이 없다. 이 나라를 떠나본 적도 없고 말이다. 언니가 공항까지 마중을 나와야 하나, 아니면 내가 숙소까지 찾아가야 하나?

어느새 내 얼굴에 떠오른 근심을 봤는지 조시 오빠가 말했다. "걱정 마. 분명히 보내주실 거야. 내가 같이 가면 말야."

나는 얼굴이 환해졌다. "예에! 숙소에 묵으면서 하루 종일 페이스트리랑 치즈만 먹어야지."

"짐 모리슨 묘지에도 가보고!" 조시 오빠가 말했다.

"향수 공방에 가서 '나만의 향수'도 만들 수 있어!" 나는 신이 나서 말했지만, 오빠는 코웃음을 쳤다.

"글쎄다. 향수 공방에서 개인 향수를 만들려면, 일주일치 숙박비는 써야 할 걸?" 조시 오빠는 팔꿈치로 언니를 쿡 찌르며 말했다. "네 동생, 과대망상이 좀 있어."

"우리 셋 중에 공상이 제일 심하지." 언니가 맞장구를 쳤다.

"나는?" 키티가 불쌍하게 물었다.

"너? '송 자매' 중에서 가장 멋을 모르지. 저녁에도 샤워는커녕 발 한 번 씻기려면 사정사정해야 하잖아." 내가 놀렸다.

키티는 샐쭉해지더니 얼굴이 벌게졌다. "그 말이 아니잖아, 이 나쁜 언니야. 파리 말이야."

나는 시답잖다는 듯이 손을 휘휘 내저었다. "너는 너무 어려서 숙소에서 안 받아줘."

키티는 엉금엉금 기어 와 언니의 무릎을 타고 올랐다. 아홉 살이면 누구 무릎에 앉기에는 너무 큰데도 말이다. "언니, 나 보내줄 거지? 그지?"

"가족 휴가도 안 될 거 없지." 언니가 키티의 볼에 입을 맞추며 말했다. "너랑, 라라 진이랑, 아빠랑 다 같이 오는 거야."

나는 얼굴을 찌푸렸다. 내가 상상한 파리 여행은 그런 게 아니다. 키티 머리 위로 조시 오빠가 내게 입 모양으로 말했다. '나중에 얘기해.' 나는 키티 몰래 조시 오빠에게 엄지를 척 들어 보였다.

그날 밤이었다. 조시 오빠는 벌써 아까 집으로 돌아갔고, 키티와 아빠는 잠이 들었다. 우리는 주방에 있었다. 언니는 식탁에서 컴퓨터를 하고, 나는 그 옆에 앉아 쿠키 반죽을 동그랗게 뭉쳐 시나몬 가루와 설탕 가루에 굴리고 있었다. 키티를 달랜 스니커두들*을 만드는 중이었다. 아까 저녁에 잘 자라고 인사를

---

* 바삭하고 표면이 쩍쩍 갈라지는 쿠키.

라라 진의 첫 번째 이야기

하려고 들어갔더니 키티는 돌아누우면서 나와 말을 하지 않으려고 했다. 아직도 내가 자기만 쏙 빼놓고 파리 여행을 갈 거라고 생각하는 모양이었다. 스니커두들을 키티 머리맡에 놔둬야지. 그러면 키티가 일어나자마자 신선한 쿠키 냄새를 맡을 수 있겠지.

언니가 이상하게 잠잠하다 싶더니 갑자기 컴퓨터에서 머리를 들어 이렇게 말했다. "아까 저녁에 조시랑 헤어졌어. 밥 먹고 나서."

동그란 쿠키 반죽이 내 손을 빠져나가 설탕 그릇에 툭 하고 떨어졌다.

"때가 됐잖아." 그렇게 말하는 언니의 눈가가 빨갛지 않다고 해서 울지 않은 것은 아닐 것이다. 언니의 목소리는 차분하고 덤덤했다. 누구라도 이런 언니를 본다면 언니가 괜찮다고 생각하겠지. 언니는 언제나 괜찮으니까. 괜찮지 않을 때조차 말이다.

"나는 언니가 조시 오빠랑 왜 헤어져야 되는지 모르겠어. 언니가 대학에 간다고 해서 꼭 오빠랑 헤어져야 하는 건 아니잖아."

"라라 진, 나는 지금 버지니아 대학에 진학하는 게 아냐. 스코틀랜드로 가는 거야. 세인트앤드루스 대학은 여기서 수천 킬로미터나 떨어져 있다고. 근데 무슨 소용이 있겠어?" 언니가 안경을 밀어 올리며 말했다.

언니가 이런 말을 하다니, 믿기지가 않는다. "그래도, 조시 오빠잖아. 세상 그 어느 남자도 오빠가 언니를 사랑하는 것만큼 자기 여자를 사랑하진 않을 거야!"

언니는 어이없다는 표정을 지었다. 언니는 내가 너무 극단적이라고 생각하겠지만, 그런 게 아니다. 나는 그저 사실을 말했을 뿐이다. 조시 오빠는 그만큼 언니를 사랑하고 있다. 다른 여자라면 거들떠보지도 않을 만큼.

느닷없이 언니가 말했다. "엄마가 전에 뭐라고 했는지 알아?"

"뭐라고 하셨는데?" 한순간 내 머리에서 조시 오빠는 싹 사라져버렸다. 내가 뭘 하고 있었건, 그러니까 언니와 싸우고 있었건, 자동차에 치기 직전이건, 엄마에 대한 얘기라면 나는 모든 걸 멈추고 귀를 기울일 수밖에 없다. 언니가 갖고 있는 엄마에 대한 기억이라면, 나는 아무리 사소한 얘기라도 듣고 싶었다. 그래도 키티에 비하면 나는 나은 편이다. 키티는 엄마에 대한 기억이라고는 우리가 얘기해준 것밖에 없기 때문이다. 그 많은 얘기들을 우리가 얼마나 여러 번 들려줬던지, 이제는 그 얘기들이 모두 온전히 키티의 기억이 되어 있다. 키티는 "있잖아, 왜 그때……"라고 하면서 마치 그때 자기는 갓난아기가 아니었던 것처럼 얘기를 꺼내곤 한다.

"엄마가 대학에 갈 때 남자친구는 정리하라고 하셨어. 맨날 남자친구랑 전화통 붙들고 울고불고하는, 이도 저도 못하는 애가 되지 말라고."

언니는 스코틀랜드로 결심을 굳힌 것이다. 나는 멍하니 쿠키 반죽을 한 덩이 떼서 입에 털어 넣었다.

"생 반죽을 먹으면 안 돼." 언니가 말했다.

나는 무시했다. "조시 오빠는 언니가 한다는 일은 절대로 말리지 않을 거야. 오빠는 그런 사람이니까. 언니가 학생회장 선거에 출마했을 때도, 오빠가 추진위원장을 맡았잖아. 언니가 하는 일이라면 뭐든 응원할 거라고!"

내 말이 끝나자마자 언니의 양쪽 입꼬리가 내려가는 게 보였다. 나는 일어나 언니의 목을 끌어안았다. 언니는 목을 반대로 젖히며 다시 미소를 지어 보였다. "괜찮아." 말은 그렇게 하지만 언니가 괜찮지 않다는 걸 나는 안다.

"늦지 않았어. 지금이라도 가서 오빠한테 마음이 바뀌었다고 해."

언니는 고개를 저었다. "끝난 일이야, 라라 진." 나는 언니를 놓아주었다. 언니는 노트북 컴퓨터를 덮었다. "첫 쿠키는 언제 나오니? 배고프다."

나는 냉장고에 붙어 있는 조리용 시계를 봤다. "4분 더 기다려야 돼." 다시 자리에 앉으며 내가 말했다. "언니가 뭐라고 하건, 둘은 아직 안 끝났어. 언니는 조시 오빠를 너무 많이 사랑하니까."

언니는 고개를 저었다. "라라 진." 조곤조곤 이렇게 얘기를 꺼내는 언니는 마치 어린애를 타이르는 마흔두 살짜리 아줌마 같다.

나는 쿠키 반죽을 한 숟가락 떠서 언니의 코밑에 들이댔다. 언니는 잠깐 멈칫했지만 입을 벌렸다. 나는 아기한테 하듯이 언니에게 반죽을 떠먹여주었다. "두고 봐. 언니랑 조시 오빠는 하루도 못 가서 다시 만날 테니까." 하지만 그렇게 말하면서도 나는 그게 사실이 아니라는 것을 알고 있었다. 언니는 괜스레 헤어졌다가 하루 만에 다시 만나는 그런 사람이 아니다. 언니가 무언가를 결정하면 그걸로 끝이다. 애매모호한 태도도, 후회도 없다. 언니가 끝났다면 끝난 것이다.

나는 나도 좀 언니 같았으면 좋겠다고, 수도 없이 생각한다. 왜냐하면 난 어떨 땐 도무지 끝이 날 것 같지가 않기 때문이다.

얼마 후 설거지를 끝낸 나는 쿠키를 접시에 담아 키티의 머리맡에 놓아두고는 내 방으로 돌아갔다. 불도 켜지 않은 채 창가로 가서 보니, 조시 오빠의 방에는 아직도 불이 켜져 있었다.

02

다음날 아침 언니는 커피를 내리고 나는 그릇에 시리얼을 붓고 있었다. 나는 아침 내내 생각하고 있던 말을 하기로 작정했다. "있잖아, 아빠랑 키티가 엄청 속상해할 거야. 알고나 있으라고." 아침에 키티와 양치를 하면서 나는 키티에게 말해버리고 싶은 마음이 굴뚝같았지만, 키티가 어제 일로 아직도 뿔이 나 있는 바람에 아무 말도 하지 못했다. 키티는 심지어 쿠키에 대해서도 일언반구 말이 없었다. 접시가 싹 빈 것을 보면 쿠키를 먹은 게 분명한데도 말이다.

언니는 깊은 한숨을 내쉬었다. "그래서, 너랑 아빠랑 키티 때문에 내가 조시를 계속 만나야 한다는 거야?"

"아니, 그냥 그렇다고."

"어차피 내가 떠나고 나면 조시가 이전처럼 우리 집에 자주 올 것도 아니잖아."

나는 얼굴을 찌푸렸다. 이 생각은 미처 하지 못했다. 언니가 없어지면 조시 오빠가 우리 집에 발걸음을 끊을 거라는 생각 말이다. 조시 오빠는 언니와 사귀기 훨씬 전부터 우리 집을 들락거렸는데 발을 끊을 이유가 있나. "계속 올지도 모르지. 오빠가 키티를 얼마나 좋아하는데."

언니가 커피 머신의 시작 버튼을 눌렀다. 나는 옆에서 잔뜩 주의를 집중한 채 그 모습을 지켜보고 있었다. 커피는 항상 언니가 내렸기 때문에 나는 한 번도 해본 적이 없었던 것이다. 이제 엿새 후면 언니는 떠날 테니 커피 머신 사용법을 배워둬야 했다. 언니는 등을 돌린 채로 말했다. "아빠랑 키티한테는 얘기하지 말까 봐."

"흠, 고고. 조시 오빠가 공항에 나오지 않으면 다들 알아차리지 않을까?" '고고'는 마고 언니의 별명이다. '고고춤' 할 때의 그 '고고' 말이다. "물은 몇 컵이나 넣은 거야? 원두는 몇 숟가락?"

"노트에 다 적어두고 갈게." 언니가 나를 안심시켰다.

우리 집은 냉장고 옆에 가족 노트를 두고 있다. 이것도 당연히 언니의 아이디어다. 이 노트에는 온갖 중요한 전화번호와 아빠의 스케줄, 키티의 카풀 약속 등이 적혀 있다. "바뀐 세탁소 전화번호도 잊지 말고 적어줘." 내가 말했다.

"적어놨어." 언니는 시리얼에 넣을 바나나를 썰었다. 하나같이 완벽하게 얇은 두께로. "참, 그리고 어차피 조시는 공항에 안 나올 거였어. 내가 작별 인사 안 좋아하는 거 알잖아." 언니는 신파는 질색이라는 듯 얼굴을 찡그렸다.

그럼. 알다마다.

처음에 언니가 스코틀랜드에 있는 대학에 가겠다고 했을 때는 배신을 당한 것 같은 기분이었다. 언니가 어딘가 먼 곳에 있는 대학을 택하리란 것은 오래전부터 이미 분명한 일이었는데도 말이다. 스코틀랜드에 있는 대학에 진학해서 인류학을 전공할 거라는 얘기도 별로 놀라울 것은 없었다. 언니니까. 언니는 어릴 때부터 항상 지도와 여행 책을 끼고 살았고 이런저런 계획을 세웠다. 언젠가 언니가 우리 곁을 떠날 것은 아주 자명한 일이었다.

그래도 아직은 약간 화가 났다. 아주아주 조금이긴 하지만. 그게 언니의 잘못이 아니라는 것은 나도 안다. 하지만 언니는 너무 멀리 가려고 하고 있었다. 영원히 우리는 '송 자매'로 남기로 해놓고서 말이다. 언니가 첫째, 내가 중간, 키티가 막내였다. 키티의 출생증명서에는 '캐서린'이라고 적혀 있었지만, 우리는 모두 '키티'라고 불렀고, 가끔은 '키튼'(고양이)이라고도 불렀다. 키티가 처음 태어났을 때 내가 키티를 그렇게 불렀기 때문이다. 그때 내 눈에 비친 키티는 영락없이 깡마른 털 없는 고양이 같았다.

우리는 '송씨네 세 자매'다. 원래는 우리 엄마 '이브 송'까지 포함해 '네 자매'였다. 아빠는 엄마를 '에비'라고 불렀고, 우리는 '엄마', 다른 사람들은 모두 '이브'라고 불렀다. '송'은 엄마의 성이고, 우리 성은 '커비'다. 하지만 우리가 '커비 자매'가 아니라 '송 자매'인 것은 엄마가 늘 자신은 죽을 때까지 '송씨네 딸'이라고 했고, 그렇다면 우리도 모두 그래야 한다고 언니가 말했기 때문이다. 우리는 모두 미들네임에 '송'이 들어갔고, 어쨌거나 다들 '커비'보다는 '송', 그러니까 백인보다는 한국인처럼 보였다. 적어도 언니랑 나는 그랬다. 아빠를 가장 많이 닮은 사람은 키티다. 키티는 아빠처럼 머리가 담갈색이다. 사람들은 내가 엄마를 제일 많이 닮았다고 했지만, 내 생각에는 언니가 제일 많이 닮은 것 같다. 튀어나온 광대뼈도 그렇고, 새까만 눈동자도 그렇다. 벌써 6년이나 되었지만 엄마는 바로 엊그제까지도 그 자리에 있었던 것 같다. 그러다가도 어떤 때는 엄마가 한 번도 그 자리에 없었던 것 같기도 하다. 마치 꿈에서만 있었던 사람처럼.

그날 아침 엄마는 대걸레로 바닥을 닦고 있었다. 바닥은 반짝반짝 윤이 났고, 집 안은 온통 깨끗한 레몬 냄새 같은 게 났다. 주방에서 전화벨이 울렸다. 엄마는 전화를 받으러 달려오다가 미끄러졌다. 머리를 바닥에 찧고 의식을 잃었지만 엄마는 곧 깨어났고 괜찮았다. '의식 명료기'였던 것이다. 의사들은 그걸 그렇게 불렀다. 잠시 후 엄마는 머리가 아프다고 했고 소파에 드러누웠다. 그러고는 깨어나지 못했다.

엄마를 발견한 건 언니였다. 언니는 그때 겨우 열두 살이었지만 모든 일을 처리했다. 119를 부르고, 아빠를 부르고, 내게는 키티를 보고 있으라고 했다. 키티는 그때 겨우 세 살이었다. 나는 키티를 위해 방에 TV를 켜고 키티와 함께 앉아 있었다. 내가 한 일이라고는 그게 다다. 그때 만약 언니가 없었더라면 내가 대체 어떻게 했을지 상상도 가지 않는다. 언니와 나는 두 살 차이밖에 안 나지만 나는 그 누구보다 언니를 존경한다.

아빠가 딸 셋을 둔 홀아비라는 사실을 알게 되면 사람들은 고개를 절절 흔들며 감탄한다. '대체 어떻게 하는 걸까? 어떻게 혼자 그 살림을 다 꾸릴까?'라면서 말이다. 정답은 언니다. 언니는 타고난 살림꾼이어서 모든 곳에 이름표를 붙여두고, 스케줄을 조정하고, 깔끔하게 정리 정돈한다.

언니는 착한 딸이다. 그래서 나와 키티도 언니를 따라 할 수 있는 것 같다. 나는 한 번도 커닝을 하거나, 술에 취하거나, 담배를 피워본 적이 없다. 심지어 남자친구를 사귀어본 적도 없다. 우리는 우리처럼 착한 딸을 가졌으니 얼마나 행운이냐고 아빠를 놀리곤 하지만, 실은 너무 좋은 아빠를 가진 우리가 행운이다. 아빠는 언제나 노력한다. 아빠가 항상 우리를 이해할 수 있는 건 아니지만, 아빠는 그러려고 노력하고, 그게 바로 중요한 대목이다. 우리 '송씨네 세 자매'에게는 묵언의 약속이 하나 있다. '아빠를 최대한 편하게 해드린다.'는 약속이다. 어쩌면 그렇게까지 '묵언'은 아닐 수도 있다. 언니가 항상 이렇게 말하기 때문이다. "쉬쉬. 조용히 해. 아빠 낮잠 주무시잖아. 일어나면 다시 병원에 들어가셔야 해." "아빠 귀찮게 하지 말고, 네가 알아서 할 수 있지?"

언니에게 만약 엄마가 돌아가시지 않았으면 어땠을 것 같냐고 물어본 적이 있다. 명절이 아닐 때도 한국 친척들과 더 많은 시간을 보내지 않았을까, 뭐 그런 것 말이다.

언니는 그런 건 생각해볼 필요도 없다는 주의다. 이게 우리 생활이고 '만약' 따위를 물어봤자 아무 소용도 없다는 것이다. 어차피 아무도 그 답을 줄 수는 없을 테니. 나도 언니처럼 생각해보려고 무던히 애를 쓰지만, 도저히 언니처럼은 생각할 수가 없다. 나는 언제나 '만약'을 알고 싶고, 가지 않은 길이 궁금하다.

아빠와 키티가 동시에 아래층으로 내려왔다. 언니는 아빠에게 블랙커피를 따라주고, 나는 키티의 시리얼 그릇에 우유를 따랐다. 내가 시리얼 그릇을 키티 앞으로 밀어줬지만, 키티는 쌩하니 고개를 돌리며 냉장고에서 요구르트를 꺼냈다. 그리고 거실로 가서 TV 앞에 자리를 잡고 앉았다. 아직 화가 풀리지 않은 게 분명하다.

"있다가 마트에 갈 거니까 필요한 거 있으면 다들 적어 줘." 아빠가 커피를 크게 한 모금 들이마시며 말했다. "저녁에 뉴욕 스트립을 좀 사 올까 하는데. 구워 먹게 말이야. 조시 것도 사야 하니?"

나는 언니 쪽으로 고개가 홱 돌아갔다. 언니는 입을 열다가 도로 다문다. 그리고 잠시 후 이렇게 말했다. "아뇨, 아빠. 우리 넷이 실컷 먹을 만큼만 사 오세요."

나는 언니를 향해 못마땅한 표정을 지었지만 언니는 못 본 체한다. 나는 언니가 물러서는 것은 한 번도 본 적이 없다. 하지만 마음이 시키는 일이라면 무슨 일을 할 수 있을지 아무도 모를 일이다.

03

    여름도 얼마 남지 않았다. 언니와 함께할 날도 며칠 남지 않은 것이다. 어쩌면 언니가 조시 오빠와 헤어진 것이 죄다 나쁘기만 한 것은 아니다. 자매들끼리 보낼 수 있는 시간이 늘어났기 때문이다. 언니는 아마 이것도 계산에 넣었을 것이다. 언니 계획의 일부인 것이 분명하다.

    우리 차가 동네를 벗어나는데 조시 오빠가 저만치 뛰어가는 게 보였다. 조시 오빠는 작년부터 조깅을 시작했는데 이제는 볼 때마다 달리고 있다. 키티가 오빠의 이름을 불렀지만 창문이 올려져 있다. 내려져 있다고 해도 소용없었을 것이다. 오빠는 못 들은 척한다. "차 돌려." 키티가 언니를 졸랐다. "오빠도 함께 가고 싶을 수도 있잖아."

    "오늘은 송 자매의 날이야." 내가 키티를 타일렀다.

    우리는 오전 내내 마트에서 시리얼이며 데오도런트, 머리끈 같은 것을 고르며 시간을 보냈다. 키티에게 카트를 밀게 해주었더니, 키티는 신나게 밀고 달리다가 올라탔다가 하기를 반복했다. 하지만 몇 번 그런 후에는 다른 손님들에게 폐가 되지 않게 언니가 키티를 말렸다.

그리고 집으로 돌아간 우리는 청포도를 넣은 치킨 샐러드를 만들어 점심을 먹었다. 다 먹고 나니 키티의 수영 대회 시간이 되었다. 우리는 햄치즈 샌드위치와 과일 샐러드로 저녁에 먹을 도시락을 쌌다. 영화를 볼 수 있게 언니의 노트북 컴퓨터도 챙겼다. 수영 대회가 밤까지 길어질 수도 있기 때문이다. 그리고 응원 팻말을 만들었다. "키티 파이팅!" 나는 팻말에 강아지를 그려 넣었다. 아빠는 끝내 수영 대회에 오지 못했다. 분만 환자가 있었던 것이다. 핑곗거리치고 이만한 것도 없다. (여자 아기였는데, 아기의 이름은 양가 할머니들의 이름을 따서 퍼트리샤 로즈라고 했다. 아빠는 항상 나를 생각해서 태어난 아기의 미들네임까지 알아내 왔다. 아빠가 분만 환자를 보고 온 날이나 돕고 온 날이면 나는 제일 먼저 아기의 미들네임부터 물어보기 때문이다.)

1등 상 두 개에 2등 상 하나를 탄 키티는 너무 신이 난 나머지, 돌아올 때까지 조시 오빠를 찾지도 않았다. 뒷좌석에 앉은 키티는 수건을 머리에 터번처럼 두르고, 상장 대신 받은 리본을 귀고리처럼 귀에 늘어뜨리고 있었다. 앞으로 몸을 숙인 키티가 말했다. "언니들! 조시 오빠는 왜 안 온 거야?"

우물쭈물하는 언니를 본 내가 대신 대답을 했다. 유일하게 내가 언니보다 잘하는 게 있다면 '거짓말'이다. "오늘 서점에서 야근을 해야 한대. 엄청 오고 싶어 했어." 언니는 고맙다는 뜻으로 한 손을 뻗어 내 손을 꼭 쥐어주었다.

입을 삐죽 내민 키티가 말했다. "마지막 정규 대회인데! 나 수영하는 거 보러 온다고 약속해놓고."

"나오려다가 그렇게 됐나 봐. 직원 한 명이 급한 일이 생겨서 빠질 수가 없었대." 내가 말했다.

키티는 마지못해 고개를 끄덕였다. 어리긴 해도 키티는 '급한 일'이 무슨 뜻인지 안다.

"커스터드 아이스크림 먹으러 가자." 언니가 불쑥 말했다.

키티의 얼굴이 환해졌다. 조시 오빠와 오빠의 '급한 일'은 벌써 잊었다. "야호! 나는 와플콘! 와플콘 더블로 해도 돼? 민트 칩이랑 캐러멜 땅콩도 올릴래. 아냐, 레인보우 셔벗에 더블 퍼지. 아냐, 아냐……."

나는 뒤로 몸을 돌렸다. "아이스크림 더블에 와플콘까지 어떻게 먹겠다는 거야. 컵에 아이스크림 더블이면 몰라도 콘까지는 다 못 먹어."

"아냐, 먹을 수 있어. 오늘은 먹을 수 있어. 배고파 죽을 거 같단 말이야."

"알았어. 그치만 남기면 안 된다." 내가 손가락을 들어 단단히 다짐을 받는 척했더니 키티는 딴청을 피우며 킥킥거렸다. 나는 늘 먹던 걸로 먹을 거다. 체리 초콜릿 청크 커스터드.

아이스크림을 주문하고 기다리는 동안 내가 언니에게 말했다. "스코틀랜드에는 커스터드 아이스크림은 없을걸."

"아마 없겠지." 언니가 말했다.

"추수감사절까지 다시는 이거 못 먹을 거야." 내가 말했다.

언니는 정면을 보며 말했다. "크리스마스까지야. 여기까지 비행기 타고 오기엔 추수감사절은 너무 짧으니까."

"추수감사절 재미없겠다." 키티가 삐죽거렸다.

나는 잠자코 있었다. 언니가 없는 추수감사절은 보내본 적이 없었다. 항상 언니가 칠면조 구이와 브로콜리 캐서롤, 크림 양파를 만들면, 나는 호박 파이와 피칸 파이, 매시트포테이토를 만들고, 키티는 간을 보고 상을 차렸다. 나는 칠면조를 요리할 줄 모른다. 친할머니와 외할머니 두 분 다 오실 텐데 친할머니는 우리 중 언니를 제일 좋아한다. 키티는 너무 진을 빼고, 나는 눈빛이 멍하다면서 말이다.

갑자기 나는 패닉에 빠지면서 숨조차 쉬기 힘들었다. 체리 초콜릿 청크 커스터드 따위가 문제가 아니었다. 언니가 없는 추수감사절은 상상이 가지 않는다. 언니가 없는 다음 주 월요일조차 상상이 안 가는데. 자매들은 흔히 사이가 나쁘다지만 나는 세상 그 누구보다 언니와 친하다. 언니 없이 어떻게 '송 자매'가 가능할까?

라라 진의 첫 번째 이야기

04

내 가장 오래된 친구 크리스는 담배를 피운다. 또 잘 알지도 못하는 남자애들이랑 어울리곤 한다. 크리스는 정학을 두 번 맞았고, 출석 회피로 법정에 선 적도 있다. 크리스를 알기 전에는 나도 '출석 회피'가 뭔지 몰랐다. 참고로 출석 회피란 학교를 너무 많이 빼먹어서 법에 어긋나는 경우라고 한다.

만약 크리스와 내가 지금 만났다면 우리는 아마 친구가 되지 못했을 것이다. 우린 달라도 너무 다르니까. 하지만 처음부터 그랬던 것은 아니다. 6학년 때만 해도 크리스는 예쁜 문구류를 좋아하고, 친구 집에서 파자마 파티를 하고, 밤새 존 휴즈의 코미디 영화를 보는 아이였다. 나처럼 말이다. 하지만 중학교 2학년쯤 되자 크리스는 우리 아빠가 잠든 후에 몰래 우리 집을 빠져나가 쇼핑몰에서 알게 된 남자애들을 만나곤 했다. 그 애들은 동트기 직전에야 크리스를 다시 우리 집에 데려다줬고, 나는 밤새 크리스가 돌아오길 기다렸다. 혹시라도 아빠가 깨기 전에 크리스가 오지 않으면 어쩌나 전전긍긍하면서 말이다. 하지만 그런 일은 벌어지지 않았다.

크리스는 매일 밤 전화 통화를 하거나 매일같이 점심을 함께 먹을 수 있는 친구는 아니다. 크리스는 오히려 길고양이 같은 친구다. 언제든 자기 오고 싶을 때 오고, 가고 싶을 때 간다. 어느 한 장소나 사람에게 매이는 법이 없다. 어떤 때에는 일주일 내내 크리스를 볼 때도 있고, 어떤 때는 며칠이 지나도 코빼기도 안 보이기도 한다. 크리스와 마고 언니는 서로 앙숙지간이다. 크리스는 마고 언니가 너무 깐깐하다고 하고, 언니는 크리스가 조울증 환자라고 한다. 언니는 크리스가 나를 이용한다고 생각하고, 크리스는 마고 언니가 나를 쥐락펴락한다고 생각한다. 내 생각에는 둘 다 약간은 일리가 있는 것 같다. 하지만 정말로 중요한 건, 크리스와 내가 서로를 이해한다는 점이다. 나는 이게 사람들이 생각하는 것보다 훨씬 중요한 부분이라고 생각한다.

크리스가 우리 집으로 건너오며 전화를 했다. 크리스는 엄마가 야단법석을 떤다면서 우리 집에 두 시간만 있겠다고, 먹을 거 있냐고 물었다.

크리스랑 내가 먹다 남은 뇨키* 그릇을 끼고 거실에 앉아 있는데 마고 언니가 돌아왔다. 언니는 시즌 마무리 바비큐 파티에 키티를 데려다주고 오는 길이었다. "어, 안녕." 이렇게 말한 언니의 시선이 탁자 위에 닿았다. 거기에는 크리스의 다이어트 콜라 잔이 컵 받침도 없이 올려져 있었다. "컵 받침 좀 사용해줄래?"

언니가 2층으로 올라가자마자 크리스는 이렇게 내뱉었다.

---

* 수제비 비슷한 이탈리아 요리.

"젠장. 너희 언니는 왜 저렇게 못된 년이냐?"

나는 크리스의 잔 밑에 컵 받침을 밀어 넣으며 말했다. "요새 네 눈에 못된 년 아닌 사람이 있냐?"

"그거야 죄다 못된 년이니까 그렇지." 크리스는 천장을 향해 눈을 치켜뜨며 큰 소리로 말했다. "너희 언니 심술보는 누가 좀 안 가져가냐."

언니가 자기 방에서 소리를 질렀다. "다 들려!"

"들리라고 한 소리야!" 크리스는 그렇게 받아치며, 마지막 남은 뇨키 한 숟가락을 싹 긁어서 입에 넣었다.

나는 한숨을 내쉬었다. "얼마 안 있으면 언니가 떠나."

크리스가 낄낄거리며 말했다. "그러면 이제 조시 오빠는 밤마다 초 한 자루 켜놓고 너희 언니가 돌아오기만 기다리는 거야?"

나는 순간 망설였다. 언니와 조시 오빠의 일이 아직 비밀인지가 확실치 않았다. 하지만 분명한 건 언니는 크리스가 언니의 사생활에 관해 아는 걸 원치 않을 거라는 점이다. 그래서 나는 이렇게만 말했다. "글쎄."

"잠깐. 언니가 조시 오빠를 찬 거야?" 크리스가 파고들었다.

나는 마지못해 고개를 끄덕였다. "그치만 언니한테는 아무 말 하면 안 돼. 아직 엄청 슬퍼한단 말이야." 나는 입단속을 시켰다.

"너희 언니가? 슬퍼한다고?" 크리스는 손톱 밑을 파며 이렇게 말했다. "너희 언니는 우리 같은 보통 사람의 감정이라는 게 없는 사람이야."

"네가 몰라서 그래. 그리고 다들 너 같을 수는 없잖아." 내가 말했다.

크리스가 이를 드러내며 씩 웃었다. 크리스는 앞니가 날카로워서 언제나 약간 굶주린 것처럼 보인다. "그렇긴 하지."

크리스는 감정 그 자체인 애다. 크리스는 모자만 떨어뜨려도 비명을 지른다. 크리스의 논리는 이렇다. 사람은 감정을 가끔 발산해줘야지, 안 그러면 곪아 터진다. 며칠 전에는 어떤 아줌마가 실수로 크리스의 발가락을 밟은 일이 있었다. 그때도 크리스는 감정이 곪아 터질까봐 그렇게까지 소리를 지른 걸까?

"며칠만 지나면 언니가 없을 거라니, 도저히 믿기지가 않아." 나는 갑자기 코끝이 찡해졌다.

"라라 진, 언니가 죽으러 가는 것도 아닌데 왜 그래? 괜히 법석 떨 필요 없어." 크리스는 빨간색 반바지의 끈을 조였다. 반바지가 어찌나 짧은지 앉으면 속옷이 보인다. 반바지와 꼭 같은 빨간색이다. "사실, 너한테는 잘된 일이라고 봐. 너도 이제 마고 여왕님의 명령만 따를 게 아니라 네 생각대로 행동해볼 때도 됐잖아. 너도 벌써 고2라고, 이년아. 점점 더 좋아질 때라고. 남자애들이랑도 좀 만나 보고, 재미도 봐야지. 안 그래?"

"충분히 재미있게 살고 있거든." 내가 말했다.

"그래, 양로원에서." 크리스가 낄낄거렸다. 나는 크리스를 째려봤다.

언니는 운전면허를 따고 나서 벨뷰 양로원에 자원봉사를 시작했다. 언니는 늦은 오후에 칵테일 타임을 운영하는 일을 맡았는데, 나도 종종 가서 도왔다. 우리는 땅콩을 준비하고 음료를

라라 진의 첫 번째 이야기

따랐고, 가끔 언니가 피아노를 치기도 했지만 보통은 스토미 할머니 차지였다. 스토미 할머니는 벨뷰 양로원의 디바이자 대장으로 나는 스토미 할머니의 이야기 듣는 걸 좋아했다. 또 메리 할머니도 있었는데, 메리 할머니는 치매 때문에 이야기는 잘 하지 못했지만, 뜨개질을 가르쳐주었다.

이제는 양로원에도 새로운 자원봉사자가 생겼다. 하지만 자원봉사자는 많으면 많을수록 즐겁다. 벨뷰에 있는 할머니, 할아버지들은 대부분 방문자가 별로 없기 때문이다. 조만간 나도 다시 가봐야겠다. 그곳에 가던 때가 그립다. 그래서 나는 크리스가 그걸 가지고 놀리는 게 별로 달갑지 않다.

"벨뷰 양로원에 있는 분들은 우리가 아는 사람들을 몽땅 합친 것보다 더 오래 살았어. 스토미 할머니라는 분은 심지어 미군 위문단원이었다니까! 한때는 할머니를 짝사랑한 병사들이 하루에 100통씩 팬레터를 보내왔다고. 한쪽 다리를 잃은 어느 병사는 할머니한테 다이아몬드 반지까지 보냈대."

크리스가 갑자기 관심을 보였다. "그 반지 아직도 갖고 계시대?"

"응." 내가 대답했다. 나는 할머니가 반지를 받아둔 게 잘못한 일이라고 생각한다. 할머니는 그 남자랑 결혼할 마음이 없었기 때문이다. 하지만 할머니가 보여준 반지는 정말 아름다웠다. 아주 희귀한 핑크 다이아몬드였는데 지금은 아마 훨씬 더 가치가 있을 것이다.

"스토미라니 말썽쟁이들한테 붙이는 이름 같은데." 크리스가 삐죽거렸다.

"언제 한번 나랑 같이 가. 칵테일 타임에 가면 돼. 페렐리 할아버지는 새로 온 아가씨랑 춤추는 걸 엄청 좋아해. 너한테 폭스트롯을 가르쳐주실 거야."

크리스는 마치 내가 쓰레기 매립장이라도 가자고 한 것처럼 끔찍하다는 표정을 지었다. "됐거든. 너야말로 나랑 춤이나 추러 가는 게 어때?" 크리스가 턱으로 2층을 가리켰다. "이제 언니도 없으니까 진짜 재밌게 놀 수 있어. 알잖아. 난 항상 재밌게 노는 거."

그건 사실이다. 크리스는 항상 재밌게 지낸다. 어쩔 땐 좀 지나치기도 하지만, 재미있는 건 사실이다.

05

언니가 떠나기 전날 밤, 우리 셋은 언니 방에 모여 마지막으로 자질구레한 것들을 함께 챙기고 있었다. 키티는 목욕탕에 있는 언니 물건들을 정리해서 투명 가방에 말끔하게 넣었다. 언니는 가져갈 코트를 고르는 중이었다.

"반코트랑 패딩이랑 둘 다 가져갈까, 아니면 반코트만 가져갈까?" 언니가 내게 물었다.

"반코트만 가져가. 그러면 정장스럽게 입어도 되고 캐주얼하게 입을 수도 있잖아." 나는 언니 침대에 드러누워 짐 싸는 과정을 총감독하고 있었다. "키티, 로션 뚜껑 꼭 잠겼는지 확인해."

"새 로션인데 당연히 꼭 잠겨 있지." 키티는 투덜거리면서도 다시 한 번 확인했다.

"스코틀랜드는 여기보다 금세 추워져." 언니는 그렇게 말하며 코트를 접어서 여행 가방 위에 올렸다. "그냥 두 개 다 가져갈래."

"어차피 언니 생각대로 할 거면서 왜 물어본 거야? 그리고, 크리스마스 때 집에 올 거라며. 크리스마스 때는 오는 거지?"

"그래, 네가 말썽만 안 부리면." 언니가 말했다.

솔직히 말하면 언니는 짐을 그렇게 많이 싸고 있는 것도 아니었다. 많이 필요 없기 때문이다. 나 같았으면 방을 통째로 옮겨갔겠지만 언니는 아니다. 언니 방은 뭐가 빠져나간 티도 별로 나지 않았다.

언니가 내 옆에 앉고 키티도 올라와서 침대 발치에 앉았다. "다 변하고 있어." 나는 그렇게 말하며 한숨을 내쉬었다.

언니가 얼굴을 찡그리며 내 어깨에 팔을 둘렀다. "변하는 건 아무것도 없어. 정말이야. 우리는 영원한 송 자매야. 알잖아."

아빠가 문 앞에 서 있었다. 문이 활짝 열려 있어서 우리가 아빠를 훤히 볼 수 있는데도 아빠는 노크를 했다. "이제 차에 짐 실으려고." 아빠가 말했다. 우리가 침대에 앉아 지켜보는 가운데 아빠는 여행 가방 하나를 아래층에 내려놓고 다시 하나를 가지러 올라왔다. 아빠가 덤덤하게 말했다. "아냐, 괜찮아. 일어나지 마. 그럴 필요 없어."

"걱정 마세요. 안 일어나요." 우리는 다 같이 소리쳤다.

지난 일주일 동안 아빠는 봄날 대청소 모드였다. 봄도 아닌데 말이다. 아빠는 물건들을 죄다 내다 버렸다. 한 번도 써본 적 없는 빵 기계며 각종 CD, 낡은 담요, 엄마의 오래된 타자기까지 모두 자선단체에 보냈다. 정신과 의사가 봤다면 아빠의 이런 행동을 언니가 떠나는 것과 연결하겠지만, 나는 그게 그렇게 의미가 있는지 모르겠다. 어찌 되었든 짜증 나는 일이긴 했다. 아빠가 내 유리 유니콘 장식들까지 노리는 바람에 나는 두 번이나 아빠를 쫓아버려야 했다.

나는 언니의 무릎을 뱄다. "크리스마스 때는 진짜 오는 거지?"

"그럼."

"나도 언니랑 같이 갔으면. 작은언니보단 큰언니가 좋은데." 키티가 투덜거렸다.

내가 키티를 꼬집었다.

"봤지?" 키티가 소리를 질렀다.

"라라 진이 잘해줄 거야. 너만 착하게 굴면. 그리고 둘 다 아빠 잘 챙겨야 돼. 아빠 토요일에 너무 많이 출근하시지 않게 하고. 다음 달에 아빠 차 정기 점검이야. 커피 필터 사는 거 잊지 말고. 필터 맨날 빼먹더라."

"네, 교관님." 키티와 내가 합창했다. 나는 언니의 얼굴에서 슬픔이나 두려움, 걱정, 혹은 멀리 떠나는 데 대한 공포 따위를 읽어보려고 했지만 그런 건 찾아볼 수 없었다. 우리가 언니를 그리워하는 것만큼 언니도 우리를 그리워할 거라는 신호조차도.

그날 밤 우리는 모두 언니 방에서 잤다.

언제나처럼 키티가 제일 먼저 잠이 들었다. 키티 옆에서 나는 어둠 속에 눈을 뜬 채로 누워 있었다. 잠을 잘 수가 없었다. 내일 밤이면 언니가 이 방에 있지 않을 거라고 생각하니 견딜 수 없게 슬펐다. 나는 그 무엇보다도 변화가 싫다.

어둠 속에서 내 옆에 누운 언니가 물었다. "라라 진…… 혹시 지금까지 사랑해본 적 있어? 진짜 사랑."

생각지도 못한 질문이었다. 답할 말이 없었다. 뭐라 답을 하나 고민하고 있는데 언니가 다시 말을 이었다.

아련한 목소리로 언니가 말했다. "나는 내가 한 번이 아니라 사랑을 더 해봤더라면 좋았을 거 같아. 너도 고등학교 때 적어도 두 번은 사랑을 해봐야 해." 언니는 조그맣게 한숨을 내쉬더니 곧 잠이 들었다. 그렇게 잠들어버렸다. 언니는 꿈같은 한숨을 한 번 내쉬고는 그대로 꿈나라로 사라졌다.

한밤중에 잠에서 깨보니 언니가 없었다. 키티는 옆으로 누워 웅크린 채 자고 있다. 하지만 언니는 없다. 칠흑 같은 어둠 속에 빛이라고는 커튼을 뚫고 들어오는 달빛뿐이다. 나는 침대를 빠져나와 창가로 갔다. 숨이 턱 막혔다. 거기 그들이 있었다. 조시 오빠와 언니가 마당에 서 있었다. 언니는 조시 오빠로부터 고개를 돌리고 달을 보고 있었고, 조시 오빠는 울고 있었다. 서로를 붙잡고 있거나 하지는 않았다. 멀찌감치 떨어져 있는 것을 보니 언니가 마음을 고쳐먹지 않은 것을 알 수 있었다.

나는 커튼을 내리고 침대로 돌아갔다. 키티가 돌아누웠는지 침대 가운데로 더 와 있었다. 나는 키티를 도로 밀어서 언니가 누울 자리를 만들었다. 저 모습을 안 봤더라면 좋았을걸. 너무 사적인 장면이었고, 너무나 생생했다. 두 사람만을 위한 순간이어야 했는데. 시간을 되돌릴 수만 있다면 나는 그 장면을 보지 않을 것이다.

나는 옆으로 돌아누워 눈을 감았다. 날 너무 좋아해서 우는 남자가 있다는 건 어떤 기분일까? 그것도 그냥 남자가 아니라, 조시 오빠, 우리 조시 오빠 같은 사람이 말이다.

라라 진의 첫 번째 이야기

언니의 물음에 답하자면, 그래, 나는 내가 진짜 사랑을 해봤다고 생각한다. 딱 한 번뿐이지만. 조시 오빠, 우리 조시 오빠 말이다.

06

언니와 조시 오빠가 사귀게 된 이야기는 이렇다. 나는 그 얘기를 조시 오빠한테서 먼저 들었다.

자율 학습 시간에 우리는 도서관에 앉아 있었다. 나는 수학 숙제를 하고 있었고, 조시 오빠는 날 도와주고 있었다. 오빠가 수학을 잘하기 때문이다. 우리는 내 책 위로 머리를 숙이고 있었는데, 그 거리가 너무 가까워서 그날 아침 오빠가 무슨 비누를 사용했는지까지 알 수 있을 정도였다.

그리고 그때 오빠가 얘기했다. "네 조언이 좀 필요해. 나 좋아하는 사람이 있어."

아주 잠깐, 나는 그게 나인가 했다. 나는 정말 오빠가 나라고 말하려는 줄 알았다. 그게 내 바람이었다. 학기 초였고, 그해 8월 우리는 거의 매일같이 함께 어울렸다. 언니가 함께할 때도 있었지만 대부분은 우리 둘이었다. 당시 언니는 일주일에 사흘씩 몬트필리어 농장에서 인턴 수업을 받았다. 우리는 수영을 정말 많이 했고, 덕분에 내 피부는 근사하게 태닝이 되어 있었다. 그러니 그 잠깐 짧은 시간 동안 나는 조시 오빠가 내 이름을 말하려는 줄 알았다.

하지만 다음 순간 멍하니 먼 곳을 보고 있는 조시 오빠의 붉어진 얼굴을 보고서야 나는 그게 나 때문이 아니라는 것을 알았다.

대체 누굴까, 나는 가능성이 있는 애들을 머릿속으로 죽 떠올려보았다. 후보는 몇 명 되지 않았다. 조시 오빠가 어울리는 여자애들이 많지 않았기 때문이다. 조시 오빠에게는 중학교 때 뉴저지에서 전학 온 저지 마이크라는 친한 친구가 있었고, 또 다른 친한 친구 벤이 있었다. 그게 전부였다.

애슐리일 수도 있었다. 배구팀으로 활동하는 2학년생 말이다. 전에 한번 조시 오빠가 2학년 여자애들 중에서는 애슐리가 제일 귀엽다는 얘기를 한 적이 있었다. 하지만 오빠가 먼저 그런 얘기를 꺼낸 것은 아니고 내가 말해보라고 억지로 시킨 것이었다. 학년별로 누가 제일 예쁘냐고 했더니, 오빠는 2학년 중에서는 애슐리를, 나와 같은 1학년 중에서는 제너비브를 꼽았다. 놀라지는 않았지만 심장 한구석이 꼬집힌 것처럼 살짝 아팠다.

조디 언니일 수도 있었다. 조디 언니는 맥콜스 서점에서 일하는 대학생이다. 조시 오빠는 조디 언니가 정말 똑똑하다면서 인도에서 공부하고 와서 불교도가 되어서 그런지 교양도 정말 풍부하다고 했다. 나 참! 나야말로 절반은 한국인인데다가 오빠에게 젓가락 사용법을 가르쳐준 것도 나인데 말이다. 조시 오빠가 김치를 처음 먹어본 것도 우리 집에서였다.

내가 오빠에게 누구냐고 물어보려는 찰나, 도서관 서기가 다가와서 우리에게 조용히 하라는 신호를 주었다. 우리는 다시 숙제로 돌아갔다. 조시 오빠는 그 얘기를 다시 꺼내지 않았고, 나도 물어보지 않았다. 솔직히, 나는 알고 싶지 않았다. 내가 아니라면 누구라고 해도 관심 없었다.

조시 오빠가 좋아한다는 여자가 마고 언니일 거라는 생각은 한순간도 해보지 못했다. 언니가 남자가 좋아할 만한 여자가 아니라는 뜻이 아니다. 언니는 전에도 데이트 신청을 받은 적이 있다. 특정한 타입의 남자들한테. 언니와 화학 실험을 함께 했거나 학생회 선거에서 같이 경쟁한 똑똑한 남자들이었다. 되돌아보면 조시 오빠가 언니를 좋아한 것도 놀랄 일은 아니다. 조시 오빠 역시 그런 타입이기 때문이다.

누가 조시 오빠가 어떻게 생겼냐고 물어본다면 나는 그냥 평범하게 생겼다고 말할 것이다. 조시 오빠는 컴퓨터를 잘할 것 같은, 만화책을 그림 있는 소설이라고 부를 것 같은, 전형적인 그런 남자처럼 생겼다. 머리칼은 특이할 것이 전혀 없는 평범한 갈색이고, 눈은 가운데에서 흐려지는 녹색이다. 마른 편이지만 힘은 세다. 전에 내가 오래된 야구장에서 발목을 삐었을 때 나를 업고 집까지 걸어왔으니 말이다. 조시 오빠는 주근깨가 있어서 열일곱 살보다 더 어려 보였다. 그리고 왼쪽 볼에는 보조개가 있는데 나는 항상 그 보조개를 좋아했다. 그게 없었다면 조시 오빠는 너무 심각하게 보였을 거다.

놀라웠던 건, 충격이었던 건 언니도 오빠를 좋아했다는 거다. 조시 오빠 때문이 아니라 언니라서 놀라웠다. 그전까지 언니는 어느 남자애가 좋다는 얘기를 한 적이 없다. 단 한 번도 말이다.

친할머니의 말처럼 변덕스럽고 주책맞은 쪽은 언니가 아니라 나였다. 언니는 그런 것들을 초월해 있었다. 언니는 남자니, 메이크업 기술이니, 옷이니 하는 것들이 전혀 중요하지 않은 저만치 높은 곳에 존재했다.

꽤나 갑작스럽게 벌어진 일이었다. 10월의 어느 날 언니가 학교에서 늦게 집에 돌아왔다. 차가운 산바람에 언니의 두 볼은 분홍색이 되어 있었고, 땋은 머리 아래 목에는 스카프를 두르고 있었다. 언니는 학교에서 진행하는 프로젝트가 있었다. 저녁 시간이었고 나는 치킨 파마산에 묽은 토마토 소스를 얹은 스파게티 요리를 하고 있었다.

언니가 주방에 들어오더니 말했다. "할 말이 있어." 언니의 두 눈이 반짝반짝 빛났다. 언니가 목에서 스카프를 풀던 모습이 선하다.

키티는 식탁에서 숙제를 하고 있고, 아빠는 집으로 오는 중이었으며, 나는 소스를 젓고 있었다. "뭔데?" 키티와 내가 물었다.

"조시가 나를 좋아해." 언니는 기쁜 표정으로 어깨를 으쓱해 보였다. 어깨가 거의 귀 높이까지 올라갔다.

나는 꼼짝도 하지 못했다. 나무로 된 주걱이 소스 팬에 빠져버렸다. "조시? 조시 오빠? 우리 조시 오빠?" 나는 언니를 똑바로 볼 수조차 없었다. 언니가 알아챌까 봐 두려웠다.

"응. 조시가 오늘 학교 끝나고 날 기다리고 있다가 고백했어. 글쎄……." 슬프게도 언니는 활짝 웃었다. "내가 자기가 꿈꾸던 여자래. 믿겨져?"

"와아." 이렇게 말하며 나는 기쁘다는 표현을 하려고 애썼지만 실제로 그렇게까지 들렸는지는 모르겠다. 내게는 온통 '절망' 밖에 느껴지지 않았다. 그리고 부러움. 너무너무 부러워서 목이 멜 것만 같았다. 그래서 나는 다시 시도했다. 이번에는 미소를 지으며. "와아, 언니."

"와아." 키티도 똑같이 말했다. "그러면 이제 둘이 사귀는 거야?"

나는 숨을 죽인 채 언니의 답을 기다렸다.

언니는 파머산 치즈를 손가락으로 집어 입에 넣었다. "어, 그런 거 같아." 그리고 미소를 지었다. 언니의 두 눈이 촉촉하게 부드러워졌다. 그제야 나는 언니도 조시 오빠를 좋아한다는 걸, 아주 많이 좋아한다는 걸 알 수 있었다.

그날 밤 나는 조시 오빠를 향한 편지를 썼다.

조시 오빠에게…….

그리고 엄청 울었다. 조시 오빠에 대한 나의 짝사랑은 그렇게 끝이 났다. 기회도 한 번 가져보기 전에. 중요한 건 조시 오빠가 언니를 선택했다는 부분이 아니라, 언니가 조시 오빠를 선택했다는 부분이었다.

그러니 끝이었다. 나는 눈이 빠지도록 울고, 나만의 편지를 쓰고, 모든 걸 묻었다. 이후로는 한 번도 조시 오빠를 그런 식으로 생각해본 적이 없다. 조시 오빠와 언니는 언젠가는 맺어질 사이였다. 서로를 위해 만들어진 사람들이었다.

언니가 침대로 돌아왔을 때도 나는 아직 깨어 있었지만, 얼른 눈을 감고 잠든 척했다. 키티가 옆에서 나를 끌어안았다.

훌쩍거리는 소리가 들리기에 한쪽 눈을 살포시 뜨고 언니를 보았다. 언니는 우리에게 등을 보이고 있었는데 그 어깨가 흔들리고 있었다. 언니는 울고 있었다.

언니는 절대로 우는 법이 없다.

조시 오빠 때문에 우는 언니를 보며, 나는 두 사람이 아직 끝나지 않았다고 더욱더 믿게 됐다.

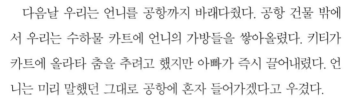

07

다음날 우리는 언니를 공항까지 바래다줬다. 공항 건물 밖에서 우리는 수하물 카트에 언니의 가방들을 쌓아올렸다. 키티가 카트에 올라타 춤을 추려고 했지만 아빠가 즉시 끌어내렸다. 언니는 미리 말했던 그대로 공항에 혼자 들어가겠다고 우겼다.

"마고, 짐 부치는 것만이라도 아빠가 해줄게." 아빠는 그렇게 말하며 카트를 밀려고 했다. "검색대 통과하는 거라도 보고 싶구나."

"괜찮아요." 언니는 계속 우겼다. "전에도 혼자 비행기 탄 적 있잖아요. 가방 부치는 거 어떻게 하는지 알아요." 언니는 까치발을 하고 아빠의 어깨에 팔을 둘렀다. "도착하는 대로 전화할게요. 약속해요."

"매일 전화해야 해." 내가 작게 말했다. 목구멍에 뭔가 걸린 것 같은 게 점점 더 커지더니 눈물이 찔끔찔끔 나기 시작했다. 나는 울고 싶지 않았다. 언니가 울지 않을 거라는 걸 알기 때문이다. 혼자 울면 쓸쓸하다. 하지만 눈물을 주체할 수 없었다.

"언니, 절대로 우리 잊으면 안 돼." 키티가 으름장을 놓았다.

그제야 언니는 웃음을 지었다. "절대 못 잊어." 언니는 다시 한 명씩 우리를 안아주었다. 나를 제일 마지막에 안았다. 언니를 보내고 싶지 않은 마음에 나는 언니를 꼭 끌어안았다. 아직도 나는, 우리가 언니를 그리워하는 것만큼이나 언니가 우리를 그리워할 거라는 신호를 찾고 있었다. 그때 언니가 웃음을 터뜨렸고 나는 언니를 놓아주었다.

"고고, 잘 가." 나는 소매 끝으로 눈물을 닦으며 말했다.

우리는 언니가 카트를 밀고 체크인 카운터로 가는 모습을 지켜보았다. 나는 손등으로 눈물을 닦으며 엉엉 울고 있었다. 아빠가 한쪽 팔은 내게, 다른 쪽 팔은 키티에게 두르며 말했다. "언니가 검색대에 줄 설 때까지만 기다리자."

체크인을 끝낸 언니는 유리문을 통해 우리를 돌아보았다. 그리고 한 손을 흔들어 보인 후 검색대에 줄을 섰다. 우리는 언니가 한 번 더 돌아보지 않을까 기대하며 언니가 가는 모습을 지켜봤다. 하지만 언니는 돌아보지 않았다. 언니는 벌써 저 멀리 가버린 느낌이었다. 죄다 A만 받는 마고 언니라서 가능한 일이었다. 내가 떠나야 할 차례가 된다면 과연 언니처럼 강해질 수 있을지 의심스럽다. 하지만 솔직히 언니만큼 강한 사람이 누가 있을까?

나는 집으로 오는 내내 엉엉 울었다. 키티는 내가 자기보다 더 언니라면서 울지 말라고 하더니, 뒷좌석에서 손을 내밀어 내 한 손을 꼬옥 잡아 쥐었다. 키티도 슬프다는 것을 알 수 있었다.

언니가 말이 많은 사람은 아니지만 집 안이 조용해진 것 같다. 뭔가 텅 빈 것 같은 기분이다. 2년 뒤 내가 떠나면 과연 어떻게 될까? 그때 아빠와 키티는 어떻게 해야 할까? 나는 나도 없고, 언니도 없는 어두운 텅 빈 집에 두 사람이 돌아오는 모습이 너무 싫었다. 아마도 나는 멀리 가지 않을 것이다. 어쩌면 계속 이 집에 살지도 모른다. 최소한 첫 학기만이라도 말이다. 아마 그게 옳은 일일 것이다.

08

그날 오후 크리스에게서 전화가 왔다. 쇼핑몰에서 만나자고 했다. 가죽 재킷 하나를 봐달라면서 내가 직접 와서 봐야 한다고 했다. 나는 크리스가 내게 옷에 관해 물어보는 게 뿌듯하기도 하고, 집에서 슬퍼하고 있느니 밖에 나가는 것도 좋겠다고 생각했다. 하지만 쇼핑몰까지 혼자서 운전해 가는 것은 좀 겁이 났다. 누가 봐도 나는 잘 놀라는 운전자다.

나는 크리스에게 그냥 사진을 보내주면 안 되겠냐고 물어봤지만 크리스는 나를 너무 잘 알고 있었다. "아니, 안 돼. 라라 진, 당장 여기로 달려와. 겁나도 계속 참고 해보지 않으면 운전이 늘지 않는다고."

그래서 나는 참고 해보기로 했다. 나는 언니의 차를 끌고 쇼핑몰로 향했다. 나도 운전면허가 있고 연수도 다 받았지만, 그냥 자신이 없을 뿐이다. 아빠도, 언니도, 나를 데리고 수도 없이 연수를 시켜주었지만, 두 사람이 차에 있을 때는 괜찮은데 혼자서 운전을 하면 겁이 났다. 가장 겁나는 부분은 차선을 변경할 때였다. 눈앞의 광경에서 잠시라도 눈을 뗀다는 게 도무지 내키지 않았다. 속도를 내는 것도 그렇고 말이다.

그리고 최악인 부분은 내가 길을 잘 잃는다는 점이다. 내가 확실히 찾아갈 수 있는 곳은 학교와 슈퍼마켓뿐이다. 쇼핑몰을 찾아가는 법은 내가 알 필요가 없었다. 언제나 언니가 우리를 데려다주었으니까.

하지만 이제는 내가 키티를 데리고 다녀야 하니, 운전에 좀 더 익숙해질 필요가 있다. 솔직히 길은 나보다 키티가 더 잘 알지만 말이다. 키티는 모르는 길이 없다. 하지만 키티가 내게 길을 알려주는 것은 싫다. 내가 더 언니니까. 키티는 조수석에 편안히 앉아서 '작은언니가 잘 데려다주겠지' 하고 믿을 수 있어야 한다. 내가 마고 언니한테 느꼈던 것처럼 말이다.

물론 그냥 GPS를 켜는 방법도 있다. 하지만 쇼핑몰까지 벌써 백만 번은 가보았을 텐데 GPS를 켠다는 게 좀 바보처럼 느껴졌다. 쇼핑몰까지 가는 길은 생각해볼 필요도 없이 당연히 기억이 나야 한다. 사거리가 나올 때마다 우회전을 해야 할지, 좌회전을 해야 할지 걱정한다거나, 고속도로 표지가 나올 때마다 북쪽인지 남쪽인지 헷갈릴 필요가 없이 말이다. 지금까지는 한 번도 신경 쓸 필요가 없던 일들이었다.

하지만 오늘은 아직까지는 잘 찾아가고 있다. 나는 라디오를 들으며 박자도 맞추고 심지어 운전대를 한 손으로 잡고 운전하기까지 했다. 그렇게 했던 건 더 자신 있어 보이기 위해서였다. 자신 있는 척할수록 왠지 정말로 자신이 있는 것처럼 느껴졌던 것이다.

어쩐지 모든 게 순조로운 것 같아서 나는 고속도로 대신 지

라라 진의 첫 번째 이야기

름길을 타기로 했다. 나는 옆 동네를 가로질렀다. 그리고 그렇게 가로지르는 동안에도 내심 내가 잘하고 있는 짓인지 의심스러웠다. 몇 분 후 주변이 좀 낯설어졌다. 좀 전에 우회전을 하는 게 아니라 좌회전을 했어야 했다. 나는 패닉에 빠지려는 걸 가까스로 누르며 되돌아가려고 했다.

'할 수 있어. 할 수 있어.'

사거리 정지 신호가 나왔다. 아무도 없었다. 그래서 그냥 쌩하니 직진했다. 오른 편에 있는 차는 보지도 않았다. 그런데 보기도 전에 그 차를 느낄 수가 있었다.

나는 찢어질 듯한 비명을 질렀다. 입에서 구리 맛 같은 게 느껴졌다. 피가 나는 건가? 혀를 깨문 건가? 혀끝을 더듬어보았다. 혀끝은 그 자리에 그대로 있었다. 심장이 방망이질 쳤다. 온몸이 축축해진 것 같다. 숨을 깊이 들이마셔 보려고 했지만, 공기가 들어오지 않는 것 같다.

차에서 내리는데 다리가 후들거린다. 저쪽 남자는 벌써 차에서 내려 팔짱을 끼고 자기 차를 살펴보고 있었다. 나이 많은 아저씨였다. 아빠보다도 더 나이가 들어 보였다. 회색 머리에 반바지 차림이었는데, 바지에 붉은 랍스터들이 그려져 있었다. 남자의 차는 멀쩡했고, 내 차는 옆구리가 심하게 찌그러져 있었다. "정지 신호 못 봤니?" 남자가 따져 물었다. "전화기로 문자 보내고 있었던 거야?"

나는 고개를 저었다. 목구멍이 잠겼다. 울지만 않기를 바랐다. 최대한 참을 수 있을 때까지는……

이 아저씨도 그걸 눈치챈 모양이었다. 짜증으로 깊이 패어 있던 눈썹 주름이 조금 느슨해졌다. "뭐, 내 차는 괜찮아 보이는구나." 그리고 마지못해 말했다. "괜찮니?"

나는 고개를 끄덕였다. "정말 죄송해요." 내가 말했다.

"애들은 조심성이 없어." 남자는 마치 내가 아무 말도 안 한 것처럼 그렇게 말했다.

내 목구멍에 들어찬 것이 점점 더 커지고 있었다. "정말 정말 죄송해요, 아저씨."

남자는 끙 하는 소리를 냈다. "전화해서 누구라도 데리러 오라고 해야지. 함께 기다려줄까?"

"아니에요. 감사합니다." 이 남자가 연쇄 살인범이거나 아동 성추행범이면 어떻게 한단 말인가? 모르는 남자랑 단둘이 있고 싶지는 않다.

남자는 차에 오르더니 그대로 출발해버렸다.

남자가 보이지 않게 되자 문득 나는 남자가 있을 때 경찰에 전화를 했어야 하는 게 아닌가 하는 생각이 들었다. 자동차 사고가 나면 무조건 경찰에 전화를 해야 되는 거 아닌가? 운전면허 교육 때 분명히 그렇게 들은 것 같은데. 난 뭐 하나 제대로 하는 게 없다.

나는 도로변에 주저앉아 언니의 차를 쳐다보았다. 겨우 두 시간 맡았을 뿐인데 벌써 박살을 내놨다. 나는 무릎에 머리를 대고 잔뜩 웅크린 채 앉아 있었다. 목이 아파오기 시작한다. 이러면 눈물이 난다. 아빠가 좋아하지 않을 것이다. 언니도 마찬가지다. 두 사람은 아마 내가 감독자 없이 혼자서 차를 몰고 다니지는 못하겠다고 결론을 내릴 것이다. 어쩌면 맞는 말이다. 차를 운전한다는 건 엄청난 책임이 필요한 일이다. 나는 아직 준비가 덜 된 것인지도 모른다. 어쩌면 영영 준비가 안 될지도. 어쩌면 할머니가 되어도 언니나 동생, 아빠가 나를 태우고 다녀야 할지도 모른다. 나는 이렇게 쓸모없는 애다.

나는 전화기를 꺼내 조시 오빠한테 전화를 했다. 오빠가 전화를 받자 나는 이렇게 말했다. "오빠, 저기 좀 도, 도, 도와줄 수 있어?" 목소리가 어찌나 떨려서 나오는지 창피할 지경이었다.

오빠가 그걸 못 알아챌 리가 없다. 조시 오빠인데. 오빠는 금세 목소리가 변하면서 이렇게 물었다. "무슨 일이야?"

"차 사고가 났어. 여기가 어딘지도 모르겠어. 와서 나 좀 데려가줄래?" 덜덜덜덜.

"다쳤어?" 오빠가 다그쳐 물었다.

"아니, 난 괜찮아. 그냥……." 한 마디라도 더 하면 울음이 터질 것만 같다.

"도로 표지판 보이는 거 있어? 아니면 가게 이름?"

나는 목을 길게 빼고 주위를 둘러보았다. "팰스톤." 제일 가까운 우편함을 찾아보았다. "팰스톤 가 8109번지 앞이야."

"지금 갈게. 전화 끊지 말고 갈까?"

"아냐, 괜찮아." 나는 전화를 끊고 울기 시작했다.

그렇게 얼마나 울고 있었는지 모르겠다. 내 앞에 차 한 대가 와서 섰다. 고개를 들어보니 창문이 검게 선팅된 피터 카빈스키의 검정색 아우디다. 창문 하나가 찍 내려갔다. "라라 진? 괜찮아?"

나는 고개를 끄덕이고는 그냥 가라는 몸짓을 했다. 피터는 창문을 도로 올렸다. 그래서 나는 피터가 그대로 가는 줄 알았다. 하지만 피터는 차를 길옆으로 대더니 아예 주차를 했다. 그리고 내려서 내 차를 살피기 시작했다. "제대로 망가졌는데? 상대편 보험사 연락처는 받아뒀어?"

"아니. 그 사람 차는 멀쩡했어." 나는 팔로 슬쩍 뺨을 닦았다. "내 잘못이었어."

"너는 보험 가입되어 있구?"

나는 고개를 끄덕였다.

"보험사에 전화했어?"

"아니, 그치만 누가 오고 있어."

피터는 내 옆에 주저앉았다. "여기서 혼자 얼마나 울고 있었던 거야?"

나는 고개를 돌리고 다시 얼굴을 닦았다. "안 울어."

피터 카빈스키와 나는 한때 친구였다. 피터가 피터 카빈스키가 아니라 피터 K이던 시절이었다. 중학교 때 우리는 함께 어울리던 무리가 있었다. 남자애들은 피터 카빈스키와 존 앰브로즈 매클래런, 트레보 파이크였고, 여자애들은 제너비브와 나, 그리고 한 블록 아래에 살던 앨리 펠드먼과 가끔 크리스가 끼었다. 어릴 때 제너비브는 우리 집에서 도로 두 개 건너에 살았다. 어릴 때는 얼마나 가까이 사느냐가 아주 중요하다. 절친이 누가 되느냐는 누가 얼마나 가까이 사느냐와 직접적으로 연관된다. 이름의 알파벳 순서로 음악 시간에 옆에 앉는 사람이 결정되는 것처럼 말이다. 확률도 이런 확률이 없다. 중학교 1학년 때 제너비브는 다른 동네로 이사를 갔지만, 한동안은 친구로 지냈다. 제너비브는 우리 동네로 놀러 오곤 했지만 뭔가 달랐다. 고등학생이 되자 제너비브는 우리를 벗어났다. 남자애들과는 여전히 친구였지만 여자애들의 모임은 끝이 났다. 앨리와 나는 작년에 앨리가 이사를 갈 때까지 친구로 지냈다. 하지만 항상 뭔가약간은 창피한 느낌이 있었는데, 마치 알맹이들은 다 빠져나가고 우리 둘만 찌꺼기처럼 남은 기분이 들었던 것이다.

우리는 이제 친구들이 아니다. 나와 제너비브도, 나와 피터도 말이다. 그러니 도로변에 이렇게 하염없이 둘이 앉아 있다는 게 너무 이상하게 느껴졌다.

'웡' 하고 전화기가 울리자 피터는 주머니에서 전화기를 꺼냈다. "나 가봐야 돼."

나는 훌쩍거렸다. "어디 가?"

"제너비브네 집에."

"그러면 가봐야겠네. 늦으면 제너비브가 화낼 거야."

피터는 '풋' 하는 소리를 냈지만 얼른 일어났다. 대체 남자애한테 이 정도의 영향력을 발휘한다는 건 어떤 걸까? 나는 그런걸 원할 것 같지는 않다. 누군가의 마음을 송두리째 내 손안에쥐고 있다는 건 엄청난 책임이 필요한 일이니까. 피터는 차에 오르더니 뒤늦게 생각났다는 듯이 돌아보며 이렇게 물었다. "보험사에 전화해줄까?"

"아냐. 괜찮아. 같이 있어줘서 정말 고마웠어."

피터는 씩 웃었다. 피터가 칭찬을 얼마나 좋아하는지가 기억난다. 피터는 '긍정적 강화'를 정말 좋아한다.

"이제 좀 괜찮아?"

나는 고개를 끄덕였다. 실제로도 그랬다.

"그래." 피터가 말했다.

피터는 다른 시대에서 온 미남처럼 생겼다. 1차 대전 때였다면 멋진 군인이 됐을 것이다. 너무 잘생겨서 고향의 아가씨가 몇 년씩 기다려줄 그런 군인 말이다. 빨간색 야구 잠바를 입고 쉐보레 콜벳의 지붕을 연 채 한 손으로 운전대를 잡고 댄스파티에 함께 갈 아가씨를 데리러 가는 모습이 꽤나 잘 어울렸을 것이다. 피터는 분명 잘생겼는데도 왠지 요즘보다는 옛날 느낌이 난다. 여하간 피터에게는 여자애들이 좋아할 만한 뭔가가 있다.

피터는 내 첫 키스 상대였다. 지금 생각하니 너무 이상하다. 마치 천만 년 전에 있었던 일 같지만, 실제로는 겨우 4년 전이다.

1분쯤 지났을까. 조시 오빠가 나타났다. 나는 크리스에게 아무래도 쇼핑몰에는 못 갈 것 같다고 문자를 보내는 중이었다. 나는 자리에서 일어났다. "왜 이렇게 오래 걸렸어!"

"네가 8109번지 앞이라며. 여기는 8901번지야!"

나는 의기양양하게 말했다. "아냐. 나는 분명히 8901번지라고 말했어."

"아냐. 너 분명히 8109번지라고 했어. 그리고 대체 전화는 왜 안 받는 거야?" 차에서 내린 조시 오빠는 내 차의 옆구리를 보더니 입을 떡 벌렸다. "세상에. 아직도 보험사에 전화 안 한 거야?"

"어. 오빠가 해줄래?"

조시 오빠가 전화를 걸고, 우리는 오빠 차에서 에어컨을 켜고 앉아 기다렸다. 자연스레 뒷좌석에 앉으려던 나는 그제야 기억이 났다. 언니는 더 이상 여기 없지. 조시 오빠 차에 그렇게 많이 타봤지만 조수석에 앉은 적은 한 번도 없는 것 같다.

"흠…… 마고가 널 죽이려고 들 거야. 알지?"

나는 머릿칼이 뺨에 와서 부딪히도록 세차게 고개를 저었다. "언니는 알 일 없어. 그러니까 절대로 말하지 마!"

"내가 마고랑 말할 일이 뭐가 있어? 우리 헤어진 거 기억 안 나?"

나는 얼굴을 찡그렸다. "사람들은 왜 그러나 몰라. 비밀 지킬 수 있냐고 물어보면, 지킨다, 안 지킨다로 답을 안 하고, 꼭 '내가 말할 사람이 어디 있어?' 그러더라."

"'내가 말할 사람이 어디 있어?'라고 안 했거든."

"그냥 비밀 지킨다, 안 지킨다로 말하고 그대로 실천해. 조건부를 만들지 말고."

"마고한테 아무 말 안 할게. 약속해. 됐냐?"

"알았어." 내가 말했다. 그러고 나서 차 안은 조용해졌다. 우리 둘 다 말이 없었다. 에어컨 창에서 바람 나오는 소리밖에 들리지 않았다. 아빠한테 이 얘기를 어떻게 털어놓나 생각하니 나는 속이 울렁거렸다. 눈물이 그렁그렁한 채로 얘기를 하면 아빠가 날 좀 불쌍하게 생각해줄까. 아니면 좋은 소식이랑 나쁜 소식이 있다는 식으로 얘기를 꺼내야 될까? 좋은 소식은 내가 털끝 하나 다치지 않았다는 거고, 나쁜 소식은 차가 망가졌다고 말이다. 아니다. '망가졌다'는 표현은 안 쓰는 편이 낫겠다.

내가 머릿속으로 적당한 단어를 찾고 있는데 조시 오빠가 말했다. "마고랑 내가 헤어졌다고 해서 이제 너도 나한테 말 안 하기로 한 거야?" 조시 오빠의 말은 농담처럼 씁쓸하게, 아니 씁쓸한 농담처럼 들렸다.

나는 놀라서 오빠를 건너다보았다. "바보 같은 소리 하지 마. 당연히 나는 오빠랑 얘기를 할 거야. 공식적으로는 아니지만." 이게 조시 오빠와 있을 때 내가 맡은 역할이었다. 성가신 여동생 역할 말이다. 마치 내가 키티라도 되는 양. 우리 둘이 겨우 한 살 차이가 아닌 양. 조시 오빠는 웃지 않았다. 그냥 침울해 보였다. 그래서 나는 머리로 오빠의 이마를 들이받았다. "농담이야, 바보야!"

"마고가 그럴 거라고 너한테 미리 얘기했어? 내 말은, 원래부터 그럴 계획이었냐고." 내가 머뭇거리자 오빠가 말했다. "왜 이래. 마고는 너한테 뭐든 다 얘기하잖아."

"아냐. 암튼 이번엔 아니야. 솔직히 오빠, 그 부분은 나도 전혀 몰랐어. 정말이야." 나는 가슴에 손을 올려 진심이라는 몸짓을 해 보였다.

조시 오빠는 수긍하는 것 같았다. 그리고 아랫입술을 깨물며 이렇게 말했다. "어쩌면 마고가 마음을 바꿀지도 몰라. 그럴 수도 있잖아. 안 그래?"

나는 그렇다고 하는 게 더 매정한 짓인지, 아니라고 하는 게 더 매정한지 판단이 서지 않았다. 어느 쪽이 되었든 조시 오빠는 상처받을 것이기 때문이다. 나는 언니가 조시 오빠와 다시 만날 가능성이 99.99999퍼센트라고 생각하지만, 아닐 가능성도 아주 아주 약간은 있다. 나는 오빠에게 희망을 주고 싶지는 않았다. 그래서 결국 아무 말도 하지 않았다.

오빠가 마른침을 삼켰다. 목젖이 올라갔다 내려온다. "아냐. 네 말이 맞아. 마고는 한번 마음을 먹으면 되씹는 경우가 없어."

'제발, 제발, 제발, 울지는 마.'

나는 오빠의 어깨에 머리를 기대며 말했다. "누가 알겠어. 오빠."

조시 오빠는 정면을 바라보고 있었다. 마당에 있는 떡갈나무 위로 다람쥐 한 마리가 쏜살같이 달려갔다. 오르락내리락하더니 다시 올라간다. 우리는 둘 다 그 모습을 지켜보고 있었다. "비행기는 언제 도착한대?"

"몇 시간 더 걸려."

"추수감사절에는…… 집에 온대?"

"아니. 거기는 추수감사절에 안 쉬대. 스코틀랜드잖아. 미국 명절은 안 쳐주지." 나는 놀리는 척했지만 그냥 습관적인 행동이었다.

"그러네." 오빠가 말했다.

"그래도 크리스마스 때는 온댔어." 우리는 둘 다 한숨을 내쉬었다.

"나는 계속 너희랑 놀아도 되는 거지?" 조시 오빠가 물었다.

"나랑 키티 말이야?"

"아저씨도."

"우린 아무 데도 안 가." 나는 오빠를 안심시켰다.

오빠는 안도하는 것 같았다. "다행이다. 너희까지 잃기는 정말 싫어."

오빠가 그렇게 말하자마자 나는 또 심장이 멈춰버렸다. 그리고 숨 쉬는 것까지 잊었다. 잠깐 동안 현기증이 났다. 하지만 그렇게 가슴 속을 간지럽히던 느낌은 언제 그랬나 싶게 금세 사라졌고, 곧 견인차가 왔다.

라라 진의 첫 번째 이야기

09

의외로 아빠는 별로 화를 내지 않았다. 내가 장황하게 좋은 소식과 나쁜 소식 하는 식으로 말을 늘어놓았더니 아빠는 한숨을 쉬며 이렇게 말할 뿐이었다. "네가 안 다쳤으면 됐지 뭐."

차는 인디애나인가, 아이다호인가 하는 데서 특수한 부품이 와야만 한다고 했다. 어느 쪽이었는지는 기억이 안 난다. 그때까지는 아빠 차를 함께 쓰면서 학교에는 버스를 타고 가든지, 조시 오빠에게 태워달라고 하든지 해야 한다. 물론 나는 이미 후자로 마음을 먹었다.

그날 밤늦게 언니에게서 전화가 왔다. 나는 키티와 TV를 보고 있다가 아빠에게 얼른 이리 오라고 소리를 질렀다. 우리는 다 함께 소파에 앉아 전화기를 돌려가며 차례로 언니와 얘기를 나눴다.

"언니, 오늘 무슨 일이 있었게? 맞혀봐!" 키티가 소리를 질렀다.

나는 키티를 향해 미친 듯이 고개를 도리질 쳤다. 나는 입 모양으로 '언니한테 차 얘기는 하지 마'라고 말했다. 그리고 엄한 경고의 눈빛을 보냈다.

"작은언니가 글쎄……." 키티는 감질나게 잠깐 말을 멈추다가 말했다. "아빠랑 싸웠어. 언니가 나한테 못되게 구니까 아빠가 나한테 잘하라고 해서 둘이 싸웠어."

나는 키티에게서 전화기를 뺏었다. "언니, 우리 안 싸웠어. 그 냥 키티가 장난친 거야."

"저녁은 뭐 먹었니? 내가 어제 해동해놓은 닭 요리했어?" 언니 가 물었다. 언니의 목소리가 너무나 멀게 느껴졌다.

나는 전화기의 볼륨을 키웠다. "어. 걱정 마. 방에는 들어갔어? 방 커? 룸메이트는 어때?"

"착해. 런던에서 온 애인데 억양이 정말 근사해. 이름이 퍼넬러 피 세인트 조지 딕슨이래."

"세상에. 이름도 근사하다. 방은 어때?" 내가 말했다.

"그때 우리가 버지니아 대학교에서 봤던 기숙사 방이랑 같은 크기인데, 더 오래됐어."

"거기는 지금 몇 시야?"

"자정 다 됐어. 우리가 다섯 시간 더 빨라. 알지?"

'우리'가 다섯 시간 더 빠르다고, 언니는 마치 벌써 스코틀랜 드 사람이 다 된 것처럼 말했다. 그곳에 간 지 아직 만 하루도 안 됐는데!

"벌써 보고 싶어, 언니." 내가 말했다.

"나도 보고 싶어."

저녁을 먹은 후 크리스에게 우리 집으로 건너오겠냐고 문자 를 보냈지만 답이 없었다. 어울리는 남자애들 중 하나랑 놀러 간 모양이었다. 뭐 상관없다. 한동안 못 했던 스크랩북 작업이나 해야겠다. 떠나기 전에 언니의 스크랩북을 완성해주고 싶었지만, 해본 사람들은 알다시피, 로마는 하루아침에 만들어지지 않는다. 스크랩북 하나를 완성하려면 최소한 1년은 잡아야 한다.

나는 모타운 걸그룹 음악을 튼 다음, 필요한 재료들을 반원형태로 빙 둘러놓았다. 내가 아끼는 하트 모양 펀치, 스크랩북 용지, 잡지에서 오려낸 사진, 글루건, 색색깔의 마스킹 테이프가 걸려 있는 테이프 커터기. 뉴욕에서 가족들과 연극 '위키드'를 봤을 때 받은 전단지를 비롯한 각종 기념품, 영수증, 사진. 리본, 단추, 스티커, 마스코트. 멋진 스크랩북에는 질감이 있어야 한다. 두툼하고 큼지막해서 제대로 접히지도 않게 말이다.

지금 작업 중인 것은 조시 오빠와 마고 언니의 페이지다. 언니가 뭐라고 했든, 나는 두 사람이 다시 만나게 될 거라는 걸 안다. 설사 당장 다시 사귀지는 않는다고 하더라도 언니가 즉각 기억에서 조시 오빠를 지울 수 있는 것도 아니다. 언니의 고등학교 3학년 시절, 그리고 인생에서 조시 오빠는 그만큼 큰 부분을 차지한다. 내가 타협할 수 있는 부분이라면 그동안 이 페이지를 위해 아껴두었던 하트 무늬 마스킹 테이프 대신 평범한 격자무늬 테이프를 쓰는 정도다. 하지만 격자무늬 테이프를 발라보니 도통 사진이랑 색깔이 어울리지 않았다.

그래서 나는 그냥 하트 테이프를 발랐다. 그리고 음악에 맞춰 몸을 흔들며 하트 모양 틀을 이용해 두 사람의 졸업파티 사진을 오렸다. 언니 마음에 쏙 들 것이다.

졸업파티 때 언니가 사용한 코르사주에서 따서 말린 장미 꽃잎에 풀칠을 하고 있는데 아빠가 방문을 똑똑 두드렸다. "오늘 밤에는 뭐 하니?"

"이거요." 나는 또 다른 꽃잎에 풀칠을 하며 말했다. "계속하면 크리스마스 때까지는 완성할 수 있을 거 같아요."

"아." 아빠는 움직이지 않았다. 그냥 거기 문가에 서서 내가 작업하는 모습을 지켜보고 있었다. "나는 좀 있다가 새로 나온 켄 번즈 다큐멘터리를 볼까 하는데, 너도 같이 보려면 보구."

"뭐, 그러든지요." 나는 그냥 아빠가 무안할까 봐 그렇게 말했다. 이 재료들을 몽땅 챙겨서 1층에 내려가 다시 펼쳐놓는다는 건 아무래도 무리일 것이다. 지금 한창 탄력받았는데. "아빠 먼저 보고 계세요."

"알았다. 그러면 하던 거 계속 해." 아빠는 느릿느릿 계단을 내려갔다.

밤을 거의 샜다. 하지만 완성해놓고 보니 조시 오빠와 마고 언니의 페이지가 정말 괜찮게 나왔다. 다음 장은 세 자매 페이지다. 꽃무늬 종이 위에 우리 셋이 옛날에 찍은 사진을 붙였다. 엄마가 찍어준 것인데, 우리 셋이서 교회에 갈 때 입는 옷을 입고 집 앞 떡갈나무 앞에 서 있다. 셋 다 흰색 원피스 차림에 머리에는 옷과 잘 어울리는 분홍색 리본을 달았다. 내가 이 사진을 정말 좋아하는 이유는 언니와 나는 귀엽게 웃고 있고 키티는 코를 파고 있기 때문이다.

나는 얼굴에 저절로 미소가 지어졌다. 키티가 이 페이지를 보면 기겁을 하겠지. 그 모습을 빨리 보고 싶어 죽겠다.

10

언니는 고등학교 2학년이 가장 중요하고 또 바쁜 때라고 했다. 삶의 모든 게 결정되는 정말 정말 중요한 해라고 말이다. 그래서 나는 다음 주 학기가 시작되어 공식적으로 2학년이 되기 전에 읽고 싶은 책을 실컷 읽어두기로 했다. 나는 현관 앞 계단에 앉아 1980년대 영국 로맨틱 스파이 소설을 읽고 있었다. 도서관 회원 대상 특별 세일 때 75센트를 주고 산 책이다.

한창 흥미진진한 부분을 읽고 있는데(크레시다는 나이절을 유혹해야만 스파이 코드를 찾을 수 있었다!) 조시 오빠가 택배를 받으려고 집 밖으로 나왔다. 오빠도 나를 봤다. 오빠는 내게 손만 흔들고 넘어오지는 않으려는 듯하더니 마음을 다시 바꿔먹고 이쪽으로 건너왔다. 오빠가 주차장 진입로를 지나 이쪽으로 오는 동안 내 심장박동은 점점 더 빨라졌다. 나는 두 손을 허벅지 밑에 넣었다.

"안녕, 점프 슈트 예쁜데?" 오빠가 말했다.

색 바랜 하늘색 바탕에 해바라기들이 그려져 있고 목에서 끈으로 묶는 스타일의 바지인데 빈티지 가게에서 75퍼센트 세일을 할 때 산 것이다. 그리고 이 바지는 점프 슈트가 아니다. "이건 선 슈트*야." 이렇게 말한 나는 다시 책으로 눈을 돌렸다. 그리고 티 안 나게 손으로 책 표지를 가려보려고 애썼다. 느긋한 오후를 즐겨 보려는 찰나에, 쓰레기 같은 책을 본다고 조시 오빠에게 잔소리를 듣기는 싫었기 때문이다.

조시 오빠가 팔짱을 낀 채 나를 쳐다보고 있는 게 느껴졌다. 나는 고개를 들었다. "왜?"

"저녁에 극장 가서 영화 볼래? 픽사 영화 하고 있어. 키티도 데려갈 수 있어."

"좋아. 언제 출발할지 문자로 알려줘." 나는 책장을 넘기며 그렇게 말했다. 나이절이 크레시다의 블라우스 단추를 끄르고 있었다. 크레시다는 나이절의 와인에 몰래 넣어둔 수면제가 언제쯤 효과가 날까 걱정하면서도 너무 빨리 효과가 나지는 않기를 바라는 중이었다. 나이절이 꽤나 키스를 잘하는 남자였던 것이다.

조시 오빠가 몸을 구부려 내 책을 자세히 보려고 했다. 내가 오빠의 손등을 찰싹 때렸지만 오빠는 벌써 큰 소리로 내 책을 읽고 있다. "허벅지의 스타킹 위로 나이절의 손이 미끄러지는 순간 크레시다의 심장은 미친 듯이 뛰기 시작했다." 조시 오빠가 폭소를 터뜨렸다. "너 대체 뭘 읽고 있냐?"

나는 양볼이 타오를 듯이 화끈거렸다. "조용히 해."

조시 오빠는 키득거리며 물러났다. "크레시다랑 노엘이랑 재미난 시간 보내. 난 간다."

---

* 주로 여름에 입는, 얇은 천으로 된 헐렁한 멜빵바지나 멜빵치마.

라라 진의 첫 번째 이야기

오빠의 등에 대고 내가 소리를 질렀다. "노엘이 아니라 나이절이야!"

조시 오빠와 놀러 간다고 하자 키티는 한껏 들떴다. 스낵 코너에서 조시 오빠가 팝콘에 버터를 층층이 뿌려달라고 하자 키티와 나는 둘 다 좋아서 고개를 마구 끄덕였다. 오빠와 나 사이에 앉은 키티는 재미난 부분이 나오면 공중에서 양발을 동동 굴러가며 실컷 웃어댔다. 아직 키티는 몸무게가 너무 가볍다 보니 의자가 자꾸 젖혀지려고 했다. 키티의 머리 위로 조시 오빠와 나는 미소를 주고받았다.

조시 오빠와 마고 언니, 나 이렇게 셋이서 극장에 가면 언제나 언니가 가운데 앉았다. 언니가 우리 둘 다에게 귓속말을 할 수 있게 말이다. 언니는 나만 남자친구가 없어서 외톨이가 된 기분을 느끼지 않게 하려고 애썼다. 언니가 어찌나 조심을 하는지 처음에는 내가 무슨 티를 냈나 하는 걱정을 하기까지 했다. 하지만 언니는 뭔가를 마음에 담아두거나 진실을 포장하는 타입은 아니다. 그냥 너무 훌륭한 언니일 뿐인 것이다. 세상에서 제일 훌륭한 언니.

그래도 나는 외톨이가 된 기분을 느낄 때가 있었다. 남자친구가 없어서가 아니라, 친구로서 말이다. 조시 오빠와 나는 줄곧 친구였다. 하지만 팝콘을 사려고 줄을 서 있을 때 조시 오빠가 언니의 어깨에 팔을 두르거나 차에서 둘이 다정한 말을 주고받을 때면 나는 마치 뒷좌석에 앉아 어른들이 나누는 얘기를 들을 수 없는 어린애가 된 기분이었다. 약간은 투명인간이 된 것 같았다. 나도 누군가 소곤소곤 말을 주고받을 사람이 뒷좌석에 있었으면 좋겠다는 생각이 들었다.

그런데 이제 내가 앞 좌석에 앉게 되니 기분이 묘했다. 앞 좌석에서 보이는 풍경이라고 해서 뒷좌석과 크게 다르지는 않다. 실은 모든 게 기분 좋고, 평범하고, 똑같이 느껴진다. 편안하게.

그날 밤늦게 내가 발톱마다 서로 다른 톤의 분홍색 매니큐어를 바르고 있는데 크리스한테서 전화가 걸려 왔다. 어찌나 시끄러운 곳에 있는지 크리스는 전화기에 대고 고래고래 소리를 질러야 했다. "엄청난 일이 있어!"

"뭐? 안 들려!" 나는 '날 유혹해봐'라는 이름의 수박빛 분홍색을 새끼발가락에 바르는 중이었다.

"잠깐만." 크리스가 옆방으로 옮겼는지 소리가 좀 조용해졌다. "이제 들려?"

"어, 훨씬 낫네."

"어느 커플이 깨졌는지 알아?"

나는 볼펜 수정액에 빨간색을 한 방울 떨어뜨린 것 같은 꽃 분홍색을 바르고 있었다. "어느 커플?"

"제너비브랑 카빈스키! 제너비브가 카빈스키를 찼대."

나는 눈이 휘둥그레졌다. "우와! 왜-?"

"제너비브가 버지니아대 다니는 남자를 만났대나 봐. 그동안 내내 양다리였던 게 틀림없어." 웬 남자가 크리스를 부르는 소리가 들리더니 크리스가 말했다. "나 가봐야 돼. 게임하던 중이거든." 그러고는 전화가 뚝 끊겼다. 크리스는 늘 이런 식이다.

사실 내가 크리스를 알게 된 건 제너비브를 통해서였다. 제너비브와 크리스는 사촌지간이었던 것이다. 어릴 때 크리스가 종종 놀러 오면, 그때조차 둘은 서로 잘 안 맞았다. 둘은 누구의 바비인형이 켄을 차지해야 하는지를 놓고 싸우곤 했다. 켄이 하나뿐이었던 것이다. 나는 켄을 차지하려는 엄두도 내지 않았다. 심지어 그 켄 인형은 내 것이었는데도 말이다. 정확히 말하면 마고 언니 것이지만. 학교에서는 제너비브와 크리스가 서로 사촌이라는 걸 모르는 애들도 있을 정도였다. 둘은 서로 닮지도 않았고, 좋아하지도 않았다. 제너비브는 자그마한 체구에 팔이 가늘고 마가린 색 같은 밝은 금발이었다. 크리스도 금발이기는 했지만 탈색된 것 같은 바랜 금발에 키도 더 크고 수영 선수처럼 떡 벌어진 어깨를 갖고 있었다. 그래도 둘은 똑같은 면이 있었다.

고1 때 크리스는 꽤 과감하게 놀았다. 파티란 파티는 모두 쫓아다니면서 술이 떡이 되게 마시고 나이 많은 남자애들이랑 어울렸다. 당시 라크로스* 팀에 속한 2학년생 하나가 사물함실에서 크리스와 섹스를 했다고 동네방네 떠들고 다니기까지 했다. 사실도 아니었는데 말이다. 제너비브는 피터를 시켜 그 남자애를 위협해서 모두에게 사실대로 말하게 했다. 난 제너비브가 크

---

* 그물채같이 생긴 스틱을 사용하는 하키 비슷한 운동.

리스를 위해 정말 좋은 일을 했다고 생각하지만, 크리스는 그게 아니라 제너비브가 난잡한 애랑 친척이라는 소리를 듣기 싫어서 그런 거라고 우겼다. 그 일이 있은 후 크리스는 우리와 잘 어울리지 않았고, 주로 다른 학교 애들이랑 따로 놀았다.

11

 일요일에 아빠가 라자냐를 만들었다. 아빠는 라자냐에 풍미를 더하려고 검은콩 살사 소스를 넣었는데, 듣기만 해서는 좀 이상할 것 같지만 실제로는 콩은 눈에 보이지도 않고 아주 맛있었다. 조시 오빠도 건너왔는데 세 그릇이나 해치워서 아빠가 아주 좋아했다. 식탁에서 마고 언니 얘기가 나왔을 때 조시 오빠를 건너다보았더니 어찌나 경직되었던지 불쌍한 생각마저 들었다. 키티도 그걸 눈치챘는지 금세 디저트 얘기로 화제를 바꾸었다. 디저트는 내가 오후에 구워놓은 피넛버터 브라우니였다.

 요리를 아빠가 했기 때문에 설거지는 우리 몫이었다. 아빠는 라자냐를 만들 때면 냄비란 냄비는 몽땅 꺼내 쓰기 때문에 설거지가 곤욕이었지만, 그래도 그럴 만한 가치가 있었다.

 설거지를 끝낸 후 우리 셋은 느긋하게 TV를 봤다. 일요일 밤인데도 별로 일요일 밤 같은 기분이 들지 않았다. 내일이 노동절이기 때문이다. 학기가 시작하려면 아직 하루가 더 남았다. 키티는 '놀라워라'라는 제목의 강아지 콜라주 작품을 만들고 있었다.

 "무슨 종이 제일 좋아?" 조시 오빠가 키티에게 물었다.

 키티가 번개같이 답을 했다. "아키타."

"암놈, 수놈?"

키티는 이번에도 망설임이 없었다. "수놈."

"이름 정해놨어?"

키티는 머뭇거렸다. 나는 이유를 안다. 내가 옆으로 굴러가 키티의 발바닥을 간질였다. "나는 뭐가 될지 알지." 내가 놀리듯이 말했다.

"조용히 해, 언니!" 키티가 소리를 빽 질렀다.

이제 조시 오빠는 내 얼굴만 빤히 바라봤다. "에이, 말해줘." 오빠가 사정했다.

내가 키티 얼굴을 보자 키티는 내게 이글거리는 눈빛을 보내 왔다. "아무것도 아냐." 나는 불현듯 섬뜩한 기분이 들어서 그렇게 말했다. 키티가 우리 집의 막내이기는 하지만 우습게 볼 상대는 아니다.

그러자 조시 오빠는 내 포니테일을 잡아당기며 말했다. "에이, 뭔데 그래. 라라 진! 괜히 궁금하게 하지 마."

나는 턱을 괴고 있었는데 키티가 손으로 내 입을 가리려고 했다. 킥킥거리며 내가 말했다. "키티가 좋아하는 남자애 이름이야."

"닥쳐, 언니! 닥치라고!"

나를 발로 차다가 키티는 실수로 강아지 사진 하나를 찢고 말았다. 키티는 외마디 비명을 지르며 털썩 무릎을 꿇고 사진을 살폈다. 키티는 울지 않으려고 얼굴이 시뻘게졌다. 나는 천하의 나쁜 놈이 된 기분이었다. 일어나 앉은 나는 미안하다는 뜻으로 포옹을 해주려고 했지만, 키티는 몸을 돌리며 내 다리를 걸어찼다. 어쩌나 세게 찼는지 나도 모르게 비명이 새어 나왔다. 문제의 사진을 어떻게 테이프로 다시 붙여볼 수 없을까 싶어서 내가 사진을 집어 드는데 키티가 재빨리 사진을 낚아채 조시 오빠에게 디밀었다. "오빠, 이것 좀 어떻게 해줘. 언니가 망쳐놨어."

"키티, 그냥 놀리기만 하려고 한 거야." 내가 풀 죽은 목소리로 말했다. 그 남자애의 이름을 말할 생각은 아니었다. 절대로 그 이름을 말하지는 않았을 것이다.

키티는 나를 없는 사람 취급했다. 조시 오빠는 컵 받침으로 사진을 잘 펴서 마치 외과의사와 같은 고도의 집중력을 발휘해 찢어진 사진에 테이프를 발랐다. 마침내 조시 오빠가 이마를 쓸었다. "휴우. 이만하면 된 거 같은데?"

나는 박수를 치며 키티의 관심을 끌어보려고 했지만 키티는 나를 보려고 하지 않았다. 그래도 싸다는 것을 안다. 키티가 짝사랑하는 남자애란 바로 '조시 오빠'이기 때문이다.

콜라주를 가져가며 키티는 굳은 표정으로 이렇게 말했다. "2층에 올라가서 할래. 잘 자, 오빠."

"잘 자라, 키티." 조시 오빠가 말했다.

나도 얌전히 말했다. "잘 자, 키티." 하지만 키티는 벌써 계단으로 달려가버렸고 내 인사에는 답을 하지 않았다.

키티의 방문 닫히는 소리가 나고 나자, 조시 오빠가 나를 보며 말했다. "너 이제 큰일났다."

"알아." 명치끝이 아려왔다. 대체 내가 왜 그랬을까? 놀리고 있는 와중에도 머리로는 내가 잘못하고 있다는 것을 알고 있었다. 언니였다면 절대로 내게 그런 짓을 하지는 않았을 것이다. 언니라면 여동생에게 그렇게 해서는 안 된다. 더구나 키티와 나는 나이 차도 엄청나게 많이 나는데 말이다.

"키티가 좋아하는 애가 누구야?"

"그냥 학교에서 아는 애."

조시 오빠는 한숨을 내쉬었다. "정말 키티가 벌써 짝사랑에 빠질 나이인 거야? 그러기엔 너무 어리게만 느껴지는데."

"나도 아홉 살 때 남자애들 좋아했는걸 뭐." 내가 말했다. 키티 생각이 머리에서 떠나지 않았다. 어떻게 해야 키티가 더 이상 내게 화를 안 낼지 모르겠다. 어쩐지 이번에는 스니커두들 쿠키 정도로는 안 될 것 같은 예감이 든다.

"누구?" 조시 오빠가 물었다.

"뭐가 누구냐고?" 아빠가 키티에게 강아지를 사주게끔 내가 설득할 수 있다면 혹시……

"네가 처음 좋아했던 애가 누구냐고."

"흠. 내가 처음 '진짜로' 좋아했던 애?" 나는 유치원 때도, 1학년이나 2학년 때도 좋아했던 남자애들이 수두룩하지만 그 애들은 별로 중요하지 않다. "처음으로 진짜 심각했던 사람 말야?"

"응."

"어…… 아마 피터 카빈스키일걸."

조시 오빠는 말을 잇지 못했다. "카빈스키? 진짜? 그건 너무 뻔하잖아. 나는 네가 좀 더…… 뻔하지 않은 애를 좋아했을 줄 알았는데. 피터 카빈스키라니 너무 전형적이야. 걔는 하이틴 무비에서 '멋진 남자애'를 그대로 오려놓은 것 같은 애인데."

나는 어깨를 으쓱했다. "물어보니까 사실대로 말한 거야."

"세상에." 조시 오빠는 고개를 절레절레 저었다. "아…… 세상에."

"걔도 옛날에는 지금이랑은 달랐어. 내 말은, 여전히 피터스럽 긴 했지만 좀 덜했다고." 그래도 조시 오빠가 납득할 수 없다는 표정을 짓자 나는 이렇게 말했다. "오빠는 남자니까 내 말을 이해 못 해."

"내 말이. 이해가 안 가!"

"그러는 오빠는, 뭐. 오빠는 로스차일드 아줌마를 좋아했잖아!"

조시 오빠는 얼굴이 시뻘게졌다. "그 시절에는 아줌마도 진짜 예뻤어!"

"아하." 나는 뭔지 알겠다는 표정을 지었다. "진짜 '예뻤다'고." 길 건너에 사는 로스차일드 아줌마는 타월 천으로 된 쇼트 팬츠에 끈으로 묶는 비키니 브라만 입고 마당의 잔디를 깎곤 했다. 그런 날이면 꼭 이웃 남자애들이 모조리 조시 오빠네 마당에 모여서 놀았다.

"어쨌거나, 로스차일드 아줌마가 내 첫사랑은 아냐."

"아니라고?"

"어. 너였어."

나는 그 말이 무슨 뜻인지 이해하는 데 시간이 좀 걸렸다. 그러고도 겨우 대꾸한 말이라는 게 "그래?"였다.

"처음에 여기 이사 왔을 때, 네가 진짜 어떤 애인지 알기 전에 말이야." 내가 정강이를 걷어차자 조시 오빠는 비명을 질렀다. "내가 열두 살이고 너는 열한 살. 내 롤러스케이트도 타게 해줬었잖아. 기억 안 나? 내가 진짜 아끼던 거였는데. 1년이 넘게 돈을 모아서 산 거였어. 그런데도 널 타게 해줬다고."

"난 그냥 오빠가 착해서 그런 줄 알았지."

"그거 타고 네가 어디 부딪혀서 옆에 엄청 크게 긁혔었어. 그것도 기억 안 나?"

"아, 오빠가 울던 거는 기억난다."

"내가 언제 울었다고 그래? 그냥 적당히 화가 났었지. 그리고 그걸로 내 작은 짝사랑도 끝났어." 조시 오빠가 가려고 일어나기에 나도 일어나서 현관까지 따라갔다.

문을 열기 전에 조시 오빠는 나를 돌아보며 이렇게 말했다. "네가 없었다면 어떻게 했을지 모르겠어…… 마고가 날 차버린 후에 말이야." 주근깨 아래로 조시 오빠의 얼굴이 살짝 붉어졌다. "네 덕에 버티고 있는 거야. 라라 진." 나를 보는 조시 오빠를 보고 있으니 그동안 우리가 함께했던 수많은 순간과 수많은 기억들이 한 번에 '훅' 하고 전해져왔다. 조시 오빠는 순간 나를 한 번 꽉 껴안더니 곧 어둠 속으로 사라졌다.

나는 그렇게 문이 열린 현관 앞에 한참을 서 있었다. 생각지도 못했던 온갖 생각이 쏟아져 들어왔다. 그리고 이런 생각을 멈출 수 없었다. '오빠가 내 남자였다면 나는 절대로 오빠와 헤어지지 않았을 거야. 천년, 만년이 지나도.'

12

우리가 조시 오빠와 처음 만난 날은 이랬다. 우리는 뒷마당에 차와 머핀을 차려놓고 '테디 베어 티파티'라는 소풍 놀이를 하고 있었다. 굳이 뒷마당을 고른 건 아무도 못 보게 하기 위해서였다. 나는 열한 살, 언니는 열세 살이었으니 그런 놀이를 하기에는 나이가 너무 많았던 것이다. 이 소풍의 아이디어를 낸 사람은 나였는데, 책에서 비슷한 내용을 읽었기 때문이었다. 나는 소풍이 마치 키티를 위한 것인 양 말해서 마고 언니도 끌어들였다. 당시는 엄마가 돌아가신 지 일 년 남짓 되던 시기였기 때문에 언니는 키티를 위한 일이라면 그 어떤 것도 마다하지 않았다.

우리는 언니가 아기 적에 사용했던, 여기저기 보풀이 일고 커다란 다람쥐 한 마리가 그려져 있는 낡은 파란색 담요 위에 온갖 것들을 벌여놓았다. 언니의 이 빠진 찻잔 세트, 블루베리가 올려진 머핀, 마트에서 아빠를 졸라 산 굵은 설탕을 죽 펼쳐놓고 각자 테디 베어를 하나씩 갖고 있었다. 우리는 다들 챙 있는 모자를 쓰고 있었는데, "티 파티를 하려면 모자를 꼭 써야 해"라고 내가 우겼기 때문이다. 내가 끝도 없이 우겼기 때문에 언니는 하는 수 없이 내 입을 다물게 하려고 모자를 썼다. 언니가 쓴 것은 엄마가 정원 일을 할 때 쓰던 밀짚모자였고, 키티는 테니스용 챙 모자, 나는 가짜 꽃이 장식된 외할머니의 털 모자로 한껏 멋을 냈다.

내가 보온병에 든 미지근한 차를 잔에 따르고 있을 때 어디서 나타났는지 조시 오빠가 울타리를 타고 오르더니 우리를 지켜보기 시작했다. 그전 달에 우리는 2층 거실에서 조시 오빠네가 이사 오는 것을 보았다. 여자아이들이었으면 했는데 남자아이용 자전거를 내리는 걸 보고 그냥 하던 놀이로 돌아왔다.

조시 오빠는 울타리 위에 앉아서 아무 말도 하지 않았다. 마고 언니는 당황해서 완전히 뻣뻣해졌다. 언니는 볼까지 빨개졌지만 모자를 벗지는 않았다. 조시 오빠를 부른 건 키티였다. "오빠, 안녕."

"안녕." 조시 오빠가 말했다. 오빠는 텁수룩한 머리칼을 눈에서 치우려고 머리를 곧잘 흔들어댔다. 빨간색 티셔츠를 입고 있었는데 어깨에 구멍이 나 있었다.

키티가 물었다. "이름이 뭐야?"

"조시."

"오빠도 우리랑 같이 놀자." 키티가 그렇게 씩씩하게 청하자, 조시 오빠는 시키는 대로 했다.

그때는 잘 몰랐다. 이 남자애가 나와 내가 가장 사랑하는 사람들에게 얼마나 중요한 사람이 될지. 하지만 알았다고 한들, 달리 내가 뭘 어쨌겠는가. 어차피 오빠와 내가 커플이 될 일은 절대로 없었는데 말이다.

13

나는 내가 조시 오빠를 잊었다고 생각했다.

나만의 편지를 쓰며 작별을 고했을 때는 정말로 그런 마음이었다. 심지어 그렇게까지 힘들지도 않았다. 언니가 얼마나 조시 오빠를 좋아하는지, 얼마나 많이 아끼는지 알고 있었기 때문이다. 감히 내가 어떻게 언니의 첫사랑을 시샘할 수가 있단 말인가? 우리를 위해 그렇게 많은 걸 희생한 언니한테 말이다. 언니는 늘 언제나 키티와 나를 먼저 챙겼다. 조시 오빠를 마음에서 지우는 것은 언니를 챙기고 싶은 내 나름의 방법이었다.

하지만 이제 이렇게 거실에는 나 혼자 앉아 있고, 언니는 수천 킬로미터나 떨어진 곳에 있고, 조시 오빠는 옆집에 있다. 내 머릿속은 온통 이런 생각뿐이다. '조시 샌더슨, 내가 먼저 오빠를 좋아했어. 오빠는 원래 내 거였어. 나라면 오빠를 여행 가방에 넣어서 함께 데리고 갔을 거야. 아니, 나라면 아예 떠나지도 않았어. 절대로 오빠를 떠나지 않았을 거야. 천년, 만년이 지나도, 무슨 일이 있어도.'

이런 생각을 하고 이런 감정을 느낀다는 건 단순히 한눈을 파는 차원이 아니다. 이건 배신이다. 나는 영혼까지 더러워진 기분이 들었다. 언니가 떠난 지 이제 겨우 일주일도 지나지 않았는데, 나는 어쩜 이렇게 빨리 굴복하는지, 어쩜 이렇게 빨리 탐내는지. 나는 세상에서 제일 나쁜 배신자다. 자기 언니를 배신하다니 이보다 더 큰 배신이 또 있을까? 하지만 이제 어쩌지? 이 모든 감정을 나는 어떻게 하지?

내가 할 수 있는 일은 하나뿐일 것이다. 다시 또 편지를 쓰는 것이다. 아무리 많은 페이지가 들더라도 조시 오빠에 대한 나의 마음이 손톱만큼도 남지 않을 때까지. 나는 다시 한 번, 그리고 마지막으로, 이 모든 것을 물을 것이다.

나는 방으로 가서 편지를 쓸 때만 사용하는, 부드럽게 잘 써지는 짙은 검정색 펜을 꺼냈다. 그리고 묵직한 편지지를 가져와 편지를 쓰기 시작했다.

P. S. 나는 아직도 오빠를 사랑해.

나는 아직도 오빠를 사랑해. 그리고 그건 나한테 너무 큰 문제야. 나도 많이 놀랐어. 정말 몰랐었거든. 지금까지 줄곧 나는 그 일을 잊었다고 생각했는데. 어떻게 아닐 수 있겠어? 마고 언니가 오빠를 사랑하는데. 언제나 언니는…….

다 쓴 편지지를 나는 모자 상자에 넣지 않고 일기장에 끼워두었다. 아직은 다 정리되지 않은 기분이었다. 아직 더 쓸 말이 남아 있는 것 같았다. 다만 아직 생각이 안 날 뿐.

14

키티는 아직도 내게 화가 나 있었다. 조시 오빠에 대한 내 감정을 깨닫는 바람에 키티는 완전히 잊고 있었다. 키티는 아침 내내 나를 없는 사람 취급하다가, 내가 학교 준비물 사게 가게에 데려다줄까 하고 물었더니 이렇게 쏘아붙였다. "차가 어딨어? 큰언니 차 다 부셔놓고는."

젠장. "아빠가 돌아오시면 아빠 차로 가려고 했지." 나는 키티가 발길질을 한다거나 나를 때릴 수 없게 멀찌감치 떨어진 다음 이렇게 말했다. "그렇게 고약하게 굴 거까진 없잖아."

키티는 정말로 으르렁거리는 소리를 냈다. 내가 바란 게 바로 이거였다. 나는 키티가 화가 나서 말을 하지 않는 게 제일 싫다. 하지만 키티는 보란 듯이 홱 돌아서며 말했다. "언니랑 말 안 해. 무슨 잘못을 했는지는 언니가 더 잘 알 테니까 나한테 잘 보이려고 애쓰지 마."

나는 키티 뒤를 졸졸 따라다니며 키티를 자극해서 말을 하게 만들어보려고 애썼지만 소용없는 짓이었다. 키티는 대꾸도 하지 않았다. 나는 결국 포기하고 내 방으로 돌아왔다. 그리고 〈인어 공주〉 사운드트랙을 틀었다. 개학 첫 주에 입을 옷들을 고르고 있는데 조시 오빠에게서 문자가 왔다. 전화기에서 오빠의 이름을 보는 순간 약간의 전율이 등줄기로 전해졌지만, 나는 단호히 내 결심을 되새겼다. '조시 오빠는 여전히 언니의 남자야. 네 남자가 아냐.' 둘이 헤어졌다는 건 문제가 되지 않았다. 조시 오빠는 처음부터 언니의 남자였고, 그 말은 곧 영원히 언니의 남자라는 뜻이다.

─ 공원에 가서 자전거 타지 않을래?

자전거 타기는 언니가 좋아하는 취미다. 자전거며 하이킹 같은 것들. 내 취미는 아니다. 조시 오빠도 그걸 안다. 심지어 나는 이제 내 자전거도 없다. 언니 것은 내게 너무 크고, 오히려 키티의 자전거가 나한테 맞을 것이다.

나는 못 간다고 답장을 썼다. 집에서 아빠를 도와드려야 한다고 했다. 완전히 거짓말은 아니다. 아빠가 분갈이를 좀 도와달라고 했으니까. 나는 꼭 그래야 한다면, 다른 수가 없다면 하겠노라고 했었다.

─ 뭘 도와드려야 하는데?

뭐라고 하지? 변명을 잘 대야 했다. 조시 오빠는 창만 내다보면 내가 집에 있는지 없는지 다 알 수 있기 때문이다. 나는 애매하게 '그냥 이것저것'이라고 답을 보냈다. 안 그랬다가는 조시 오빠가 삽이나 곡괭이 같은 연장을 들고 나타날 게 뻔하다. 그러면 저녁도 같이 먹게 된다. 오빠는 항상 저녁을 먹고 간다.

오빠는 내 덕분에 버티고 있다고 했다. 라라 진, 나 때문에 말이다. 나도 그런 사람이 되어주고 싶다. 오빠가 어려울 때 힘이 되는 그런 사람. 언니가 돌아올 때까지 기다리는 동안 오빠의 등대지기가 되고 싶다. 하지만 그건 쉬운 일이 아니다. 생각보다 어려웠다.

15

나는 행복한 기분으로 잠을 깼다. 새 학기 첫날이기 때문이다. 나는 언제나 학기의 마지막 날보다는 첫날을 좋아한다. 뭐든 처음이 최고다. 시작이니까.

너무나 평화롭고 기분이 좋은 나머지, 나는 아빠와 키티가 아직 2층에서 씻고 있는 동안 주방에서 키티가 가장 좋아하는 통곡물 팬케이크에 바나나 슬라이스를 만들었다. 엄마는 학기 첫날 아침 식사를 아주 중요하게 생각했다. 마고 언니도 그걸 이어받았고, 이제는 내 차례가 되었다. 팬케이크가 좀 딱딱하다. 언니가 만든 것은 가볍고 폭신했는데. 그리고 커피는…… 흠, 커피가 원래 코코아 같은 갈색이었던가? 아래층으로 내려온 아빠가 명랑한 목소리로 말했다. "커피 냄새가 나는데!" 그리고 커피를 들이켠 아빠는 내게 엄지를 척 들어 보였다. 하지만 다시는 커피에 입을 대지 않았다. 아무래도 나는 요리보다는 제과 쪽인 것 같다.

"시골 아가씨 같아." 키티가 살짝 비웃듯이 말했다. 아직도 약간은 내게 화가 나 있는 것이 분명하다.

"고마워." 내가 답했다. 색 바랜 멜빵 반바지에 둥글게 파진

라라 진의 첫 번째 이야기

꽃무늬 셔츠를 입었으니 시골 아가씨 같겠지만, 그래도 예쁜 시골 아가씨 같을 것이다. 언니가 발목 위까지 끈으로 묶는 갈색 밀리터리 부츠를 두고 갔다. 나한테는 좀 크겠지만, 그래봤자 반 사이즈 정도밖에 차이 나지 않을 것이다. 두꺼운 양말을 신으면 꼭 맞겠지. "내 머리 옆으로 좀 땋아줄래?" 내가 키티에게 부탁했다.

"언니가 나한테 그런 거 요구할 자격이 있어?" 키티는 포크를 핥아먹으며 그렇게 말했다. "그리고 거기에 머리까지 땋으면 너무 과할 걸."

키티는 겨우 아홉 살이지만 패션 센스가 아주 좋다.

"맞아." 아빠는 신문에서 얼굴도 들지 않고 말했다.

나는 내 접시를 싱크대에 가져다 놓고는 키티의 도시락 가방을 키티의 접시 옆에 놓았다. 그 안에는 키티가 좋아하는 온갖 음식이 들어 있었다. 브리치즈 샌드위치, 바비큐맛 감자칩, 레인보우 쿠키에 신선한 사과 주스까지.

"개학 첫날 즐겁게 보내." 이렇게 말한 아빠는 뽀뽀를 해달라고 볼을 내밀었다. 나는 몸을 숙여 아빠의 볼에 뽀뽀를 해줬다. 키티에게도 뽀뽀를 하려고 했지만 키티는 얼굴을 돌려버렸다.

"네가 제일 좋아하는 사과 주스랑 브리치즈 샌드위치 만들었어." 나는 사정하듯이 키티에게 그렇게 말했다. 개학 첫날부터 삐걱거리며 시작하기는 싫었던 것이다.

"고맙네." 키티는 콧방귀를 뀌었다.

나는 키티가 피하기 전에 잽싸게 팔을 뻗어 키티가 비명을 지를 만큼 꽉 끌어안았다. 그러고는 새로 산 새 학기 기념 꽃무늬 책가방을 집어 들고 현관으로 나갔다. 새해의 새로운 날이다. 근사한 한 해가 될 것 같은 기분이 든다.

조시 오빠는 벌써 차에 타고 있었다. 나는 얼른 달려가 문을 열고 차에 올랐다.

"딱 맞춰 왔네." 오빠는 그렇게 말하며 손을 높이 들어 하이파이브를 청했다. 내가 손을 부딪쳤더니 '짝' 하는 소리가 경쾌하게 났다. "좋은데?" 오빠가 말했다.

"8점은 되겠지?" 나도 맞장구를 쳤다. 우리 동네의 상징인 연못을 지나 동네 입구의 패스트푸드점을 쌩 하고 지나쳐갔다.

"키티한테 용서는 받았어?"

"아니. 그래도 곧 풀릴 것 같아."

"키티처럼 삐치면 오래가는 애도 없을 거야." 조시 오빠가 말했다. 나는 진심으로 고개를 끄덕였다. 나는 화가 나도 오래갈 수가 없는 성격인 데 반해, 키티는 한번 삐치면 죽자 사자 안 풀고 버텼다.

"내가 학기 첫날용 점심을 근사하게 만들어줬으니까 조금은 풀리겠지." 내가 말했다.

"착한 언니네."

나는 "마고 언니만큼?"이라고 물었지만, 그 말이 끝나기가 무섭게 우리 둘 다 "그런 언니는 세상에 없지"라고 합창을 했다.

16

며칠이 지나고 공식적인 학기가 시작되어 어느 정도 자리를 잡았다. 학기 초반 며칠은 항상 책이며 시간표를 나눠주고 자리를 배치하느라 버리는 시간이다. 지금부터가 진짜 학기의 시작이다.

체육 시간에 화이트 코치님은 아직 따뜻할 때 햇볕이나 쬐라면서 운동장에서 자유 시간을 주었다. 크리스와 나는 트랙을 따라 걷고 있었다. 크리스는 노동절이 낀 주말에 갔었던 파티 얘기를 늘어놓았다. "이 계집애가 자꾸만 내가 붙임머리를 했다는 거야. 거의 싸울 뻔했다니까. 내 머릿결이 좋은 게 내 잘못이냐고."

세 바퀴째를 돌고 있는데 피터 카빈스키가 날 쳐다보고 있는 게 보였다. 처음에 나는 피터가 내 쪽을 보고 있다는 게 내 상상이려니 했지만, 이번이 벌써 세 번째였다. 피터는 남자애들 몇이랑 얼티미트 프리스비*를 하고 있었다. 우리가 그쪽을 지나칠 때 피터가 뛰어와서 말했다. "잠깐 얘기 좀 할 수 있을까?"

---

* 팀을 나눠서 플라스틱 원반을 던지며 하는 스포츠.

크리스와 나는 서로를 멀뚱멀뚱 쳐다봤다. "얘? 아니면 나?" 크리스가 물었다.

"라라 진."

크리스는 나를 보호하려는 사람처럼 내 어깨에 팔을 두르고 말했다. "말해봐. 듣고 있잖아."

피터가 어이없다는 표정을 지었다. "둘이서 조용히 얘기하고 싶은데."

"알았어." 말을 끊은 크리스는 홱 하고 돌아서 저만치 가버렸다. 가면서 크리스는 고개를 돌려 눈이 휘둥그레진 채로 내게 '대체 뭐야?' 하는 표정을 지었지만, 나는 '나도 몰라!' 하는 뜻으로 어깨만 으쓱할 뿐이었다.

피터는 나지막하고 차분한 목소리로 말했다. "그냥 알기나 하라고. 나 성병 같은 거 전혀 없어."

'이건 또 뭔 소리야?' 나는 입을 쩍 벌린 채 피터를 빤히 봤다. "난 네가 성병 있다고 말한 적 없어!"

피터는 여전히 낮은 목소리였지만 실은 화가 나 있었다. "그리고 맨날 마지막 남은 피자를 먹지도 않아."

"대체 무슨 소리야?"

"네가 그렇게 말했잖아. 편지에서. 내가 지독하게 이기적이고 여자애들한테 성병이나 퍼뜨리고 다니는 애라고. 기억 안 나?"

"무슨 편지? 내가 언제 너한테 편지를 썼다는 거야? 한 번도 그런 적 없어!"

가만. 쓴 적이 있다. 백만 년 전이기는 하지만 내가 피터에게 편지를 쓰긴 썼었다. 하지만 피터가 지금 얘기하는 편지는 그 편지를 말하는 게 아니다. 그럴 리가 없다.

"쓴 적 있거든. 내 앞으로 되어 있었어. 쓴 사람은 너고."

오 마이 갓. 설마, 설마. 절대 그럴 리가 없어. 이건 현실이 아냐. 내가 꿈을 꾸고 있는 거야. 나는 지금 내 방에서 꿈을 꾸고 있고, 피터 카빈스키는 꿈에서 날 노려보고 있는 거야. 나는 눈을 감았다. 꿈인가, 생시인가?

"라라 진?"

눈을 떴다. 꿈이 아니다. 현실이었다. 이런 악몽이. 피터 카빈스키가 손에 내 편지를 들고 있었다. 내 글씨, 내 봉투가 맞다. "어떻게…… 네가 어떻게 그걸 손에 넣은 거야?"

"어제 우편으로 받았어." 피터는 한숨을 내쉬었다. 그리고 퉁명스럽게 말했다. "있잖아. 뭐 대단한 건 아냐. 그냥 나는 네가 사람들한테 그렇게 말하고 다닐까 봐……."

"우편으로 왔다고? 너희 집으로?"

"어."

현기증이 났다. 정말로 어지러웠다. 제발 지금 기절하게 해주세요. 차라리 기절한다면 더 이상 지금 이 자리에 이렇게 서 있지 않아도 될 텐데. 그 왜, 영화에서처럼 너무 무서운 나머지 소녀는 기절하고 그동안 싸움이 다 끝나버려서 소녀가 병원에서 깨면 나쁜 일은 이미 다 지나가버린 경우처럼 말이다. 나도 차라리 그랬으면.

나는 땀이 나기 시작하는 게 느껴졌다. 그래서 얼른 말했다.

"있잖아. 그 편지 내가 진~~~~짜 진짜 옛날에 쓴 거야."

"그래."

"옛날 옛날에, 진~~~짜 옛날에. 나는 내가 뭐라고 했었는지 기억도 안 나." '가까이서 보면 네 얼굴은 잘생겼다기보다 아름답더라.' "정말이지, 그 편지는 중학교 때 쓴 거야. 대체 누가 그걸 보냈지. 내가 좀 봐도 돼?" 나는 최대한 차분하게, 절박한 티를 내지 않으려고 애쓰며 손을 뻗었다. 아무 일도 아닌 것처럼.

피터는 잠시 망설이더니 특유의 웃음을 씩 웃었다. "에이, 아냐. 그냥 내가 가질게. 이런 편지 처음 받아봐."

나는 순간 고양이처럼 폴짝 뛰어서 피터의 손에 들려 있는 편지를 낚아챘다.

피터는 웃음을 터뜨리더니 항복의 표시로 두 손을 들었다. "알았어, 알았어. 너 줄게. 나 참."

"고마워." 나는 뒷걸음질을 치며 그만 가려고 했다. 편지를 쥔 손이 떨리고 있었다.

"잠깐만." 피터가 잠시 망설이더니 말했다. "저기, 내가 네 첫 키스를 훔치려고 했다거나 뭐 그런 건 아냐. 내 말은, 일부러 그런 건 아니었다고……."

나는 웃음을 터뜨렸다. 억지로 거짓 웃음을 웃으려고 하니 내가 듣기에도 약간 미친 사람처럼 들렸다. 애들이 고개를 돌려 우리 쪽을 쳐다봤다. "알았어. 용서해줄게! 옛날 일인데 뭐!" 그리고 나는 뛰기 시작했다. 여태껏 그렇게 빨리 달려본 적은 없을 것이다. 그렇게 여자 사물함실까지 뛰어갔다.

대체 어떻게 된 일이지?

나는 바닥에 주저앉았다. 나도 벌거벗은 채 학교에 가는 꿈은 꿔본 적이 있다. 벌거벗은 채 학교에 갔는데 내가 들은 적도 없는 과목의 시험을 봐야 했던 꿈도 꿔본 적이 있다. 심지어 벌거벗은 채 시험을 보고 있는데 누군가 나를 죽이려고 하는 쓰리콤보 꿈까지도 꿔본 적이 있다. 하지만 이건 그 이상이다. 그것보다 천 배, 만 배는 더한 악몽이다.

그러고 나서 나는, 달리 할 일도 없었기 때문에, 봉투에서 편지를 꺼내 읽어보았다.

피터 K에게

먼저, 너를 피터 카빈스키라고 부르지는 않을게. 너는 네 이름이 아닌 성으로 불리면 더 근사하게 들리는 줄 아는 모양인데, '카빈스키'는 턱수염이 허연 할아버지를 연상시켜.

나한테 키스했을 때, 내가 널 좋아하게 될 거라는 거 알고 있었니? 내 생각엔 그런 거 같기도 해. 아니, 분명히 그런 거 같아. 왜 줄 알아? 왜냐면 너는 애들이 '모두 다' 널 좋아한다고 생각하니까. 난 네 그런 점이 싫어. 왜냐면 다들 실제로 널 좋아하니까. 나까지도 말야. 그랬었어. 이제는 아니지만.

이제 네가 최악인 이유들을 말해줄게.

너는 트림을 하고 나서도 미안하다고 안 해. 넌 그냥 다른 애들이 죄다 그걸 매력적으로 볼 거라고 생각하지. 그리고 그렇게 생각하지 않은들, 너는 신경 안 쓰는 척하지. 안 그래? 아냐! 너는 신경 써. 너는 남들이 널 어떻게 생각하는지에 엄청 신경 써.

너는 맨날 마지막 남은 피자 한 조각을 네가 먹지. 누구 먹고 싶은 사람 있는지 물어보는 법이 절대 없어. 그건 무례한 짓이야.

넌 뭐든 다 잘하지. 너무 잘해. 다른 남자애들이 잘할 수 있는 기회를 줄 수도 있을 텐데, 절대로 그렇게는 안 하지.

너는 아무 이유도 없이 내게 키스를 했어. 네가 제너비브를 좋아한다는 걸, 나도 알고, 너도 알고, 제너비브도 알고 있었는데. 그런데도 너는 내게 키스를 했어. 그냥 네가 그렇게 할 수 있다는 이유만으로 말이야. 나는 정말 궁금해. 너는 대체 나한테 왜 그런 거야? 나는 정말 특별한 첫 키스를 바랐어. 첫 키스가 어떤 느낌이어야 하는지, 책에서 많이 봤으니까. 불꽃이 팡팡 터지고, 번개가 치고, 파도 소리가 귀를 때리는 거라고. 그런데 난 그 어느 것도 느끼질 못했어. 너 때문에 내 첫 키스는 너무 너무 평범한 키스가 되고 말았어.

그리고 정말 최악인 건, 그 아무것도 아닌 바보 같은 키스 때문에 내가 널 좋아하게 되었다는 거야. 그전까지 나는 한 번도 널 좋아한 적이 없어. 심지어 널 생각해본 적조차 없었어. 제너비브는 항상 네가 우리 학년에서 제일 잘생겼다고 말했고 나도 동의했었어. 그게 사실이니까. 하지만 그래도 나는 너한테서 매력은 느끼지 못했어. 잘생긴 사람은 많으니까. 잘생겼다고 해서 재미있거나 끌리거나 멋있는 건 아냐.

어쩌면 네가 나한테 키스를 한 것도 그 때문이겠지. 나를 세뇌 시켜서, 널 그런 식으로 보게 만들려고. 효과가 있었어. 네 그 얄

팍한 수작이 통했어. 그때부터 나는 너를 보게 됐어. 가까이서 보면 네 얼굴은 잘생겼다기보다 아름답더라. 너는 아름다운 남자애를 얼마나 많이 봤니? 나는 딱 한 명뿐이야. 너. 나는 그게 네 속눈썹 탓이 크다고 생각해. 넌 정말 긴 속눈썹을 가졌으니까. 속눈썹이 불공평할 만큼 길어.

넌 그럴 자격도 없지만, 그래도 그래, 내가 너에 관해 좋았던 점들도 하나씩 다 말해볼게.

한번은 과학 시간에 아무도 제프리 서틀먼 옆에 앉지 않으려고 했어. 암내가 난다고. 그런데 네가 그 옆자리를 자원했어. 마치 아무 일도 아니라는 듯이. 갑자기 다들 제프리가 그렇게 나쁘지는 않다고 생각하게 됐어.

너는 아직도 합창단에 있어. 다른 남자애들은 모두 이제 밴드나 오케스트라에 있는데도 말야. 심지어 너는 솔로도 부르지. 그리고 춤을 출 때도 부끄러워하지 않아.

너는 남자애들 중에서 절대로 키가 자랄 것 같지 않던 애였어. 그런데도 지금은 네가 제일 크지. 그리고 그게 네 노력의 결과처럼 보여. 그리고 심지어 네가 키가 작았을 때도 아무도 네가 키가 작은 것에 개의치 않았어. 여자애들은 그때도 여전히 널 좋아했고, 남자애들은 그때도 여전히 체육관에서 농구를 할 때 너를 제일 먼저 뽑았어.

네가 나한테 키스를 하고 나서, 나는 중학교 1학년 내내, 그리고 2학년 초까지도 너를 좋아했어. 네가 제너비브랑 사귀는 모습을 지켜보는 건 쉽지 않았어. 손을 잡고 버스 정거장에서 키스를 하는 모습도. 넌 아마 제너비브를 아주 특별하다고 느끼게 만들어주었을 거야. 그게 네 장기니까. 안 그래? 너는 사람들이 자신을 특별한 사람이라고 느끼게 만드는 재주가 있어.

도저히 참을 수 없는 사람, 절대로 나처럼 느끼지 않을 거란 걸 아는 사람을 좋아하는 게 어떤 건지 알아? 넌 아마 모를 거야. 너 같은 사람들은 그런 고통을 겪을 필요가 없으니까. 제너비브가 이사를 가서 더 이상 제너비브랑 친구로 지내지 않게 된 후에는 조금 더 편해졌어. 적어도 이후에는 너희가 사귀는 얘기를 들을 필요는 없었으니까.

그리고 이제 거의 한 해가 끝났어. 그리고 너에 대한 내 마음도 끝났다는 걸 나는 확실히 알아. 이제 나는 너한테는 면역이 됐어. 난 이 학교에서 피터 카빈스키의 매력에 면역이 된 유일한 여자라고 말할 수 있게 되어서 정말 자랑스러워. 전부 다 내가 중1 때와 중2 초반에 너라는 애를 충분할 만큼 겪었기 때문이지. 이제 나는 다시는 너를 좋아할까 걱정하지 않아도 돼. 이 얼마나 안심되는 일이야! 내가 다시 너랑 키스를 한다면 분명히 뭔가에 걸리겠지만 그건 사랑앓이가 아니라 성병일 거야!

라라 진 송

17

굴을 파고 들어가 그 안에서 남은 생을 살 수만 있다면 나는 기꺼이 그렇게 할 것이다.

대체 난 왜 그 키스 얘기를 꺼낸 걸까? 대체 왜?

존 앰브로즈 매클래런네 집에서 있었던 일을 나는 여전히 하나도 빠짐없이 기억하고 있다. 우린 곰팡이 냄새와 세제 냄새가 섞여 나는 지하실에 있었다. 나는 언니의 옷장에서 훔친 파란색과 흰색이 섞인, 수놓인 홀터넥 티셔츠에 흰색 반바지를 입고 있었다. 내가 처음으로 끈 없는 브라를 입어본 날이었다. 그 브라는 크리스의 것이었는데, 나는 어쩐지 부자연스러워서 자꾸만 브라를 끌어올리고 있었다.

주말에, 그것도 밤에 남자애들과 여자애들이 함께 어울린 것은 그날이 처음이었다. 그 점도 좀 이상했는데 뭔가 꿍꿍이가 있는 것 같은 느낌을 주었기 때문이다. 방과 후 앨리네 집에 놀러 갔을 때 이웃집 남자애들이 그 집 쌍둥이 아들과 놀고 있는 거랑은 달랐다. 남자애들과 마주칠 것을 알면서 쇼핑몰에 가는 것과도 달랐다. 우리는 미리 계획을 세웠고, 차로 데려다달라고 해서 일부러 왔고, 특별한 브라를 입었다. 그것도 토요일 밤에 말이다. 존의 형이 우리를 지켜보기로 되어 있었지만 존은 형에게 10달러를 주고 방에서 나오지 말라고 했다.

뭐 그리 대단히 흥미진진한 일이 있었던 것은 아니다. '콜라병 돌리기'*를 한다거나 '천국에서의 7분'** 게임 같은 것 말이다. 여자애들은 그 두 경우를 대비해서 껌과 립글로스까지 준비했다. 그날 일어난 일이라고는 남자애들은 비디오 게임을 했고, 여자애들은 휴대전화를 들여다보며 놀거나 서로 귓속말을 한 게 전부다. 그러다가 부모들이 하나둘 우리를 데리러 왔고, 그 모든 계획과 기대를 생각하면 그야말로 용두사미로 흐지부지 끝나버린 파티였다. 나도 실망이 컸는데, 딱히 누구 좋아했던 사람이 있었기 때문이 아니라, 그냥 로맨스와 드라마를 좋아하는 나로서는 누군가 한 명쯤에게는 뭔가 흥미진진한 일이 벌어지길 바란 탓이었다.

그런데 바로 그런 일이 벌어졌다.

나한테 말이다!

피터와 나는 마지막까지 오지 않은 부모님들을 기다리며 둘만 1층에 남아 있었다. 우리는 소파에 앉아 있었는데, 나는 아빠에게 계속 "어디세요?"라는 문자를 보내고 있었고, 피터는 휴대전화 게임을 하고 있었다.

그러다가 정말 뜬금없이, 피터가 이렇게 말했다. "네 머리칼에

---

* 병이 멈췄을 때 가리키는 사람과 키스를 해야 하는 게임.
** 7분간 두 사람만 옷장에 갇히는 게임.

서 코코넛향이 나."

서로 그렇게 가깝게 앉아 있지도 않았는데 말이다. "그래? 거기까지도 냄새가 난단 말야?"

피터는 이쪽으로 몸을 숙여 냄새를 한 번 맡더니 고개를 끄덕였다. "어. 하와이나 뭐 그런 게 생각나는 냄새야."

"고마워!" 나는 그렇게 말했다. 피터의 말이 칭찬인지는 확실치 않았지만 고맙다는 말을 할 만큼은 긍정적인 말 같았다. "코코넛향 이거랑 내 동생 베이비 샴푸를 번갈아 써보는 중이야. 어느 게 더 머리칼이 부드러워지는지 보려고……."

바로 그 순간 피터 카빈스키가 몸을 숙이더니 내게 키스를 했고, 나는 소스라치게 놀랐다.

그 키스를 하기 전까지 나는 한 번도 피터를 그 어떤 식으로도 생각해본 적이 없었다. 피터는 너무 예쁘고 너무 능청스러웠기 때문이다. 내 타입은 전혀 아니었다. 하지만 피터가 내게 키스를 한 이후, 나는 몇 달간 피터 말고는 아무런 다른 생각을 할 수가 없었다.

만약 피터가 시작에 불과하다면? 만약…… 다른 편지들까지 모두 어떤 식으로든 부쳐졌다면? 존 앰브로즈 매클래런, 캠프에서 만났던 케니, 루커스 크라프.

조시 오빠.

맙소사. 조시 오빠.

나는 바닥에서 벌떡 일어났다. 모자 상자를 찾아야 했다. 그

안에 든 편지들을 찾아야 했다.

나는 다시 운동장으로 나갔다. 크리스가 아무 데도 보이지 않았다. 체육관 뒤편에서 담배를 피우고 있겠지. 나는 곧장 코치님을 향해 걸어갔다. 코치님은 전화기를 들고 스탠드에 앉아 있었다.

"계속 토가 나와요." 나는 불쌍하게 말했다. 허리를 푹 숙이고 팔로 배를 감싸 쥐었다. "양호실에 좀 가 봐도 될까요?"

코치는 고개도 들지 않고 말했다. "응. 가 봐."

코치의 눈을 벗어나자마자 나는 뛰기 시작했다. 나는 체육 시간이 그날의 마지막 수업이었고, 학교에서 우리 집까지는 겨우 3, 4킬로미터밖에 되지 않았다. 나는 바람처럼 달렸다. 내 평생 이렇게 열심히, 이렇게 빨리 뛰어본 적은 처음이었고, 앞으로도 다시는 없을 것이다. 얼마나 열심히 뛰었던지 두어 번은 정말로 토할 것 같은 기분이 들어서 잠깐 멈춰야 했다. 하지만 멈추면 다시 내 편지들이 생각났다. 조시 오빠가 생각났다. 편지의 구절들이 생각났다. '가까이서 보면 네 얼굴은 잘생겼다기보다 아름답더라.' 그러면 나는 다시 뛰기 시작했다.

집에 도착하자마자 쏜살같이 2층으로 뛰어 올라가 옷장을 열고 모자 상자를 찾았다. 항상 올려두는 꼭대기 선반 위에는 없었다. 바닥에도, 보드게임 판 뒤에도 없었다. 그 어디에도 모자 상자는 없었다. 나는 무릎을 꿇고 엉금엉금 기어 다니며 내 물건들을 뒤지기 시작했다. 스웨터 더미, 구두 상자, 문방구들. 나는 그렇게 큰 모자 상자가 도저히 있을 수 없는 곳까지 다 뒤

라라 진의 첫 번째 이야기

졌지만, 상자는 그 어디에도 없었다.

나는 바닥에 주저앉고 말았다. 공포 영화였다. 내 인생이 공포 영화가 됐다. 옆에 있던 휴대전화가 '징' 하고 울렸다. 조시 오빠였다. '어디니? 크리스 차 얻어 타고 간 거야?'

나는 전화기를 꺼버렸다. 그리고 주방으로 내려가 집 전화기로 언니에게 전화를 했다. 아직도 뭔가 안 좋은 일이 생기면 나는 본능적으로 언니를 찾게 된다. 조시 오빠 부분만 빼놓고 피터에 초점을 맞춰서 얘기하면 된다. 그러면 언니가 해결책을 알려줄 것이다. 언니는 항상 해결책을 갖고 있으니까. 나는 울음을 터뜨릴 만반의 준비가 되어 있었다. '고고, 너무 너무 보고 싶어. 언니가 없으니까 모든 게 엉망진창이야.' 하지만 전화를 받은 언니의 목소리는 졸렸고, 자고 있는 언니를 내가 깨웠다는 것을 알 수 있었다. "자고 있었어?" 내가 물었다.

"아냐. 그냥 누워 있었어." 언니는 거짓말을 한다.

"아냐. 자고 있었네, 뭐! 언니, 거기 아직 10시도 안 되었잖아! 아니다. 10시 넘었어? 내가 또 계산을 잘못 했나?"

"아냐. 맞어. 그냥 좀 피곤해서 그래. 5시부터 깨 있었어. 왜냐면⋯⋯." 언니의 목소리가 작아졌다. "무슨 일이야?"

나는 망설였다. 어쩌면 이 모든 일로 언니에게 부담을 주지 않는 편이 더 나을지도 모른다. 무엇보다 언니는 이제 겨우 대학에 입학했지 않은가. 언니는 대학에 가기 위해 그토록 열심히 노력했고, 이제 꿈을 실현했다. 그러니 언니는 이제 재미나게 지내며 언니가 없는 이곳의 일이 어떻게 돌아가는지에 대해서는 걱정하지 않는 게 옳다. 게다가 언니한테 뭐라고 말한단 말인가? 내가 연애편지를 잔뜩 썼는데, 그것들이 어찌어찌하여 발송이 되었다고? 그중에는 언니의 남자친구에게 쓴 것도 있다고? "아무 일 없어." 나는 그렇게 말했다. 나는 언니라면 했을 만한 행동을 할 것이다. 스스로 해결책을 찾아내는 것 말이다.

"분명히 무슨 일 있는 것처럼 들리는데?" 언니가 하품을 하며 말했다. "말해봐."

"다시 자, 언니."

"알았어." 이렇게 말하며 언니는 다시 하품을 했다.

우리는 전화를 끊었다. 나는 아이스크림을 통째로 꺼내, 덜지도 않고 그 위에 바로 초콜릿 소스와 휘핑크림, 너츠를 뿌렸다. 그리고 그걸 들고 내 방으로 올라와 드러누워 먹기 시작했다. 나는 기계처럼 계속 아이스크림만 퍼먹었다. 아이스크림 한 통이 다 사라질 때까지.

18

　잠시 후 눈을 떠보니 키티가 침대 발치에 서 있었다. "침대 시트에 아이스크림 묻었어." 키티가 알려주었다.

　나는 끙 소리를 내며 돌아누웠다. "키티, 나 지금 그딴 건 하나도 안 중요해."

　"아빠가 저녁 치킨 먹을지 햄버거 먹을지 물어봐. 나는 치킨."

　나는 똑바로 일어나 앉았다. 아빠가 집에 왔다! 어쩌면 아빠가 뭔가 알지도 모른다. 아빠는 요즘 대청소를 하느라 물건들을 내다버리고 있었다. 어쩌면 아빠가 내 모자 상자를 어딘가 안전한 곳에 치워 놓았을지도 모른다. 피터에게 쓴 편지는 그냥 어쩌다 재수 없이 흐른 것이고 말이다!

　침대에서 벌떡 일어난 나는 아래층으로 뛰어 내려갔다. 심장이 쿵쾅거렸다. 아빠는 서재에 있었다. 안경을 쓰고 오듀본의 두꺼운 조류 화집을 보고 있다.

　나는 숨도 쉬지 않고 물었다. "아빠 제 모자 상자 보셨어요?"

　아빠가 고개를 들었다. 뿌연 표정의 아빠는 아직도 오듀본의 그림에서 깨어나지 못했고, 정신 나간 듯한 내 상태에는 관심이 없다는 것을 알 수 있었다. "무슨 상자?"

"청록색 모자 상자요. 엄마가 사준 거!"

"아, 그거⋯⋯." 그렇게 말하는 아빠는 여전히 어리둥절한 표정이었다. 아빠는 안경을 벗었다. "몰라. 네 롤러스케이트랑 같이 갔을 수도 있어."

"무슨 뜻이세요? 대체 무슨 말씀이세요?"

"자선단체. 아닐 것 같긴 한데, 내가 같이 자선단체에 갖다줬을 가능성도 아주 약간은 있어."

내가 헉 하고 말을 제대로 잇지 못하자, 아빠는 변명하듯 말했다. "그 롤러스케이트는 더 이상 네 발에 맞지도 않았어. 그냥 자리만 차지하고 있었다고!"

나는 바닥에 주저앉았다. "그거 핑크색 빈티지 스케이트였어요. 키티 주려고 아껴놓았던 거란 말이에요⋯⋯. 그리고 지금 그게 문제가 아니에요. 롤러스케이트는 관심 없어요. 제 모자 상자가 문제라고요! 아빠, 대체 아빠가 무슨 짓을 저질렀는지 아세요?" 아빠는 자리에서 일어나, 나를 일으켜 세우려고 했다. 나는 저항하며 벌렁 드러누워 버렸다.

"라라 진. 버렸는지 어쨌는지도 확실치 않아. 우리 한번 집 안 구석구석 돌아보자. 응? 미리부터 좌절할 것 없어."

"모자 상자가 놓여 있을 자리는 하나뿐이에요. 그런데 거기 없다고요. 사라진 거예요."

"그러면 내가 내일 출근길에 자선단체에 들러 볼게." 아빠는 내 옆에 쭈그리고 앉았다. 아빠는 불쌍하긴 하면서도 화도 나고 도무지 이해할 수가 없다는, '어떻게 멀쩡한 내 DNA에서 이런 애가 나왔을까?' 하는 표정을 짓고 있었다.

"너무 늦었어요. 늦었다고요. 이제 소용없어요."

"대체 그 상자에 뭐가 그렇게 중요한 게 들어 있는 거냐?"

뱃속에서 아이스크림이 요동치는 게 느껴졌다. 나는 또 한 번 토할 것 같은 기분을 느꼈다. "전부 다요."

아빠는 얼굴을 찌푸렸다. "나는 그게 엄마가 준 건지도, 그렇게 중요한 물건인지도 정말 몰랐다." 아빠는 주방으로 물러나며 이렇게 말했다. "저녁 먹기 전에 아이스크림 어떠니? 그러면 기분이 좀 나아지지 않을까?"

마치 식전의 디저트가 내 기분을 끌어올려줄 거라는 듯이, 내가 마치 거의 만 열일곱에 가까운 열여섯 살이 아니라, 키티 나이쯤이라도 되는 것처럼 말이다. 나는 대꾸도 하지 않았다. 그냥 그대로 차가운 나무 바닥에 볼을 댄 채 누워 있었다. 게다가 냉장고에는 남은 아이스크림도 없다. 아빠도 곧 알게 되겠지만.

조시 오빠가 그 편지를 읽는 것은 생각조차 하기 싫다. 생각조차. 너무 끔찍한 일이니까.

저녁 식사(키티의 요청대로 치킨이었다) 후에 내가 주방에서 설거지를 하고 있는데 초인종이 울렸다. 아빠가 문을 열었다. 조시 오빠의 목소리가 들렸다. "아저씨, 안녕하세요? 라라 진 있어요?"

으…… 안 돼. 안 돼, 안 돼, 안 돼!!!!! 지금 조시 오빠를 볼 수는 없다. 영원히 안 볼 수야 없겠지만, 적어도 오늘은 아니다. 절대 지금 이 순간은 못 본다. 볼 수가 없다.

나는 들고 있던 접시를 그대로 싱크대에 내려놓고 들입다 내뺐다. 뒷문으로 빠져나가 계단을 내려가서 뒷마당을 가로질러 피어스네 마당으로 들어갔다. 그리고 나무 사다리를 기어올라 캐럴린 피어스의 오래된 오두막으로 들어갔다. 중학교 때 이후로 이 오두막에 들어온 것은 오늘이 처음이었다. 옛날에 우리는 밤에 여기 모여서 놀곤 했다. 크리스와 제너비브, 나, 그리고 두어 번은 남자애들도 함께.

나는 나무판자들 틈새로 계속해서 바깥 동정을 살폈다. 최대한 웅크리고 앉아 조시 오빠가 자기 집으로 돌아가기만 기다렸다. 그리고 오빠가 자기 집 안에 머무는 것을 확인하고 나서야 사다리를 내려와 우리 집으로 내달렸다. 정말 뛸 일이 많은 하루였다. 생각만 해도 온몸의 힘이 다 빠져나간다.

19

다음날 아침 나는 완전히 새로운 사람이 되어 잠에서 깼다. 이제는 계획이 생겼다. 앞으로 영원히 조시 오빠를 보지 않을 생각이다. 아주 간단하다. 영원히 피하는 게 불가능하다면 적어도 이 사태가 다 진정되고, 오빠가 내 편지에 대해 잊어버릴 때까지만이라도. 그리고 아주 작기는 하지만, 조시 오빠가 편지를 받지 않았을 가능성도 없지는 않다. 피터에게 편지를 부친 사람이 딱 그것 한 통만 부쳤을지 누가 아는가!

엄마는 언제나 낙천주의가 내 가장 큰 장점이라고 하셨다. 크리스와 마고 언니는 내 낙천주의가 짜증난다고 했지만, 삶의 밝은 면을 본다고 해서 나쁠 건 없다.

아래층에 내려가니 아빠와 키티는 벌써 식탁에서 토스트를 먹고 있었다. 나는 시리얼을 그릇에 담아 식탁에 함께 앉았다.

"출근길에 자선단체에 들를 거야." 아빠는 신문 뒤로 토스트를 파삭파삭 씹으며 그렇게 말했다. "분명히 모자 상자가 거기서 나타날 거야."

"모자 상자 없어졌어? 엄마가 준 거?" 키티가 물었다.

나는 고개를 끄덕이며 시리얼을 입에 밀어 넣었다. 얼른 일어나지 않았다가는 나가다가 조시 오빠와 마주칠지도 모른다.

"근데 상자에 뭐가 들었어?" 키티가 물었다.

"사적인 거야. 그냥 나한테 소중한 게 들었다는 것만 알면 돼."

"모자 상자 못 찾으면 아빠한테 화낼 거야?" 키티는 내가 답을 하기도 전에 벌써 스스로 답을 말했다. "설마 그러진 않겠지. 언니는 화를 길게 내지는 않으니까."

맞는 말이다. 나는 화를 길게 못 낸다.

신문 너머로 아빠가 키티에게 물었다. "대체 그 모자 상자에 뭐가 있었니?"

키티는 어깨를 으쓱했다. 그리고 입안 가득 토스트를 우물거리며 말했다. "또 베레모?"

"아니, 베레모는 더 없어." 나는 두 사람을 한 번 째려보고는 말했다. "그럼 저는 이만 먼저. 학교에 늦고 싶지 않아서요."

"너무 빠른 거 아냐?"

"오늘은 버스 타고 갈 거예요." 아마 언니의 차가 수리될 때까지 매일 버스를 타게 되겠지만, 두 사람에게 그 얘기까지 할 필요는 없었다.

20

아무리 생각해도 이상한 우연의 일치다. 마치 열차 탈선이 슬로모션으로 일어나는 것처럼 말이다. 일이 이렇게까지 잘못되려면 모든 게 딱딱 때맞춰 일어나야만 한다.

버스 기사가 막다른 골목에서 후진하느라 애를 먹지 않았더라면, 그래서 학교에 평소보다 4분 늦게 도착하지 않았더라면, 나는 조시 오빠와 마주칠 일이 없었을 것이다.

조시 오빠의 차가 시동이 걸렸더라면 오빠는 아빠 차를 얻어탈 필요가 없었을 테고 그랬다면 내 사물함 쪽으로 걸어올 일도 없었을 것이다.

피터가 상담실에서 우튼 선생님과 만나지 않았다면 10초 후복도를 걸어오지도 않았을 것이고, 그랬다면 이 모든 일이 벌어지지 않을 수도 있었다. 하지만 일은 벌어졌다.

나는 내 사물함 앞에 있었다. 사물함 문에 뭐가 걸렸는지 문이 잘 열리지 않아서 낑낑거리는 참이었다. 그러다가 마침내 문이 열렸는데 거기, 조시 오빠가 서 있었다.

"라라 진……." 오빠는 도저히 이해가 안 간다는, 완전히 넋

나간 표정을 하고 있었다. "어제 저녁부터 너랑 얘기를 하려고 했는데, 너희 집에 갔는데 아무도 네가 어디 있는지 모르더라고……." 오빠는 내 편지를 디밀었다. "이해가 안 가. 이게 뭐니?"

"나도 몰라……." 내 목소리가 그렇게 말하는 게 들렸다. 마치 저 멀리서 들리는 음성 같았다. 유체이탈을 해서 내 몸 밖으로 나온 내가 이 모든 사태를 지켜보는 것 같은 그런 기분.

"저기, 이거 네가 보낸 거 맞지?"

"와, 세상에." 나는 숨을 한 번 들이마시고 편지를 받아 들었다. 당장 찢어버리고 싶은 마음을 가까스로 참아내면서. "이건 대체 어디서 났어?"

"우편으로 왔더라고." 조시 오빠는 양손을 주머니에 찔러 넣었다. "언제 쓴 거야?"

"옛날 옛적에." 나는 푸훗 하고 작은 거짓 웃음까지 만들어냈다. "언젠지 기억도 안 나. 아마 중학교 때일 거야." 잘했어, 라라진. 계속 그렇게 하는 거야.

조시 오빠는 천천히 말했다. "그렇구나…… 하지만 마고랑 마이크랑 벤이랑 영화 보러 간다는 얘기가 나오던데. 그거 2년 전이야."

나는 아랫입술을 깨물었다. "맞아. 그러니까 내 말은 어떻게 보면 오래전이라고. 크게 보면 말이야." 나는 거의 눈물이 굴러 떨어지기 직전이었다. 잠깐이라도 방심했다가는, 흔들렸다가는 울음을 막을 수 없을 테고 그러면 상황은 더 나빠질 것이다. 여기서 더 나빠지기도 힘들겠지만 말이다. 지금은 아무렇지 않은 척 명랑하게 태연한 척해야 한다. 그러려면 절대로 눈물은 안 된다.

조시 오빠가 어찌나 나를 빤히 보는지 나는 시선을 돌릴 수밖에 없었다. "그러면…… 네가 나한테 마음이 있다는, 아니 있었다는 얘기야……?"

"어, 뭐. 그럼. 오빠랑 마고 언니랑 사귀기 전에 마음이 있었지. 백만 년 전에 말이야."

"왜 한 번도, 아무 말도 하지 않았어? 왜냐면, 라라 진…… 세상에. 모르겠다." 나를 보는 조시 오빠의 두 눈은 혼란스러우면서도 뭔가 다른 감정도 담겨 있었다. "말도 안 돼. 속수무책으로 당한 기분이야."

지금 나를 보는 조시 오빠의 눈빛은, 갑자기 시간이 어긋나 그때 그 여름날로 돌아간 것 같았다. 내가 열네 살, 오빠가 열다섯 살이던 때로 말이다. 우리는 어딘가에서 집으로 돌아오며 함께 걷고 있었다. 조시 오빠가 나를 너무 뚫어져라 보고 있어서 나는 오빠가 분명 내게 키스를 하려는 거라고 확신했다. 안절부절못한 나는 오빠에게 싸움을 걸었고 그날 이후 오빠는 다시는 그런 눈빛으로 나를 보지 않았다.

지금 이 순간까지 말이다.

'안 돼. 제발 그러지 마.'

조시 오빠가 무슨 생각을 하든, 무슨 말을 하고 싶든, 나는 듣고 싶지 않았다. 그러려면 내가 뭐라도 해야 한다. 오빠의 말을 듣지 않아도 되도록, 말 그대로 '무슨 짓'이라도 말이다.

오빠가 말을 꺼내기도 전에 나는 이렇게 말했다. "나 만나는 애 있어."

오빠의 입이 떡 벌어졌다. "뭐?"

'뭐?'

"어. 만나는 애 있어. 내가 진짜 진짜 좋아하는 애야. 그러니까 이거는 신경 쓰지 마." 나는 아무렇지도 않게 편지를 팔랑였다. 마치 그냥 종이일 뿐이라는 듯이, 쓰레기라는 듯이, 한때 내 온 심장을 쏟아 부은 편지가 아니라는 듯이. 나는 편지를 가방에 집어넣었다. "이거 쓸 때 나도 되게 혼란스러웠어. 대체 어떻게 이게 보내졌는지도 모르겠어. 솔직히 말할 가치도 없어. 그러니까 제발, 제발 언니한테는 아무 말 하지 말아줘."

조시 오빠는 고개를 끄덕였다. 하지만 그걸로는 충분치 않다. 나는 오빠의 입으로 약속의 말을 들어야 했다. 그래서 이렇게 덧붙였다. "맹세하지? 목숨 걸고?" 혹시라도 언니가 알기라도 한다면…… 나는 죽어버리고 싶을 것이다.

"알았어. 맹세할게. 어차피 뭐, 마고가 떠난 뒤로 얘기를 해본 적도 없어."

나는 크게 한숨을 내쉬었다. "그래, 고마워." 내가 그대로 가버리려고 하는데, 오빠가 날 붙잡아 세웠다.

"그 애가 누구야?"

"그 애라니?"

"네가 만난다는 애."

그 순간 그 애를 봤다. 피터 카빈스키가 복도를 걸어오고 있었다. 마법처럼. 검은 머리의 아름다운 피터가. 배경음악이라도 흐르고 있으면 어울릴 것처럼 멋진 모습이었다. "피터. 카빈스키. 피터 카빈스키!"

수업종이 울렸다. 나는 조시 오빠를 밀치며 나아갔다. "나 가 봐야 돼! 오빠, 나중에 얘기해!"

"기다려!" 오빠가 외쳤다.

나는 곧장 피터를 향해 달려가 번개같이 그 품에 와락 안겼다. 두 팔은 피터의 목을 틀어 안았고, 두 다리는 피터의 허리를 착 감싸며 매달려 있었다. 대체 내 몸이 어떻게 이런 동작을 알고 있었는지조차 모르겠다. 단언컨대, 나는 한 번도 남자에게 이런 스킨십을 해본 적이 없기 때문이다. 이건 뭐, 영화 속 한 장면에서 음악 소리는 점점 커지고 주변에는 파도가 찰싹거려야 할 것 같은 그런 광경이었다. 피터의 표정만 빼놓고 말이다. 피터는 충격과 함께 도저히 믿기지 않는다는 표정을 짓고 있었는데, 아주 약간 재미있어 하는 것 같기도 했다. 피터는 장난을 좋아하기 때문이다. 피터는 눈썹을 추켜올리며 이렇게 말했다. "라라 진? 대체……?"

나는 대꾸하지 않았다. 그리고 그대로 피터에게 키스했다.

처음에 든 생각은 이런 거였다. '내 입술이 피터의 입술을 기억하고 있군.'

두 번째 든 생각은 이랬다. '조시 오빠가 보고 있으면 좋을 텐데. 오빠가 보고 있지 않다면 괜한 짓인데.'

심장이 어찌나 빠르게 뛰는지 내가 키스를 서툴게 하면 어찌나 하는 걱정조차 들지 않았다. 피터는 거의 3초째 내 키스를 받아주는 중이었다. 피터 카빈스키, 모든 여자애들이 꿈꾸는 남자애가 내게 키스를 하고 있었다.

나는 키스 경험이 별로 많지 않다. 피터 카빈스키, 존 앰브로즈 매클래런, 한쪽 눈이 이상한 앨리 펠드먼의 사촌, 그리고 지금 다시 피터다.

눈을 떠보니 피터가 그 표정 그대로 나를 빤히 보고 있었다. 나는 정말 진심에서 우러나 이렇게 말했다. "고마워." 피터가 대답했다. "천만에." 나는 피터의 팔에서 내려와 반대 방향을 향해 전속력으로 뛰었다.

역사 수업이 끝나고 영어 수업까지 거의 끝나갈 쯤에야 내 심장박동은 비로소 정상으로 돌아왔다. 내가 피터 카빈스키에게 키스를 했다. 복도에서, 애들이 전부 보는 앞에서 말이다. 조시 오빠 앞에서.

분명 앞뒤를 제대로 생각하고 저지른 일은 아니었다. 마고 언니가 있었다면 분명 아니라고 했을 것이다. 내가 제대로 앞뒤를 생각했다면, 가상의 남자친구를 만들어내지, 실제 인물을 고르지는 않았을 것이다. 특히나 피터 K는. 피터는 내가 고를 수 있는 애들 중에서도 최악의 선택이었다. 모두가 다 아는 애이기 때문이다. 세상에, 피터 카빈스키라니. '제너비브와 카빈스키'라고 할 때의 그 카빈스키. 둘이 지금 헤어졌고 말고는 중요한 일이 아니다. 둘은 이 학교의 공식 커플이기 때문이다.

그날 학교가 끝날 때까지 나는 철저하게 숨어 다녔다. 심지어 점심도 여자 화장실에서 먹었다.

　마지막 수업은 체육이었다. 피터와 함께 듣는 수업이다. 화이트 코치님은 웨이트트레이닝 기기들을 다시 안내했고 우리는 기기 사용법을 연습해야 했다. 이미 사용법을 다 알고 있는 피터네 일당들은 자기들끼리 따로 떨어져 자유투 시합을 했기 때문에, 나는 피터와 얘기를 나눌 기회가 없었다. 내가 피터를 쳐다보고 있는데 피터가 이쪽을 쳐다보는 바람에 서로 눈을 딱 마주친 순간이 있었다. 피터는 내게 윙크를 했다. 나는 그대로 죽어버리고 싶었다.

　수업이 끝난 후 나는 남자 사물함실 밖에서 피터를 기다렸다. 뭐라고 할지, 어떻게 설명할지 차근차근 계획을 세우면서 말이다. "그러니까 아침에는 말이야……"로 시작한 다음, 정말 말도 안 된다는 듯이 코웃음을 쳐야지!

　피터는 마지막에야 나왔다. 샤워를 해서 머리가 젖어 있었다. 남자애들은 이상하게도 학교에서 샤워를 한다. 여자애들은 절대 안 하는데. 대체 저 안에 칸막이는 있는 건지, 아니면 그냥 샤워 꼭지만 줄줄이 놓여 있어서 서로 다 보이는 건지 모르겠다.

　"안녕." 나를 보자 피터는 그렇게 말했지만 멈춰 서지 않고 그냥 계속 걸어갔다.

　피터의 뒤통수에 대고 나는 얼른 말했다. "저기 아침에는 말이야……." 나는 웃음을 터뜨렸다. 피터는 뒤를 돌아보더니 내 얼굴을 봤다.

　"맞다. 그건 대체 뭐였어?"

"말도 안 되는 장난이었어." 내가 말했다.

피터는 팔짱을 끼더니 등을 사물함에 기대고 섰다. "그거 네가 나한테 보낸 편지랑 관계있는 거야?"

"아니. 그러니까, 어. 아주 살짝."

"있잖아." 피터가 부드럽게 말했다. "내 눈에도 네가 귀여워. 좀 괴상하기는 하지만. 그런데 제너비브랑 나랑은 이제 막 헤어졌어. 그러니까 지금 당장은 내가 누구의 남자친구가 된다거나 할 수가 없는 상태라고. 그래서……."

나는 입이 떡 벌어졌다. 피터 카빈스키가 지금 나를 떨쳐내려고 하고 있는 것이다! 나는 저를 좋아하지도 않는데, 피터는 지금 나를 떨쳐내려 하고 있다. 그리고 뭐, '괴상'하다고? 내가 어떻게 '괴상'해? '귀여운데 괴상하다'는 건 모욕이다. 이건 완전 모욕이다!

피터는 아직도 계속 뭐라고 말을 하고 있다. 여전히 부드러운 눈빛을 보내면서. "내 말은, 나도 물론 고맙지. 네가 지금까지 나를 그렇게 좋아해왔다니 말이야. 고마운 일이야. 안 그래?"

더는 못 들어주겠다. 더는. "나 너 안 좋아해." 내가 큰 소리로 말했다. "네가 고마워할 이유는 눈곱만큼도 없다고."

이제 피터가 놀란 표정을 지을 차례였다. 피터는 혹시 누가 듣지는 않았나 얼른 주변을 한 번 돌아보더니, 몸을 앞으로 숙이고 속삭였다. "그러면 대체 나한테 키스는 왜 한 거야?"

"내가 널 안 좋아하니까 키스를 한 거야." 나는 너무 뻔한 거 아니냐는 듯이 말했다. "있잖아, 내 편지들은 다른 사람이 부친 거야. 내가 아니라."

"잠깐. '편지들'? 대체 몇 명한테 쓴 거야?"

"다섯 명. 그리고 내가 진짜 좋아하는 사람도 편지를 받았어……."

피터는 얼굴을 찌푸렸다. "누구?"

내가 이런 걸 왜 피터한테 말해야 하나? "그건…… 내 문제야."

"왜 이래? 나는 알 권리가 있는 거 같은데? 이 사태에 날 휘말리게 한 건 너잖아." 피터가 날카로운 표정을 지었다.

나는 입술을 깨물었다. "알았어. 조시 샌더슨."

"샌더슨 형이라면 네 언니랑 사귀지 않아?"

나는 고개를 끄덕였다. 피터가 그런 것도 아는 게 신기했다. 조시 오빠와 마고 언니까지 피터의 레이더망에 들다니. "지금은 헤어졌어. 하지만 나는 조시 오빠가 내 감정을 알기를 원치 않아…… 당연하잖아. 그래서…… 조시 오빠한테는 내가 너랑 사귄다고 했어."

"그러니까 네 감정을 숨기려고 날 이용했다고?"

"어, 말하자면 그래." 말하자면 정확하다.

"너 웃긴다."

처음에는 귀여운데 괴상하다고 하더니, 이제 웃긴단다. 무슨 소리인지 안다. "아무튼, 장단 맞춰줘서 고마워, 피터." 나는 피터에게 승리의 미소(처럼 보이길 바랐다)를 지어 보인 후 돌아섰다. "잘 가!"

피터가 팔을 뻗어 내 책가방을 그러쥐었다. "기다려…… 그러니까 샌더슨 형이 내가 네 남자친구인 줄 안다는 거 아냐? 그치? 그래서 이제 뭐라고 할 셈이야?"

나는 몸을 흔들어 피터를 떨쳐내려고 했지만, 피터가 놔주지 않았다. "아직 거기까지는 생각 못 해봤어. 이제 생각해봐야지." 나는 고개를 빳빳이 들었다. "내가 좀 괴상하잖아."

피터는 웃음을 터뜨리더니 입을 씩 하고 벌렸다. "넌 진짜 웃기는 애야, 라라 진."

21

옆에 있던 전화기가 '징' 하고 울었다. 크리스였다.

"진짜야?" 크리스가 담배 연기를 내뿜는 소리가 들렸다.

"뭐가 진짜냐고?"

나는 침대에 엎드려 있었다. 엄마는 배가 아플 땐 엎드려 있으면 배가 따뜻해지면서 괜찮아진다고 했다. 하지만 별로 도움이 되는 것 같지는 않다. 하루 종일 배가 꿀렁거린다.

"카빈스키한테 달려들어서 미친년처럼 키스했냐고."

나는 눈을 감고 잉잉거렸다. 아니라고 말할 수 있었으면 좋겠다. 나는 절대 그런 애가 아니니까. 하지만 실제로 그런 일을 저질렀으니, 아마도 나는 그런 애인 것이다. 하지만 정말 피치 못할 이유가 있었다! 나는 크리스에게 사실대로 얘기하고 싶었지만, 이 모든 게 너무 창피했다. "어. 내가 피터 카빈스키한테 달려들어서 키스를 했어. 미친년처럼."

크리스가 담배 연기를 내뿜었다. "젠장!"

"알아."

"대체 왜 그랬어?"

"솔직히 말하면 나도 모르겠어. 그냥…… 그렇게 돼버렸어."

"젠장. 너한테 그런 면이 있을 줄이야. 쫌 놀랐어."

"고마워."

"그치만 제너비브가 가만있지 않을 거야. 알지? 아무리 둘이 헤어졌다고 해도 제너비브는 피터가 자기 거라고 생각하니까."

나는 속이 뒤틀려왔다. "어. 알아."

"그년이 널 어떻게 못하게 내가 최선을 다해서 막아볼게. 하지만 너도 알잖아. 제너비브가 어떤 앤지. 뒤통수 조심해." 크리스는 전화를 끊었다.

전화를 끊고 나니 기분이 더 우울해졌다. 마고 언니가 있었다면 애초에 그런 편지들을 쓴 것부터가 괜한 짓이었다며 왜 그렇게 큰 거짓말을 했냐고 따지고 들었을 것이다. 그리고 그런 후에는 해결책을 찾도록 도와줬겠지. 하지만 마고 언니는 여기 없다. 언니는 스코틀랜드에 있다. 그리고 무엇보다, 언니야말로 내가 이 이야기를 절대로 할 수 없는 사람이다. 내가 조시 오빠를 어떻게 생각하는지에 대해 언니는 절대, 절대, 절대로 알아서는 안 된다.

한참 후 나는 침대에서 나와 키티 방으로 갔다. 키티는 바닥에 앉아 제일 밑에 있는 서랍을 뒤지고 있었다. 키티는 올려다보지도 않고 말했다. "내 하트 파자마 못 봤어?"

"어제 빨았으니까 아마 건조기에 들어 있을 거야. 저녁에 영화 보고 카드놀이 하지 않을래?" 기분 전환이 필요하다.

키티가 자리에서 일어났다. "못 해. 얼리샤 버나드 생일 파티에 가야 돼. 스케줄 노트에 있잖아."

"얼리샤 버나드가 누군데?" 나는 엉망인 키티의 침대에 풀썩 주저앉았다.

"새로 온 애 있잖아. 우리 반 여자애들을 전부 다 초대했어. 걔네 엄마가 아침에 크레이프 만들어준대. 언니, 크레이프가 뭔지 알아?"

"어."

"먹어본 적 있어? 짠 것도 있고, 단 것도 있다던데."

"어. 누텔라*랑 딸기 올린 것 먹어봤어." 마고 언니가 에드거 앨런 포 박물관에 가고 싶다고 해서 조시와 마고 언니, 나 이렇게 셋이서 리치몬드까지 차를 몰고 간 적이 있었다. 시내 카페에서 점심을 먹었는데 그때 내가 먹은 게 바로 그 크레이프였다.

키티의 눈이 휘둥그레지더니 탐욕으로 빛났다. "걔네 엄마가 만들어주는 게 그거면 좋겠다." 그러고는 쪼르르 나가버렸다. 아마 세탁실에 파자마를 가지러 가는 모양이었다.

나는 키티의 아기돼지 인형을 집어서 두 팔에 꼭 끌어안았다. 그러니까 금요일 밤에는 아홉 살짜리 내 동생조차 약속이 있는 것이다. 마고 언니가 있었다면 조시랑 다 같이 영화를 보러 갔거나, 칵테일 타임에 벨뷰 양로원에 들렀을 텐데. 아빠가 집에 있었다면 용기를 내서 아빠 차를 운전하거나 아빠에게 데려다달라고 했겠지만 오늘은 그것조차 안 된다.

---

* 헤이즐넛이 들어간 초콜릿 스프레드 제품의 브랜드명.

키티를 데리러 온 차가 떠난 후, 나는 내 방으로 돌아와 구두를 정리했다. 아직 샌들을 겨울 구두로 바꾸기에는 이른 계절이었지만, 우울함을 벗어나려면 뭐든 해야 했다. 옷 정리까지 할까 하다가, 그건 일을 너무 크게 벌이는 것 같았다. 그래서 나는 책상에 앉아 한국에서 외할머니가 사준 편지지를 꺼내 언니에게 편지를 썼다. 하늘색 바탕에 둘레에는 새하얀 양들이 복슬복슬 그려져 있는 편지지였다. 나는 학교 얘기며, 키티의 새로운 선생님, 그리고 언니가 본다면 분명 빌려 입고 싶어 할 일본 웹사이트에서 주문한 라벤더 스커트에 관해 썼다. 하지만 정작 중요한 얘기는 아무것도 하지 않았다.

언니가 너무나 보고 싶다. 언니가 없으니 뭐 하나 예전 같은 게 없었다. 그제야 나는 올 한 해가 아주 외로울 거라는 사실을 깨달았다. 언니도 없고, 조시도 없고, 나 혼자인 것이다. 크리스가 있지만 경우가 다르다. 이럴 줄 알았다면 친구를 더 많이 만들어둘걸. 친구가 더 있었다면, 복도에서 피터 K에게 키스를 하고, 조시 오빠에게 피터가 내 남자친구라고 말하는 바보 같은 짓은 저지르지 않았을지도 모르는데.

라라 진의 첫 번째 이야기

22

잔디 깎는 기계 소리에 잠을 깼다.

토요일 아침이고 다시 잠이 들 수도 없게 된 나는 침대에 누운 채 내 방의 벽들을 쳐다보았다. 그동안 모아 온 사진이며 물건들. 위치를 전부 다 바꿀까. 어쩌면 페인트칠을 하는 편이 나을지도 모르겠다. 그렇다면 남은 문제는 색깔이다. 라벤더? 솜사탕 핑크? 청록색처럼 강렬한 색? 아니면 벽면에 포인트를 줄까? 한쪽은 국화색, 한쪽은 연어 핑크? 생각할 게 너무 많다. 이렇게 중요한 결정은 언니가 돌아올 때까지 미루는 편이 낫겠다. 게다가 나는 벽에 페인트를 칠해본 적도 없다. 언니는 해비타트 자원 봉사 때 해본 적이 있으니 어떻게 하는지 알 것이다.

우리 집은 토요일에는 보통 아침식사를 근사하게 차려서 먹는다. 팬케이크나 혹은 감자와 브로콜리를 넣은 프리타타* 같은 것 말이다. 하지만 키티도 없고 언니도 없으니 나는 그냥 시리얼이나 먹어야겠다. 혼자 먹자고 팬케이크나 프리타타를 만드는 사람은 없다. 아빠는 벌써 몇 시간 전부터 일어나서 마당

---

* 반으로 접지 않고 천천히 익혀 만드는 이탈리아식 둥근 오믈렛.

의 잔디를 깎고 있다. 괜히 아빠한테 붙들려서 정원 일을 돕고 싶지는 않다. 그래서 나는 1층 청소며 집안일을 하며 바쁜 척을 했다. 밀대로 바닥을 밀고, 소형 청소기로 구석구석 먼지를 빨아들이고, 탁자를 닦으면서도, 내 머릿속은 어떻게 하면 피터 K 사태를 무사히 빠져나갈까 하는 궁리로 바빴다. 하지만 아무리 머리를 굴려 봐도 뾰족한 해결책은 떠오르지 않았다.

키티가 돌아왔을 때 나는 빨래를 개고 있었다. 소파에 풀썩 엎드린 키티가 내게 물었다. "어제 저녁에 뭐 했어?"

"아무것도 안 했어. 집에 있었어."

"그리고?"

"신발장 정리했어." 이렇게 소리 내서 말하니 창피한 기분이 들었다. 나는 얼른 화제를 바꾸었다. "그래, 얼리샤 어머니는 어떤 크레이프 만들어주셨어? 달달한 거? 짠 거?"

"둘 다. 처음에는 햄치즈, 그다음에는 누텔라 크레이프 먹었어. 근데 왜 우리 집에서는 한 번도 누텔라를 본 적이 없어?"

"아마 마고 언니가 헤이즐넛 알레르기가 있어서 그럴 거야."

"다음에 마트 가면 누텔라 사도 돼?"

"물론이지. 언니가 돌아오기 전에 다 먹기만 하면 돼." 내가 말했다.

"문제없지." 키티가 말했다.

"1에서 10까지로 따질 때 너는 마고 언니가 얼마만큼 보고 싶어?" 내가 물었다.

키티는 생각에 잠기더니 한참 만에 말했다. "6.5만큼."

"에계. 그것밖에 안 돼?"

"어. 요새 정말 바빴거든." 키티는 돌아눕더니 허공에 대고 양다리를 휘저었다. "마고 언니가 보고 싶을 틈이 없었어. 있잖아, 언니도 밖에 좀 더 자주 나가면 마고 언니가 그렇게까지 보고 싶진 않을 거야."

나는 양말을 하나 집어 키티의 머리를 향해 던졌는데 이게 튕겨서 내 머리로 되돌아왔다. 키티가 죽겠다고 웃어댔다. 내가 키티의 겨드랑이를 간지럽히고 있는데 아빠가 손에 우편물을 가득 들고 들어왔다. "라라 진, 편지가 너한테 되돌아왔는데?" 그렇게 말하며 아빠는 봉투 하나를 건넸다.

내 글씨다! 나는 벌떡 일어나 아빠 손에 있는 편지를 낚아챘다. 캠프에서 만난 케니에게 내가 쓴 편지였다. 그게 되돌아온 것이다!

"케니가 누구냐?" 아빠가 궁금해했다.

"옛날에 교회 캠프에서 만난 애예요." 나는 그렇게 말하며 봉투를 찢었다.

케니에게

오늘이 캠프 마지막 날이야. 그리고 아마도 너를 보는 것도 마지막이겠지. 우리는 워낙 멀리 떨어진 곳에 사니까.

둘째 날에 내가 겁이 나서 활을 못 쏘고 있으니까 네가 피라미에 관한 농담을 했던 거 기억나? 너무 웃겨서 나 거의 바지에 오줌 쌀 뻔했었어.

나는 거기서 멈췄다. '피라미'에 관한 농담? 그게 뭐 얼마나 웃겼길래?

난 정말 집에 돌아가고 싶었는데 네 덕에 많이 참을 수 있었어. 케니, 네가 없었으면 나는 일찌감치 캠프를 떠났을지도 몰라. 고마워. 너 수영 정말 잘 하더라. 웃는 것도 좋고. 어젯밤 캠프파이어에서 네가 키스한 사람이 블레어 H가 아니라 나였으면 좋겠어.

잘 지내, 케니. 남은 여름, 그리고 남은 인생 정말 잘 보내.

사랑을 담아서,
라라 진

나는 편지를 가슴에 끌어안았다.

내가 처음으로 쓴 연애편지였다. 이게 내게 돌아와 다행이다. 설사 이 편지가 케니 도나티에게 닿았다 해도 그렇게 나쁘지는 않았을 것이다. 그랬다면 케니는 그해 여름 캠프에서 자신이 두 명을 구했다는 사실을 알 수 있을 것이다. 그때 그 호수에 빠져 죽을 뻔했던 아이와 열두 살의 라라 진 송 커비 말이다.

23

아빠는 쉬는 날이면 한국 음식을 만든다. 제대로 된 한국 요리라고 하기는 힘들고, 또 가끔은 그냥 한국 시장에 가서 다 만들어진 반찬이며 양념에 재어놓은 고기를 사올 때도 있지만, 가끔은 외할머니에게 전화를 걸어 레시피를 물어보고 시도해보기도 한다. 그게 중요하다. 아빠가 시도해본다는 점. 말은 하지 않지만, 나는 그게 아빠가 우리가 한국 문화와의 연결고리를 잃지 않기를 바라는 마음이라는 것을 안다. 그 하나의 방편으로서 요리는 아빠가 아는 유일한 방법이고 말이다. 엄마가 돌아가신 후 아빠는 우리가 한국 아이들과 함께 놀 수 있는 시간을 만들어주려고 애썼지만, 언제나 뭔가 좀 어색하고 억지스러운 기분이 들었다. 물론 나는 에드워드 킴이라는 아이에게 잠깐 동안 푹 빠진 적도 있지만 말이다. 그게 완전히 짝사랑으로 무르익지는 않았던 것이 얼마나 다행인지 모른다. 안 그랬다면 나는 그 애한테도 편지를 썼을 테고, 내가 피해 다녀야 할 사람이 또 하나 늘었을 것이다.

아빠가 '보쌈'을 만들었다. 보쌈은 돼지고기 목살을 슬라이스해서 상추에 싸먹는 음식이다. 아빠는 어젯밤에 고기를 설탕 소금물에 재워두었다가 오늘 종일 오븐에서 구웠다. 냄새가 어찌나 좋은지 키티와 나는 수시로 오븐을 보고 왔다.

마침내 저녁 시간이 되어 식당에 들어서 보니 아빠가 식탁을 정말 근사하게 차려놓았다. 아직 물방울이 맺힌 금방 씻은 상추가 은식기에 담겨 있고, 마트에서 사온 김치는 예쁜 무늬의 유리그릇에 담겨 있었다. 종지에 담긴 고추장, 파와 생강이 곁들여진 간장도 놓여 있었다.

아빠는 심혈을 기울여 음식 사진을 찍었다. "마고한테 보내줘야겠어."

"거기는 지금 몇 시예요?" 내가 물었다. 아늑한 하루다. 저녁 여섯 시인데도 나는 아직 파자마 차림이다. 나는 팔걸이가 있는 식탁의 큰 의자에 무릎을 끌어안고 앉았다.

"11시야. 아직 안 잘 거야." 그러다가 아빠가 돌연 이렇게 말했다. "조시도 부르지 그래? 우리끼리 이 많은 음식을 어떻게 다 먹겠어?"

"아마 바쁠 거예요." 내가 얼른 말했다. 나는 아직 조시 오빠에게 피터와 내 관계를 뭐라고 설명할지 생각해내지 못했다. 오빠와 내 관계는 말할 것도 없다.

"그래도 한번 물어봐. 조시가 한국 음식을 얼마나 좋아하는데." 아빠는 돼지 목살을 식탁 가운데로 옮기며 말했다. "얼른. 보쌈 다 식겠다!"

나는 전화기로 문자를 보내는 척했다. 거짓말을 하는 게 조금 찔렸지만 아빠도 전후사정을 안다면 이해할 거다.

"그냥 전화하면 될걸, 너희는 꼭 문자를 하더라. 전화를 하면 기다릴 필요 없이 바로 답을 들을 수 있잖아."

"아빠가 늙어서 그래요." 나는 전화기를 내려다보았다. "오빠 못 온대요. 그냥 먹어요. 키티! 저녁 먹자!"

"가고 있어!" 키티가 2층에서 소리를 질렀다.

"뭐, 그러면 나중에 조시가 오면 남은 걸 주지 뭐." 아빠가 말했다.

"아빠, 조시 오빠도 이제 자기 생활이 있어요. 마고 언니도 없는데 여길 왜 오겠어요? 게다가 둘은 더 이상 사귀지도 않는데."

아빠는 어리둥절한 표정을 지었다. "뭐? 안 사귀어?"

언니가 아빠에게는 아무 말 하지 않은 모양이었다. 그래도 마고 언니의 배웅길에 조시 오빠가 오지 않은 것을 보면 충분히 짐작할 수 있을 텐데 말이다. 왜 아빠들은 항상 아무것도 모르는 걸까? 아빠도 눈이 있고, 귀가 있건만. "네, 안 사귀어요. 참 그리고, 마고 언니는 지금 스코틀랜드에서 대학을 다니고요, 제 이름은 라라 진이랍니다."

"알았다, 알았어. 너희 아빠가 몰라서 미안하다. 이제 알았으니 그만해." 아빠는 턱을 긁으며 말했다. "이런, 마고가 분명 아무 말도 안 한 거 같은데……."

키티가 우당탕탕 식당으로 뛰어왔다. "우왕, 맛나겠다." 키티는 식탁에 털썩 앉더니 열심히 돼지고기를 자기 접시로 옮기기 시작했다.

"키티, 기도부터 해야지." 아빠가 자리에 앉으며 말했다.

우리는 식당의 큰 식탁에서 식사를 할 때만 기도를 하는데, 그런 경우는 아빠가 한국 요리를 했거나 추수감사절, 크리스마스뿐이다. 어릴 때는 엄마가 우리를 교회에 데려갔고, 돌아가신 후에도 아빠는 계속 그렇게 하려고 했지만, 일요일에도 진료를 보는 경우가 있다 보니 교회를 가는 횟수는 계속 뜸해졌다.

"이렇게 축복된 음식을 주셔서 감사합니다, 하나님. 아름다운 우리 딸들을 주셔서 감사드리고 부디 마고를 굽어 살펴 주시옵소서. 예수 그리스도의 이름으로, 아멘."

"아멘." 우리도 합창했다.

"어때? 꽤 근사하지?" 아빠는 씩 웃으며 상추 위에 고기와 밥, 김치를 올렸다. "키티, 어떻게 먹는지 알지? 타코랑 비슷하다고 보면 돼."

키티는 고개를 끄덕이며 아빠를 따라 했다.

나도 쌈을 하나 크게 싸서 입안 가득 밀어 넣었다. 돼지고기가 너무 너무 짰다. 어찌나 짠지 눈물이 나올 지경이었다. 그래도 나는 꾹 참고 계속 씹었다. 식탁 건너에서 키티가 나를 보며 끔찍하다는 표정을 지었지만, 나는 '쉿' 하는 표정을 지어 보였다. 아빠는 음식 사진을 찍느라 아직 음식을 먹지 않았다.

"정말 맛있어요, 아빠. 꼭 식당에서 먹는 거 같아요." 내가 말했다.

"고맙다, 라라 진. 사진이랑 똑같이 됐어. 정말 예쁘고 바삭하게 보여." 마침내 고기를 한 점 입에 넣은 아빠는 얼굴을 찡그렸다. "짜지 않니?"

"별로요." 내가 말했다.

아빠는 한 점을 더 먹었다. "나한테는 정말 짠데. 키티, 넌 어때?"

키티는 벌컥벌컥 물을 마시던 참이다. "아뇨, 아빠. 맛있어요."

나는 키티에게 몰래 엄지를 들어 보였다.

"흠, 아냐. 분명히 짜." 아빠는 꿀꺽 고기를 삼켰다. "레시피 그대로 했는데…… 재어놓을 때 소금을 잘못 썼나? 라라 진, 다시 한번 먹어봐."

나는 상추를 얼굴 앞으로 가져와서 시야를 차단한 다음 아주아주 작은 고기를 집었다. "음."

"좀 더 가운데 쪽을 잘라볼까……."

식탁에 놓여 있던 내 전화기가 울렸다. 조시 오빠한테서 온 문자였다. 조깅하고 오다가 보니 식당에 불이 켜져 있더라. 정말 평범한 문자였다. 마치 어제는 아무 일도 없었다는 듯이.

─한국 음식??

아빠가 한국 음식을 할 때면 조시 오빠는 신기하게도 무슨 촉이 있는지, 우리가 식탁에 딱 앉으려고 할 때 냄새를 맡으며 나타난다. 조시 오빠는 한국 음식을 좋아한다. 우리 외할머니가 방문하시기라도 하면 오빠는 할머니 곁을 떠날 줄 모른다. 심지어 할머니 옆에 앉아서 한국 드라마를 같이 볼 정도다. 할머니는 조시 오빠가 무슨 아기라도 되는 것처럼 사과도 깎아주고 귤도 까준다. 외할머니는 딸들보다 아들들을 좋아한다.

그러고 보니 우리 집안 여자들은 모두 조시를 정말 좋아한다. 조시를 만나보지 못한 엄마만 빼고 말이다. 하지만 엄마도 조시를 봤다면 분명 좋아했을 것이다. 엄마는 조시처럼 마고 언니에게 잘하는 사람이라면 누구든 좋아했을 테니 말이다.

키티가 목을 쭉 빼고 내 어깨 너머를 훔쳐봤다. "조시 오빠야? 건너온대?"

"아니!" 전화를 내려놓는데 또 진동이 울린다. '가도 돼?'

"오고 싶대!"

아빠의 얼굴이 활짝 폈다. "오라 그래! 조시한테 이 보쌈이 어떤지 물어봐야겠어."

"저기요. 우리 집 식구들은 조시 오빠가 더 이상 우리 일행이 아니라는 걸 좀 받아들일 필요가 있어요." 나는 망설였다. 키티가 아직 모르던가? 이게 아직도 비밀인지 어떤지 기억이 안 난다. "그러니까 제 말은, 마고 언니는 대학에 갔고 둘은 멀리 떨어져서……."

"둘이 헤어진 거 알아." 이렇게 말한 키티는 상추에 밥만 올려서 쌈을 싸고 있다. "화상채팅할 때 마고 언니가 말해줬어."

맞은편의 아빠는 슬픈 표정을 지으며 우적우적 상추를 입에 밀어 넣는다.

키티는 음식을 우물거리며 말했다. "그렇다고 해서 왜 우리가 조시 오빠랑 친하게 지내면 안 되는지 모르겠어. 조시 오빠는 우리 친구도 되잖아. 안 그래요, 아빠?"

"그럼." 아빠도 고개를 끄덕였다. "그리고 남녀 사이는 어떻게 될지 아무도 모르는 법이거든. 둘이 다시 만날 수도 있고, 친구로 남을지도 몰라. 앞으로 뭐가 어떻게 될지 누가 알겠냐? 아직은 조시를 멀리할 필요가 없다고 본다."

저녁을 다 먹었을 때쯤 나는 조시 오빠한테서 또 한 통의 문자를 받았다. 신경 쓰지 마.

우리는 남은 주말 내내 그 짜디짠 돼지 목살을 해치워야 했다. 다음날 아침 아빠는 그걸 잘게 잘라 볶음밥을 만든 다음 "베이컨이라고 치자."고 했다. 저녁에는 내가 그 돼지고기와 마카로니앤치즈를 섞는 실험을 감행했는데 결국 통째로 버려야 했다. 도저히 못 먹을 맛이었다. "강아지라도 한 마리 있었으면……." 키티는 그 말을 되풀이했다. 나는 정상적인 마카로니를 다시 만들었다.

저녁 식사 후에 나는 세이디를 산책시켰다. 세이디는 저 아랫집에 사는 골든리트리버다. 샤네 식구들이 외출하면서 내게 세이디의 먹이와 산책을 부탁했던 것이다. 보통은 키티가 세이디를 돌보겠다고 내게 사정사정할 텐데 오늘은 TV에서 키티가 기다리던 영화를 했다.

세이디와 내가 평소처럼 우리 동네를 한 바퀴 돌고 있는데 조시 오빠가 운동복 차림으로 우리 쪽으로 뛰어왔다. 오빠는 몸을 굽혀 세이디를 어루만지며 말했다. "그래, 카빈스키랑은 잘되고?"

나는 얼씨구나 싶었다. 오빠를 만나면 뭐라고 할지 스토리를 다 짜두었던 것이다. 피터와 나는 오늘 아침에 화상채팅을 하다가 싸웠고(내가 주말 내내 집 밖을 나서지 않았다는 것을 조시 오빠가 알 수도 있으니까), 그래서 헤어졌고, 중1 때부터 줄곧 피터 카빈스키를 좋아했던 나로서는 이 모든 게 너무 마음 아프지만, 뭐 인생이 다 그런 거 아니겠냐고.

"실은 오늘 아침에 피터랑 헤어졌어." 나는 입술을 씹으며 슬픈 얼굴을 해보려고 애썼다. "그래서 너무 힘들어. 그렇게 오랫동안 짝사랑하다가 이제야 그 애가 날 좋아해줬는데. 그냥 우리는 안 될 사이였나 봐. 피터는 아직 지난번 헤어진 걸 극복 못한 거 같아. 아직도 제너비브가 피터를 꽉 잡고 있어서, 피터의 마음속에는 내 자리가 없는 것 같아."

조시 오빠는 재밌다는 표정을 지었다. "오늘 서점에서 피터가 얘기한 거랑 다른데?"

대체 피터 K가 왜 서점에 있었던 거지? 피터는 서점에 갈 만한 애가 아니다. "뭐라던데?" 나는 애써 아무렇지 않은 척했지만 심장이 어찌나 세게 쿵쾅거리던지, 세이디한테는 분명히 내 심장 소리가 들렸을 것 같았다.

조시 오빠는 세이디를 계속 어루만지고 있었다.

"뭐라던데?" 이제 나는 쇳소리가 날까 봐 한 마디 한 마디 조심하고 있었다. "정확히 뭐라고 그랬어?"

"피터한테 전화해서 너희가 언제부터 사귀었냐고 했더니 최근이라고 했어. 널 진짜 좋아한다고."

'이게 대체……'

내가 충격을 받은 게 얼굴에도 고스란히 드러났나 보다. 조시 오빠는 허리를 펴더니 이렇게 말했다. "어, 나도 놀랐어."

"피터가 날 좋아해서 놀랐다고?"

"어, 뭐. 카빈스키는 너 같은 애랑 사귈 타입이 아니잖아." 내가 못마땅한 표정으로 웃지도 않고 똑바로 쳐다보자, 조시 오빠는 얼른 자기가 한 말을 주워 담으려고 했다. "아니, 내 말은 너는……."

"나는 뭐? 제너비브만큼 안 예쁘다고?"

"아냐! 그 말이 아냐. 내 말은, 너는 식구들이랑 집에 있는 걸 좋아하는 귀엽고 순진한 애잖아. 그리고 잘은 몰라도 내 눈에는 카빈스키가 그런 걸 좋아할 것 같지는 않아서 말야."

조시 오빠가 뭐라고 더 말하기도 전에 나는 주머니에서 전화기를 꺼내며 말했다. "피터한테 전화가 온 걸 보니, 피터는 집순이를 좋아하나 본데?"

"내가 언제 집순이라고 했어! 집에 있는 걸 좋아한다고 했지."

"담에 봐." 나는 세이디를 끌고 걸음을 재촉했다. 그리고 전화기에 대고 말했다. "어, 피터. 안녕."

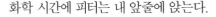

24

화학 시간에 피터는 내 앞줄에 앉는다.

나는 피터에게 쪽지를 썼다. '조시 오빠한테 왜 우리가……'라고 쓰던 나는 잠시 망설이다가 '그렇다고 했어?'로 끝맺었다.

피터의 의자를 발로 찼더니 피터가 뒤를 돌아본다. 나는 쪽지를 건네줬다. 피터는 구부정하게 몸을 숙여 쪽지를 읽더니 뭔가 끄적거렸다. 그리고 의자를 뒤로 살짝 기울여 나는 쳐다보지도 않은 채 쪽지를 내 책상에 떨구었다.

'그렇다? 흥.'

내가 연필을 어찌나 세게 눌렀던지 연필심이 깨져 나갔다. '질문에 좀 답해줘.'

'나중에 얘기하자.'

하는 수 없이 내가 한숨을 푹 내쉬자, 실험실 짝꿍인 매트가 재밌다는 표정을 지었다.

수업이 끝난 후 피터는 친구들 떼거지와 우르르 몰려 나가버렸다. 내가 가방을 챙기고 있는데 피터가 혼자 돌아왔다. 피터는 책상에 걸터앉았다. "자, 이제 얘기 좀 해볼까." 피터는 정말 아무 일도 아닌 듯 무심하게 말을 꺼냈다.

나는 목청을 가다듬은 다음 정신을 바짝 차렸다. "조시 오빠한테 왜 우리가……" 나는 또 '그렇다'고 말할 뻔하다가 얼른 표현을 바꿨다. "사귄다고 했어?"

"왜 그렇게 화를 내는데? 내가 너 도와준 거잖아. 얼마든지 네 거짓말 폭로할 수도 있었어."

나는 주저했다. 피터의 말이 맞다. 피터는 거짓말이라고 할 수도 있었다. "그러면 왜 폭로 안 한 건데?"

"너, 고맙다는 말 한번 참 복잡하게 한다?"

나는 거의 반사적으로 "고마워"라고 말했다. 잠깐. 내가 왜 애한테 고맙다고 하고 있지? "너한테 키스를 하게 해준 건 고마운데, 그치만……."

"뭐 별거 아냐." 또 이런다.

웩! 진짜 눈뜨고 못 봐주겠네. 저러는 꼴을 그냥 놔둘 수는 없지. "그래, 네가 장단을 맞춰줘서 정말 고마웠어. 그치만 벌써 조시 오빠한테 너랑은 잘 안될 것 같다고 얘기했어. 제너비브가 널 꽉 잡고 있다고. 그러니까 이제 괜찮아. 더 이상 그런 척 안 해줘도 돼."

피터가 날 째려봤다. "꽉 잡힌 적 없거든."

"그치만 사실 아냐? 내 말은, 너희는 벌써 중1 때부터 사귀었잖아. 말하자면 너는 그냥 제너비브의 소유물인 거지."

"알지도 못하는 소리 하지 마." 피터가 비웃었다.

"작년에 제너비브 생일 때 생일선물로 네 엉덩이에 제너비브의 이니셜을 타투로 새겼다고 하던데?" 나는 잠시 말을 끊었다.

"정말 했어?" 나는 피터 뒤로 돌아가서 셔츠를 들추는 척했다. 피터는 기겁을 하며 저만치 떨어져 섰다. 나는 죽겠다고 웃어댔다. "진짜로 했구나!"

"타투 같은 거 안 했어!" 피터가 소리를 빽 질렀다. "그리고 걔 랑 나는 더 이상 사귀지도 않아. 그러니깐 헛소리는 그만 좀 집 어치워 줄래? 우린 헤어졌어. 끝났다고. 다시는 안 만나."

"잠깐. 제너비브가 널 찬 거 아니었어?" 내가 물었다.

피터가 날 노려봤다. "둘이 합의한 거야."

나는 얼른 덧붙였다. "뭐, 너희는 금방 다시 만날 거야. 전에도 헤어져 봤잖아? 그러다가 또 언제 그랬냐는 듯이 다시 만났고. 아마 서로가 처음이라서 그렇겠지. 그래서 서로 못 놓는 거고. 처음이면, 특히 남자애들은 그렇다고 하더라고."

피터는 입을 쩍 벌렸다. "네가 그걸 어떻게……."

"아, 모르는 사람이 없어. 너네 1학년 때 제너비브네 지하실에 서 처음 했잖아, 맞지?"

피터는 마지못해 고개를 끄덕였다.

"그것 봐. 심지어 아무 관련 없는 나도 알잖아. 설사 이번에는 정말로 헤어진다고 해도, 뭐 아닐 거라고 보지만 어쨌든, 다른 여자애들은 너 못 만나." 나는 의미심장하게 덧붙였다. "저밀라 싱 사태를 잊지 말자고."

피터와 제너비브는 작년에 한 달간 헤어진 적이 있었다. 그때 피터는 저밀라 싱을 만나기 시작했다. 어찌 보면 저밀라 싱은 제 너비브보다도 더 예뻤다. 좀 다른 쪽으로 예뻤지만 말이다. 예쁘다기보다 섹시하다는 표현이 어울리는 애였다. 굽실거리는 긴 검은 머리에 허리는 잘록하고 엉덩이는 컸다. 하지만 끝은 좋지 않았다. 제너비브는 저밀라를 왕따시켰을 뿐만 아니라 저밀라 네 가족이 인도네시아인 노예와 같이 산다고 동네방네 떠들고 다녔다. 실은 저밀라의 사촌이었는데 말이다. 그리고 저밀라가 한 달에 한 번밖에 머리를 감지 않는다고 온라인에 소문을 퍼뜨린 것도 아마 제너비브일 거라고 나는 확신한다. 그리고 결정 타가 된 것은 저밀라의 부모님이 받은 익명의 이메일이었다. 거기에는 저밀라가 피터와 잤다고 씌어 있었다. 저밀라의 부모님은 저밀라를 즉시 전학시키고 사립학교에 보내버렸다. 봄이 되자 제너비브와 피터는 공식적으로 다시 사귀고 있었다.

"제너비브가 자기랑은 전혀 상관없는 일이라고 했어."

나는 피터에게 정신 차리라는 표정을 지어 보였다. "피터, 제발. 나도, 너도 제너비브를 잘 알잖아. 뭐, 나야 옛날 일이기는 하지만. 그치만 나는 사람 본성은 바뀌지 않는다고 생각해. 그 사람이 어디 가겠어?"

피터가 천천히 말했다. "그래. 한때는 너희 둘이 절친이었으니까."

"친구였지. 절친까지는……." 잠깐. 왜 또 우리가 내 얘기를 하고 있지? "저밀라 부모님한테 고자질한 게 제너비브라는 건 모르는 사람이 없어. 제너비브가 저밀라를 질투한 건 너무 뻔한 일이잖아. 저밀라는 우리 학년에서 제너비브 다음으로 제일 예쁜 애였으니까. 제너비브는 언제나 시샘이 많고. 언젠가 한번 우리 아빠가 나한테 선물을 사주셨는데……."

피터가 나를 그윽하게 보고 있어서 나는 갑자기 불안해졌다.

"뭐?"

"잠시만 이거 계속하자."

"뭘 계속하자고?"

"애들이 우리를 커플이라고 생각하게 하자고."

잠깐…… 뭐라고?

"너랑 나 사이에 무슨 일이 있는지 알 수 없으면 제너비브는 미치려고 할 거야. 제너비브를 조금만 더 그렇게 놔두는 거야. 그러면 완벽해지는 거지. 네가 나랑 사귀면 제너비브는 우리가 끝났다는 걸 받아들일 테고, 봉인을 뜯는 건 네가 해." 피터는 한쪽 눈썹을 추켜올리며 물었다. "근데 너 봉인을 뜯는다는 게 무슨 뜻인지는 알아?"

"응, 당연히 알지." 실은 모른다. 나는 다음번에 크리스를 만나는 대로 꼭 물어봐야겠다고 머리에 새겨두었다.

피터가 내 쪽으로 더 가까이 다가왔다. 나는 뒤로 흠칫 물러났다. 피터는 웃음을 터뜨리더니 고개를 옆으로 돌리며 내 어깨에 손을 올렸다. "그러면 내 봉인을 뜯어봐."

나는 당황해서 너털웃음을 웃었다. "하하, 미안, 피터. 근데 난 너한테 관심 없거든."

"어, 그래. 바로 그게 포인트지. 나도 너한테 관심 없어. 전혀 말이야." 피터는 몸서리를 친다. "그래서, 어떻게 할래?"

나는 어깨를 흔들어 피터의 손을 떨쳐냈다. "있잖아, 네 근처

에라도 가는 여자애가 있으면 제너비브가 어떻게 하는지 설명했잖아!"

피터는 무시했다. "제너비브는 말뿐이야. 실제로는 아무 짓도 못해. 네가 나만큼 그 앨 몰라서 그래." 내가 아무 말이 없자 피터는 동의하는 걸로 생각한 모양인지 계속 말을 이어갔다. "너한테도 도움이 될 거야. 그 조시인가 하는 애랑. 그 애 앞에서 체면 구겨질까 봐 엄청 걱정하는 거 아니었어? 이렇게 하면 더 창피당할 일도 없어. 나랑 사귈 수 있는데 개랑 사귈 이유가 뭐가 있겠어? 그냥 나랑 사귀는 척해. 철저하게 비즈니스로 말이야. 나도 네가 날 좋아하게 되는 건 싫어."

피터의 이 잘생긴 얼굴을 올려다보며 이렇게 말하려니 통쾌한 생각이 들었다. "피터, 나는 네 가짜 여자친구가 되고 싶은 마음이 요만큼도 없어. 진짜 여자친구는 말할 것도 없고."

피터가 눈을 끔벅했다. "왜 싫어?"

"내 편지 봤잖아. 너는 내 타입이 아냐. 내가 널 좋아한다고 하면 아무도 안 믿을 거야."

"그거야 네가 하기 나름이지. 난 그냥 우리 둘 다를 위해 이러는 거야." 그러더니 피터는 어깨를 으쓱하고는 내 어깨 너머를 건너다봤다. 마치 이야기가 지루하다는 듯이. "조시는 분명히 믿던 걸?"

그 순간 나는 생각도 해보지 않고 말했다. "알았어. 그러기로 하자."

몇 시간 후 그날 밤 나는 침대에 누워 낮에 있었던 일을 생각하며 거듭 놀라워하고 있었다. 내가 피터 카빈스키와 함께 복도를 걸어가면 애들이 뭐라고 수군댈까?

25

다음날 아침 내가 버스에서 내리자 피터가 주차장에서 날 기다리고 있었다. "안녕. 정말로 매일 버스 타고 다니는 거야?" 피터가 말했다.

"내 차는 고치는 중이야, 기억 안 나? 나 사고 났었잖아."

피터는 마치 내가 버스를 타고 등교하는 게 자신에게 창피한 일인 양 한숨을 푹푹 내쉬었다. 그리고 내 손을 잡더니 손을 잡은 채 학교 안으로 걸어 들어갔다.

나는 남자애랑 손을 잡고 학교 복도를 걸어본 게 이게 처음이다. 뭔가 중요하고 특별한 느낌이 들어야 할 텐데도 그렇지가 않다. 진짜가 아니기 때문이다. 솔직히 나는 아무 기분도 느낄 수가 없다.

우리를 발견한 에밀리 누스바움은 잠깐 넋을 놓고 있다가 그제야 깜짝 놀란 표정을 했다. 에밀리는 제너비브의 절친이다. 에밀리가 어찌나 세게 노려보는지, 휴대전화로 사진을 찍어 제너비브에게 보내지 않는 게 이상할 지경이었다.

피터는 애들과 마주칠 때마다 계속 멈춰서 인사를 했고, 나는 그게 세상에서 가장 자연스러운 일인 양 그 옆에서 웃고 있었다.

나와 피터 카빈스키.

한번은 손에 땀이 나는 거 같아서 내가 손을 빼려고 했다. 하지만 피터가 손을 더 세게 꽉 쥐었다. "네 손이 너무 뜨거워." 내가 소곤소곤 말했다.

피터는 이를 꽉 깨문 채 이렇게 말했다. "아냐, 네 손이 뜨거워."

제너비브의 손에는 절대로 땀이 나지 않을 것이다. 제너비브라면 손이 뜨거워지지 않고 며칠씩이라도 손을 잡고 있을 수 있겠지.

내 사물함 앞에 도착해서야 우리는 겨우 손을 놓았다. 나는 가방에서 책 몇 권을 꺼내 사물함에 던져 넣었다. 내가 사물함 문을 닫는데 피터가 몸을 숙이더니 내 입술에 키스를 하려고 했다. 나는 너무 놀란 나머지 고개를 돌려버렸고, 그 바람에 우리는 이마를 부딪혔다.

"아야!" 피터가 이마를 문지르며 나를 노려봤다.

"그러니까, 그런 식으로 몰래 다가오지 말라고!" 나도 이마가 아팠다. 두 이마가 정말 심벌즈처럼 세게 부딪혔던 것이다. 지금 내가 위를 올려다본다면 만화책에 나오는 파란색 새들이 보일 것 같았다.

"목소리 낮춰, 바보야." 피터가 이를 꽉 다문 채 그렇게 말했다.

"바보라고 부르지 마, 바보야." 나도 그렇게 소곤거렸다.

피터는 정말로 나를 못 참겠다는 듯이 크게 한숨을 내쉬었다. 내가 내 잘못이 아니라 네 잘못이라고 피터에게 덤비려는데 저쪽에서 제너비브가 미끄러지듯이 복도를 내려오는 게 보였다.

"가봐야 돼." 이렇게 말한 나는 반대 방향으로 쏜살같이 달렸다.

"기다려!" 피터가 외쳤다.

하지만 나는 멈추지 않았다.

나는 내 침대에 누워 베개로 얼굴을 덮은 채 그 키스 아닌 키스를 다시 곱씹고 있다. 그 생각을 떨쳐보려고 기를 쓰지만, 자꾸만 다시 생각이 난다.

나는 손으로 이마를 짚었다. 도저히 이 짓을 계속할 수 있을 것 같지가 않다. 이건 도저히⋯⋯ 그러니까 키스를 하고 손을 잡고 모두가 쳐다보는 건, 이건 내가 감당하기에는 너무 버겁다.

그냥 피터에게 가서 마음이 바뀌었다고 말해야겠다. 더 이상 이 짓을 계속하고 싶지 않다고, 그렇게 말해야겠다. 나는 피터의 전화번호도 모르고, 이런 얘기를 이메일로 하고 싶지도 않다. 피터네 집으로 가야겠다. 피터네는 멀지 않다. 가는 길도 아직 기억난다.

나는 계단을 뛰어 내려갔다. 쟁반 위에 오레오 쿠키와 우유 잔을 올린 채 균형을 잡고 있는 키티 옆을 쏜살같이 지나치면서 내가 소리쳤다. "자전거 좀 빌릴게! 금방 돌아올 거야!"

"자전거에 무슨 일 생기면 가만 안 둘 거야!" 키티가 소리쳤다.

나는 키티의 헬멧과 자전거를 챙겨 마당을 가로지른 후 최대한 빠르게 페달을 밟았다. 무릎이 살짝살짝 가슴팍에 닿기는 했지만 다행히 나는 키티보다 그렇게 키가 크지는 않았다. 피터는 두 동네 건너에 산다. 20분이면 도착한다.

그렇게 피터네 집 앞에 도착해보니 주차장에 차가 한 대도 없었다. 피터가 집에 없는 것이다. 나는 억장이 무너지는 기분이었다. 이제 어떻게 한담? 무슨 스토커처럼 현관 앞에 쭈그리고 앉아서 기다려? 피터의 엄마가 먼저 집에 오면?

나는 헬멧을 벗고 잠깐 앉아서 쉬었다. 머리칼은 땀으로 축축했고, 나는 기진맥진했다. 손가락으로 머리를 빗어보려고 했지만 부질없는 짓이었다.

크리스에게 문자를 보내서 데리러 오라고 할까 고민하고 있는데, 피터의 차가 저 아래에서부터 부릉부릉 소리를 내며 올라와 집으로 들어섰다. 나는 전화기를 떨어뜨렸다가 얼른 주웠다.

차에서 내린 피터가 나를 보고는 눈썹을 추켜올렸다. "이게 누구야? 예쁜 내 여자친구잖아?"

나는 일어나서 손짓을 했다. "잠깐 얘기 좀 할래?"

피터는 한쪽 어깨에 가방을 척 걸치더니 느릿느릿 이쪽으로 걸어왔다. 그리고 무슨 왕좌에 앉는 왕자님처럼 현관 앞 계단에 턱 앉았다. 나는 그 앞에서 한 손에는 헬멧, 다른 손에는 전화기를 들고 서 있었다. "그래, 무슨 일이야?" 피터가 느릿느릿 말했다. "가만. 내가 맞혀볼까? 너 지금 발 빼겠다고 말하려고 왔지? 맞지?"

그렇게 젠체하며 자신 있게 말하는데, 네 말이 맞다고 해주기는 싫었다.

"그냥 우리 계획을 한번 짚어보고 싶어서." 나는 그렇게 말하며 주저앉았다. "애들이 이것저것 물어보기 전에 입을 맞춰야 할 거 아냐."

피터는 눈썹을 추켜올렸다. "아, 그래? 그것도 그러네. 그래, 그러면 우리는 처음 어떻게 사귀게 됐어?"

나는 두 손을 맞잡은 채 술술 풀어놓기 시작했다. "지난주에 내가 차 사고가 났을 때 네가 우연히 지나가다가 보험사가 올 때까지 나랑 함께 기다려주고 집까지 태워다준 거야. 그때 너는 줄곧 되게 초조했는데, 왜냐면 너는 중학교 때부터 나한테 마음이 있었거든. 내가 네 첫 키스니까. 그래서 이게 너한테는 엄청 큰 기회……."

"'네'가 '내' 첫키스라고?" 피터가 끼어들었다. "차라리 '내'가 '네' 첫 키스라고 하는 게 더 그럴듯하지 않겠어?"

나는 그 말을 무시하고 계속했다. "너한테는 엄청 큰 기회였던 거야. 그래서 너는 기회를 잡기로 했지. 바로 그날 나한테 데이트 신청을 했고 그때부터 우리는 계속 어울리다가 이제는 커플이 된 거지."

"제너비브가 믿을 거 같지 않은데?" 피터가 고개를 가로저었다.

"피터." 나는 최대한 참을성 있게 말했다. "가장 그럴듯한 거짓말은 진실이 약간 섞여 있는 거짓말이야. 내가 차 사고가 났던 건 사실이잖아. 네가 나랑 같이 앉아 있었던 것도 사실이고. 중학교 때 키스도 했잖아."

"그 말이 아냐."

"그러면 뭐?"

"그날 널 본 다음에 제너비브랑 만났단 말야."

나는 한숨을 내쉬었다. "알았어. 무슨 얘긴지 알겠어. 그래도 내 말대로 하면 돼. 차 사고 이후에 너는 머리에서 내 생각이 떠나질 않았고 그래서 제너비브에게 차이자마자 나한테 만나자고 한 거야. 내 말은, 너희가 헤어지자마자." 나는 헛기침을 했다. "말이 나왔으니 말인데, 몇 가지 규칙을 정했으면 해."

"무슨 규칙?" 피터가 뒤로 등을 기대며 물었다.

나는 입술을 꼭 다물고 숨을 한 번 크게 들이마셨다. "있잖아…… 다시는 나한테 키스하려고 하지 않았으면 좋겠어."

피터는 입술을 삐죽거렸다. "정말이지, 나도 너한테 키스하고 싶지 않거든. 아침에 부딪힌 이마가 아직도 아파. 멍든 거 같아." 그렇게 말하며 피터는 앞머리를 젖혀 보였다. "멍들었어?"

"아니. 그런데 너 머리 벗어지는 거 같다."

"뭐?"

헤헤. 머리 얘기라면 이런 반응이 나올 줄 알았다. 피터는 워낙 외모를 중시한다. "진정해. 농담이야. 종이랑 펜 있어?"

"그걸 적어두게?"

내가 고집스럽게 말했다. "기억하는 데 도움이 될 거야."

어이없다는 표정으로 피터는 가방에 손을 넣더니 노트 한 권을 꺼내서 내게 건넸다. 나는 빈 페이지를 열어서 제일 위에 '계약서'라고 썼다. 그리고 그 밑에 '키스 금지'라고 썼다.

"우리가 사람들 앞에서 전혀 스킨십을 안 하는데 사람들이 믿어줄까?" 피터는 미심쩍다는 표정을 지었다.

"나는 사귀는 데에 육체적인 게 전부라고는 생각지 않아. 누군가를 아낀다는 걸 표현할 수 있는 방법은 많으니까. 굳이 네 입술을 쓰지 않아도 말이야." 씩 웃는 모양새가 피터는 뭔가 농담을 하려는 것 같았다. 그래서 내가 재빨리 덧붙였다. "그밖에 다른 신체 부위도."

피터가 끙 하는 소리를 냈다. "그래도 뭔가는 내놔야지, 라라 진. 나도 지켜야 될 명성이 있다고. 너랑 사귄다고 해서 내가 갑자기 수도승처럼 굴면 내 친구들이 아무도 안 믿을 거야. 청바지 뒷주머니에 손 정도면 어때? 걱정 마. 절대 전문적인 손길일 테니깐."

나는 생각나는 것을 입 밖에 내지는 않았다. 피터 너는 사람들의 시선에 지나치게 신경을 쓴다는 말 말이다. 나는 그냥 고개를 끄덕이며 이렇게 썼다. '피터는 라라 진의 청바지 뒷주머니에 손을 넣을 수 있다.' "하지만 더 이상 키스는 안 돼." 나는 피터가 붉어진 내 얼굴을 보지 못하게 고개를 숙인 채로 그렇게 말했다.

"먼저 시작한 건 너거든." 피터가 상기시켰다. "참, 그리고 나 성병 같은 거 없어. 그러니까 그 생각은 머릿속에서 지워버리라고."

"나도 네가 성병이 있다고는 생각 안 해." 나는 다시 피터를 올려다보았다. "문제는 내가…… 한 번도 남자친구를 사귀어본 적이 없다는 거야. 제대로 된 데이트를 해본 적도 없고 손을 잡고 복도를 걸어본 적도 없어. 나한테는 전부 처음이야. 아침에는 미안했어. 나는 그냥…… 이런 게 전부, 처음 해보는 것들이 전부 진짜였으면 좋겠어. 너랑 하는 게 아니라."

피터는 곰곰이 생각하는 눈치였다. 그리고 이렇게 말했다. "흠, 알았어. 그러면 좀 아껴두지 뭐."

"정말?"

"어. 보여주기 위한 게 아니라 네가 진짜로 하게 될 때까지 몇 가지는 아껴두자고."

감동이었다. 피터에게 이렇게 자상하고 착한 면이 있을 줄이야.

"그러니까, 데이트 비용은 내가 내지 않도록 할게. 진짜로 널 좋아하는 애가 낼 수 있게 말이야."

내 얼굴에서 미소가 싹 사라졌다. "아무거라도 네가 돈을 내주길 바란 적 없거든!"

피터는 이때다 싶은 사람처럼 계속 말했다. "그리고 교실까지 바래다주지도 않고 꽃도 안 사줄게."

"무슨 말인지 알았어." 피터는 나보다 자신의 지갑이 더 걱정인 모양이었다. 이런 구두쇠. "그래, 네가 제너비브랑 사귈 때는 네가 뭘 해주면 제너비브가 좋아했어?"

나는 피터가 또 무슨 징그러운 농담이나 하지 않을까 걱정되었지만, 피터는 멍하니 공중을 보더니 이렇게 말했다. "나한테 맨날 쪽지를 써달라고 졸랐어."

"쪽지?"

"어. 학교에서. 문자는 안 되고 꼭 쪽지여야 된대. 문자가 더 빠르고 효율적이잖아? 기술이 있는데 왜 안 쓰겠다는 건지 참."

하지만 나는 이유를 충분히 알 것 같았다. 제너비브는 쪽지를 원한 게 아니라 편지를 원했던 거다. 진짜 종이 위에 피터가 손으로 쓴, 진짜 편지. 보관하고 있다가 언제든 우울해지면 꺼내 볼 수 있는 편지 말이다. 그런 편지는 누군가 자신을 생각하고 있다는 확실한 증거였다.

"하루에 하나씩 쪽지를 써줄게." 돌연 피터가 의욕적으로 말했다. "제너비브가 돌아버리게 말이야."

나는 노트에 썼다. '피터는 라라 진에게 하루에 하나씩 쪽지를 쓴다.'

피터가 이쪽으로 몸을 기울였다. "네가 나랑 종종 파티에 같이 가야 한다는 것도 써. 로맨틱 코미디는 안 본다는 것도 쓰고."

"누가 로맨틱 코미디 보러 가재? 여자애들이라고 해서 죄다 로맨틱 코미디를 좋아하지는 않아."

"그래도 너는 분명 좋아할 거 같은데?"

나는 피터가 나를 그렇게 본다는 게 짜증났다. 그리고 피터의 말이 맞다는 건 더 짜증났다. 나는 이렇게 썼다. '바보 같은 액션 영화는 보지 않는다.'

"그러면 대체 뭐가 남는 거야?" 피터가 물었다.

"슈퍼히어로물, 호러물, 시대극, 다큐멘터리, 외국영화……."

피터는 어이없다는 표정을 짓더니 펜과 노트를 뺏어서 직접 썼다. '외국영화는 보지 않는다.' 그리고 또 이렇게도 썼다. '라라 진은 전화기 배경화면을 피터의 사진으로 설정해둔다.' "너도 마찬가지야." 이렇게 말한 나는 전화기를 들이댔다. "웃어."

피터가 미소를 지었다. 어라. 너무 잘생겨서 짜증이 난다. 이번에는 피터가 자신의 전화기를 꺼내려고 했다. 나는 피터를 말렸다. "지금은 안 돼. 머리가 젖어서 엉망이야."

"바로 그거지." 그렇게 말하는 피터의 얼굴을 한 대 갈겨주고 싶었다.

"무슨 일이 있어도, 그 누구한테도 사실대로 말하지 않는다고도 좀 써줄래?" 내가 말했다.

"〈파이트 클럽〉 첫 번째 규칙이구나." 피터가 알은체를 했다.

"난 그 영화 못 봤어."

"당연히 안 봤겠지." 피터가 말했다. 나는 바보 같은 표정을 지어줬다. 그리고 〈파이트 클럽〉을 봐야겠다고 기억에 새겼다.

피터가 적는 것을 보고, 나는 피터 옆으로 가서 펜을 빼앗아 '무슨 일이 있어도' 아래에 밑줄을 두 개 그었다. "끝나는 날은?" 내가 불쑥 물었다.

"무슨 소리야?"

"내 말은 이 짓을 얼마나 계속할 거냐고. 2주? 한 달?"

피터는 어깨를 으쓱해 보였다. "우리가 내킬 때까지지 뭐."

"그래도 뭔가 날짜를 정해놔야……."

피터가 말을 끊었다. "넌 좀 느슨해질 필요가 있어, 라라 진. 그렇게 딱딱 계획을 세워놓고 살지 않아도 돼. 그냥 되는 대로 보면서 따라가."

나는 한숨을 내쉬었다. "카빈스키 경의 교훈이야?" 피터는 내게 눈썹을 두 번 씰룩씰룩해 보였다. "크리스마스 때 우리 언니가 돌아오기 전에만 끝나면 돼. 우리 언니는 내가 거짓말하면 귀신같이 알거든."

"아, 그때까지는 당연히 끝나지." 피터가 말했다.

"좋아." 나는 이렇게 말하고 노트에 사인을 했다. 피터도 사인을 했다. 계약이 성립된 것이다.

나는 자존심상 피터에게 집까지 좀 태워달라는 말을 못 했고, 피터는 물어보지 않았다. 그래서 나는 다시 헬멧을 쓰고 키티의 자전거로 집으로 되돌아왔다. 돌아오는 중간쯤에야 나는 우리가 전화번호를 교환하지 않았다는 걸 깨달았다. 나는 자칭 남자친구라는 애의 전화번호도 몰랐다.

26

여기는 맥콜스 서점이다. 나는 영어 시간에 쓸 《유리 동물원》을 집은 후 서점을 눈으로 죽 훑으며 조시 오빠를 찾았다. 이제 피터와 얘기를 모두 맞춰뒀으니 마음껏 떠들어도 된다. 그러면 내가 아무도 사귀고 싶지 않은 집순이가 아니라는 걸 보여줄 수 있을 것이다.

조시 오빠는 논픽션 코너에서 새 책을 정리하고 있었다. 나는 오빠의 뒤로 몰래 돌아가 "워!" 하고 소리를 질렀다.

오빠는 깜짝 놀라서 책을 바닥에 떨어뜨렸다. "놀라 죽을 뻔했잖아!"

"놀라라고 그런 거지!" 내가 까르르르 웃어댔다. 조시 오빠의 놀란 표정이라니! 대체 왜 사람들을 놀래키면 이렇게 재미있는 걸까?

"알았어, 알았어. 그만 웃어. 여긴 웬일이야?"

나는 책을 오빠의 얼굴 앞에 흔들었다. "래드너 선생님한테 영어 수업 듣거든. 오빠도 들어봤지?"

"어, 잘 가르치셔. 좀 무섭긴 하지만 공평하셔. 그때 노트 아직 가지고 있을 거 같은데 가져다줄까?"

라라 진의 첫 번째 이야기

"고마워." 그리고 나는 밝게 덧붙였다. "그리고 있잖아. 피터랑 내가 헤어진 게 아니더라고. 다 오해였어."

"아, 그래?" 조시 오빠는 책을 한 줄로 쌓기 시작했다.

"어. 어제 만났는데 몇 시간 동안이나 얘기를 나눴어. 피터한테는 무슨 얘기든 다 할 수 있을 거 같아. 나를 정말 잘 이해하더라고."

조시 오빠의 이마가 꿈틀했다. "무슨 얘기를 나누는데?"

"뭐든지. 영화, 책, 그런 거."

"흠. 피터가 책을 읽을 줄은 몰랐네." 오빠가 눈을 찡그리며 내 뒤쪽을 살폈다. "저기, 나 카운터에 가서 재니스 도와줘야 해. 계산할 때 되면 내 쪽으로 와. 할인해줄게."

흠. 이건 내가 기대한 반응이 아닌데. 제대로 자랑은 시작도 하지 못했다. "알았어." 나는 이렇게 말했지만 오빠는 벌써 저만치 걸어가고 있었다.

나는 내 책을 가슴에 꼭 끌어안았다. 내가 조시 오빠를 좋아하는 게 아니라는 걸, 피터랑 사귄다는 걸 조시 오빠도 알게 됐으니 이제 모든 게 제자리로 돌아갈 것이다. 평소대로 돌아갈 것이다. 내 편지 사건 따위는 일어나지도 않은 것처럼.

27

"아까 너 없을 때 마고한테서 전화 왔었어." 저녁을 먹으며 아빠가 말했다.

저녁은 샐러드뿐이었다. 아빠와 나는 샐러드, 키티는 시리얼. 원래 닭가슴살이 있어야 했지만 내가 아침에 냉동실에서 꺼내 놓는 걸 깜박하는 바람에 상추에 당근, 발사믹 드레싱뿐이었다. 아빠는 접시에 삶은 계란 두 개를 추가했고 나는 토스트에 버터를 발라 옆에 놓았다. 너무 초라한 저녁 식사다. 시리얼에 상추라니. 서둘러 마트에 다녀와야겠다.

언니가 떠난 이후 나는 언니와 딱 두 번밖에 통화를 못 했다. 그리고 온 식구들이 내 노트북 컴퓨터 앞에 모여 화상채팅을 한 적이 한 번 있었다. 정말 궁금한 부분들은 언니에게 물어보지도 못했다. 재미난 일은 없었는지, 만난 사람들은 어떤지. 영국 사람들은 호프에서 압생트를 마신다던데. 언니도 먹어봤는지 궁금하다. 언니한테 이메일을 수도 없이 보냈는데 아직까지 답장은 한 번밖에 받지 못했다. 언니가 바쁜 건 알지만 하루에 한 번 이메일 답장 정도는 할 수 있지 않을까. 언니는 내가 죽었대도 모를 것이다. "언니가 뭐래요?" 나는 당근을 잘게 자르며 물었다.

"신티 클럽 팀에 들어갈까 생각 중이래." 아빠는 그렇게 말하며 턱에 묻은 샐러드드레싱을 닦았다.

"신티가 뭐야?" 키티가 날 쳐다보며 물었다. 나는 어깨를 으쓱했다.

"필드 하키랑 비슷한 스코틀랜드 스포츠야." 아빠가 설명했다. "중세 스코틀랜드에서 안전하게 칼싸움 연습을 하려고 시작했대."

시시하다. 나는 아빠가 중세 스코틀랜드에 관한 장황한 이야기를 시작하기 전에 얼른 말을 돌렸다. "다 같이 언니한테 소포 보내는 게 어때요? 거기서는 못 구하는 물건들 잔뜩 넣어서."

"와!" 키티가 환호성을 질렀다.

"뭘 보내야 하지? 다들 하나씩 준비하기로 해요." 내가 말했다.

아빠는 음식을 씹으며 손가락으로 턱을 두드렸다. "나는 씹어 먹는 비타민을 보낼게. 두통약이랑. 두통약을 작은 통 하나밖에 안 챙겨 간 거 같아. 마고는 가끔 편두통이 있잖아."

"좋아요." 나는 포크로 키티를 가리켰다. "너는?"

"보낼 거 있어. 가서 가져올까?" 키티가 말했다.

아빠와 나는 서로 마주보며 어깨를 으쓱했다. "그래."

뛰어갔다 온 키티의 손에는 스스로 그린 마고 언니의 그림이 들려 있었다. 마고 언니가 개를 쓰다듬고 있는 그림이었다. 키티가 갖고 싶어 하는 바로 그 '아키타'라는 종이다. 나는 웃음이 나지 않을 수 없었다.

키티가 얼굴을 찡그렸다. "뭐가 웃겨?"

"아냐." 내가 말했다.

"잘 그린 거 같아? 벽에 걸어놓을 수 있을 만큼?" 키티가 물었다.

"물론이지." 내가 말했다.

"아니, 아니. 좀 제대로 봐. 보고 비평을 해달라고. 더 잘 그릴 수도 있으니까. 최고가 아니면 언니가 싫어할 거야."

"키티, 최고야. 내가 왜 거짓말을 하겠어?" 내가 말했다.

키티가 한숨을 내쉬었다. "이걸로 완성된 건지 잘 모르겠어."

"그거야 그린 사람만 알지." 아빠가 고개를 끄덕이며 말했다.

"강아지는 어때요? 귀엽지 않아요?" 키티가 아빠에게 물었다.

아빠는 내게서 그림을 건네받고는 자세히 들여다보았다. "어. 정말 잘생긴 놈이네."

키티는 뒤로 기대며 시리얼을 한 입 먹었다. 웃지 않으려고 애쓰는 모습이었다. 키티의 작전이 시작된 것이다. 아빠 머릿속에 강아지에 대한 긍정적인 이미지를 심어주는 것 말이다. 애들은 잠시도 쉬지 않는다. 키티는 항상 작전을 짜고 있다.

"소포에 또 뭘 넣지?" 키티가 물었다.

나는 손가락으로 꼽아보기 시작했다. "탐폰하고, 스코틀랜드에 이쪽 브랜드가 파는지 잘 모르잖아. 그리고 플란넬 파자마랑, 두꺼운 양말, 걸스카우트 쿠키……."

"지금 어디 가서 걸스카우트 쿠키를 구해?" 아빠가 물었다.

"제가 민트맛 한 통 냉동실에 숨겨놨어요." 내가 말했다.

아빠는 상처받았다는 표정을 지었다. "누가 못 찾게 숨겼다는 거야?" 민트맛은 아빠가 제일 좋아하는 거다. 집에 민트맛 쿠키가 있었다가는 남아나지를 않는다. 아빠가 민트맛 쿠키 귀신이기 때문이다.

나는 나도 모르겠다는 듯 어깨를 으쓱해 보였다. "언니가 좋아하는 볼펜도 보내야겠어요…… 그 정도면 되겠네요."

"갈색 부츠도 빼먹지 말고." 아빠가 내게 일렀다. "끈으로 묶는 갈색 부츠 꼭 보내달라고 하더라."

"언니가요?" 언니가 놓고 간 걸 모르길 바랐는데. "언제 그랬어요?"

"어제 나한테 이메일로."

"있는지 찾아볼게요."

"지난 주말에 네가 신지 않았니?" 아빠가 말했다. 동시에 키티가 말했다. "언니 신발장에 있잖아."

나는 두 손을 들어 보였다. "알았어요, 알았어!"

"오늘 모두 박스에 넣어주면 내가 내일 아침에 출근하면서 우체국에 맡기도록 할게." 아빠가 말했다.

나는 고개를 저었다. "지금 짜고 있는 목도리도 같이 넣고 싶어요. 저녁까지는 완성 못해요. 1, 2주 후에?"

우유를 꼴깍꼴깍 마시며 키티가 손을 내저었다. "그 목도리는 그냥 포기해. 언니랑 뜨개질은 안 어울린다고."

나는 반박을 하려고 입을 열려다가 다시 닫았다. 어쩌면 키티 말이 맞다. 목도리가 완성될 때까지 기다리다가는 언니가 먼저 졸업할 수도 있다. "알았어. 목도리는 빼자고. 그렇다고 뜨개질을 그만둔다는 얘기는 아냐. 금방 만들어서 키티, 네 크리스마스 선물로 줄게." 나는 키티를 보며 웃어 보였다. "핑크색이야. 네가 제일 좋아하는 색."

키티는 식겁한 사람처럼 눈이 커다래졌다. "마고 언니가 좋아하는 색이지. 마고 언니한테 줘."

그날 밤 키티가 내 방문 밑으로 종이 한 장을 밀어 넣었다. 받고 싶은 크리스마스 선물 리스트였다. 이제 9월이니 크리스마스가 되려면 아직 몇 달이나 남았는데! 리스트의 제일 위에는 '강아지'라는 글자가 굵은 펜으로 써져 있었다. 그밖에도 개미 키우기 상자, 스케이트보드, 자기 방의 TV도 있었다. TV는 절대 안 될 일이다. 개미 키우기 상자는 사줄 수도 있겠지. 그리고 아빠에게 강아지를 사주자고 얘기는 해볼 수 있을 것이다. 말은 안 해도 키티는 마고 언니가 많이 그리울 테니까. 어찌 보면 키티에게는 언니가 유일한 엄마 같은 존재다. 그런 언니가 그렇게 멀리 가버린 것은 키티에게 분명 아주 힘든 일일 것이다. 키티에게 좀 더 잘해줘야겠다. 이제는 나밖에 없으니까.

나는 키티 방으로 건너가서 침대 위로 올라갔다. 키티는 이제막 불을 껐는데도 벌써 반쯤 잠이 들어 있다. "고양이는 어때?" 내가 속삭였다.

키티가 번쩍 눈을 떴다. "절대 안 돼."

"우리 식구한테는 고양이가 더 어울릴 것 같지 않아?" 나는 마치 꿈꾸듯이 얘기했다. "털이 복슬복슬한 회색이랑 흰색이 섞인, 새끼 고양이 말이야. 꼬리에 털이 막 나 있는. 수놈이면 '프린스'라고 부르는 거야. 아니면 간달프! 아니면 보스. 성질 봐가면서 짓지 뭐."

"관둬." 키티가 무섭게 말했다. "고양이는 절대 안 돼. 고양이 싫어. 고것들이 얼마나 교활한데."

신기해서 내가 물었다. "그런 말은 어디서 배웠어?"

"TV."

"강아지는 손이 많이 가. 밥 주고, 산책시키고, 훈련시키고, 다 누가 하겠어?"

"내가 할 거야. 내가 전부 다 할 거야. 그 정도는 내가 책임질 수 있어."

나는 키티 옆으로 바싹 다가갔다. 목욕한 다음이면 키티는 머리에서 좋은 냄새가 난다. "흥! 설거지도 한 번 안 하면서. 그뿐이야? 너는 네 방 청소도 안 하잖아. 생전 빨래 개는 거라도 한 번 도와준 적 있어? 내 말은, 그런 것도 하나 못하면서 어떻게 네가 살아 있는 동물을 책임지냐고."

키티가 나를 밀어냈다. "더 도와주면 되잖아!"

"진짜로 하면 믿을게."

"내가 더 도와주면 아빠한테 강아지 얘기하는 거 도와줄 거야?"

"네가 더 도와주면. 그래서 더 이상 어린애가 아니라는 걸 보여주면." 내가 말했다. 키티는 올해 열 살이 된다. 그 정도면 집안일을 도울만한 나이다. 마고 언니는 키티를 너무 아기 취급했다. "그러면 이제 2층 쓰레기통은 일주일에 한 번씩 네가 비우는 거야. 빨래도 도와주고."

"그러면…… 내 용돈도 오르는 거야?"

"아니. 나는 네가 강아지를 가질 수 있게 아빠에게 말하는 걸 도와주고, 너는 더 이상 애기처럼 굴지 않기로 하는 거야." 나는 내 베개를 톡톡 두드려 부풀렸다. "그건 그렇고, 나 오늘 여기서 잔다."

키티가 순식간에 발길질을 하는 바람에 나는 침대에서 거의 굴러 떨어질 뻔했다. "누가 애기야? 언니가 애기지."

"하루만 여기서 좀 자자!"

"언니가 이불 다 뺏어가잖아."

키티가 또 발길질을 하려고 했지만 나는 힘을 줘서 밀려나지 않으며 벌써 잠든 척했다. 조금만 있으면 둘 다 정말로 잠이 들 것이다.

일요일 밤에 침대에서 숙제를 하고 있는데 모르는 번호로 전화가 왔다. "여보세요?"

"안녕. 뭐해?"

"어…… 미안. 근데 누구?"

"나야. 피터!"

"아. 내 번호는 어떻게 알았어?"

"다 방법이 있지."

잠깐의 침묵. 둘 다 말을 안 하고 있으려니 1초, 1초가 너무 괴로웠다. 하지만 무슨 말을 해야 할지 몰랐다. "그래, 무슨 일이야?"

피터가 웃음을 터뜨렸다. "뻘쭘해하기는. 네 차가 수리 중이잖아. 내가 학교까지 태워주면 어때?"

"좋아."

"7시 30분."

"알았어."

"그래……."

"안녕." 나는 그렇게 말하고 전화를 끊었다.

28

다음날 아침, 나는 머리를 땋아달라고 하려고 키티를 일찍부터 깨웠다. "건드리지 마." 키티는 옆으로 돌아누우며 말했다. "더 잘 거야."

"제발, 제발, 제발 둥글게 머리 좀 땋아주면 안 돼?" 나는 키티의 침대 맡에 쭈그리고 서서 사정했다.

"안 돼. 옆으로만 땋아줄 거야."

키티는 순식간에 내 머리를 땋아주고는 곧장 다시 잠이 들어버렸다. 나는 옷을 고르러 갔다. 이제 피터와 공식적으로 커플이 되었으니 애들이 날 더 주목할 것이다. 그러니 옷을 좀 잘 입을 필요가 있다. 스타킹을 신고 소매가 볼록한 물방울무늬 원피스를 입어봤지만 뭔가 좀 아니다. 내가 제일 좋아하는 술 달린 하트무늬 스웨터도 입어봤지만 역시 아니다. 갑자기 옷들이 전부 다 너무 애같이 보인다. 결국 나는 일본 길거리패션 사이트에서 주문한 짧은 꽃무늬 원피스에 부츠를 신기로 했다. 70년대 런던 룩 같은 느낌이었다.

7시 25분에 1층으로 뛰어 내려갔는데 키티가 청재킷을 입고 주방 식탁에 앉아 날 기다리고 있었다. "왜 벌써 내려와 있어?"

내가 물었다. 키티의 버스는 8시가 되어야 온다.

"오늘 체험학습이라서 학교에 일찍 가야 된다고 했잖아."

나는 냉장고 앞으로 뛰어가 달력을 살펴보았다. '키티 체험학습'이라고 써 있는 건 내 글씨다. 젠장.

원래 내가 키티를 태워다주기로 되어 있었지만, 그건 차 사고가 나기 전의 일이었다. 아빠는 야간 진료여서 아직 집에 오지도 않았으니 차가 없다. "너 카풀하는 아줌마들 중에 와줄 수 있는 분 없을까?"

"너무 늦었어. 버스가 7시 40분 출발이야." 키티의 얼굴이 울긋불긋해지면서 턱이 떨리기 시작했다. "버스 놓치면 안 된단 말이야!"

"알았어, 알았어. 화내지 마. 누가 우리 태우러 오기로 했어. 지금 오는 중야. 걱정 마. 알았지?" 나는 바구니에서 푸르스름한 바나나를 하나 챙겼다. "나가서 기다리자."

"누가 오는데?"

"그냥 빨리 나가."

키티와 나는 현관 앞 계단에 서서 바나나를 나눠 먹으며 차를 기다렸다. 우리는 둘 다 아직 갈색 반점이 생기지 않은 덜 익은 바나나를 좋아한다. 다 익은 바나나를 좋아하는 건 언니다. 나는 다 익은 바나나는 빵 만들 때 쓰려고 남겨두고 싶어 하지만, 언니는 멍이 들어서 곤죽이 된 부분까지 몽땅 먹어치운다. 으, 생각만 해도 몸서리가 쳐진다.

바깥 공기는 차가웠다. 아직 9월이니 사실상 여름인데도 말이다. 키티는 추운지 다리를 문지른다. 키티는 10월까지도 반바지를 입을 계획이다.

이제 7시 30분이 지났는데도 피터는 오지 않는다. 나는 초조해지기 시작했다. 하지만 키티를 걱정시킬 수는 없다. 나는 2분 안에 피터가 오지 않으면 옆집으로 가서 조시 오빠에게 키티를 태워다달라고 부탁하기로 마음먹었다.

길 건너 앞집에서 로스차일드 아줌마가 현관문을 잠그며 우리를 보고 손을 흔들었다. 손에는 커다란 보온병에 커피가 들려 있다. 아줌마는 허둥지둥 차로 달려간다.

"안녕하세요, 아줌마." 우리가 합창을 했다. 나는 키티를 쿡 찌르며 말했다. "셋, 둘, 하나……."

"젠장!" 로스차일드 아줌마가 소리를 지른다. 손에 커피를 쏟은 것이다. 아줌마는 일주일에 두 번은 저런다. 그냥 좀 천천히 걷든지, 아니면 보온병 뚜껑을 닫든지, 아니면 커피를 그렇게 가득 따르지 않으면 될 텐데. 이해가 안 간다.

바로 그때 피터의 차가 올라왔다. 피터의 검정 아우디는 낮에 보니 더 반짝거린다. 내가 일어서며 말했다. "가자, 키티." 키티는 내 뒤를 졸졸 따라왔다.

"저건 누구야?" 키티가 소곤거린다.

차의 창문이 내려져 있었다. 나는 조수석 쪽으로 가서 머리를 들이밀었다. "가는 길에 내 동생 초등학교에 좀 내려줘도 괜찮을까? 오늘 체험학습 있어서 일찍 가야 된대."

피터는 짜증스런 얼굴이다. "어제 말하지 그랬어?"

"어제는 나도 몰랐어!" 등 뒤에서 키티가 툴툴거리는 게 느껴진다.

"이 차 좌석이 두 개뿐이야." 피터가 말한다. 나도 두 눈으로 뻔히 보고 있는데 말이다.

"알아. 내 무릎에 앉히고 안전벨트할게." 아빠가 안다면 날 죽이려고 들겠지만, 나도 말 안 하고, 키티도 말하지 않으면 된다.

"그래, 엄청 안전하겠네." 피터가 비꼬았다. 비꼬는 건 질색이다. 너무 야비하다.

"3킬로밖에 안 돼!"

피터는 한숨을 쉬었다. "알았어. 타."

문을 열고 내가 먼저 탄 다음, 가방은 발밑에 놓았다. "키티, 이리와." 내가 다리를 벌려서 키티가 앉을 자리를 만들고 키티도 차에 올랐다. 나는 키티를 껴안은 다음 단단히 안전벨트를 맸다. "아빠한테는 말하지 마." 내가 말했다.

"몰라." 키티가 말했다.

"안녕. 넌 이름이 뭐야?" 피터가 물었다.

키티가 머뭇거린다. 항상 이렇다. 새로운 사람을 만나면 키티는 자신을 '키티'라고 소개할지, '캐서린*'이라고 소개할지 망설인다.

"캐서린."

---

* 키티는 캐서린의 애칭.

"그런데 다들 키티라고 부르는 거야?"

"아는 사람들만. 오빠는 캐서린이라고 부르면 돼." 키티가 말했다.

피터의 눈이 '반짝' 했다. "씩씩한데." 피터는 칭찬으로 한 말이지만, 키티는 무시했다. 그러면서도 계속 슬쩍슬쩍 피터를 훔쳐본다. 피터를 보면 누구나 이런 반응을 보인다. 특히 여자애들은. 심지어 아줌마들까지도.

우리는 조용히 동네를 지나쳤다. 마침내 키티가 입을 열었다. "근데 오빠는 누구야?"

나는 피터를 건너다보았다. 피터는 똑바로 앞을 보고 있다. "나는 피터. 네 언니의, 그러니까, 남자친구."

나는 입이 딱 벌어졌다. 식구들한테까지 거짓말을 한다는 얘기는 없었는데! 나는 우리가 학교에서만 그런 척하는 건 줄 알았다.

갑자기 내 품의 키티가 꿈쩍도 하지 않는다. 그러더니 뒤로 몸을 홱 돌려 나를 보며 소리를 지른다. "남자친구라고? 대체 언제부터?"

"지난주부터." 적어도 이 부분은 사실이었다. 말하자면 말이다.

"아무 말 없었잖아! 한 마디도 안 했으면서!"

반사적으로 내가 말했다. "곱게 말해."

"한 마디도 안 했으면서." 키티는 고개를 흔들며 같은 말을 되풀이했다.

피터가 웃겨 죽으려고 했다. 나는 피터를 한 번 째려봤다. "순식간에 일어난 일이라서 그래. 누구한테 말할 시간도 없었어." 피터가 달랬다.

"나 지금 우리 언니한테 말하고 있거든!" 키티가 쏘아붙였다.

피터의 눈이 휘둥그레졌다. 그리고 웃음을 참으려고 애쓰는 게 보였다.

"마고 언니도 알아?" 키티가 물었다.

"아니, 아직. 내가 먼저 말할 거니까 언니한테 이르지 마."

"흥." 그제야 키티는 조금 진정이 되는 모양이었다. 무언가를 마고 언니보다 먼저 안다는 건 키티에게 대단한 일이기 때문이다.

그리고 우리는 초등학교에 도착했다. 천만다행으로 버스는 아직 주차장에 있었고 아이들은 모두 그 앞에 줄을 서 있었다. 여기까지 오는 내내 숨도 제대로 못 쉬고 있던 나는 그제야 크게 숨을 한 번 내쉬었다. "체험학습 재밌게 하고 와!" 내가 외쳤다.

뒤로 홱 돌아본 키티는 집게손가락으로 나를 가리키며 "집에 가면 처음부터 끝까지 다 얘기해줘야 돼!" 라고 무섭게 말하고는 버스 쪽으로 뛰어 가버렸다.

나는 다시 안전벨트를 맸다. "우리가 식구들한테도 사귄다고 한 것 같지는 않은데."

"결국에는 알아내게 되어 있어. 내가 너랑 키티를 여기저기 태우고 다니면 말이야."

"그래도 '남자친구'라고 할 필요까지는 없잖아. 그냥 '친구'라고 해도 됐잖아." 학교가 점점 가까워지고 있었다. 이제 신호등 두 개만 지나면 된다. 나는 초조해져서 땋아 내린 내 머리를 잡아당겼다. "흠, 그래서 너는 제너비브한테 전부 얘기했어?"

피터가 얼굴을 찌푸렸다. "아니."

"제너비브가 아무 말도 안 해?"

"안 해. 조만간 분명히 하겠지."

피터는 쏜살같이 주차장으로 들어가 차를 세웠다. 차에서 내려 건물 입구로 걸어가는 내내 피터의 손은 내 손에 깍지가 끼어져 있었다. 나는 피터가 지난번처럼 내 사물함까지 나를 데려다주려는지 알았지만, 피터는 반대 방향으로 나를 이끌었다.

"어디 가는 거야?" 내가 물었다.

"카페테리아."

내가 뭐라고 반대를 하기도 전에 피터가 단호히 말했다. "이제 사람들 많은 데서 좀 더 어울릴 필요가 있어. 그렇게 보면 카페테리아만한 장소가 없지."

카페테리아에 조시 오빠는 없을 것이다. 카페테리아에 오는 애들은 주로 인기 있는 애들이기 때문이다. 하지만 지금 카페테리아에 분명히 있을 사람이 있다. 제너비브.

우리가 카페테리아에 들어섰을 때 제너비브는 테이블에 애들을 모아놓고 있었다. 제너비브와 에밀리 누스바움, 라크로스 팀원인 게이브와 대럴. 다들 아침 식사를 하며 커피를 마시고 있었다. 제너비브는 피터와 관련된 일이라면 직감적으로 아는 것 같다. 우리가 들어서자마자 제너비브는 눈에서 레이저가 나올 듯이 우리를 노려봤다. 나는 걸음을 늦췄지만 피터는 눈치채지 못한 모양이었다. 피터는 테이블 쪽으로 곧장 걸어갔다. 그런데 나는 마지막 순간에 겁을 집어먹고 말았다. 나는 피터의 손을 당기며 이렇게 말했다. "이쪽에 앉자." 그리고 저쪽에서도 보일 만한 빈 테이블을 가리켰다.

"왜?"

"그냥, 좀." 나는 재빨리 머리를 굴렸다. "있잖아. 헤어진 지 얼마 되지도 않아서 다른 여자애를 데리고 옆자리에 앉으면 네가 너무 나쁜 놈 같잖아. 여기 앉으면 제너비브가 멀리서 지켜보면서 더 오래 궁금해할 거야." 그리고 내가 무서워서 그래.

내가 피터를 이쪽 테이블로 잡아끌자 피터는 자기 친구들에게 손을 흔들며 '뭐 어쩌겠어?' 하는 표정으로 어깨를 으쓱해 보였다. 내가 자리에 앉자 피터는 내 옆에 앉았다. 그리고 내 의자를 자기 쪽으로 더 잡아당겼다. 눈썹을 추켜올리며 피터가 물었다. "제너비브가 그렇게 무서워?"

"아니." 응.

"언젠가는 제너비브랑 마주쳐야 될 거야." 피터는 내 쪽으로 몸을 기울이더니 다시 내 손을 잡고 자신의 손가락으로 내 손금을 따라갔다.

"관둬. 징그러." 내가 말했다.

피터는 상처받은 듯한 표정을 지어보였다. "내가 이러면 여자애들은 다 좋아하던데."

"아니, 제너비브가 좋아하겠지. 아니면 좋아하는 척하든가. 있잖아, 내가 생각해보니까, 실은 너는 여자 경험이 그렇게 많지가 않더라. 한 명뿐이잖아." 나는 손을 들어 테이블 위에 올려두었다. "내 말은, 다들 네가 여자 경험이 엄청 많은 줄 아는데, 실제로는 지금까지 너는 제너비브하고만 만났잖아. 그거 말고는 저 밀라랑 뭐 한 달이나 사귀었나……."

"알았어, 알았어. 무슨 말인지 알아들었어. 그만해. 애들이 보고 있어."

"애들 누구? 네 친구들?"

피터는 어깨를 으쓱했다. "모두들."

나는 흘러내린 머리칼을 방패 삼아 빠르게 주변을 획 한 번 훑었다. 피터 말이 맞았다. 모두가 우리를 보고 있었다. 피터는 그렇게 사람들이 쳐다보는 게 너무나 익숙한 아이였지만 나는 그렇지 않았다. 기분이 이상했다. 마치 새로 산 스웨터 때문에 피부가 간지러운 것 같은 그런 느낌이었다. 지금까지는 누구도 날 쳐다본 적이 없다.

잠시 이런 생각에 푹 빠져 있다가 나는 그만 제너비브와 눈이 마주치고 말았다. 아주 잠깐 우리 사이에는 마치 '너구나' 하고 서로를 알아보는 듯한 시간이 흘렀다. 하지만 곧 제너비브는 시선을 돌리더니 에밀리에게 뭐라고 속삭였다. 제너비브는 마치 탐나는 먹잇감을 보듯 나를 쳐다봤다. 산 채로 잡아먹을 듯한 눈길이었다. 하지만 금세 그 표정은 온데간데없이 사라지고 미소를 짓고 있었다.

나는 몸서리를 쳤다. 사실 나는 어릴 때부터 제너비브가 무서웠다. 언젠가 제너비브네 집에서 놀았던 날이다. 마고 언니가 전화를 해서 나를 찾았다. 점심을 먹게 집으로 오라고 말이다. 하지만 제너비브는 내가 없다고 했다. 인형놀이를 계속하고 싶어서 나를 보내주지 않으려고 한 것이다. 제너비브가 문을 가로막고 서서 비켜주지 않는 바람에 나는 제너비브네 엄마를 불러야 했다.

시계는 8시 5분을 가리키고 있다. 곧 종이 울릴 것이다. "일어나자." 이렇게 말하고 일어서는 나는 무릎이 후들거렸다. "안가?"

피터는 친구들이 있는 테이블을 건너다보고 있었다. "응, 가자." 피터는 일어나 나를 문 쪽으로 이끌었다. 한 손은 내 허리에 올린 채 다른 손은 친구들에게 흔들었다. "웃어." 피터가 그렇게 소곤대기에 나는 시키는 대로 했다.

기분이 좋지 않았다고는 말 못 한다. 남자친구가 있어서 아이들 틈새로 이리저리 데리고 다녀주는 것 말이다. 누군가 나를 챙겨주는 그런 느낌. 마치 꿈속을 걷는 기분이었다. 여전히 나는 나고, 피터는 피터지만, 주변의 모든 게 흐릿하고 비현실적으로 느껴졌다. 언젠가 언니와 함께 새해 전야에 아빠 몰래 샴페인을 마셨던 때와 비슷한 기분이었다.

전에는 몰랐지만 여태껏 나는 눈에 띄지 않는 애였던 것 같다. 그냥 거기 있는 애였다. 그런데 이제 피터 카빈스키의 여자친구가 되고 보니, 애들이 나를 궁금해한다. 이를테면 왜? 쟤의 어떤 점 때문에 피터가 쟤를 좋아하나? 쟤가 뭘 가졌기에? 쟤가 뭐가 특별해서? 궁금한 건 이쪽도 마찬가지다.

이제 나는 '미스터리한 애'가 됐다. 전에는 그냥 '조용한 애'였는데, 피터의 여자친구가 되면서 '미스터리한 애'로 승격된 것이다.

학교가 끝나고 돌아오는 길에는 버스를 탔다. 피터는 라크로스 연습을 해야 했다. 나는 언제나처럼 앞자리에 앉았는데 오늘은 애들이 나한테 뭘 많이 물어본다. 대부분 1, 2학년생들이다. 3학년들은 버스를 잘 안 타기 때문이다.

"카빈스키 오빠랑 무슨 사이예요?" 맨다라는 1학년생 여자애가 물어본다. 나는 못 들은 척했다.

그리고 최대한 의자 깊숙이 몸을 낮춘 다음, 피터가 내 사물함에 남겨둔 쪽지를 펼쳐봤다.

라라 진에게

오늘 잘했어.

피터가

집에 도착했을 때는 완전히 기진맥진해 있었다. 곧장 내 방으로 가서 잠옷으로 갈아입은 후 땋은 머리를 풀었다. 머리를 푸니 이제야 좀 살 것 같다. 얼얼한 머리 밑이 고맙다고 하는 것 같았다. 그리고 나서 침대에 누워 어두워질 때까지 창밖을 바라보았다. 내 전화기가 계속 울렸다. 분명 크리스일 것 같았지만 확인하지 않았다. 지금은 아무것도 설명해줄 수가 없기 때문이다. 나는 머리를 들어 올릴 힘조차 없다. '미스터리한 애'로 사는 건 굉장히 지치는 일이었다.

한번은 키티가 들이닥쳤다. "어디 아파? 왜 아직도 침대에 누워 있어? 브리엘 엄마처럼 암에 걸린 것도 아니고."

"조용히 있고 싶어." 나는 눈을 감으며 그렇게 말했다. "조용한 재충전이 필요해."

"그러면…… 우리 저녁은 뭐 먹어?"

나는 눈을 떴다. 맞다. 오늘은 월요일이다. 이제 월요일 저녁은 내 책임이다. 헉, 언니, 대체 어디 있는 거야? 벌써 날이 어두웠다. 뭘 녹이기에는 시간이 부족하다. 그냥 월요일은 피자 먹는 날로 할까나? 나는 키티를 그윽하게 바라보았다. "너 돈 있어?"

우리는 둘 다 용돈을 받는다. 키티는 일주일에 5달러, 나는 20달러를 받지만 언제나 돈이 많은 쪽은 키티다. 키티는 영리한 다람쥐처럼 받은 돈을 고스란히 모아둔다. 키티가 그 돈을 어디에 보관하는지는 모른다. 비상금을 가지러 갈 때마다 방문을 걸어 잠그기 때문이다. 키티는 돈을 빌려주긴 하지만 이자를 받는다. 마고 언니는 장을 보고 차에 기름을 넣을 수 있게 신용카드를 갖고 있었는데, 떠나면서 카드도 가져갔다. 나도 아빠에게 신용카드를 하나 달라고 해야겠다. 이제 내가 제일 큰언니니까.

"돈이 왜 필요한데?"

"저녁에 피자 시키려고." 키티가 입을 열려고 했다. 협상을 하려는 게 분명하다. 하지만 나는 키티가 말을 꺼내기도 전에 이렇게 말했다. "아빠가 돌아오시면 갚아주실 거야. 그러니까 나한테 이자 물릴 생각은 꿈도 꾸지 마. 너도 피자 먹을 거잖아. 20달러면 돼."

키티는 팔짱을 꼈다. "돈은 줄게. 하지만 그전에 오늘 아침에 만났던 그 오빠 얘기부터 해줘. 언니의 '남자친구' 말이야."

나는 끙 소리를 냈다. "뭐가 궁금한데?"

"어떻게 만났는지."

"중학교 때 친구잖아. 기억 안 나? 가끔 피어스네 오두막에 가서 다 같이 놀았잖아." 키티는 두 팔을 벌리며 모르겠다는 제스처를 취했다. "어, 나 차 사고 났던 날 알지?" 키티가 고개를 끄덕했다. "그날 피터가 지나가던 길에 차를 멈추고 날 도와줬어. 그리고…… 다시 만나게 된 거지. 운명처럼." 한번 해보니 키티 앞에서 이렇게 얘기를 하는 게 좋은 연습인 것 같다. 나중에 크리스한테도 똑같이 얘기해야지.

"그게 다야? 그게 전부라고?"

"왜? 그만하면 훌륭하잖아. 내 말은, 차 사고라니, 정말 드라마 같지 않아? 게다가 어릴 때 알고 지낸 사이고." 내가 말했다.

키티는 "흠."이라고만 말하고 넘어갔다.

우리는 저녁으로 소시지 버섯 피자를 먹었다. 내가 월요일을 피자먹는 날로 하자고 했더니 아빠도 얼른 그러자고 했다. 어제 내가 만들었던 보쌈 고기 마카로니앤치즈가 생각나신 모양이었다.

다행히 저녁 먹는 내내 키티가 체험학습 다녀온 얘기를 늘어놓는 바람에 나는 피자만 씹으면 됐다. 나는 아직도 낮에 있었던 일들 때문에 너무 지쳐 있어서 말도 하기 귀찮을 정도였다.

키티가 피자를 먹느라 말을 끊자 아빠가 나를 보며 이렇게 말했다. "오늘 너는 뭐 재미난 일 없었어?"

나는 입안 가득한 피자를 꿀꺽 삼키고는 말했다. "어…… 별로요."

그날 밤 나는 욕조에 몸을 담근 채 꼼짝도 하지 않고 거품 목욕을 했다. 너무 오래 그러고 있으니까, 내가 자나 싶어서 키티가 두 번이나 문을 뻥 차고 갔다. 한번은 정말로 잠이 들 뻔했다.

거의 잠이 들려는데 전화기가 '징' 하고 울렸다. 크리스였다. 나는 '거절'을 눌렀다. 하지만 전화기는 다시, 다시 또, 다시 또 울렸다. 하는 수 없이 나는 전화를 받았다.

"진짜야?" 크리스가 악을 쓰듯이 말했다.

나는 전화기를 귀에서 뗐다. "어."

"세상에. 빨리 다 털어놔."

"내일 할게, 크리스. 내일 전부 다 말해줄게. 잘 자."

"잠깐……."

"잘 자!"

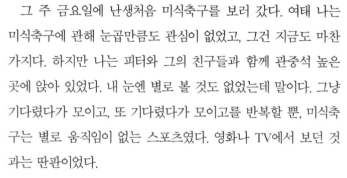

29

그 주 금요일에 난생처음 미식축구를 보러 갔다. 여태 나는 미식축구에 관해 눈곱만큼도 관심이 없었고, 그건 지금도 마찬가지다. 하지만 나는 피터와 그의 친구들과 함께 관중석 높은 곳에 앉아 있었다. 내 눈엔 별로 볼 것도 없었는데 말이다. 그냥 기다렸다가 모이고, 또 기다렸다가 모이고를 반복할 뿐, 미식축구는 별로 움직임이 없는 스포츠였다. 영화나 TV에서 보던 것과는 딴판이었다.

경기가 거의 끝난 것처럼 보인, 혹은 그러길 바란, 9시 30분쯤 내가 코트 안으로 하품을 하고 있는데 느닷없이 피터가 내게 팔을 둘렀다. 나는 하품을 하다 말고 캑캑거렸다.

저 아래에서는 제너비브가 나머지 무리와 함께 응원을 하고 있었다. 응원도구를 들고 흔들며 춤을 췄다. 관중석을 훑어보던 제너비브는 우리를 발견하자 0.5초 정도 멈추었다가 새로운 응원을 시작했다. 두 눈이 활활 타오르고 있었다.

피터를 흘끗 봤더니, 흐뭇한지 씩 웃고 있었다. 제너비브가 운동장 옆으로 물러나자 피터는 팔을 내렸다. 그리고 갑자기 내가 거기 있다는 게 기억난 것처럼 이렇게 말했다. "다들 엘리네 집에서 모인대. 갈래?"

나는 엘리가 누군지 모른다. 나는 다시 하품을 했다. 이번에는 보란 듯이 크게. "어…… 난 너무 피곤해서. 못 갈 거 같아. 그냥 거기 가는 길에 나 좀 내려줄래?"

피터는 나를 한 번 쳐다봤지만 조르지는 않았다.

집으로 돌아오는 길에 식당 옆을 지나치는데 피터가 불쑥 말했다. "나 배고파. 들어가서 뭐 좀 먹지 않을래?" 그리고 퉁명스럽게 덧붙였다. "아니면 그것도 너무 피곤해?"

나는 그 빈정거리는 말투는 무시하고 말했다. "그래, 먹자."

피터는 차를 돌렸고 우리는 식당에 들어갔다. 먼저 자리부터 잡고 앉았다. 전에 언니와 조시 오빠와 함께 여기를 오면 우리는 항상 노래를 들으려고 주크박스 옆에 앉았다. 두 사람 없이 여기에 오니 기분이 이상했다. 이곳에 얽힌 추억이 많다. 셋이서 오면 우리는 그릴드 치즈 샌드위치를 두 개 시켜서 잘게 자른 다음, 토마토 수프를 하나 시켜서 샌드위치를 찍어 먹었다. 그러고 나면 조시 오빠와 나는 휘핑크림을 잔뜩 올린 와플을 하나 시켜서 디저트로 나눠 먹고, 마고 언니는 타피오카 푸딩을 먹곤 했다. 나도 안다. 타피오카 푸딩은 할머니들밖에 안 먹는다는 걸.

우리 테이블을 담당한 직원은 대학생인 켈리 언니였다. 여름 내내 보이지 않더니 이제 돌아온 모양이었다. 물을 내려놓으며 피터를 살피던 켈리 언니가 내게 물었다. "네 친구들은?"

"마고 언니는 스코틀랜드로 떠났고 조시 오빠는…… 안 왔어요." 피터가 나를 흘끗 봤다.

피터는 블루베리 팬케이크와 베이컨, 스크램블드 에그를 시키고, 나는 그릴드 치즈 샌드위치와 감자튀김, 블랙체리 소다를 시켰다.

켈리 언니가 주문을 넣으러 간 후 내가 피터에게 물었다. "너는 왜 그렇게 조시 오빠를 싫어해?"

"안 싫어해." 피터는 코웃음을 쳤다. "잘 알지도 못하는데 뭘."

"흠, 분명히 싫어하는 거 같은데."

피터가 날 째려봤다. "좋아할 건 또 뭐가 있어? 중1때 내가 커닝한 거 일러바친 인간인데."

피터가 커닝을 했다고? 나는 속이 약간 뒤틀리는 느낌이었다. "뭘 커닝했는데? 숙제?"

"아니. 스페인어 시험. 계산기에 답을 써놨었거든. 그런데 글쎄 그 인간이 고자질을 한 거야. 대체 누가 그런 걸 고자질해?"

나는 커닝을 한 것에 대해 피터가 일말의 창피나 수치를 느끼지 않을까 싶어 표정을 살폈지만 그런 기색은 눈곱만큼도 찾을 수가 없었다. "뭘 잘했다는 거야? 커닝을 한 건 넌데!"

"중1이었어!"

"흠, 아직도 커닝하니?"

"아니, 거의 안 해. 전에 한 적이 있다고." 피터는 나를 보며 눈살을 찌푸렸다. "그런 식으로 좀 그만 볼래?"

"무슨 식으로?"

"한심하다는 눈으로 말이야. 있잖아, 나는 어쨌거나 라크로스 장학생으로 대학에 갈 거야. 그러니 그게 뭐가 중요해?"

나는 갑자기 떠오르는 생각이 있었다. 그래서 목소리를 낮추고 물었다. "저기…… 너 혹시 글은 읽을 줄 아니?"

피터는 웃음을 터뜨렸다. "어, 읽을 줄 알아! 세상에, 라라 진. 세상이 무슨 다 드라마인 줄 알아? 난 그냥 게으른 거야." 피터는 콧방귀를 뀌었다. "읽을 줄 아냐고? 내가 그동안 너한테 써준 쪽지는 다 뭔데? 나 참 웃겨서."

나는 얼굴이 빨개지는 게 느껴졌다. "뭐가 그렇게 웃기다는 거야?" 내가 실눈을 뜨며 말했다. "너한테는 뭐든 다 장난이지?"

"다는 아니지. 거의 장난이지."

나는 어이없다는 표정을 지었다. "너 그거 문제 있는 거야. 진지한 건 진지하게 받아들여야지. 한심하다고 보는 것 같았다면 미안."

"어, 그렇게 보였어. 넌 뭐든 너무 진지한 게 탈이야. 너 그거 문제 있는 거야. 편안하게 즐길 줄도 알아야지."

내가 자전거 타기(사실은 싫어한다), 제빵, 독서 등등 내가 즐기는 것들을 하나씩 다 열거하고 있는데(뜨개질도 얘기할까 했지만 피터에게 놀림만 받을 것 같아서 관뒀다), 켈리 언니가 음식을 가져왔다. 나는 치즈가 아직 녹아 있을 때 샌드위치를 먹으려고 말을 멈췄다.

피터가 내 감자튀김을 하나 훔쳐가면서 말했다. "또 누가 있어?"

"누구라니, 뭐가?"

피터는 입안에 음식이 든 채로 말했다. "또 누가 편지를 받았냐고."

"음, 그건 너무 사적인 질문인데?" 나는 '어쩜, 그리 무례하냐'
는 듯이 피터를 향해 고개를 절레절레 저었다.

"뭐 어때서? 그냥 궁금해서 그래." 피터는 감자튀김을 또 하나
집어서 내 케첩 그릇에 담갔다. 그리고 능글능글 웃으며 말했다.
"에이, 뭘 그래. 나한테는 말해도 돼. 내가 1순위인 건 분명하고,
또 후보에 든 사람은 누구야?"

피터는 불끈 팔 근육을 자랑해 보였다. 저 자신감은 대체 어
디서 나오는지. 그래, 뭐 그렇게까지 알고 싶다면 말해주지 뭐.
"조시 오빠, 너……."

"응, 그리고 또?"

"케니."

피터가 콧방귀를 뀐다. "케니? 그게 누군데?"

나는 테이블 위에 팔을 괴고 얼굴을 받쳤다. "교회 캠프에서
만난 애야. 남자애들 중에서 수영을 제일 잘했어. 물에 빠진 애
도 한 번 구했어. 구조요원들이 무슨 일인지 알기도 전에 호수
한가운데로 헤엄쳐갔어."

"그래, 그 애는 편지 받고 뭐래?"

"아무 말도 안 했어. 되돌아왔거든."

"흠, 그리고 또 누구?"

나는 샌드위치를 한 입 베었다. "루커스 크라프."

"걔 게이야." 피터가 말했다.

"게이 아냐!"

"야, 꿈 깨. 걔 게이 맞어. 어제는 학교에 애스콧타이[*]를 매고 왔었다고."

"장난으로 그랬을 거야. 그리고 애스콧타이랑 게이랑 무슨 상관이야?" 나는 피터를 향해 '이 호모포비아야' 하는 표정을 지어 보였다.

"야, 그런 식으로 보지 마. 내가 제일 좋아하는 우리 삼촌이 게이야. 나랑 50달러 내기할래? 루커스의 사진을 에디 삼촌한테 보여주면 아마 0.5초도 안 되서 게이 맞다고 알려주실걸?"

"루커스가 패션에 관심이 있다고 해서 게이가 되는 건 아냐." 피터가 뭐라고 말을 하려고 입을 벌렸지만 내가 손을 들어 제지했다. "그건 그냥 루커스가 이 지루하기 짝이 없는 교외에서 남들보다 좀 더 도시적이라는 뜻밖에 안 돼. 내가 장담하는데 걔는 결국 뉴욕 대학교나 뉴욕에 있는 다른 대학에 갈 거야. TV에 나오는 배우가 될 수도 있고. 생긴 것부터가 그렇잖아. 호리호리하고 곱상하게. 감수성도 예민하고. 마치…… 천사처럼 생겼어."

"그러면 그 천사는 네 편지 보고 뭐래?"

"아무 말도…… 아마 워낙 배려심이 많은 애니까 내가 당황할까 봐 얘기를 안 꺼내는 거겠지." 나는 피터를 의미심장한 눈빛으로 쳐다봤다. '누구랑은 다르게 말이지.'

피터가 시선을 피했다. "알았어, 알았어. 무슨 상관이야." 피터

---

[*] 스카프 느낌의 굵은 넥타이.

는 등을 뒤로 기대더니 한쪽 팔을 뻗어서 옆의 빈 의자 위에 올렸다. "그렇게 하면 네 명이고, 다섯 번째는 누구야?"

피터가 숫자를 세고 있었다는 게 놀라웠다. "존 앰브로즈 매클래런." '조니'다.

피터의 눈이 커다래졌다. "매클래런? 걔는 또 언제 좋아했는데?

"중2때. 걔가 이사 가기 직전에. 한번은 체육관에서 걔랑 나랑둘이서 축구공을 전부 주워야 했어. 그런데 비가 내리기 시작했어……." 나는 한숨을 내쉬었다. "아마 지금까지 나한테 일어난 가장 로맨틱한 일일 거야."

"대체 여자애들은 왜 그렇게 비에 흥분하는 거야?"

"나도 몰라…… 아마 비가 오면 모든 게 좀 더 드라마틱하게느껴지니까." 나는 어깨를 으쓱했다.

"둘이서 무슨 일이 있었던 거야, 아니면 그냥 비 오는데 축구공만 주운 거야?"

"넌 말해도 몰라." 피터 같은 애는 죽었다 깨나도 이해하지 못할 것이다.

피터는 눈길을 돌리며 물었다. "그러면 존한테 쓴 편지는 존네 옛날 집으로 간 거야?"

"그런 거 같아. 존한테서 아무 말도 못 들었으니까." 나는 천천히 소다를 마셨다.

"그런데 왜 그렇게 슬프게 말해?"

"안 슬퍼!"

실은 슬픈지도 모르겠다. 약간은. 조시 오빠를 제외하면 내가 좋아했던 애들 중에서 존 매클래런이 내게는 가장 중요한 아이다. 그 애에게는 뭔가 말로 설명하기 힘든 그런 다정함이 있었다. 내가 '언젠가는, 언젠가는' 하고 생각했던 아이. 존 앰브로즈 매클래런이 내게는 '가장 아쉽게 놓친 사람'임에 틀림없다. 나는 크게 소리 내서 말했다. "내 말은, 내 편지를 받았든, 못 받았든······." 나는 어깨를 으쓱했다. "항상 그 애가 어떻게 변했을지 궁금했어. 지금도 그대로일지. 분명 그대로일 거야."

"근데 생각해보니까, 걔가 네 이름을 한번 얘기했던 거 같아." 피터가 천천히 말했다. "맞아. 분명히 얘기했었어. 네가 우리 학년에서 제일 예쁘다고 했었어. 중학교 때 제일 아쉬운 일이 학교 파티 때 너한테 데이트 신청을 못 한 거라고 그랬어."

나는 온몸이 그대로 얼어붙었다. 심지어 숨 쉬는 것도 멈춘 것 같았다. "진짜?" 내가 소곤거렸다.

피터가 마구 웃음을 터뜨렸다. "야! 아, 넌 정말 너무 잘 넘어가!"

나는 속이 뒤틀렸다. 눈을 깜박거리며 내가 말했다. "너무 야비한 거 아냐? 대체 그런 말을 왜 하는 거야?"

피터는 웃음을 멈추더니 이렇게 말했다. "어, 미안. 그냥 장난이었어······."

나는 팔을 쭉 뻗어서 피터의 어깨를 세게 쳤다. "이 나쁜 놈아."

피터가 어깨를 문지르며 소리를 질렀다. "아야! 진짜 아파!"

"아파도 싸."

"미안." 피터는 다시 한 번 사과했지만 눈가에는 아직 웃음기가 남아 있었다. 그래서 나는 고개를 돌려버렸다. "야, 제발. 화내지 마. 누가 알아? 걔가 정말로 널 좋아했을지. 전화해서 한번 물어보자고."

내가 고개를 번쩍 들었다. "전화번호가 있어? 존 앰브로즈 매클래런의 전화번호를 갖고 있어?"

피터가 전화기를 꺼냈다. "그럼. 지금 바로 걸어보지 뭐."

"안 돼!" 전화기를 뺏으려고 했지만 피터가 훨씬 빨랐다. 피터는 전화기를 내 머리 위로 높이 들어 올렸고 내 팔은 거기까지 닿지 않았다. "걸기만 해봐!"

"왜? 매클래런이 어떻게 변했는지 궁금하다며?"

나는 격렬하게 도리질을 쳤다.

"뭐가 걱정인데? 걔가 널 기억 못 할까 봐?" 피터의 표정이 바뀌었다. 나에 대해 뭔가를 깨달은 모양이었다. "아니면 기억할까 봐?"

나는 고개를 저었다.

"알았어." 피터는 고개를 끄덕였다. 그리고 두 손은 머리 뒤로 깍지를 낀 채 의자를 뒤로 젖혔다.

나는 피터가 저런 식으로 날 보는 게 싫다. 마치 나에 대해 알겠다는 듯한 태도. 나는 손을 내밀었다. "전화기 내놔."

피터는 입을 쩍 벌렸다. "전화하게? 지금?"

내가 피터를 놀라게 만들었다고 생각하니 기분이 좋았다. 뭔가를 다시 찾은 기분이다. 가끔 피터가 방심하게 만들어보는 것

　　　　　　　　　　　　　　　　　　　라라 진의 첫 번째 이야기

도 재미있을 것 같다. 나는 단호한 목소리로 말했다. "일단 전화기부터 줘봐." 피터는 내게 전화기를 건넸다. 나는 존의 전화번호를 내 전화기로 옮겼다. "내가 걸고 싶을 때 걸 거야. 네가 걸고 싶을 때가 아니라."

피터는 마지못해 알겠다는 표정을 지었다. 물론 나는 존에게 전화하지 않을 것이다. 하지만 피터 K가 그런 것까지 알 필요는 없으니까.

그날 밤, 나는 침대에 누워 아직도 존을 생각하고 있었다. '만약'에 대해 생각해보는 건 즐거운 일이다. 무섭기도 하지만 그래도 즐겁다. 전에는 전혀 가능성이 없는 일이라고 생각했었는데, 지금은 아주 약간의 가능성이 열린 것 같은 기분이었다. 혹시라도? 존 앰브로즈 매클래런과 내가 사귀면 어떤 모습일까? 눈을 감으면 선하게 그려질 것 같았다.

30

나는 마고 언니와 통화중이었다. 여기는 토요일 오후, 그곳은 토요일 밤이다. "방학 때 할 인턴십 신청은 했어?"

"아직……."

언니는 한숨을 내쉬었다. "몬트필리어*에서 일해보고 싶은 거 아니었어? 서고에 분명 사람이 필요할 거야. 내가 도나 아줌마한테 대신 전화해줄까?"

마고 언니는 방학 때 두 번이나 몬트필리어에서 일했고 아주 만족해했다. 언니는 중요한 발굴 작업을 했는데 돌리 매디슨**의 도자기 파편을 발견했고, 사람들은 마치 다이아몬드나 공룡뼈를 발견한 것처럼 기뻐했다. 그곳 사람들은 모두 마고 언니를 좋아해서 언니가 떠날 때 감사패를 만들어줬을 정도였다. 아빠는 그 감사패를 거실에 걸어뒀다.

"몬트필리어는 너무 멀어."

"병원에서 자원봉사를 해보는 건 어때? 일하는 날만 아빠 차

---

* 미국의 4대 대통령 제임스 매디슨을 포함한 매디슨 일가가 살았던 유적지.
** 제임스 매디슨의 부인.

를 얻어 타면 되잖아."

"나 병원 안 좋아하는 거 알잖아."

"그러면 도서관! 너 도서관 좋아하잖아."

"벌써 지원서 냈어." 나는 거짓말을 했다.

"정말?"

"아니, 내려던 중이야."

"뭘 억지로 할 필요는 없어. 네가 자발적으로 하고 싶은 일이어야지. 좀 의욕을 가져 봐. 맨날 내가 옆에서 응원해줄 수는 없잖아."

"알아."

"라라 진, 올해가 얼마나 중요한지 알아? 아무리 많은 걸 해도 모자랄 정도야. 2학년이라고."

나는 눈물과 공포가 안으로 점점 더 커지는 것이 느껴졌다. 언니가 하나만 더 물어봤다가는 울어버리고 말 것이다.

"여보세요?"

"응, 듣고 있어." 나는 개미 목소리로 말했다. 언니도 내가 울기 직전이라는 것을 알았을 것이다.

언니는 잠시 말이 없었다. "아직 시간 있어. 네가 너무 오래 그러고 있다가 다른 애들이 좋은 자리를 다 꿰찰까 봐 걱정이 되서 그래. 아직 다 괜찮으니까 걱정 마."

"알았어." 이 한 마디를 내뱉는 것도 쉽지 않았다.

"다른 별일은 없어?"

전화를 시작할 때는 피터며, 최근에 일어난 일들을 모조리 언니에게 말할 수 있을 거라고 생각했지만, 지금은 그저 언니가 그렇게 멀리 있어서 내게 일어난 일들을 알 수 없다는 게 다행스럽게만 느껴진다.

"조시는 어떻게 지내? 최근에 조시랑 얘기해봤어?"

"별로." 나는 그렇게 말했다. 실제로도 그랬다. 피터와의 일만으로도 너무 바빠서 그럴 만한 기회조차 없었다.

31

나는 키티와 함께 현관 계단에 앉아 있었다. 키티는 한국식 요거트 음료를 마시고(우리는 요구르트라고 부른다), 나는 언니에게 줄 목도리를 뜨며 피터를 기다리고 있었다. 키티는 아빠가 나오기를 기다리는 중이다. 오늘은 아빠가 키티를 등교시켜 주기로 했다.

로스차일드 아줌마는 아직 나오지 않았다. 오늘은 몸이 안 좋거나 아니면 평소보다 더 늦게 뛰어나오려는 것일지도 모른다.

우리 둘 다 아줌마네 현관만 쳐다보고 있는데, 저 아래에서 미니밴 한 대가 올라오더니 우리 집 앞에 멈췄다. 눈을 가늘게 뜨고 봤더니 피터 카빈스키였다. 피터가 창문에 선팅을 한 미니밴을 몰고 온 것이다. 피터는 창밖으로 고개를 쑥 내밀고 말했다. "안 가?"

"왜 그런 걸 타고 와?" 키티가 물었다.

"별걸 다 신경 쓰냐, 캐서린. 그냥 타." 피터가 말했다.

키티와 나는 서로를 쳐다봤다. "나도?" 키티가 내게 물었다.

나는 어깨를 으쓱했다. 그리고 등으로 현관문을 밀어 열며 소리쳤다. "아빠, 키티는 저랑 타고 갈게요!"

"알았다!" 아빠가 소리쳤다.

우리가 일어서려는데 로스차일드 아줌마가 늘 입는 남색 정장 차림으로 황급히 뛰어나왔다. 한 손에는 서류 가방, 다른 손에는 커피를 들고 있었다. 키티와 나는 신이 나서 서로를 쳐다봤다. "셋, 둘, 하나……."

"젠장!"

우리는 킥킥거리며 피터의 미니밴에 올라탔다. 나는 조수석에 앉고 키티는 뒷좌석에 앉았다. "뭐가 그렇게 재미나?" 피터가 물었다.

내가 피터에게 설명을 하려는 찰나, 조시 오빠가 자기 집에서 걸어 나왔다. 오빠는 걸음을 멈추고 잠시 우리를 빤히 보더니 이윽고 손을 흔들었다. 나는 손을 흔들었고, 키티는 창밖으로 고개를 내밀고 소리를 질렀다. "조시 오빠, 안녕!"

"형, 안녕." 피터가 내 쪽으로 몸을 숙이고 외쳤다.

"안녕." 조시 오빠는 그렇게 말하고는 자기 차에 올랐다.

피터는 내 옆구리를 쿡 찌르더니 씩 웃으며 차를 돌렸다. "왜 웃고 있었는지 얘기해줘."

안전벨트를 채우며 내가 말했다. "로스차일드 아줌마는 적어도 일주일에 한 번은 차로 뛰어가면서 뜨거운 커피를 몸에 쏟거든."

키티가 신이 나서 지껄였다. "세상에서 제일 웃긴 거 같아."

피터는 코웃음을 쳤다. "가학적인 녀석들."

"가학적인 게 뭐야?" 키티가 궁금해서 우리 둘 사이로 머리를 쑥 내밀었다.

나는 키티를 제자리로 밀어놓으며 말했다. "안전벨트 해."

피터가 차를 돌렸다. "가학적이라는 건 다른 사람이 고통받는 걸 보고 행복해진다는 뜻이야."

"아. 가학적." 키티가 혼자 조용히 되풀이했다.

"애한테 이상한 거 가르치지 마." 내가 말했다.

"난 이상한 거 좋아해." 키티가 말했다.

피터가 말했다. "봤지? 이상한 거 좋아한대잖아." 피터는 몸은 돌리지 않은 채 손을 높이 들어서 하이파이브를 청했다. 키티가 몸을 앞으로 숙여 '짝' 소리가 나게 손뼉을 맞췄다. "너 지금 마시는 거, 그거 뭔지 모르겠지만 나도 한 모금만 줘라."

"거의 다 마셨으니까, 오빠가 다 마셔." 키티가 말했다.

키티가 요구르트를 건네주자 피터는 탈탈 털어 마셨다. "맛있는데?" 피터가 말했다.

"한국 마트에서 사온 거야. 팩에 들어 있으니까 냉동실에 넣어뒀다가 도시락에 싸 가면 시원하게 마실 수 있어."

"그거 괜찮다. 라라 진, 내일 아침에는 나도 이거 하나 갖다주면 안 돼? 봉사료로."

내가 째려보자 피터가 말했다. "운전 서비스 말이야! 나 참."

"내가 갖다줄게, 오빠." 키티가 말했다.

"역시 너뿐이야."

"내일도 학교까지 태워다주면 말이야." 키티가 그렇게 말하자 피터는 야유를 보냈다.

32

4교시를 앞두고 나는 사물함 앞에 서서 문에 붙은 거울을 보며 떻은 머리의 핀을 다시 꽂아보려고 낑낑거리고 있었다.

"라라 진?"

"응?"

문 뒤를 슬쩍 보니 루커스 크라프가 화려한 파란색과 카키가 섞인 얇은 브이넥 스웨터를 입고 서 있었다. "이걸 받은 지 꽤 됐는데…… 아무 말 안 하려다가, 혹시 네가 돌려받고 싶을 수도 있겠다 싶어서." 루커스 크라프는 분홍색 편지 봉투를 내 손에 쥐여주었다. 내 편지였다. 루커스도 편지를 받은 것이다.

나는 편지를 얼른 사물함 안에 던져 넣었다. 거울에 비친 내 얼굴은 깜짝 놀란 표정을 하고 있었다. 나는 사물함 문을 닫았다. "그러면 너도 저게 다 뭔지 알고 싶겠구나." 나는 이렇게 말을 꺼내다 말고 금세 더듬거렸다. "어, 저기, 저거는 내가 옛날에 쓴 거고……."

"설명 안 해줘도 돼."

"정말? 안 궁금해?"

"안 궁금해. 저런 편지 받으니까 정말 좋더라. 실은 많이 뿌듯

했어."

　나는 안도의 한숨을 내쉬며 사물함에 힘없이 기댔다. 루커스 크라프는 어쩜 이렇게 완벽할까? 루커스는 무슨 말을 어떻게 해야 할지 정확히 알고 있다.

　루커스는 반쯤은 찡그린 듯한 미소를 띠며 말했다. "그런데 문제는……." 루커스는 목소리를 낮췄다. "너, 내가 게이인 거 알지?"

　"아, 그럼. 그럼, 그럼." 나는 실망한 티를 내지 않으려고 기를 쓰며 말했다. "당연히 알아." 이번에도 피터가 맞았다.

　루커스가 웃는다. "넌 정말 귀여워." 루커스가 이렇게 말해주니 나도 다시 기운이 난다. 루커스가 말했다. "있잖아. 그래도 아무한테도 말하지 말아줄래? 내 말은 내가 뭐 숨기지는 않지만, 그래도 대놓고 얘기할 정도는 아니니까. 무슨 말인지 알지?"

　"그럼." 나는 엄청 자신 있게 말했다.

　"예를 들어 우리 엄마는 알지만 아빠는 어렴풋이만 알거든. 내가 대놓고 말한 적이 없어서."

　"그래."

　"난 그냥 애들이 자기 믿고 싶은 대로 믿으면 좋겠어. 내가 다른 애들 때문에 나 자신을 규격에 맞춰서 재단해야 되는 건 아니잖아. 무슨 말인지 알지? 너는 혼혈이니까 사람들이 맨날 인종이 뭐냐고 물어볼 거 아냐. 그치?"

　지금까지 한 번도 이렇게 생각해본 적은 없었지만, 생각해보니 정말 맞는 말이다. 루커스는 그런 걸 이미 다 이해하는 것이다. "그렇지. 남들이 그걸 왜 알아야 하는 건데?"

"내 말이."

우리는 마주보며 미소를 주고받았다. 나는 누군가에게 이해받고 있다는 근사한 기분을 느꼈다. 우리는 같은 방향으로 함께 걸었다. 루커스는 중국어, 나는 프랑스어 수업이었다. 가는 길에 루커스가 내게 피터에 관해 물었다. 나는 루커스가 너무나 가깝게 느껴져서 사실대로 말하고 싶은 충동이 일었다. 하지만 피터와 나는 약속을 했다. 그 누구에게도 말하지 않기로. 그 약속을 내가 깨고 싶지는 않았다. 그래서 루커스가 "야, 너랑 카빈스키는 대체 어떻게 된 사이야?" 하고 물었을 때, 나는 그냥 어깨를 으쓱하며 알 듯 모를 듯한 미소만 지었다.

루커스에게

너처럼 매너가 좋은 남자애는 본 적이 없어. 네가 영국식 억양까지 있었으면 딱일 거야. 홈커밍데이 때 네가 크라바트*를 했었잖아. 정말 잘 어울렸어. 너라면 그걸 매일 입고 다녀도 되겠다고 생각했을 정도야.

아, 루커스! 네가 어떤 타입의 여자애를 좋아하는지 알 수 있으면 얼마나 좋을까. 내가 알기로는 너는 지금까지 아무도 사귀지 않은 것 같은데...... 여자친구가 다른 학교에 다니는 게 아니

---

* 와이셔츠 안이나 밖에 주로 하는 남자용 스카프.

라면 말이야. 너는 너무 미스터리해. 난 너에 대해 아는 게 거의 없어. 정말 피상적이고 단순한 것들 말고는 말이야. 네가 매일 점심때 치킨 샌드위치를 먹는다는 거랑, 골프 팀에 있다는 것 정도밖에 몰라. 아주 약간이라도 제대로 안다고 할 수 있는 건, 네가 글을 잘 쓴다는 거야. 그 말은 곧 감성이 풍부하다는 얘기겠지. 왜 그, 창의적 글쓰기 시간에 네가 썼던 짧은 소설 있잖아. 여섯 살짜리의 관점에서 본 독이 든 우물에 대한 이야기. 정말 감성적이고 예리했어! 그 이야기 덕분에 적어도 아주 약간은 너란 아이를 알겠다는 기분이 들었어. 하지만 난 널 모르고, 너란 아이를 알았으면 하고 바라.

넌 정말 특별한 아이인 것 같아. 우리 학교에서도 아마 가장 특별한 아이일 거고, 다른 애들도 너에 관해 더 알았으면 하는 마음이야. 아냐, 어쩌면 그런 마음이 아닐 수도 있어. 왜냐면 가끔은 뭔가를 혼자만 안다는 것도 멋지니까.

사랑을 담아,

라라 진

33

학교가 끝난 후 크리스와 나는 교실에서 놀고 있었다. 외박한 것 때문에 엄마에게 혼나는 중인 크리스는 엄마가 북클럽 모임에 갈 때까지 학교에서 죽치고 기다릴 작정이었다. 우리는 키티의 과자를 뜯어서 나눠 먹고 있었다. 내가 도로 채워놔야 한다. 월요일 점심에 과자가 빠졌다가는 키티가 난리를 칠 테니까.

크리스는 과자를 한 움큼 집어서 입에 털어 넣었다. "말해봐, 라라 진. 너희 어디까지 갔니?"

나는 과자가 목에 걸릴 뻔했다. "아무 데까지도 안 갔어! 그리고 당분간은 그 어디도 갈 생각 없어."

"정말로? 옷 위로 만지는 것까지도 안 갔다고? 그냥 살짝 가슴을 스치는 정도도?"

"안 갔어! 말했잖아. 우리 언니랑 나는 그런 타입 아니라니까."

크리스는 콧방귀를 꼈다. "장난해? 마고 언니랑 조시 오빠는 당연히 끝까지 갔지. 너도 참 순진하다. 라라 진."

"내가 순진해서 그런 게 아냐. 조시 오빠랑 언니가 끝까지 안 간 게 사실이니까 그렇지."

"어떻게? 네가 어떻게 '사실'인지 아닌지 알아? 오, 궁금하다."

라라 진의 첫 번째 이야기

"얘기 안 해줘."

얘기를 해봤자 크리스는 더 크게 웃을 것이다. 크리스는 남동생뿐이어서 자매들 사이가 어떤 건지 이해를 못 한다. 언니와 나는 중학교 때 한 가지 약속을 했다. 우리가 결혼을 하거나, 정말 정말 사랑하는 사람이 생길 때까지는, 그리고 최소한 스물한 살이 될 때까지는 남자랑 자지 않기로 말이다. 언니가 정말 정말 사랑에 빠졌을 수도 있지만, 언니는 결혼을 한 것도, 스물한 살이 된 것도 아니다. 언니는 한 번도 약속을 어긴 적이 없다. 자매들 사이의 약속이란 그 무엇과도 바꿀 수 없을 만큼 중요하다.

"아냐, 정말 알고 싶어."

"그냥 놀리고 싶어서 그러는 거잖아. 그렇게 둘 줄 알아?"

크리스가 저렇게 얘기를 하는 건 내 반응을 보려고 일부러 그러는 것이다. 크리스는 반응을 살피는 걸 좋아한다. 그래서 나는 아무 반응도 보이지 않으려고 조심한다. 나는 차분하게 말했다. "제발 우리 언니랑 조시 오빠의 사생활 얘기는 좀 그만 해줄래? 그런 얘기 안 좋아하는 거 알잖아."

크리스는 가방에서 매직펜을 꺼내더니 엄지손톱에 칠하기 시작했다. "언제까지 그렇게 겁쟁이로 살 거야? 너는 머릿속에서 그게 인생이 바뀌는 순간이라고 이만하게 크게 그려놓고 있지만 실은 5분도 안 되서 끝나는 일이야."

나는 크리스의 말을 무시했다. "그거 손톱에 해로울 수도 있어." 크리스는 나를 보며 가망 없다는 듯 고개를 저었다.

하지만 나도 궁금하다. 그건 대체…… 어떤 느낌일까?

34

"남녀가 오래 만나면 그 둘이 당연히 잤을 거라고 생각해?" 내가 피터에게 물었다. 우리는 도서관 아무도 찾지 않는 참고서적 코너에 등을 기대고 바닥에 퍼질러 앉아 있는 중이었다. 방과 후 도서관은 텅 비었고 우리는 숙제를 하고 있었다. 피터가 화학에서 C와 D를 받아서 요즘 내가 도와주고 있다.

화학 책을 보던 피터는 갑자기 초롱초롱해진 눈빛으로 고개를 들었다. 피터는 책을 한쪽으로 던져버리더니 이렇게 말했다. "정보가 더 필요해. 얼마나 오래 만났는데?"

"진짜 오래. 뭐 한, 2년 정도?"

"그 둘이 몇 살인데? 우리 또래?"

"비슷해."

"그러면 가능성이 아주 높지만 꼭 그런 건 아냐. 사람에 따라 다르지. 그렇지만 돈을 걸고 내기를 해야 한다면, 뭐."

"그런데 여자가 그런 쪽이 아냐. 남자도 그렇고."

"지금 누구 얘기야?"

"비밀이야." 나는 망설이다가 이렇게 말했다. "크리스는 안 잤을 리가 없대. 불가능하다고."

피터가 코웃음을 쳤다. "그런 걸 왜 크리스한테 물어보냐? 엉망진창인 애한테."

"엉망진창 아니거든!"

피터가 나를 한 번 쳐다봤다. "1학년 때 포로코* 잔뜩 먹고 타일러 보일런네 지붕에 올라가서 스트립쇼를 한 애야."

"현장에 있었어? 네 두 눈으로 직접 봤냐고?" 내가 따지고 들었다.

"당근이지. 진짜 매너 좋게 수영장에서 걔 옷 건져내준 게 누군데."

나는 볼에 바람을 잔뜩 집어넣었다. "뭐, 크리스가 나한테는 그런 얘기를 한 적이 없어서 내가 뭐라고 말은 못 하겠다. 근데 포로코인가 뭔가 판매 금지되지 않았어?"

"아직 나와. 물을 잔뜩 타서 맛은 없어졌지만. 근데 거기에 고카페인 에너지 드링크를 타면 이전이랑 똑같은 효과를 볼 수 있지." 내가 몸서리를 치자, 피터는 씩 웃었다. "근데 대체 너랑 크리스는 무슨 얘기를 하니? 너희는 공통점도 하나도 없는데."

"'우리'가 무슨 얘기를 하냐고?" 내가 따졌다.

피터는 웃었다. "알았어, 무슨 말인지." 피터는 벽에서 떨어지더니 내 무릎을 베고 누웠다.

나는 최대한 평소 같은 목소리를 내려고 하면서 말했다. "너 오늘 분위기 되게 이상하다."

---

* 카페인이 함유된 캔 맥주의 상품명.

피터가 한쪽 눈썹을 올리며 말했다. "어떤 분위기인데?" 피터는 누가 자신에 대해 얘기해주는 걸 좋아한다. 평소 같으면 나도 별로 개의치 않지만, 오늘은 피터의 응석을 받아줄 마음이 없다. 피터가 얼마나 잘났는지 얘기해줄 사람은 피터 주위에도 많으니까.

"뭔가 기분 나쁜 분위기." 내가 이렇게 말하자 피터는 웃음을 터뜨렸다.

"참 와." 피터는 눈을 감더니 내 쪽으로 바싹 파고들었다. "잠 안 올 만한 얘기 좀 해봐."

"끼 부리지 마." 내가 말했다.

피터는 눈을 번쩍 떴다. "내가 언제!"

"부렸잖아. 넌 아무나한테 끼를 부리더라. 마치 주체를 못 하는 사람처럼."

"흥. 너한테는 끼 부려본 적 없거든." 피터는 다시 일어나 앉더니 전화기를 체크했다. 돌연 나는 '아무 말도 하지 말걸' 하는 생각이 들었다.

35

프랑스어 시간이다. 평소 습관대로 창밖을 보고 있는데 조시 오빠가 운동장 옆 관중석 쪽으로 걸어가는 게 보였다. 도시락 가방을 들고, 혼자다. 왜 혼자 먹지? 만화책 모임 친구들도 있고, 저지 마이크도 있는데.

그런데 작년에는 조시 오빠가 저지 마이크와 별로 어울리지 않았던 것 같기도 하다. 조시 오빠는 항상 마고 언니와 나와 함께 놀았다. 우리 셋이 트리오였다. 그런데 이제 우리는 듀오조차 아니다 보니 오빠는 혼자가 된 것이다. 거기에는 언니가 떠나버린 탓도 있지만 내 탓도 있다는 걸 부정할 순 없다. 처음부터 내가 조시 오빠를 좋아하지 않았다면, 피터 K와의 얘기도 지어낼 필요가 없었을 것이다. 그냥 오빠의 좋은 친구 라라 진으로 계속 남을 수 있었을 텐데. 언제나 그래왔던 것처럼 말이다.

어쩌면 엄마가 마고 언니에게 대학에 갈 때 남자친구는 정리하라고 한 것은 이 때문인지도 모르겠다. 남자친구나 여자친구가 있으면 그 사람하고만 있고 싶고, 다른 사람은 죄다 잊게 된다. 그러다가 둘이 헤어지면 친구들은 벌써 다 잃어버린 지 오래다. 나 없이 다른 친구들끼리 어울리고 다녔을 테니 말이다.

어찌 되었든 확실한 건, 조시 오빠는 관중석 꼭대기에서 혼자 샌드위치를 먹는 외로운 사람이 분명하다는 점이다.

피터가 라크로스 경기가 있어서 일찍 가는 바람에 나는 버스를 타고 집에 가야 했다. 집에 도착해서 우편함에서 편지들을 꺼내고 있는데, 조시 오빠의 차가 집으로 들어가는 게 보였다. "안녕!" 조시 오빠가 인사를 하고는 차에서 내려 내 쪽으로 뛰어왔다. 어깨에 가방을 멘 채였다.

"네가 버스 타고 있는 거 봤어. 내가 손 흔들었는데, 너 그 만날 하는 공상 중이더라고. 그래, 네 차는 언제 다 고쳐진대?"

"모르겠어. 자꾸 말이 바뀌어. 인디애나주인가, 어디에서 부품이 와야 한대."

조시 오빠는 알겠다는 듯한 표정을 지어 보였다. "그래서 기분 좋은데 숨기고 있는 거구나?"

"아니! 내가 왜 기분이 좋아?"

"에이, 왜 이래? 너 운전하는 거 싫어하잖아. 운전 안 할 핑계가 생겨서 좋아하고 있겠네 뭐."

나는 반박을 하려다 그만두었다. 소용없는 짓이다. 조시 오빠는 그만큼 날 잘 아는 것이다. "뭐, 아주 약간 기분이 좋다고도 할 수 있겠지."

"태워줄 사람 필요하면 언제든지 나한테 전화하면 되는 거 알지?"

나는 고개를 끄덕였다. 당연히 안다. 내가 필요해서 전화하는

200   라라 진의 첫 번째 이야기

일은 없겠지만, 키티 일이라면 급할 때는 전화를 할 것이다.

"내 말은, 물론 너한테는 카빈스키가 있지만, 나는 바로 옆집이잖아. 내가 널 학교까지 태워주는 게 훨씬 간단하지. 내 말은 환경보호 차원에서도 말이야." 내가 아무 말도 없자 조시 오빠는 목 뒤를 긁적거렸다. "너한테 할 말이 있는데, 막상 하려니까 기분이 이상하네. 이것도 이상해. 우리는 항상 못할 말이 없었는데 말이야."

"지금도 얘기하면 돼. 아무것도 바뀌지 않았어." 내가 말했다. 지금까지 조시 오빠에게 해본 말 중 가장 큰 거짓말이다. 내 죽은 쌍둥이 동생 마셀라에 관한 얘기보다 더 큰 거짓말이었다. 2년 전까지도 조시 오빠는 내게 백혈병으로 죽은 마셀라라는 쌍둥이 여동생이 있는 줄 알았다.

"그래. 나는 네가…… 네가 줄곧 피하는 것 같더라고. 그때……."

조시 오빠의 입에서 그 말이 나오려고 한다. 정말로 말하려고 한다. 나는 땅바닥만 봤다.

"그때 마고랑 내가 헤어진 이후로 말이야."

나는 고개를 번쩍 들었다. 세상에, 조시 오빠는 그렇게 생각하고 있다고? 내가 언니 때문에 자신을 피한다고? 내 편지가 그렇게 아무 영향이 없었던 건가? 나는 최대한 차분하고 무심한 표정으로 말했다. "피한 게 아니라, 바빴던 거야."

"카빈스키랑. 알아. 너랑 나는 안 지가 오래됐잖아. 너는 내 가장 친한 친구 중 하나야, 라라 진. 너까지 잃고 싶지는 않아."

'너까지'라는 부분이 문제였다. 그 부분에서 나는 할 말을 잃고 말았다. 그 부분이 나를 화나게 했다. '너까지'라고 말하지만 않았다면, 이건 조시 오빠와 나 사이의 문제가 됐을 것이다. 조시 오빠와 언니와 나 사이의 문제가 아니라.

"네가 쓴 편지는……."

너무 늦었다. 이제 나는 더 이상 그 편지에 대해 얘기하고 싶지 않다. 조시 오빠가 뭐라고 더 말하기도 전에 나는 이렇게 말했다. "나는 언제나 오빠 친구일 거야." 그리고 힘겹게, 힘겹게, 오빠를 향해 미소를 지어 보였다. 억지웃음을 짓는 건 너무 힘든 일이었지만, 웃지 않으면 울어버릴 것 같았다.

조시 오빠는 고개를 끄덕였다. "그래. 다행이야. 그러면…… 그러면 이제 우리 다시 함께 놀 수 있는 거니?"

"물론이지."

조시 오빠는 손을 뻗어 내 턱을 가볍게 만졌다. "그러면 내일 아침에는 내 차 타고 갈래?"

"알았어." 내가 말했다. 결국 조시 오빠가 바란 건 이런 것이었나? 우리 머릿속에서 그 편지를 지워버리고 함께 어울리는 것? 다시 조시 오빠의 좋은 친구, 라라 진으로 돌아가는 것?

저녁을 먹은 후 나는 키티에게 빨래하는 법을 가르쳤다. 키티는 처음에는 안 하겠다고 했지만, 나는 이제부터는 우리 모두가 집안일을 나눠서 해야 하니, 그만 받아들이라고 타일렀다.

"벨이 울리면 빨래가 다 끝난 거니까 바로 꺼내서 개켜야 해. 안 그러면 구겨지니까."

우리 둘 다 상상도 못 했던 일이지만, 알고 보니 키티는 빨래하는 걸 좋아했다. 아무런 방해도 받지 않고 TV 앞에 앉아 빨래를 개키며 쇼 프로그램을 볼 수 있기 때문이다.

"다음번에는 다림질을 가르쳐줄게."

"다림질까지? 날 뭘로 보는 거야? 내가 무슨 신데렐라야?"

나는 무시했다. "다림질이 네 적성에 맞을 거야. 너 깔끔하게 접힌 선 좋아하잖아. 네가 나보다 더 잘할 거라고."

이 말이 키티의 관심을 끈 것 같았다. "그럴 수도 있겠지. 언니 옷들은 아무리 다려도 맨날 주름투성이니까."

빨래를 끝낸 후 키티와 나는 둘이 함께 쓰는 목욕탕에서 세수를 했다. 이 목욕탕에는 세면대가 두 개다. 전에는 마고 언니가 왼쪽 것을 쓰고, 키티와 내가 오른쪽 세면대는 자기 것이라고 서로 싸웠지만, 이제 오른쪽 세면대는 키티 것이다.

키티는 이를 닦고 나는 오이-알로에 마스크 팩을 하던 중에 키티가 말했다. "피터 오빠한테 내일 등교 길에 맥도날드까지 태워달라고 하면 해줄까?"

나는 초록색 마스크를 또 한 덩이 덜어내 볼에 대고 문질렀다. "맨날 피터한테 차 얻어 타도 된다고 생각하면 안 돼. 이제부터 학교 갈 땐 버스 타, 알았지?"

키티는 뿌루퉁해졌다. "왜!"

"왜냐하면, 참 그리고 내일은 나 피터 차로 안 가. 조시 오빠 차 타고 갈 거야."

"그러면 피터 오빠가 화내지 않을까?"

팩이 마르면서 얼굴이 당겼다. 나는 입을 거의 닫은 채로 말했다. "아니. 피터는 질투하고 그런 타입 아냐."

"질투하는 타입은 누군데?"

대답할 말이 없었다. 누가 질투를 잘 하지? 내가 곰곰이 생각하고 있는데 키티가 거울 속의 나를 보며 킥킥거렸다. "좀비 같아."

나는 손을 뻗어서 키티의 얼굴을 만지려고 했지만, 키티가 얼른 얼굴을 피했다. 나는 최대한 좀비 같은 목소리로 "너의 뇌를 먹어야겠다."고 말했다.

키티는 비명을 지르며 뛰어가 버렸다.

방에 돌아온 나는 피터에게 내일 태우러 올 필요 없다고 문자를 보냈다. 조시 오빠 차를 탈 거라는 말은 하지 않았다.

라라 진의 첫 번째 이야기

36

피터가 남긴 오늘의 쪽지에 '끝나고 아이스크림?'이라고 쓰여 있었다.

피터는 그 아래에 네모 두 개를 그려 놓았다. '예' 그리고 '아니오.' 나는 '예'에 표시한 후 쪽지를 피터의 사물함에 떨어뜨렸다.

학교가 끝나고 나는 피터의 차를 타고 피터의 라크로스팀 친구들과 함께 아이스크림을 먹으러 갔다. 나는 캡틴즈 크런치와 딸기, 키위, 파인애플을 올린 오리지널 프로즌 요거트를 시켰고, 피터는 오레오 크러시를 올린 키라임 프로즌 요거트를 시켰다. 내가 아이스크림 값을 내려고 지갑을 꺼내는데 피터가 말렸다. 피터는 내게 눈을 찡긋하더니 이렇게 말했다. "내가 낼게."

내가 목소리를 낮춰서 말했다. "내가 먹는 건 절대 안 낼 거라더니?"

"내 친구들이 보고 있잖아. 친구들 앞에서 쪼잔한 구두쇠가 될 순 없지." 그러더니 내 어깨에 팔을 두르고는 큰 소리로 말했다. "내 여자친구로 있는 한, 네가 아이스크림 값을 내는 일은 없을 거야."

나는 피터를 흘겨봤지만, 공짜 프로즌 요거트를 마다할 이유는 없었다. 지금까지 내 대신 돈을 내주었던 남자애는 없다. 이런 대접에 익숙해지는 것도 나쁘지 않겠지.

나는 혹시 제너비브를 여기서 보는 건 아닐까 긴장하고 있었지만 제너비브는 나타나지 않았다. 피터가 계속 문 쪽을 쳐다보는 걸로 봐서는 피터도 그게 궁금한 모양이었다. 제너비브를 생각하면 나는 계속 속이 조마조마했다. 아직까지 제너비브는 소름 끼칠 만큼 불안하도록 조용했다. 제너비브는 점심시간에 좀처럼 카페테리아에 나타나지 않았다. 에밀리 누스바움과 함께 학교 밖에서 식사를 했고, 복도에서 마주쳐도 날 보면서 가짜로 웃는 척했다. 이는 보이지 않은 채로 말이다. 어찌 보면 그게 더 위협적이다.

대체 언제 내게 반격을 하려는 걸까? 나는 대체 언제 저밀라 싱과 같은 순간을 맞게 되는 거지?

애들이 테이블을 몇 개 붙여놓아서 우리가 거의 가게를 점령하고 있었다. 마치 점심시간의 카페테리아 같았다. 남자애들은 금요일에 벌어질 미식축구에 관해 시끄럽게 떠들고 있다. 나는 채 두 마디도 하지 않은 것 같다. 뭐라 보탤 말이 없었기 때문이다. 나는 그냥 공짜 프로즌 요거트나 먹으며, 집에서 신발장을 정리하거나 아빠와 함께 골프 채널을 보고 있지 않다는 사실을 즐겼다.

우리 차로 걸어가고 있는데 게이브가 입을 열었다. "야, 라라진. 네 이름을 진짜 빨리 발음하면 '라지'처럼 들리는 것 알아?

한번 해봐! 라라진."

시키는 대로 나도 되풀이해보았다. "라라진. 라진. 라지."

게이브는 고개를 끄덕이더니 이렇게 말했다. "이제는 너를 '라지'라고 부를게. 넌 너무 작으니까 널 라지라고 부르면 웃기잖아. 안 그래? 그 왜, 엄청 덩치 큰 남자들 별명이 가끔 '꼬맹이'인 것처럼."

나는 어깨를 으쓱했다. "그래."

게이브가 대럴을 보며 말했다. "얘는 너무 작아서 우리 마스코트 해도 될 것 같지 않아?"

"야, 그 정도는 아니거든." 내가 대들었다.

"너 키가 얼마야?" 대럴이 내게 물었다.

"157." 나는 거짓말을 했다. 실은 156이 채 안 된다.

숟가락을 쓰레기통에 던지며 게이브가 말했다. "진짜 작다. 주머니에 넣어도 되겠어!" 남자애들이 모두 웃음을 터뜨렸다. 피터도 어정쩡하게 웃고 있었다. 그때 게이브가 갑자기 나를 붙잡더니 마치 아빠가 딸을 안듯이 번쩍 자기 어깨에 들쳐 멨다.

"게이브! 내려줘!" 나는 비명을 지르며 발길질을 해댔다.

게이브는 그 자리에서 빙글빙글 돌기 시작했다. 남자애들이 정신없이 웃어댔다. "너를 입양해야겠어, 라지! 내 애완동물 하자. 옛날 우리 집 햄스터 우리에 넣어줄게!"

나는 꺅꺅대느라 숨이 차서 어지러워지기 시작했다. "내려줘!"

"야, 내려줘." 피터는 말은 그렇게 했지만 웃고 있기는 마찬가지였다.

게이브는 어느 픽업트럭 쪽으로 뛰어가더니 짐칸에 나를 내려놓았다. "꺼내줘!" 내가 그렇게 외쳤지만, 게이브는 벌써 저만치 뛰어가버렸다. 남자애들은 다들 자기 차에 올라타면서 "라지, 잘 가!"하고 소리쳤다. 피터가 달려와서 내가 내릴 수 있게 손을 잡아주었다.

"네 친구들, 미친 거 아냐?" 길바닥에 내려서면서 내가 말했다.

"다들 널 좋아해." 피터가 말했다.

"정말?"

"어. 제너비브를 데려오면 다들 엄청 싫어했어. 네가 오는 건 신경 안 써." 피터는 내 어깨에 척 하고 팔을 걸쳤다. "가자, 라지. 데려다줄게."

차로 걸어가며 나는 흘러내리는 머리를 쓸어 올리지 않았다. 내 얼굴에 뜬 미소를 피터에게 들키고 싶지가 않았다. 무리의 일원이 된다는 건 분명 기분 좋은 일이다. 속할 곳이 생긴 것처럼.

37

나는 키티의 학부모회에서 주최하는 제과 판매 행사에 컵케이크 70개를 만들겠다고 자청했다. 지난 2년간 마고 언니가 그렇게 했기 때문이다. 언니는 사람들이 키티의 가족은 학부모회를 등한시한다고 여기는 걸 싫어했다. 언니는 두 번 다 브라우니를 만들었지만, 나는 컵케이크 부문을 신청했다. 컵케이크가 더 인기 있을 것 같았기 때문이다. 나는 여러 종류의 파란색 스프링클을 사고, 이쑤시개로 '블루마운틴 아카데미'라고 쓰인 조그만 깃발도 만들었다. 키티도 장식을 도우며 좋아하겠지?

하지만 막상 시작해보니 언니의 선택이 옳았다는 것을 알 수 있었다. 브라우니를 만든다면 팬에 그냥 반죽을 붓고 구워서 자르면 끝이 난다. 컵케이크는 그에 비하면 훨씬 더 손이 많이 갔다. 반죽을 완벽한 양만큼 70번이나 떠내야 하고, 구운 다음에는 식도록 기다렸다가 시럽을 바르고 스프링클을 뿌려야 한다.

밀가루를 여덟 컵째 계량하고 있는데 초인종이 울렸다. "키티!" 내가 소리를 질렀다. "현관에 좀 가봐!"

초인종이 또 울렸다. "키티!"

키티가 2층에서 소리를 질렀다. "중요한 실험 중이야!"

나는 현관으로 달려가서 누군지 확인도 안 하고 문부터 벌컥 열었다.

피터였다. 피터가 갑자기 마구 웃음을 터뜨렸다.

"얼굴이 온통 밀가루투성이야." 피터는 그렇게 말하며 손등으로 내 볼에 묻은 밀가루를 털어주었다.

나는 뒤로 돌아서 앞치마로 얼굴을 닦았다. "안녕! 여긴 웬일이야?"

"경기 보러 가야지. 어제 내 쪽지 못 봤어?"

"아, 맞다. 시험 보다가 잊어버렸어." 피터가 얼굴을 찡그리기에 내가 얼른 덧붙였다. "근데 어차피 나 못 가. 내일까지 컵케이크 70개 만들어야 되거든."

"금요일 밤에?"

"그러게 말야."

"학부모회 제과 판매 행사 때문에?" 피터는 내 옆을 스치며 지나치더니 운동화를 벗기 시작했다. "너희 집은 신발 벗고 들어가지?"

"어." 이렇게 말하는 나는 속으로 놀라고 있었다. "너희 엄마도 뭐 만드셔?"

"쌀과자." 역시나 컵케이크 70개보다는 현명한 선택이었다.

"괜히 여기까지 오게 해서 미안. 다음 주에는 아마 보러 갈 수 있을 거야." 나는 피터가 신발을 도로 신기를 바라며 그렇게 말했다.

하지만 피터는 그러지 않았다. 어슬렁어슬렁 주방으로 들어와

선 조리대 앞 높은 의자에 앉았다. 잉? "너희 집은 그대로네." 피터는 여기저기 둘러보더니 액자에 든 사진을 가리켰다. 언니와 내가 아기 때 목욕을 하고 있는 사진이었다. "귀엽다."

얼굴이 화끈해진 나는 가서 사진을 뒤집어놓았다. "언제 우리 집 와본 적 있었어?"

"중1 때. 그때 다 같이 공원에 갔다가 너희 집으로 왔잖아."

우리 집 주방에서 조시 오빠가 아닌 남자애를 보게 될 줄이야. 어쩐지 나는 좀 안절부절못하고 있었다. "얼마나 걸려?" 피터는 주머니에 두 손을 찌른 채 그렇게 물었다.

"몇 시간 걸릴 거야." 나는 다시 계량컵을 들었다. 몇 컵까지 부었는지 기억이 안 난다.

피터는 끙 소리를 냈다. "그냥 가게에서 좀 사 가지고 오면 안 돼?"

나는 볼에 담긴 밀가루를 계량해서 한쪽에 쌓기 시작했다. "다른 아줌마들은 아무도 마트에서 사 오지 않잖아. 그러니 키티가 어떻게 보이겠어?"

"키티 때문에 하는 거면 키티도 도와야지." 피터는 의자에서 뛰어내려 내 쪽으로 오더니 내 허리 옆으로 양손을 넣어 앞치마 끈을 풀려고 했다. "키티는 어디 있어?"

나는 피터를 빤히 봤다. "지금…… 뭐하는 거야?"

피터는 바보냐는 듯한 눈빛으로 나를 봤다. "도우려면 나도 앞치마가 있어야지. 옷을 다 버릴 수는 없잖아."

"게임 끝나기 전에 다 못 만들 거야." 내가 말했다.

"그러면 그냥 파티나 가지 뭐." 피터는 설마 하는 눈빛으로 나를 봤다. "오늘 준 쪽지에 쓰여 있었잖아! 나 참, 나 쪽지 왜 쓴 거냐?"

"오늘 진짜 정신없었어." 나는 고분고분 그렇게 말했다. 미안했다. 피터는 계약서에서 약속한 대로 자기 역할을 충실히 하며 하루 한 통씩 꼬박꼬박 쪽지까지 쓰고 있는데 나는 그걸 읽는 수고조차 하지 않은 것이다. "파티에 갈 수 있을지 모르겠어. 그렇게 늦게 외출해도 되는지⋯⋯."

"아빠 집에 계셔? 내가 여쭤볼게."

"아니, 병원에 계셔. 근데 집에 키티만 두고 나갈 수는 없어." 나는 다시 계량컵을 들었다.

"몇 시에 돌아오시는데?"

"모르겠어. 아마 늦으실 거야." 한 시간 안에 오실 수도 있지만 그때쯤이면 피터는 이미 돌아갔을 것이다. "그냥 가. 붙잡아 두지 않을게."

피터는 끙 소리를 냈다. "라라 진, 네가 있어야 돼. 제너비브가 우리를 보고도 아직 한마디도 안 하고 있어. 우리가 이 짓을 하는 게 다 그것 때문인데. 그리고⋯⋯ 제너비브가 요새 만나는 그놈을 데려올지도 몰라." 피터의 아랫입술이 삐죽 나왔다. "조시가 있을 때는 내가 도와줬잖아."

"그래. 근데 나는 이 컵케이크 만들어야 해⋯⋯."

피터가 두 팔을 쭉 뻗었다. "그러면 내가 도와줄게. 앞치마나 줘."

나는 물러나서 앞치마가 하나 더 있는지 찾기 시작했다. 가운데에 컵케이크가 그려져 있는 앞치마가 하나 나왔다. 나는 그걸 피터에게 건네줬다.

피터는 못마땅한 표정을 짓더니 내 것을 가리켰다. "네가 입고 있는 그거 줘."

"그치만 이건 내 거야!" 가운데에 밤색 곰이 그려져 있는 흰색과 빨간색 줄무늬 앞치마였다. 외할머니가 사준 것이다. "빵 구울 때는 항상 이거 입고 한단 말야. 그냥 그거 입어."

피터는 천천히 고개를 젓더니 손을 내밀었다. "그거 내놔. 내 쪽지 하나도 안 읽은 벌이야."

나는 앞치마를 풀어서 건네주고는 돌아와 다시 계량을 시작했다. "어떻게 키티보다 더 애기 같니?"

"빨리 하기나 해. 나는 뭘 하면 돼?"

"근데 할 줄은 알아? 재료가 딱 70개 분량밖에 없어. 처음부터 새로 하고 싶지는 않다고……."

"나도 빵 만들 줄 알아!"

"알았어, 그럼. 거기 그 버터 좀 볼에 넣어줘."

"그 다음엔?"

"일단 그것부터 끝내면 알려줄게."

피터는 눈을 흘겼지만 시키는 대로 했다. "그러니까 금요일 밤에 너는 이러고 지내는 거야? 파자마 차림으로 빵 구우면서?"

"다른 것도 해." 나는 포니테일을 한 머리를 다시 단단히 묶으며 말했다.

"다른 거 뭐?"

갑작스런 피터의 등장에 아직도 당황에서 벗어나지 못한 나는 머리가 잘 돌아가지 않았다. "음, 놀러 가지."

"어디로?"

"나 참, 몰라! 뭘 그렇게 꼬치꼬치 물어." 나는 흘러내린 앞머리를 입으로 바람을 불어서 올렸다. 주방이 점점 더워지고 있었다. 오븐을 꺼두는 편이 나을지도 모르겠다. 피터가 오는 바람에 전체 과정이 늦어졌기 때문이다. 이런 속도라면 밤을 새야 할지도 모른다. "너 때문에 밀가루 몇 컵까지 셌는지 까먹었잖아. 처음부터 다시 해야 돼!"

"내가 할게." 피터는 그렇게 말하며 내 뒤로 다가왔다.

나는 놀라서 물러섰다. "아냐, 아냐. 내가 할게." 내가 말하자 피터는 고개를 젓더니 내게서 계량컵을 뺏으려고 했고, 나는 놓지 않으려고 하다가 컵 속의 밀가루가 공중으로 날리며 우리 둘 다 밀가루를 뒤집어쓰고 말았다. 피터는 마구 웃음을 터뜨리기 시작했고 나는 화가 나서 소리를 질렀다. "피터!"

피터는 웃느라 거의 말을 못 할 지경이었다.

나는 팔짱을 꼈다. "밀가루가 모자라면 두고 봐."

"너 할머니 같아." 피터는 웃음을 그치지 못한 채로 말했다.

"너는 할아버지 같거든." 내가 응수했다. 나는 볼에 담았던 밀가루를 도로 통에 부었다.

"실은 너 진짜 우리 할머니랑 비슷해." 피터가 말했다. "욕설은 싫어하고, 빵 굽는 거 좋아하고, 금요일 밤에도 집에 있고. 와,

내가 우리 할머니랑 사귀고 있었다니. 으웩."

나는 다시 계량을 시작했다. 하나, 둘. "금요일마다 항상 집에 있는 건 아냐." 셋.

"밖에서 널 본 적이 없는데? 파티도 안 가잖아. 옛날에는 같이 놀았는데. 왜 더 이상 같이 안 놀게 된 거야?"

넷. "나도…… 몰라. 중학교랑은 다르잖아." 대체 나한테 무슨 대답을 바라는 걸까? 내가 더 이상 쿨하지 않다며 제너비브가 날 따돌렸다고? 피터는 대체 왜 이렇게 눈치가 없는 걸까?

"항상 네가 왜 더 이상 우리랑 어울리지 않을까 궁금했어." 다섯이었나, 여섯이었나. "피터! 너 때문에 또 헷갈리잖아!"

"내가 있으면 여자들이 좀 그래."

나는 눈을 흘겼고 피터는 날 보며 씩 웃었다. 나는 피터가 뭐라고 말하기 전에 소리를 질렀다. "키티! 내려와봐!"

"내가……."

"피터 왔어!" 이렇게 말하면 키티가 내려올 게 분명하다.

5초 후 키티가 주방으로 달려 들어왔다. 그러더니 갑자기 부끄러운지 끽 하고 섰다. "왜 온 거야?" 키티가 피터에게 물었다.

"라라 진 데리러. 너는 왜 안 도와주고 있어?"

"실험 중이었어. 도와줄래?"

내가 대신 대답했다. "당연하지. 피터가 도와줄 거야." 그리고 피터를 보며 말했다. "너 때문에 괜히 정신없어. 가서 키티 좀 도와줘."

"캐서린, 과연 내가 도와주는 게 너한테 좋을지 모르겠어. 보다시피 내가 있으면 여자들이 집중을 못 하거든. 숫자도 제대로 못 세게 돼." 피터는 키티를 보며 윙크를 했다. 나는 기가 차다는 표정을 지었다. "키티 너도 여기서 우릴 좀 도와주는 건 어때?"

"재미없어!" 키티는 꽁무니를 빼고는 2층으로 다시 뛰어 올라가버렸다.

"다 끝나고 나서 스프링클 뿌리겠다고 하기만 해봐!" 내가 소리를 질렀다. "절대 못하게 할 거야!"

나는 버터를 섞고 피터는 계란을 깨서 그릇에 담고 있는데 아빠가 왔다. "집 앞에 저 차는 누구 거니?" 아빠는 그렇게 물으며 주방으로 들어오다가 멈칫했다. "안녕." 아빠가 놀라서 말했다. 아빠 손에는 중국요리 포장 봉투가 들려 있었다.

"아빠, 오셨어요?" 나는 피터 카빈스키가 우리 주방에서 요리를 하고 있는 게 지극히 평범한 일인 양 그렇게 말했다. "피곤해 보이세요."

피터가 허리를 폈다. "안녕하세요, 커비 아저씨."

아빠는 봉투를 식탁에 내려놨다. "어, 안녕." 아빠는 헛기침을 하더니 이윽고 말했다. "만나서 반갑구나. 네가 피터 K지?"

"네."

"옛날 그 악당들 중 한 명이구나." 아빠는 명랑하게 말했지만 나는 손발이 오그라드는 것 같았다. "너희 오늘 무슨 일이니?"

"키티 학교 학부모회 제과 판매 행사 때문에 빵을 만드는데, 피터가 도와주고 있어요." 내가 말했다.

아빠는 고개를 끄덕였다. "피터, 배 안 고프니? 잔뜩 사 왔는

라라 진의 첫 번째 이야기

데." 아빠가 중국요리 봉투를 들어올렸다. "슈림프 로메인이랑 쿵파오 치킨이야."

"실은 라라 진이랑 친구들 파티에 가려고 했어요. 가도 될까요? 일찍 들여보낼게요." 피터가 말했다.

아빠가 뭐라고 말하기도 전에 내가 피터를 보며 말했다. "나는 이 컵케이크 다 만들어야 한다니까."

"키티랑 내가 마무리할게." 아빠가 끼어들었다. "너희는 그 파티 가."

나는 속이 뒤틀렸다. "진짜 괜찮아요, 아빠. 제 일인걸요. 근사한 장식을 만들 거예요."

"키티랑 내가 할 수 있을 거야. 너는 가서 옷 갈아입어. 컵케이크는 우리가 만들고 있을게."

나는 뭐라고 하려다가 입을 닫았다. "알았어요, 그럼." 하지만 나는 꼼짝도 하지 않고 거기 계속 서 있었다. 둘만 남겨두고 자리를 비우기가 걱정되었던 것이다.

피터가 나를 보며 활짝 웃었다. "아저씨 말씀 들었지? 우리가 할게."

나는 속으로 생각했다. '너무 그렇게 자신만만하게 굴지 마. 그러면 아빠가 널 거만하다고 생각할 거야.'

입을 때마다 기분이 좋아지는 옷들이 있다. 그런데 좋아해서 너무 자주 입다 보면 옷이 쓰레기처럼 느껴지기도 한다. 지금 내 옷장에 있는 옷들이 딱 그렇다. 죄다 쓰레기 같다. 제너비브는 상황에 딱 맞는 옷을 입고 있을 거라고 생각하면 내 불안은 점점 더 커지기만 한다. 제너비브는 언제나 딱 적절한 옷을 입는다. 그러니 나도 딱 알맞은 옷을 입어야 한다. 중요한 파티가 아니었다면 피터가 와서 꼭 가야 한다고 말하지도 않았을 것이다.

나는 청바지 위에 이것저것 여러 상의들을 입어보았다. 주름이 많이 잡힌 복숭아 색 블라우스는 오늘따라 너무 점잖게 보인다. 가운데 펭귄 그림이 있는 폭신폭신한 롱 스웨터는 너무 어린애 같다. 검정색 멜빵이 달린 회색 반바지에 발을 끼우고 있는데 누가 내 방문을 두드렸다. 나는 순간 얼어붙으며 스웨터를 집어서 몸을 가렸다.

"라라 진?" 피터였다.

"왜?"

"준비 다 돼 가?"

"거의! 내려가 있어. 금방 내려갈게."

피터는 이쪽에서도 들릴 만큼 큰 소리로 한숨을 내쉬었다. "알았어. 나는 키티가 뭐 하나 가볼게."

피터의 발자국 소리가 멀어지자 나는 허겁지겁 그 멜빵 반바지에 크림색 물방울무늬 블라우스를 입어보았다. 귀엽다. 너무 귀엽나? 과한가? 검정색 스타킹을 신어야 되나, 검정색 무릎 양말을 신어야 되나? 마고 언니는 내가 이 옷을 입으면 파리지앵처럼 보인다고 했었다. 파리지앵이면 좋은 거다. 세련되고 로맨틱한 거니까. 나는 여기에 베레모를 쓰면 어떻게 될까 궁금해서 써봤다가 얼른 벗어버렸다. 진짜 과했다.

라라 진의 첫 번째 이야기

피터가 부디 이 모습을 보지는 못했기를. 계획을 세우고 준비를 하려면 시간이 필요하다. 하지만 솔직히 말해서 피터가 더 미리 물어보았다면 나는 아마 안 갈 수 있는 핑계를 찾아냈을 거다. 방과 후에 아이스크림 집을 가는 것과 피터의 친구들이 죄다 모이는 파티에 가는 것은 차원이 다르다. 하물며 제너비브까지 온다면.

나는 무릎 양말과 딸기색 립글로스를 찾느라 방 안을 이리저리 뛰어다녔다. 젠장, 정말이지 언제 방 청소를 한번 해야겠다. 이거야 원, 뭘 찾을 수가 있나.

나는 마고 언니의 헐렁한 카디건을 찾으려고 언니 방으로 뛰어갔다. 가면서 보니 키티의 방문이 열려 있었는데, 피터와 키티가 함께 바닥에 누워 키티의 실험실 장비를 가지고 뭔가를 열심히 하고 있었다. 나는 언니의 스웨터 서랍을 샅샅이 뒤졌지만, 언니가 거의 다 가져가 버려서 티셔츠와 반바지들만 남아 있었다. 헐렁한 카디건은 하나도 없었다. 그런데 서랍 밑바닥에 편지봉투가 하나 있었다. 조시 오빠가 보낸 편지였다.

너무너무 열어보고 싶었다. 하지만 그러면 안 된다는 걸 안다.

나는 조심조심 편지를 꺼내 펼쳐보았다.

마고에게

너는 남자친구가 있는 채로 대학에 가고 싶지 않기 때문에 우리가 헤어져야 한다고 말하지. 자유롭고 싶고 발목 잡히기 싫다고.

하지만 그게 진짜 이유가 아니라는 걸, 너도 알고 나도 알아. 네가 나와 헤어진 건 우리가 함께 잤고 그래서 네가 나랑 가까워지는 게 두렵기 때문이야.

여기까지 읽고 나는 읽기를 멈췄다.

크리스가 옳았다. 마고 언니와 조시 오빠는 같이 잤다. 내가 안다고 생각했던 모든 게 오히려 그 반대인 것 같다. 나는 언니가 어떤 사람인지 정확히 안다고 생각했지만 쥐뿔도 모르고 있었다.

피터가 날 부르는 소리가 들렸다. "라라 진! 아직이야?"

나는 얼른 편지를 접어서 봉투에 다시 넣었다. 그리고 서랍에 도로 넣어두고는 '쾅' 하고 서랍을 닫았다.

"지금 가!"

38

우리는 스티브 블러넬이 사는 대저택의 현관 앞에 서 있었다. 스티브는 미식축구 팀에 있는 아이인데 새아버지가 자가용 비행기가 있을 만큼 부자인 것으로 유명했다.

"준비됐어?" 피터가 내게 물었다.

나는 반바지에 손바닥을 문질러 닦았다. 머리를 좀 더 손볼 시간이 있었으면 좋았을 텐데. "아니."

"그러면 잠깐 작전을 짜보자. 너는 그냥 나한테 푹 빠진 것처럼 연기하기만 하면 돼. 어려울 거 없어."

나는 눈을 흘겼다. "너처럼 허세가 심한 애도 없을 거야."

피터는 씩 웃으며 어깨를 으쓱했다. 피터는 현관 문고리를 잡았다가 다시 멈췄다. "잠깐." 피터는 내 머리끈을 잡아당겨 빼더니 마당에 던져버렸다.

"야!"

"넌 머리를 내리는 편이 나아. 믿어봐." 피터는 손가락으로 내 머리를 빗어 내렸다. 나는 피터의 손등을 찰싹 때려 손을 치우게 했다. 피터는 뒷주머니에서 휴대전화를 꺼내더니 찰칵하고 내 사진을 찍었다.

내가 뭐 하는 거냐는 표정을 짓자 피터가 설명했다. "제너비브가 내 전화기를 볼 수도 있잖아." 피터는 그 사진을 휴대전화 배경화면으로 설정했다.

"새로 찍으면 안 돼?" 아무래도 머리가 마음에 안 들었다.

"아냐, 난 이게 맘에 들어. 예뻐." 아마도 빨리 안으로 들어가고 싶어서 한 소리겠지만, 기분이 나쁘지는 않았다.

이 파티에 피터 카빈스키와 함께 걸어 들어간다고 생각하니, 불현듯 우쭐한 기분이 드는 건 어쩔 수 없었다. 피터가 나랑 같이 있는 거야. 아니, 내가 피터랑 같이 있는 건가?

나는 들어서자마자 제너비브를 발견했다. 제너비브는 늘 같이 다니는 여자애들과 함께 소파에 앉아 있었다. 다들 빨간색 플라스틱 잔으로 음료를 마시고 있었다. 남자친구들은 안 보였다. 나를 본 제너비브가 눈썹을 추켜올리더니 에밀리 누스바움에게 뭐라고 속닥거렸다. "야, 라라 진." 에밀리가 그렇게 부르며 손가락질을 했다. "이리 와서 앉아."

나는 피터가 옆에 있다고 생각하며 그쪽을 향해 걷기 시작했지만, 그렇지 않았다. 피터는 누군가에게 인사를 하느라 저기 멈춰 서 있었다. 나는 전전긍긍한 눈으로 피터를 바라봤지만 피터는 그대로 가보라는 제스처를 했다. 피터의 입은 이렇게 말하고 있었다. '걱정 마.'

제너비브와 그 친구들이 지켜보는 가운데 나 혼자 방을 가로질러 가려니, 무슨 대륙을 횡단하는 기분이었다. "어, 안녕." 이렇게 말하는 내 목소리는 무슨 어린애처럼 하이톤이 되어 있었다.

소파에는 내가 앉을 자리가 없었고, 그래서 나는 전기줄에 앉은 참새마냥 팔걸이에 걸터앉았다. 내 두 눈은 피터의 등에서 떨어질 줄 몰랐다. 피터는 방 저쪽 편에서 라크로스 팀 애들과 함께 있었다. 피터로 사는 건 얼마나 좋을까? 언제나 느긋하고 여유 있고, 애들이 항상 자신을 기다린다는 것을 알고 말이다. '피터가 왔네. 이제야 파티가 제대로 시작되는군.' 그냥 있기가 뭐해서 방을 둘러보는데, 게이브와 대럴이 보였다. 둘 다 내게 기분 좋게 손을 흔들었지만 이쪽으로 오지는 않았다. 마치 모두들 제너비브가 이제 어떻게 할지 기다리며 지켜보고 있는 것만 같았다.

오지 말걸.

에밀리가 몸을 기울였다. "정말 궁금해 죽겠어…… 너랑 카빈스키는 어떻게 된 거야?"

제너비브가 물어보라고 시켰을 것이다. 제너비브는 아무렇지도 않다는 듯 컵을 홀짝이고 있지만 내 답을 기다리고 있다. 벌써 취했나? 내가 아는 바에 의하면 제너비브는 술버릇이 고약했다. 직접 본 적은 없지만, 들은 얘기가 많다.

나는 입술을 축였다. "피터가 뭐라고 했든…… 아마 그 말이 맞을 거야."

'피터가 뭐라고 했든'은 대답이 아니라는 듯이 에밀리가 손을 휘휘 내저었다. "네가 말해봐. 내 말은, 너무 신기하잖아. 어떻게 그런 일이 있을 수가 있어?" 에밀리는 마치 우리가 친구라도 되는 듯이 내게 바싹 다가왔다.

내가 머뭇거리며 제너비브 쪽을 흘끗 보자, 제너비브는 미소를 지으며 눈을 돌렸다. "괜찮아, 라라 진. 얘기해도 돼. 피터랑 나는 끝났는데 뭐. 피터가 얘기했는지 모르겠는데, 헤어지자고 한 건 나거든. 그러니까 뭐."

나는 고개를 끄덕였다. "피터도 그렇게 얘기하더라." 사실 피터가 그렇게 얘기하지는 않았지만, 나도 이미 그렇게 알고 있는 얘기였다.

"그래, 언제 만난 거야?" 제너비브는 무심한 투로 말하려고 엄청 애를 쓰고 있었지만, 내 대답을 목이 빠져라 기다리고 있었다. 뭔가 딱 잡아내고야 말겠다는 듯이.

"얼마 안 됐어." 내가 말했다.

"얼마나 얼마 안 됐는데?" 제너비브가 파고들었다.

나는 침을 꼴깍 삼켰다. "학기 시작하기 직전에." 나는 그렇게 말했다. 피터랑 내가 말을 맞춘 게 이거 맞지?

제너비브의 두 눈이 번쩍 빛났다. 나는 심장이 쿵 하고 내려앉았다. 내가 뭔가를 잘못 말한 것이다. 그리고 이젠 너무 늦어버렸다. 나는 제너비브의 주문을 벗어나지 못할 것이다. 그 누구라도 제너비브한테 미움을 받고 싶지는 않을 것이다. 그만큼 잔인할 수 있는 애니까. 얼마나 잔인한지 본 적이 있으니까. 하지만 제너비브가 이렇게 쳐다보면, 관심을 보이면 그게 계속되길 바라게 된다. 워낙 예뻐서 그렇기도 하지만, 그것 말고도 제너비브에게는 사람을 끌어당기는 뭔가가 있다. 나는 그게 제너비브의 투명함 때문이라고 생각한다. 제너비브는 뭘 생각하든, 뭘 느끼든, 얼굴에 고스란히 다 드러난다. 혹 드러나지 않아도 제너비브가 말로 내뱉을 것이다. 제너비브는 미리 생각해보는 법이 없이 생각나는 대로 다 말해버리니까.

피터가 왜 그렇게 오랫동안 제너비브를 좋아했는지 이유를 알 것 같았다.

"근사하네." 제너비브가 이렇게 말하자 여자애들은 무슨 콘서트의 표 구하는 얘기로 옮겨갔다. 나는 거기 그대로 앉아서, 더 이상 말하지 않아도 된다는 것에 안도하며 집에 있는 컵케이크는 어떻게 되어가고 있을까 생각했다. 아빠가 너무 오래 굽지 않으면 좋을 텐데. 푸석푸석한 컵케이크처럼 맛없는 것도 없는데.

여자애들이 핼러윈 얘기를 하는 것을 보고 나는 자리에서 일어나 화장실에 갔다. 돌아와 보니 피터가 가죽 안락의자에 앉아 맥주를 마시며 게이브와 얘기를 나누고 있었다. 나는 앉을 자리가 없었다. 소파의 내 자리는 이미 누가 앉아 있었다. 이제 어쩐다?

나는 잠시 그대로 서 있다가 마침내 결단을 내렸다. 피터에게 푹 빠진 여자애가 할 만한 행동을 하기로 한 것이다. 제너비브라면 할 만한 행동. 나는 그대로 성큼성큼 곧장 걸어가 피터의 무릎에 털썩 주저앉았다. 마치 거기가 당연한 내 자리라는 듯이.

피터가 놀라서 으악 소리를 냈다. "어, 왔어?" 피터는 맥주가 목에 걸려 캑캑대며 말했다.

"어." 이렇게 말한 나는 어느 흑백 영화에서 본 것처럼 피터의 코를 한 번 잡아당겼다.

피터는 자세를 고쳐 앉더니 나를 한 번 쳐다봤다. 웃음이 터지려는 것을 참고 있는 것 같았다. 나는 초조해졌다. 남자애의 코를 잡아당기는 건 로맨틱한 거 아닌가? 그때 흰자위로 제너비브가 보였다. 이글거리는 눈빛으로 우리를 쏘아보고 있었다. 제너비브는 에밀리에게 뭐라고 속삭이더니 자리를 박차고 방을 나가버렸다.

성공!

나중에 체리코크를 따르며 보니, 제너비브와 피터가 주방에서 얘기를 나누고 있었다. 제너비브는 나지막이 절실한 목소리로 뭐라고 하면서 손을 뻗어 피터의 팔을 잡았다. 피터는 제너비브의 손을 뿌리치려고 했지만 제너비브가 놓아주지 않았다.

나는 넋이 빠져서 루커스 크라프가 옆에 오는 것도 몰랐다. 루커스는 맥주병을 따고 있었다. "라라 진, 안녕."

"안녕!" 친숙한 얼굴을 보니 안도감이 들었다.

루커스와 나는 나란히 식당 벽에 등을 기대고 섰다. "쟤들 뭐 때문에 싸우니?"

"누가 알겠어?" 나는 이렇게 말하며 알 듯 모를 듯한 미소를 띠었다. 나 때문이면 좋겠다. 그러면 우리 작전이 마침내 통했다고 피터가 기뻐할 텐데.

루커스는 내게 가까이 오라고 손가락을 까닥하더니 이윽고 말했다. "라라 진, 싸운다는 건 좋은 징조가 아냐. 그건 아직 관심이 남아 있다는 소리거든." 루커스에게서 맥주 냄새가 났다.

흠. 보아하니 제너비브는 분명 아직 관심이 있다. 피터도 그런 게 틀림없다.

루커스는 다정하게 내 머리를 쓰다듬으며 말했다. "그냥 조심하라고."

"고마워." 내가 말했다.

피터는 주방에서 성큼성큼 걸어 나오더니 나를 보며 말했다. "가도 되겠어?" 그러고는 내 대답도 기다리지 않고 앞서서 걷기 시작했다. 어깨가 뻣뻣하게 굳어 있었다.

나는 루커스에게 어깨를 으쓱해 보였다. "루커스, 월요일에 봐!" 그리고 허둥지둥 피터를 따라나섰다.

피터는 아직도 화가 나 있었다. 차에 시동을 거는 모습만 봐도 알 수 있었다. "젠장, 정말 걔 때문에 돌아버리겠어!" 피터가 어찌나 흥분했는지 그 기운이 나한테도 전해져왔다. "제너비브한테 뭐라고 했어?"

나는 불편한 듯이 자리를 고쳐 앉았다. "나한테 우리가 언제부터 사귀었냐고 묻더라고. 그래서 몇 주 전에 학기 시작하기 전부터라고 했어."

피터는 온몸으로 끙 소리를 냈다. "그 첫 주말에 우리 만났었어."

"근데…… 너희 그때는 이미 헤어졌었잖아."

"어, 뭐." 피터는 어깨를 으쓱했다. "아무렴 어때? 끝난 건 끝난 거야." 그제야 안도한 나는 안전벨트를 채우고 신발을 벗어버렸다. "근데 오늘 뭘로 싸우고 있었던 거야?"

"걱정 마. 참 그리고, 너 오늘 정말 잘했어. 제너비브가 질투 나서 죽으려고 하더라."

"야호." 말은 이렇게 했지만 제너비브가 제발 날 죽이지는 않았으면.

우리는 말없이 밤길을 달리고 있었다. 그러다가 내가 물었다. "피터⋯⋯ 근데 너는 네가 제너비브를 좋아하는 줄 어떻게 알았어?"

"나 참, 라라 진. 그런 질문은 좀 안 할 수 없냐?"

"내가 호기심이 좀 많아서 그래." 나는 자동차의 거울을 펼쳐 머리 윗부분을 땋기 시작했다. "그리고 어쩌면 네 스스로 물어봐야 할 질문은, 왜 너는 그런 질문을 그렇게 무서워하냐는 거야."

"무서워 안 하거든!"

"그러면 왜 대답을 못 해?"

피터는 말이 없었다. 내가 피터에게 대답을 듣는 걸 단념했을 때쯤 돌연 피터가 입을 열었다. "나는 내가 한 번이라도 제너비브를 좋아하긴 했는지조차 모르겠어. 그게 어떤 느낌인지 내가 어떻게 알겠어? 젠장, 난 겨우 열일곱 살이라고."

"열일곱 살이 뭐 어려? 100년 전에는 우리 나이에 다들 결혼을 했어."

"그래, 그건 전기가 발명되고 인터넷이 생기기 전이지. 100년 전에는 열여덟 살짜리가 총검을 들고 전쟁에 나가 싸웠으니까. 그 손에 사람 목숨이 달려 있었다고! 우리 나이면 산전수전 다 겪은 후였어. 하지만 우리 또래 애들이 사랑이 뭐고, 사는 게 뭔지 어떻게 알아?" 피터가 이런 얘기를 하는 건 처음이었다. 뭔가에 정말로 신경을 쓰는 것 말이다. 피터는 아직도 제너비브와 싸운 흥분이 가라앉지 않은 것 같았다.

나는 머리를 돌돌 말아 올려 고무줄로 묶었다. "너 지금 누구처럼 보이는지 알아? 우리 할아버지 같아. 그리고 지금 대답하기 싫어서 딴소리하는 것 같은데?" 내가 말했다.

"대답했잖아. 그냥 네가 내 대답이 맘에 안 든 거지."

우리 집 앞에 차를 세웠다. 피터는 차의 시동을 껐다. 좀 길게 얘기를 나누고 싶을 때면 이렇게 한다. 그래서 나는 금방 차에서 내리지 않고 가방을 무릎에 올린 채 열쇠를 찾는 척했다. 2층에 불이 들어와 있는데도 말이다. 피터 카빈스키의 검정색 아우디 조수석에 앉아 있는 것, 이거야말로 모든 여자애들이 언제나 바라는 일 아닐까. 굳이 피터 카빈스키가 아니더라도, 아니 어쩌면 피터 카빈스키니까.

피터는 의자 뒤로 머리를 기대더니 눈을 감았다.

내가 말했다. "사람들이 싸운다는 건, 여전히 관심이 있다는 뜻이라는 거 알아?" 피터가 아무 말이 없기에 나는 또 말했다. "제너비브가 정말 널 꽉 잡고 있구나."

피터가 아니라고 할 줄 알았지만 피터는 그러지 않았다. 대신에 이렇게 말했다. "맞아. 그런데 나는 안 그랬으면 좋겠어. 누구한테 구속되기 싫거든. 누구한테 속하는 것도."

마고 언니였다면 언니는 자기 자신 것이라고 말했을 것이다. 키티라면 자신은 누구에게도 속하지 않는다고 했을 것이다. 나라면 나는 내 형제들과 아빠 것이라고 말하겠지만 항상 그런 건 아니다. 누구에게 속한다는 것, 이전에는 몰랐지만 지금 생각 해보니 어쩌면 그게 지금까지 내가 줄곧 바랐던 일인 것 같기도 하다. 정말로 누군가의 것이 되는 것, 그리고 정말로 누군가를 내 것으로 만드는 것.

"그러니까 그게 네가 지금 이 짓을 하고 있는 이유구나." 내가 말했다. 어떻게 보면 질문이기도 했지만, 그보다는 내 생각을 말 하고 있었다. "네가 제너비브 것이 아니라는 걸 증명하는 거. 혹 은 서로 상대방 것이 아니라고 말이야." 나는 말을 멈췄다. "근 데 이게 차이가 있나? 한 사람만 속하는 거랑, 서로 속하는 거 랑?"

"그럼. 서로 속하는 건 선택이고, 한 사람만 속하는 건 선택의 여지가 없는 거지."

"이렇게 힘든 짓을 계속 하고 있는 걸 보면, 넌 정말 제너비브 를 좋아하는 거야."

피터가 피식했다. "넌 너무 공상이 심해."

"고마워." 칭찬이 아니라는 것을 알았지만, 나는 그냥 피터를 긁으려고 그렇게 말했다.

내 작전이 성공했는지, 피터는 심술궂은 표정으로 이렇게 말 했다. "라라 진, 네가 사랑에 대해 뭘 알아? 너는 남자친구를 한 번도 사귀어본 적 없잖아."

난 순간적으로 누구라도 지어내고 싶었다. 캠프에서 만난 애, 다른 동네에서 만난 애, 아니면 어디에 있는 애이든. '클린트라고 있었어'라는 말이 목구멍까지 올라왔지만 그렇게 말했다가는 너무 창피할 것 같았다. 피터는 내 말이 거짓말인 걸 알 것이기 때문이다. 나는 벌써 피터에게 한 번도 누굴 만나본 적이 없다고 말했다. 설사 그런 말을 한 적이 없다고 하더라도, 남자친구를 지어낸다는 건 사실을 인정하는 것보다 더 한심한 일이다. "그래, 나는 사귀어본 적 없어. 그렇지만 남자친구는 있어도 사랑에 빠져본 적은 없는 애들도 많아. 난 사랑에 빠져봤고." 내가 이 짓을 하고 있는 이유가 바로 그것 때문이다.

피터는 콧방귀를 뀌었다. "누구? 조시 샌더슨? 그 얼간이 형?"

"누가 얼간이야?" 나는 인상을 쓰며 말했다. "너는 조시 오빠를 알지도 못하잖아."

"야, 그 어떤 등신도 조시 형을 보면 척 하고 얼간이인 줄 알 거야."

"지금 우리 언니가 등신이라는 거야?" 내가 따지고 들었다. 피터가 언니에 대해 한마디라도 나쁜 말을 한다면 그걸로 모든 건 끝이다. 그렇게까지 피터가 꼭 필요하지는 않다.

피터는 웃음을 터뜨렸다. "아니, 네가 등신이라고!"

"흥, 그래? 나 생각이 바뀌었어. 보아하니 너는 너 자신 말고는 누구도 사랑해본 적이 없는 인간이야!" 나는 문을 확 열고 나가려고 했지만 조수석 문이 잠겨 있었다.

"라라 진, 농담이야, 농담."

"월요일에 보자."

"잠깐, 잠깐. 가기 전에 뭐 하나만 얘기해줘." 피터가 다시 자기 의자에 등을 기댔다. "너는 어떻게 지금까지 한 번도 안 사귈 수가 있었어?"

나는 어깨를 으쓱했다. "몰라…… 아무도 사귀자고 하질 않아서?"

"말도 안 돼. 마르티네즈가 홈커밍데이 때 너한테 데이트 신청했는데 네가 거절했잖아."

나는 피터가 그걸 안다는 데 놀랐다. "너희 남자애들은 왜 서로 이름을 안 부르고, 성을 부르는 거야?" 내가 물었다. "정말……." 나는 딱 맞는 표현을 찾으려고 애썼다. "가식적이야."

"말 돌리지 말고."

"겁이 나서 거절했나 보지." 나는 창밖을 뚫어져라 보며 유리창에 마르티네즈의 'M'자를 썼다.

"토미도?"

"아니. 나 토미 좋아해. 그런 문제가 아냐. 그냥 진짜기 때문에 겁이 나는 거야. 누군가를 생각만 하는 게 아니라, 진짜 살아 있는 사람이 눈앞에 서 있는 거잖아. 뭔가를 기대하고 바라면서 말이야." 말을 마치고 피터를 봤더니 피터는 놀랄 만큼 주의 깊게 내 얘기를 듣고 있었다. 마치 내가 하는 말에 정말로 관심이 있는 것처럼 열중한 눈으로 내게 집중하고 있었다. "내가 누구를 정말 많이 좋아하게 되더라도, 심지어 사랑하게 되더라도, 나는 언니나 키티와 함께하는 쪽을 택할 거야. 내가 속한 곳은 내 가족이니까."

"뭐? 그러면 지금은?"

"지금? 내가 널 그런 쪽으로 좋아하는 건 아니니까……."

"잘됐네. 나한테 또 푹 빠지지 말라고. 더 많은 여자애들이 날 좋아하는 건 감당이 안 되니까. 너무 피곤해."

나는 하하 웃음을 터뜨렸다. "그런 자신감은 대체 어디서 나오는 거니?"

"농담이야." 피터가 발끈했지만 결코 농담은 아니었다. "근데 넌 대체 내 어디가 마음에 들었던 거야?" 그렇게 씩 웃는 피터는 다시 자신감을 충전하고 자신의 매력에 확신을 갖고 있었다.

"솔직하게? 정말이지 나도 설명이 안 돼."

피터의 미소가 잠시 어그러지는가 싶더니 다시 돌아온다. 하지만 아까처럼 확신에 찬 미소는 아니다. "내가 다른 사람들을 자신이 특별하다고 느끼게 해준다고 그랬지…… 내가 춤을 잘 추고 과학 시간에 제프리 서틀먼 옆에 앉았다고!"

"이야, 너 그 편지에 있는 단어 하나하나까지 몽땅 다 외우고 있구나, 그치?" 내가 놀렸다. 피터의 미소가 완전히 사라지는 것을 보고 있으니 나쁜 일이긴 해도 약간의 만족이 느껴졌다. 하지만 나는 곧 후회했다. 아무 이유 없이 피터의 마음에 상처를 줬기 때문이다. 대체 난 왜 자꾸만 피터 카빈스키에게 상처를 주고 싶은 걸까? 내 잘못을 만회하고 싶은 마음에 나는 얼른 덧붙였다. "아냐, 사실이야…… 그때 너한테는 분명히 뭔가가 있었어."

내 말이 오히려 역효과를 일으킨 모양이었다. 피터가 움찔했다.

난 더 이상 뭐라고 해야 할지 몰라서 그냥 차 문을 열고 내렸다. "태워줘서 고마워, 피터."

집에 들어서자마자 나는 주방부터 가서 컵케이크가 어떻게 되었는지 확인했다. 컵케이크는 플라스틱 용기와 컵케이크 캐리어에 곱게 들어가 있었다. 프로스팅이 좀 서툴고 스프링클이 제 멋대로이긴 해도 전체적으로 꽤 괜찮아 보였다. 다행이었다. 적어도 내 책임인 학부모회 제과 판매 행사 때 키티가 창피를 당할 일은 없을 테니 말이다.

발신자 _ 마고 커비 <mcovey@st-andrews.ac.uk>
수신자 _ 라라 진 커비 <larajeansong@gmail.com>
학교는 어떠니? 클럽 활동에는 가입했고? 나는 네가 리트매그나 모의 UN에 들어가면 좋겠어. 그리고 한국은 이번 주가 추석이니까 외할머니한테 전화하는 거 잊지 말고. 안 그러면 엄청 화내실 거야! 보고 싶다.
P. S. 오레오 좀 보내줘! 다 같이 우유에 적셔 먹던 게 생각나.

사랑하는 마고 언니가

발신자 _ 라라 진 커비 <larajeansong@gmail.com>
수신자 _ 마고 커비 <mcovey@st-andrews.ac.uk>
학교는 괜찮아. 새로운 클럽에 들어가지는 않았어. 천천히 보자고. 할머니한테 전화하는 건 벌써 다이어리에 적어놨어. 아무것도 걱정하지 마. 내가 다 알아서 하니까! 여긴 문제없어!
사랑해.

39

    피터의 엄마는 시내 자갈길 근처에 '린든 앤드 화이트'라는 앤티크 숍을 갖고 있다. 대부분은 가구이지만, 보석 상자도 꽤 있는데 10년 단위의 시대별로 진열이 되어 있다. 내가 제일 좋아하는 건 1900년대다. 그 코너에는 금으로 된 하트 모양 로켓이 하나 있는데 가운데에 아주 작은 다이아몬드 조각이 마치 광채를 내는 별처럼 박혀 있다. 로켓의 가격은 400달러다. 앤티크 숍이 맥콜스 서점 바로 옆이기 때문에 나는 가끔 들어가서 로켓을 보고 나온다. 갈 때마다 이번에는 없어졌겠거니 하지만 언제나 그 자리에 있다.

    우리는 1940년대에 어머니날 선물용으로 만들어진 금으로 된 클로버 핀을 엄마에게 선물한 적이 있다. 언니와 나는 한 달 동안 토요일마다 레모네이드 가판대를 운영해서 핀을 사는 데 필요한 16달러를 모았다. 그 돈을 깔끔한 지퍼락 봉지에 담아 아빠에게 건네줄 때 우리가 얼마나 뿌듯했던지. 당시 나는 우리가 선물 비용의 대부분을 내고 아빠는 약간 도와주는 정도인 줄 알았다. 하지만 지금 생각해보면 그 핀은 16달러보다 훨씬 비쌌을 것이다. 실제로 얼마짜리였는지 아빠에게 한번 물어봐야겠다. 아니다, 알고 싶지 않다. 어쩌면 모르는 편이 나을지도 모른다. 엄마를 보낼 때 우리는 그 핀도 함께 묻었다. 엄마가 가장 좋아했던 핀이기 때문이다.

로켓 케이스를 내려다보며 진열장 유리에 손을 가져다 대보고 있는데 뒤편에서 피터가 나타났다. "어, 안녕?" 이렇게 말하는 피터는 놀란 눈치였다.

"안녕. 여기서 뭐해?" 내가 말했다.

피터는 내게 '너 바보냐' 하는 표정을 지어보였다. "우리 엄마 가게잖아."

"뭐, 그렇긴 하지. 그냥 여기서 너를 보는 게 처음이라서. 여기서 일하는 거야?" 내가 물었다.

"아니. 엄마한테 가져다드릴 게 있었어. 내일은 헌츠버러에 가서 의자 세트를 가져오라고 하시네." 피터가 불평하는 투로 말했다. "왕복 두 시간 거린데. 짜증나."

나는 다정하게 고개를 끄덕이며 진열장에서 몸을 뗐다. 그리고 분홍색 바탕에 검정 그림이 그려진 지구본을 보는 척했다. 사실 이건 마고 언니가 좋아할 만한 물건이다. 언니한테 크리스마스 선물로 주면 되겠는걸. 나는 지구본을 살짝 돌려보았다. "이 지구본은 얼마야?"

"스티커에 있는 대로." 피터는 진열장에 두 팔을 괴고 앞으로 몸을 숙였다. "너도 가자."

내가 피터를 올려다보았다. "어디를?"

"의자 가지러 나랑 같이 가."

"짜증나는 일이라고 방금 네가 그래놓고선."

"어, 혼자 가면 그렇다고. 네가 가면 쬐금 낫겠지."

"치, 고맙네요."

"별말씀을."

나는 시선을 피했다. 피터는 아무 때나 '별말씀을'이라고 말한다. '아냐, 피터. 그건 진짜로 고맙다는 뜻이 아니야. 그러니까 별말씀이라고 말할 필요 없다고!'

"그래서 갈 거야, 말 거야?"

"말 거야."

"제발! 의자 가지러 가는 곳이 집 안 가구 전체를 내놓는대. 집 주인이 집에서 꼼짝 못하는 사람인가 뭐 그랬대나 봐. 가구들이 50년간 그대로 있었대. 네가 구경할 만한 것들도 있을 거야. 너 오래된 물건 좋아하잖아, 맞지?"

"응." 나는 피터가 그걸 아는 게 신기했다. "실은 항상 그런 집에 가보고 싶었어. 집주인은 어떻게 죽었대? 죽은 지 얼마 만에 사람들이 발견한 거야?"

"으, 너 그러니까 소름끼쳐. 너한테 그런 면이 있는 줄은 또 몰랐네."

"내 안에는 내가 많아." 이렇게 말한 나는 피터 쪽으로 몸을 기울였다. "그래서, 어떻게 죽었대?"

"안 죽었어, 이 엉뚱아. 그냥 너무 늙어서 식구들이 요양원으로 보낸대." 피터는 나를 보며 한쪽 눈썹을 추켜올렸다. "그러면 내일 7시에 데리러 갈게."

"7시? 토요일 아침 7시부터 출발한다는 말은 안 했잖아!"

"미안." 피터는 사과하듯이 말했다. "일찍 안 가면 좋은 물건은 다 가져가고 없을 거야."

그날 저녁 나는 피터와 함께 먹을 도시락을 쌌다. 치즈와 토마토가 들어간 로스트비프 샌드위치를 만들어서 내 것은 마요네즈를 넣고, 피터 것은 머스터드 소스를 넣었다. 피터는 마요네즈를 싫어한다. 가짜로 사귀는데도 이런 걸 알게 된다는 게 우습다.

키티가 휙 하고 주방에 들어오더니 샌드위치를 집으려고 했다. 내가 키티의 손등을 찰싹 때렸다. "네 거 아냐."

"그러면 누구 건데?"

"내일 내 점심이야. 피터랑 내 거."

키티는 의자에 앉아 내가 샌드위치를 종이에 싸는 걸 지켜보았다. "나는 피터 오빠 좋아. 조시 오빠랑은 많이 다르지만, 그래도 좋아."

내가 키티를 쳐다봤다. "무슨 소리야?"

"나도 몰라. 피터 오빠는 엄청 재밌어. 농담도 많이 하고. 샌드위치 만드는 거 보니까, 언니도 피터 오빠 정말로 좋아하나 보네. 마고 언니랑 조시 오빠가 처음에 사귈 때 마고 언니가 치즈세 장 들어간 마카로니앤치즈를 매일같이 만들었잖아. 조시 오빠가 좋아하는 거라면서. 피터 오빠는 뭘 제일 좋아해?"

"그, 글쎄. 뭐든 다 잘 먹어서."

키티가 나를 흘겨봤다. "여자친구라면서 좋아하는 음식 정도는 알아야 되는 거 아냐?"

"마요네즈 싫어하는 건 알아." 내가 말했다.

"그거야 마요네즈가 끔찍한 음식이니까 그렇지. 조시 오빠도 마요네즈 싫어해."

나는 한 대 얻어맞은 기분이다. 정말로 조시 오빠도 마요네즈를 싫어한다. "키티, 조시 오빠 보고 싶어?"

키티가 고개를 끄덕였다. "조시 오빠가 자주 놀러 오면 좋겠어." 키티의 얼굴에 아쉬움이 지나갔다. 내가 키티를 안아주려는 순간 키티가 두 손을 허리에 올리고 말했다. "로스트 비프 다 쓰면 안 돼. 다음 주에 내 점심으로 싸 갈 거야."

"다 떨어지면 참치 샐러드 만들어주면 되잖아, 치."

"그러는지 보자고." 키티는 이 말을 남기고 아까처럼 휙 주방을 나가버렸다.

"그러는지 보자고?" 대체 저런 말은 어디서 배운 걸까?

7시 30분, 나는 창가에 앉아서 피터의 차가 오기만 기다리고 있었다. 갈색 봉투에 샌드위치와 함께 카메라도 챙겨두었다. 뭔가 으스스하거나 근사한 것이 있으면 찍으려고 말이다. 나는 공포 영화에 나오는 것 같은, 칙칙한 색의 허물어져가는 저택을 상상 중이다. 뒷마당에는 쪽문과 함께 연못이나 미로가 있는 그런 집.

피터 엄마의 미니밴은 7시 45분이 되어서야 우리 집 앞에 나타났다. 나는 짜증이 잔뜩 난 채로 뛰어가 차에 올라탔다. 내가 뭐라고 말을 꺼내기도 전에 피터가 선수를 쳤다. "미안, 미안. 그치만 너한테 주려고 이거 사왔어." 피터가 건넨 것은 냅킨에 싸인, 아직 따뜻한 도넛이었다. "7시 30분에 도넛 가게 문 열자마자 특별히 들러서 사온 거야. 모카 슈거 맛이야."

나는 도넛을 한 조각 떼어내 입안에 넣었다. "음!"

피터는 그런 나를 곁눈질로 슬쩍 한 번 본 후 차를 출발시켰다. "늦어도 잘했지, 응?"

나는 고개를 끄덕이며 크게 한 입 베어 물었다. "아~~~주 잘했어." 내가 입안의 음식을 우물거리며 말했다. "혹시, 물 있어?"

피터가 반쯤 남은 물병을 건네줬다. 나는 벌컥벌컥 그 물을 마셨다. "이렇게 맛있는 도넛은 첨이다." 내가 말했다.

"그래." 그렇게 말한 피터는 나를 한 번 보더니 웃음을 터뜨렸다. "얼굴이 설탕 범벅이야."

나는 냅킨 뒷면으로 입을 닦았다.

"볼에도." 피터가 말했다.

"알았어, 알았어." 그러고는 말이 없었다. 나는 어색해졌다. "음악 좀 틀어도 돼?" 내가 주섬주섬 전화기를 꺼내려고 했다.

"저기, 잠깐만 그냥 조용히 가면 안 될까? 카페인이 들어가기 전에는 음악 소리 쿵쿵 나는 게 싫더라고."

"어…… 그래." 이건 나도 좀 조용하라는 소린가? 조용히 가야 되는 줄 알았다면 이렇게 따라온다고 하지도 않았을 것이다.

피터는 조용한 바다 한가운데를 떠가는 고기잡이배의 선장처럼 고요한 표정이었다. 다만, 운전까지 그렇게 천천히 하지는 않았다. 우리는 엄청나게 빠른 속도로 달리고 있었다.

나는 10초 정도 잠잠하게 있다가 못 참고 입을 열었다. "저기, 나도 조용히 하라는 소리였어?"

"아니, 그냥 음악이 싫다고. 너야 떠들고 싶은 만큼 떠들어도 돼."

"알았어." 그러고 나서 나는 또 조용히 있었다. 막상 마음껏 떠들라고 하니 말을 하기가 어색했다. "그래, 너는 좋아하는 음식이 뭐야?"

"다 좋아해."

"그래도 제일 좋아하는 게 있을 거 아냐? 마카로니앤치즈라든지 프라이드치킨, 스테이크, 피자."

"그거 다 좋아해. 똑같이."

나는 답답해서 한숨을 쉬었다. 피터는 왜 '제일 좋아하는'이라는 말을 못 알아들을까?

피터는 내 한숨을 따라 하더니 웃음을 터뜨렸다. "알았어. 시나몬 토스트. 시나몬 토스트 제일 좋아해."

"시나몬 토스트?" 내가 따라 했다. "게 다리보다 시나몬 토스트를 좋아해? 치즈 버거보다?"

"어."

"바비큐보다?"

피터는 잠깐 망설이더니, 이렇게 말했다. "그래! 이제 내 선택을 가지고 물고 늘어지는 건 그만둬. 안 바꿀 거니까."

내가 어깨를 으쓱했다. "알았어." 나는 피터도 내게 제일 좋아하는 음식을 물을 수 있게 잠시 기다렸다. 하지만 피터는 묻지 않았다. 그래서 내가 말했다. "나는 케이크를 제일 좋아해."

"어떤 케이크?"

"안 가려. 케이크라면 전부 다."

"나한테는 한 개만 안 고른다고 뭐라더니." 피터가 말했다.

"그치만 하나만 고르긴 너무 힘들어!" 내가 외쳤다. "내 말은, 눈송이처럼 설탕가루 뿌린 코코넛 케이크도 좋아하지만, 치즈 케이크도 맛있고, 레몬 케이크, 당근 케이크도 좋다고. 크림치즈 올려진 레드벨벳 케이크도 좋고, 초콜릿 가나슈가 올려진 초콜릿 케이크도 좋고." 나는 거기서 말을 멈췄다. "너 혹시 올리브오일 케이크 먹어봤어?"

"아니. 이상할 거 같은데?"

"진~~~짜, 진짜 끝내줘. 엄청 촉촉하고 맛있고. 내가 한번 만들어줄게."

피터가 신음 소리를 냈다. "너 때문에 배고파지잖아. 도넛을 봉지째 사오는 건데."

나는 갈색 종이 가방을 열어서 피터에게 주려고 만든 샌드위치를 꺼냈다. 구분을 하려고 피터 것에는 P라고 써두었다. "샌드위치 먹을래?"

"나 줄려고 만든 거야?"

"어, 뭐. 내 것도 만들고. 한 개만 가져와서 네 앞에서 먹을 수는 없잖아."

피터는 샌드위치를 받아 들더니 종이를 다 벗기지도 않고 베어 물었다. “맛있다.” 피터는 고개를 끄덕이며 말했다. “이거 무슨 머스터드야?”

기분이 좋아진 내가 대답했다. “맥주 머스터드야. 우리 아빠가 어디 카탈로그를 보고 특별히 주문했어. 요즘 요리에 빠져 계시거든.”

“너는 안 먹어?”

“난 나중에 먹을 거야.” 내가 말했다.

반쯤 왔을 때 피터는 요리조리 차들을 앞지르기 시작했다. 눈으로는 계속 대시보드의 시계를 보고 있었다.

“왜 그렇게 서두르는 거야?” 내가 물었다.

“엡스타인 부부 땜에.” 피터는 핸들을 손가락을 탁탁 치며 말했다.

“그게 누군데?”

“샬러츠빌에서 앤티크 숍을 하는 노부부야. 지난번에는 나보다 5분 먼저 도착해서 몽땅 쓸어갔더라고. 오늘은 절대 안 돼.”

나는 신기해서 이렇게 말했다. “이야, 앤티크 사업이 그렇게 치열한 줄은 또 처음 알았네.”

피터는 세상 물정 통달한 사람처럼 씩 웃으며 말했다. “사업이 다 그런 거 아니겠어?”

나는 창으로 눈을 돌렸다. 어쩜 저렇게 피터 같은 말만 골라 하는지.

신호등에 걸렸는데 피터가 몸을 곤추세우더니 말했다. "아, 젠장! 엡스타인 부부야!"

나는 반쯤 졸고 있다가 눈을 번쩍 떴다. "어디? 어디?"

"빨간색 SUV! 오른쪽 차선, 두 대 앞에." 나도 목을 쭉 빼고 내다봤다. 머리가 허연 노부부는 60대나 70대쯤 되어 보였다. 여기서는 판단이 안 됐다.

신호등이 파란불로 바뀌자마자, 피터는 총알처럼 차를 달려 나가기 시작했다. 내가 외쳤다. "가, 가, 가!" 우리는 나는 듯이 엡스타인 부부의 차를 지나쳤다. 심장이 미친 듯이 쿵쾅거렸다. 창밖으로 고개를 내밀고 소리를 지를 수밖에 없었다. 그만큼 스릴이 넘쳤던 것이다. 바람에 머리카락이 날리며 머리가 엉망이 될 것을 알았지만 상관없었다. "야호!" 나는 소리를 질렀다.

"미쳤군." 피터가 내 셔츠 깃을 잡아 자리에 도로 앉히며 말했다. 피터는 그날 내가 학교 복도에서 자신에게 키스를 했던 때와 똑같은 표정으로 나를 봤다. 뜻밖이라는 표정.

우리가 그 집에 도착했을 때는 이미 집 앞에 차가 몇 대 주차되어 있었다. 나는 궁금해서 고개를 빼꼼 내밀었다. 철문에 무시무시한 석상이 한두 개쯤 버티고 있는 대저택을 기대했지만 이건 그냥 평범한 집이었다. 내 실망한 표정을 보았는지, 주차를 하던 피터가 말했다. "집으로 가구를 평가하지 마. 평범한 집안에 보석 같은 가구들이 있는 곳도 있고, 집은 근사한데 가구는 쓰레기일 때도 있어."

차에서 내린 나는 신발 끈을 묶으려고 몸을 숙였다. "라라 진,

서둘러! 엡스타인 부부가 금방 도착할 거야!" 피터가 내 손을 붙잡았고 우리는 건물까지 뛰어 올라갔다. 나는 피터에게 속도를 맞추느라 헉헉댔다. 피터는 나보다 다리가 한참 길다.

건물 안으로 들어서자마자 피터는 곧장 한 남자에게 갔고, 나는 허리를 굽힌 채 숨을 몰아쉬었다. 두세 명의 사람들이 여기저기를 서성이며 가구를 살피고 있었다. 도자기와 유리잔, 사기 장식품이 가득한 방의 한가운데에는 기다란 식탁이 놓여 있었다. 분홍색 장미가 그려진 하얀 커피크림 그릇이 마음에 들었지만 얼마인지, 만져봐도 되는지 알 수가 없었다. 엄청 비쌀 수도 있다.

커다란 바구니에는 플라스틱 산타, 루돌프, 유리 장식품 같은 옛날 크리스마스 기념품이 잔뜩 들어 있었다. 내가 그것들을 자세히 보고 있는데 피터가 다가왔다. 얼굴에 커다란 미소를 띠고 있었다. "임무 완료." 이렇게 말한 피터는 나무 찬장을 살피고 있는 나이 든 커플을 보고 목례를 했다. "엡스타인 부부야." 피터가 낮은 소리로 말했다.

"의자 샀소?" 엡스타인 씨가 소리쳤다. 아무렇지 않은 듯 말하려고 애쓰고 있었지만 두 손을 허리춤에 올린 무서운 자세였다.

"아시잖아요." 피터가 대답했다. "다음에 또 좋은 기회 있으시겠죠." 피터는 나를 보며 "마음에 드는 것 있어?"라고 했다.

"엄청 많아." 나는 야광 분홍색 사슴을 들어올렸다. 유리로 되었는데 코만 새파랬다. "화장대에 올려놓으면 예쁘겠다. 얼마인지 물어봐줄래?"

"아니, 네가 물어봐. 협상의 기술을 배울 수 있을 테니까." 피터는 내 손을 잡고 양복을 입은 남자에게로 데려갔다. 남자는 손에 든 서류에 뭔가를 적고 있었다. 중요한 일을 하느라 아주 바쁜 사람처럼 보였다. 나는 내가 여기 있어도 되는 것인지조차 확신할 수 없었다. 그렇게까지 이 사슴이 필요할 것 같지는 않았다.

하지만 피터가 기대에 찬 눈으로 나를 보고 있었기 때문에 나는 헛기침을 한 후 입을 열었다. "실례지만 이 사슴은 얼마인가요?"

"어, 그거 일부예요." 남자가 말했다.

"아, 음. 일부라니요?"

"세트 중에 하나라고요." 남자가 설명했다. "장식품 전체를 사셔야 해요. 75달러에요. 보시다시피 빈티지니까요."

나는 물러서려고 했다. "어쨌든 감사해요." 내가 말했다.

피터는 나를 다시 끌어다 놓으며 남자에게 애교 섞인 미소와 함께 이렇게 말했다. "그냥 의자에 덤으로 끼워주시면 안 돼요?"

남자는 한숨을 내쉬었다. "따로 팔고 싶지가 않아서요." 남자는 서류를 넘기며 돌아섰다.

피터가 나를 쳐다보며 눈으로 말했다. '사슴이 갖고 싶은 사람은 너잖아. 뭐라도 해봐.' 나는 눈으로 대답했다. '그렇게까지 갖고 싶은 건 아냐.' 하지만 피터는 단호하게 머리를 흔들며 나를 남자 쪽으로 밀었다. "저기, 제발, 10달러에 파시면 안 될까요? 사슴이 빠졌는지 아무도 모를 거예요. 그리고 보세요. 발밑 부분에 살짝 흠도 있잖아요." 내가 사슴을 들어 보였다.

"알았어요, 알았어. 그냥 가져가세요." 남자가 마지못해 말했다. 나는 남자를 향해 방긋 웃으며 가방에서 지갑을 꺼내려고 했다. 하지만 남자는 손을 저었다.

"감사합니다! 정말 고마워요." 나는 사슴을 가슴에 꼭 끌어안았다. 흥정이라는 게 생각만큼 어려운 건 아니었다.

피터는 내게 눈을 찡긋한 뒤 남자에게 말했다. "밴을 가져올 테니 의자 좀 실어주세요."

두 사람은 뒷문으로 나갔고, 나는 어슬렁거리며 벽에 걸린 액자의 사진들을 살펴보았다. 이 사진들도 판매용인지 궁금했다. 몇몇 사진은 정말 오래된 것 같았다. 양복을 입고 모자를 쓴 남자들의 흑백사진이었다. 여자 사진도 하나 있었는데 웨딩드레스처럼 하얗고 레이스가 많은 긴 드레스를 입고 있었다. 여자는 웃고 있지 않았지만 눈가에 짓궂은 장난기가 묻어 있어 키티가 생각났다.

"내 딸 퍼트리샤야." 뒤돌아보니 네이비블루 스웨터에 진한 색 청바지를 입은 할아버지가 계단 난간에 기대 나를 보고 있었다. 할아버지는 아주 쇠약해 보였다. 피부가 백짓장처럼 하얗고 얇았다.

"지금은 오하이오에 살지. 회계사야." 할아버지는 나를 찬찬히 들여다봤다. 마치 다른 누군가가 기억나는 듯이.

"집이 참 예뻐요." 내가 그렇게 말했다. 실제로는 그렇지 않지만 말이다. 낡은 집이었고, 청소를 좀 해야 할 것 같았다. 하지만 집 안에 있는 것들은 예뻤다.

"이제 텅 비었지. 내 물건들은 다 팔았으니. 알겠지만, 가져갈 수가 없잖아."

"죽을 때요?" 내가 낮은 소리로 말했다.

할아버지는 날 빤히 봤다. "아니, 요양원에."

헉. "그렇죠." 나는 그렇게 말하며 웃어넘겼다. 당황하면 웃음이 나온다.

"거기 손에 든 건 뭔가?"

내가 들어 보였다. "이거요. 양복 입은 분이 주셨어요. 돌려받고 싶으세요? 돈 주고 산 건 아니에요. 세트의 일부라서요."

할아버지는 미소를 지었다. 그러니 백짓장 같은 피부에 주름이 더 깊어졌다. "우리 퍼트리샤가 제일 좋아하던 거네."

나는 사슴을 내밀며 말했다. "그분이 팔고 싶지 않을 수도 있겠죠?"

"아니야, 가져. 아가씨 거야. 이사를 한대도 와보지도 않는걸 뭐." 할아버지는 괘씸하다는 듯 고개를 끄덕였다. "또 가져가고 싶은 건 없어? 딸애의 옛날 옷이 한 트렁크 있는데."

이런. 주말 드라마네. 이런 데는 끼어들지 않는 편이 최고다. 하지만 빈티지 옷이라니! 구미가 당겼다.

피터가 나를 찾아냈을 때 나는 음악실 바닥에 양반다리를 하고 앉아 오래된 트렁크를 뒤지고 있었다. 클라크 할아버지는 내 옆에 있는 소파에 앉아 끄덕끄덕 졸고 있었다. 나는 내가 죽고 못 사는 솜사탕 핑크색 짧은 원피스와 작은 데이지 무늬가 있는, 허리 부분을 묶을 수 있는 소매 없는 단추 셔츠를 찾아냈다. "이것 봐, 피터!" 내가 원피스를 들어 보였다. "클라크 할아버지가 나 가져도 된대."

"클라크 할아버지가 누군데?" 피터의 목소리가 방 안에 쩌렁쩌렁 울렸다.

나는 할아버지를 가리키며 조용히 하라는 손짓을 했다.

"야, 빨리 나가는 게 좋겠어. 할아버지가 물건을 공짜로 나눠주는 걸 판매원이 보기 전에."

나는 서둘러 일어났다. "안녕히 계세요, 할아버지." 나는 조용조용 그렇게 말했다. 그냥 주무시게 놔두는 편이 나을 것이다. 내게 이혼한 얘기를 들려줄 때는 아주 우울해 보였다.

클라크 할아버지가 부스스 눈을 떴다. "남자친구?"

"아뇨, 아니에요." 내가 그렇게 말했지만, 피터가 내 어깨에 팔을 두르며 이렇게 말했다. "네, 할아버지. 제가 남자친구예요."

나는 피터가 그렇게 말하는 게 마치 놀리는 것 같아서 싫었다. 나도, 할아버지도 말이다. "옷 주셔서 감사해요." 내가 그렇게 말하자, 할아버지는 똑바로 앉아 내게 손을 내밀었다. 내가 손을 내밀자 할아버지는 손등에 키스를 했다. 할아버지의 입술이 마치 마른 나방의 날개 같았다.

"천만에, 퍼트리샤."

나는 할아버지에게 잘 계시라는 뜻으로 손을 흔든 다음 새로 얻은 물건들을 챙겼다. 현관을 나서는데 피터가 말했다. "퍼트리샤가 누구야?" 나는 못 들은 척했다.

그렇게 신나는 시간을 보낸 것도 잠시, 아마 2초도 안 되어서 내가 잠이 든 모양이었다. 다음 순간 내가 아는 것은 이미 우리 집 주차장에 차를 세운 피터가 내 어깨를 흔들고 있었다는 사실이다. "라라 진, 다 왔어."

눈을 떠보니 나는 원피스와 셔츠를 가슴에 꼭 껴안고 있었고, 무릎 위에는 새로 생긴 내 보물, 사슴이 놓여 있었다. 나는 마치 방금 은행이라도 털고 나온 기분이었다. "오늘 고마웠어, 피터."

"같이 가줘서 고마워." 그러고는 피터는 불쑥 이렇게 말했다. "아, 맞다. 너한테 뭐 물어본다는 걸 깜박했어. 엄마가 너 내일 우리 집에 와서 저녁 먹었으면 하셔."

나는 입이 쩍 벌어졌다. "엄마한테 우리 얘기 했어?"

피터가 나를 째려봤다. "키티도 우리 사이 알잖아! 그리고 나는 울 엄마랑 친해. 엄마랑 나랑 내 동생 오언이 전부야. 오기 싫으면 안 와도 돼. 그치만 네가 안 오면 울 엄마는 네가 무례한 애라고 생각할 거야."

"아니, 난 그냥… 아는 사람이 많아질수록, 감당하기가 더 어렵잖아. 거짓말은 아는 사람이 적을수록 좋으니까."

"거짓말에 관해 그렇게 잘 알아?"

"응, 어릴 때 완전 거짓말쟁이였거든." 하지만 그때 난 그게 거짓말이라고는 생각지 않았다. 난 그게 '믿게 만들기' 놀이라고 생각했다. 나는 키티에게 그녀가 입양됐고 진짜 가족은 서커스 유람단이라고 했다. 그것 때문에 키티는 체조 수업까지 들었다.

40

피터네 저녁 식사에 가려면 옷을 어떻게 입어야 하는 건지 모르겠다. 가게에서 뵈었을 때 피터 엄마는 무척 고급스러워 보였다. 피터 엄마를 만났을 때 내가 제너비브보다 못하다는 인상은 주기 싫다. 그런데 대체 내가 피터 엄마를 왜 만나야 하는 건지.

그래도 나는 아줌마 마음에 들고 싶다.

나는 옷장을 샅샅이 훑고 나서, 언니의 옷장까지 훑었다. 결국 고른 것은 크림색 스웨터와 끝이 둥근 칼라의 블라우스, 머스터드 색 코듀로이 플레어 스커트였다. 여기에 팬티스타킹과 플랫슈즈를 신기로 했다. 그리고 좀처럼 하지 않는 메이크업도 좀 하기로 했다. 복숭아색 블러셔에 눈 화장도 좀 해보려고 했지만, 잘 안 돼서 세수를 하고 다시 시작해야 했다. 이번에는 다 빼고 마스카라만 했다.

키티에게 가서 검사를 받았더니 키티는 "유니폼 같아"라고 했다.

"좋은 쪽으로?"

키티는 고개를 끄덕였다. "어디 근사한 가게 직원 같아."

피터가 오기 전에 나는 컴퓨터로 언제 어떤 포크를 사용하는지 찾아봤다. 혹시 또 모르니까 말이다.

　이상한 일이다. 피터네 주방 테이블에 앉아 있으니 딴 사람이
된 기분이다. 도착해보니 피터 엄마는 피자를 만들어 놓으셨다.
포크 따위는 처음부터 걱정할 필요가 없던 거였다. 그리고 피터
네 집 내부는 밖에서 보던 것만큼 고급스럽지는 않았다. 그냥
평범하고 기분 좋은 집이었다. 주방에는 진짜 버터 제조기가 놓
여 있고, 피터와 동생의 사진이 나무 액자에 든 채 벽에 걸려 있
었다. 그리고 온 사방이 흰 바탕에 빨간 체크무늬 물건들이었
다. 한쪽의 보조 테이블 위에는 온갖 종류의 피자 토핑이 놓여
있었다. 페퍼로니와 소시지, 버섯, 피망 뿐만 아니라 아티초크*와
칼라마타 올리브, 프레시 모차렐라 치즈, 통마늘까지 있었다.

　아줌마는 친절한 분이었다. 저녁 식사 내내 내 샐러드 접시가
빌세라 계속 샐러드를 덜어주었고, 그래서 나는 배가 부른데도
계속 먹었다. 한번은 나를 보고 있는 아줌마를 우연히 보게 됐
는데, 얼굴에 부드러운 미소를 짓고 있었다. 웃는 모습이 피터와
똑 닮았다.

　피터의 동생 오언은 열두 살인데, 피터의 미니어처처럼 생겼지
만 말수는 적었다. 피터처럼 여유 있는 태도는 없었다. 아직 뜨
거운 피자를 입안에 꾸역꾸역 밀어 넣더니 뜨거워서 하하 하고
김을 뱉다가 하마터면 입안에 든 것을 냅킨에 몽땅 뱉어낼 뻔했

* 엉겅퀴 비슷한 풀 종류의 요리 재료.

다. 그러자 아줌마가 말했다. "오언, 그러면 못써. 손님 있잖아."

"냅둬요." 오언이 웅얼거렸다.

"피터 말로는 여자 형제가 둘 더 있다며?" 아줌마가 환하게 웃으며 말했다. 아줌마는 양상추를 먹기 좋은 크기로 자르고 있었다. "딸이 셋이니, 엄마가 너무 좋으시겠다."

내가 뭐라고 답을 하려는데, 피터가 먼저 얘기했다. "라라 진 어머니는 어릴 때 돌아가셨어요." 피터는 이미 알고 계시지 않느냐는 투였고, 아줌마는 얼굴에 당황한 기색이 스쳤다.

"미안하다. 이제야 기억이 나는구나."

내가 얼른 말했다. "딸이 셋이어서 정말로 좋아하셨어요. 다들 제 동생 키티가 남자애일 거라고 그랬는데, 엄마는 딸들한테 너무 익숙해서 아들이 나오면 어떻게 해야 할지 모르겠다고 하셨거든요. 키티가 딸인 것을 알고는 엄청 안도하셨죠. 마고 언니와 저도 마찬가지였고요. 저희는 밤마다 남동생 말고 여동생을 내려달라고 기도까지 했다니까요."

"아들이 어때서?" 피터가 따져 물었다.

아줌마는 이제 미소를 짓고 있었다. 오언의 접시에 피자 한 조각을 더 놓으며 이렇게 말했다. "너희는 다 짐승이지, 뭐긴 뭐야. 라라 진네 자매들은 다 천사 같을 거다."

피터는 콧방귀를 뀌었다.

"음…… 키티는 짐승 같은 구석도 있어요. 하지만 저희 언니랑 저는 뭐 그만하면 훌륭하죠."

아줌마가 자신의 냅킨을 들어 오언의 얼굴에 묻은 토마토소스를 닦으려고 하자 오언이 엄마의 손등을 찰싹 때렸다. "엄마!"

아줌마가 오븐에서 피자 한 판을 더 꺼내오려고 일어나자, 피터가 나를 보며 말했다. "봤지? 내 동생은 완전 애기 취급하신다니까."

"형을 더 애기 취급하거든." 그렇게 응수한 오언은 나를 보며 말했다. "형은 라면도 하나 끓일 줄 몰라요."

내가 웃었다. "너는 끓일 줄 알아?"

"당연하죠. 저는 혼자서 요리한 지 오래됐어요." 오언이 말했다.

"나도 요리하는 거 좋아해." 아이스티를 한 모금 마시며 내가 말했다. "우리가 피터한테 요리 좀 가르쳐줘야겠는걸!"

오언은 나를 똑바로 보며 말했다. "누나가 제너비브 누나보다 화장이 진해요."

나는 마치 뺨이라도 맞은 사람처럼 뒤로 움찔 물러났다. 블러셔밖에 안 했는데! 그리고 립글로스 약간! 제너비브는 매일같이 파운데이션에 아이섀도, 컨실러, 그리고 마스카라에 아이라이너, 립스틱까지 바르는데!

피터가 얼른 말했다. "닥쳐, 오언."

오언이 낄낄 웃었다. 나는 눈을 가늘게 떴다. 키티보다 겨우 몇 살 더 많은 꼬마인데! 나는 몸을 앞으로 내밀고 손으로 내 얼굴을 가리켰다. "화장 하나도 안 한 쌩얼이야. 칭찬해줘서 고맙다, 오언."

"별말씀을." 오언이 꼭 피터처럼 말했다.

집으로 오는 차 안에서 내가 말했다. "저기, 피터?"

"응?"

"아냐."

"뭐? 말해 봐."

"음…… 너희 부모님은 이혼하신 거지?"

"어."

"그러면 아빠는 자주 봐?"

"자주 안 봐."

"그렇구나. 그냥 궁금해서."

피터는 기대에 찬 눈으로 나를 건너다봤다.

"왜?" 내가 말했다.

"그냥 다음 질문을 기다리고 있는 중이야. 네 질문은 하나로 끝나는 법이 없잖아."

"흠, 보고 싶어?"

"누구?"

"너희 아빠!"

"아, 모르겠어. 그냥 옛날이 그리운 거 같기는 해. 아빠랑 엄마랑 나랑 오언이랑 말야. 한 팀 같았었는데. 아빠는 라크로스 경기가 있을 때마다 항상 보러 오셨어." 피터는 조용해졌다. "아빠가 있을 땐…… 뭐든 해결하셨지."

"그게 아빠들인 거 같아."

"지금은 새 가족들한테 그렇게 하고 계셔." 피터는 아쉬움보다는 그냥 덤덤하게 그렇게 말했다. "너는 어때? 엄마 보고 싶어?"

"가끔. 생각나면." 나는 갑자기 이렇게 말했다. "뭐가 그리운 줄 알아? 목욕. 엄마가 머리 감겨주던 게 그리워. 누가 머리 감겨주는 것만큼 기분 좋은 일도 없잖아? 따뜻한 물에, 거품에, 머리카락에 손가락을 넣어서 말이야. 정말 기분 좋지."

"그래, 맞아."

"어떤 때는 엄마 생각이 하나도 안 나다가, 또 어떤 때는……뭐 그런 생각이 들어. 엄마가 지금 날 보면 어떻게 생각할까? 엄마는 어릴 때 내 모습밖에 못 봤는데 나는 이제 10대니까. 길에서 날 보면 알아볼 수 있을까? 뭐 그런."

"당연히 알아보시지. 엄만데."

"알아. 그치만 나는 많이 바뀌었다고." 피터의 얼굴에 불편한 기색이 잠깐 지나쳤다. 자신의 아빠에 대해 불평한 걸 후회한다는 걸 알 수 있었다. 적어도 피터의 아빠는 아직 살아 계시니 말이다. 피터가 미안해하는 것 같기에 나는 몸을 똑바로 세우고 거들먹거리는 목소리로 이렇게 말했다. "내가 좀 성숙하잖아."

그제야 피터는 씩 웃었다. "그래?"

"그럼. 엄청 세련됐고."

우리 집에 도착해 내가 차에서 내리려는데 피터가 말했다. "울엄마가 너 좋아하는 거 같아." 나는 기분이 뿌듯해졌다. 다른 애들의 엄마가 날 좋아하는 건 언제나 내게 아주 중요한 일이다.

제너비브네 집에 놀러 갈 때도 내가 가장 좋았던 건 제너비브의 엄마와 어울릴 수 있다는 점이었다. 웬디 아줌마는 아주 스타일리시한 분이었다. 그냥 집에 있으면서도 실크 느낌의 블라우스에 근사한 바지를 입고 굵은 목걸이를 멋들어지게 하고 있었다. 머리도 언제나 찰랑찰랑 완벽한 모습이었다. 제너비브도 똑같은 머릿결을 갖고 있지만 엄마처럼 완벽하게 쭉 뻗은 콧날은 아니다. 제너비브는 가운데가 살짝 솟은 콧날을 갖고 있는데, 그래서 더 개성 있게 보인다.

"참 그리고, 절대로 네가 제너비브보다 화장을 더 많이 하지는 않아. 제너비브는 항상 내 흰색 셔츠에 파운데이션을 묻히곤 했거든."

피터는 제너비브를 잊었다는 사람치고는 제너비브 얘기를 정말 많이 했다. 하지만 피터만 그런 것은 아니다. 나도 요즘 들어 제너비브 생각을 많이 하고 있다. 제너비브는 여기 없는데도 항상 있는 것 같다. 그런 능력이 있는 애다.

41

화학 시간에 피터가 쪽지를 건넸다. '오늘 너희 집에 가서 시험 공부해도 돼?'

나는 답장에 이렇게 썼다. '우리 계약서에 과외도 해준다는 항목은 없었던 거 같은데.' 쪽지를 읽은 피터는 뒤로 돌아 내게 상처받은 표정을 지어 보였다. 나는 입술로 '농담이야!'라고 말했다.

저녁 식사 때 나는 피터가 공부하러 오니 우리가 주방을 좀 써야겠다고 했다. 아빠는 눈썹이 쑥 올라가며 "문은 열어 놔라" 하고 농담을 했다. 우리 주방에는 문도 없는데 말이다.

"아빠." 내가 앓는 소리를 하자 키티도 따라 했다.

아빠는 대수롭지 않다는 듯 이렇게 물었다. "피터가 네 남자친구야?"

"음…… 뭐 그렇다고 할 수 있죠." 내가 말했다.

식사를 마친 후에는 키티와 내가 설거지를 했다. 나는 주방을 스터디룸으로 변신시켰다. 식탁 한가운데에 내 교과서와 노트를 쌓아놓고, 파란색, 노란색, 분홍색 형광펜을 줄 맞춰 배치한 다음, 팝콘과 오후에 내가 직접 구운 피넛버터 브라우니도 그릇에 담아냈다. 키티에게는 두 조각만 주고 더는 못 먹게 했다.

피터는 8시쯤 오겠다고 했다. 처음에는 늘 그렇듯이 그냥 좀 늦나 보다 생각했지만 시간이 계속 흐르고 피터가 안 오겠다는 생각이 들었다. 문자 메시지를 보냈지만 답이 없었다.

TV 광고 시간에 키티가 아래층으로 내려와 브라우니를 찾았다. 나는 키티에게 브라우니를 줬다. "피터 오빠 안 왔어?" 키티가 물었다. 나는 공부에 몰두해 안 들리는 척했다.

10시가 다 되서 피터에게서 문자가 왔다. 미안, 일이 좀 생겼어. 오늘 못 가. 피터는 자신이 어디에 있는지, 뭘 하는지 말하지 않았지만 나는 알 것 같았다. 피터는 제너비브와 함께 있는 것이다. 점심시간에 피터는 계속 한눈을 팔며 문자 메시지를 주고받았다. 그리고 오후에 둘이 여자 사물함실 밖에 있는 것을 보았다. 둘은 나를 못 봤지만, 나는 둘을 봤다. 둘은 그냥 얘기를 나누고 있었지만, 제너비브에게 '그냥'이란 없다. 제너비브는 피터의 팔을 잡았고, 피터는 제너비브의 얼굴을 가린 머리카락을 치워주었다. 비록 내가 가짜 여자친구이긴 하지만, 아무렇지 않을 수는 없었다.

나는 공부를 계속했지만 상처받은 마음으로는 아무것도 집중하기가 힘들었다. 나는 그냥 오늘 일부러 브라우니를 굽고 아래층 청소를 한 탓이라고 되뇌었다. 약속을 해놓고 그냥 안 나타나는 건 무례한 거 아닌가? 피터는 매너도 없나? 내가 그랬으면 피터는 어땠을까? 그리고 피터가 계속 제너비브에게 되돌아갈 거라면, 이 모든 거짓 놀이는 대체 무슨 의미가 있나? 차라리 조시 오빠와 내 관계가 더 정상적이다. 그냥 이 거짓 놀이를 몽땅 끝내버릴까 보다.

다음날 아침 눈을 떴는데도 여전히 화가 났다. 나는 조시 오빠에게 학교까지 태워다 달라고 하려고 전화를 했다. 아주 잠깐, 나는 조시 오빠가 전화를 안 받지는 않을까 걱정이 됐다. 어울린 지가 너무 오래됐던 것이다. 하지만 조시 오빠는 전화를 받았고 알겠다고 했다.

피터, 네가 날 데리러 왔는데 내가 없으면 기분이 어떤지 한번 겪어봐.

학교까지 반쯤 왔는데 조금 불안해지기 시작했다. 어쩌면 피터가 오지 않았던 데는 그럴 만한 이유가 있을지도 모른다. 어쩌면 피터는 제너비브랑 있었던 게 아닌데 내가 옹졸한 복수를 하고 있는 걸 수도 있다.

조시 오빠가 이상하다는 듯이 나를 보고 있었다. "뭐가 잘못됐어?"

"아냐."

조시 오빠는 내 말을 믿지 않는 게 분명했다. "카빈스키랑 싸웠어?"

"아니."

조시 오빠는 한숨을 한 번 내쉬더니 말했다. "그냥 좀 조심해." 그 말투가 뭔가 가르치려는 듯한 태도여서 나는 비명을 지르고 싶었다. "그 녀석 때문에 네가 다치는 건 싫으니까."

"오빠! 나 걔 때문에 다칠 일 없거든. 나 참."

"걘 속물이야. 미안. 그치만 사실이야. 라크로스 팀에 있는 애들은 다 그래. 카빈스키 같은 애들이 관심 있는 건 하나뿐이야. 원하는 걸 얻자마자 지루해한다고."

"피터는 아냐. 피터는 제너비브랑 거의 4년을 사귀었어!"

"내 말 믿어. 라라 진, 너는 남자 경험이 별로 없잖아."

내가 조용히 물었다. "오빠가 그걸 어떻게 알아?"

조시 오빠는 '당연한 걸, 왜 그래?' 하는 표정을 지어 보였다. "널 아니까 그렇지."

"오빠 생각처럼 그렇게 잘 알진 않거든."

이후 우리는 학교에 도착할 때까지 둘 다 말이 없었다.

뭐 별일이야 없을 것이다. 피터는 우리 집에 들렀다가 내가 없으면 그냥 출발할 것이다. 5분 정도 돌아가는 게 뭐 대단한 일이라고. 젠장, 나는 어제 두 시간이나 기다렸는데.

학교에 도착해서 조시 오빠는 3학년 교실로 향하고, 나는 곧장 2학년 교실 쪽으로 왔다. 나는 끊임없이 복도에 있는 피터의 사물함 쪽을 흘끔거렸지만 피터는 도착하지 않았다. 나는 종이 울릴 때까지 내 사물함 앞에서 기다렸다. 그런데도 피터는 오지 않았다. 나는 등에 멘 가방을 덜렁거리며 첫 수업이 있는 교실을 향해 뛰었다.

슐러 선생님이 출석을 부르고 있었다. 고개를 들어보니, 피터가 문 앞에 서서 나를 노려보고 있다. 피터는 내게 나오라는 손짓을 했다. 침을 꼴깍 삼킨 나는 얼른 노트를 내려다보며 피터를 못 본 척했다. 그러자 피터가 작은 소리로 내 이름을 부른다.

어쩔 수 없다.

나는 떨리는 손을 들고 말했다. "선생님, 화장실 좀 다녀와도 될까요?"

"수업 전에 가야지." 선생님은 나무라면서도 가보라는 손짓을 했다.

나는 얼른 복도로 나가서 슐러 선생님이 보지 못하게 피터를 잡아끌었다.

"아침에 어디 갔었어?" 피터가 따지고 들었다.

나는 팔짱을 끼고 당당한 척하려고 애썼다. 쉽지 않았다. 나는 키가 너무 작고, 피터는 키가 너무 크기 때문이다. "어젯밤에 어디 있었어?"

피터가 씩씩대며 말했다. "적어도 나는 문자는 보내줬잖아! 너한테 전화를 열일곱 번이나 했어. 전화기는 왜 꺼둔 거야?"

"학교에서는 휴대전화 꺼놔야 되거든!"

피터는 계속 씩씩거렸다. "라라 진, 나 너희 집 앞에서 20분이나 기다렸어."

이크. "뭐, 미안해."

"학교는 어떻게 온 거야? 샌더슨 형?"

"응."

피터가 내뱉었다. "있잖아, 내가 어제 못 가서 화가 났으면, 그냥 전화해서 그렇다고 말하면 되지, 꼭 오늘 아침처럼 병맛짓을 해야겠어?"

나는 작은 목소리로 말했다. "어제 네가 저지른 병맛짓은 어쩌고?"

피터의 입가에 미소가 떠올랐다. "지금 너 '병맛'이라고 한 거야? 네 입에서 그런 말이 나오니까 진짜 웃기다."

나는 무시했다. "그래서…… 어제 어디 있었어? 제너비브랑 같이 있었던 거야?" 나는 정말로 묻고 싶은 것은 묻지 않았다. '너희 다시 합친 거야?'

피터는 머뭇거리더니 말했다. "내가 필요한 일이 있었어."

나는 피터의 얼굴을 보기도 싫었다. 대체 얘는 왜 이렇게 바보 같을까? 왜 그렇게 제너비브한테 꼼짝을 못하는 걸까? 함께한 시간이 너무 길기 때문일까? 같이 자서? 이해가 안 갔다. 남자애들이 이렇게 휘둘리는 걸 보면 정말 실망스럽다. "피터, 제너비브가 손가락만 까닥해도 그렇게 매번 달려갈 거면, 우리가 이 짓을 왜 하는 거니?"

"커비, 왜 그래? 미안하다고 했잖아. 화내지 마."

"너 미안하다는 말 한 적 없거든. 언제 미안하다고 했어?"

그러자 피터가 말했다. "미안."

"나는 네가 제너비브네 집에 더 이상 안 갔으면 좋겠어. 네가 그러면 제너비브가 날 어떻게 보겠어?"

피터가 날 빤히 봤다. "제너비브가 필요하다는데 안 갈 수는 없어. 그러니까 그런 요구는 하지 마."

"그치만 피터, 제너비브가 네가 왜 필요하겠어? 새 남자친구까지 있는데."

피터가 움찔했다. 나는 그렇게 말한 게 금세 미안해졌다. "미안." 내가 기어 들어가는 소리로 말했다.

"괜찮아. 너한테 이해해 달라는 거 아냐. 제너비브랑 나는…… 그냥 서로를 아는 것뿐이야."

스스로는 모르고 있지만, 제너비브에 관해 이야기할 때면 피터는 늘 표정이 묘하게 부드러워졌다. 다정함과 조급함이 합쳐진 것 같은 그런 표정. 그리고 하나 더, 사랑. 피터가 아무리 부정해도, 피터는 아직 제너비브를 사랑한다는 걸 나는 안다.

나는 한숨을 내쉬며 물었다. "시험공부는 했어?"

피터는 고개를 저었다. 나는 다시 한숨을 쉬었다.

"점심시간에 내 노트 봐." 그렇게 말하고 나는 교실로 돌아갔다.

나는 그제야 이해가 가기 시작했다. 피터가 왜 이런 작전을 짰는지, 왜 나 같은 애랑 시간을 보내는지 말이다. 피터는 제너비브를 잊으려고 그러는 게 아니다. 제너비브를 잊을 수 없기 때문에 그러는 거다. 나는 피터에게 핑계에 불과하다. 제너비브가 올 때까지 제너비브의 자리를 맡아둘 사람. 그 부분이 이해가 되고 나니, 다른 모든 게 이해가 가기 시작했다.

42

조시 오빠네 부모님은 자주 싸운다. 그 정도 싸우는 게 정상인지는 잘 모르겠다. 나는 부모님이 한 분뿐이기 때문이다. 하지만 두 분 다 계실 때도 저 정도로 싸웠던 것 같지는 않다. 두 집이 워낙 가깝다 보니 창문이 열려 있을 땐 가끔 싸우는 소리가 들린다. 발단은 보통 아줌마가 실수로 차 문을 열어놓아서 배터리가 방전되었다거나 하는 사소한 것으로 시작되지만, 결국 아저씨가 일을 너무 많이 한다거나 선천적으로 이기적이라서 가족생활에 안 맞는다는 식의 큰 얘기로 번진다.

싸움이 심할 때면 조시 오빠는 우리 집으로 건너온다. 어릴 때는 파자마 차림에 베개를 들고 몰래 빠져나와 오빠네 엄마가 찾으러 올 때까지 우리 집에 있곤 했다. 우리는 그 얘기는 하지 않는다. 오빠랑 언니는 서로 얘기를 나눴는지 모르겠지만, 오빠랑 나는 아니다. 오빠가 내게 했던 얘기라고는 제발 좀 두 분이 이혼을 해서 싸움이 끝났으면 좋겠다는 것 정도다. 하지만 두 분은 절대 이혼하지 않았다.

오늘 밤에도 두 분이 싸우는 소리가 들린다. 언니가 떠난 후 두 분이 싸우는 소리를 들은 적은 여러 번 있지만, 오늘은 특히 좀 심하다. 나는 창문을 닫아야 했다. 숙제할 것들을 챙겨 아래 층으로 내려온 나는 거실에 불을 켰다. 조시 오빠에게 건너오고 싶으면 와도 된다는 걸 알리기 위해서다.

30분쯤 후 현관문을 똑똑 두드리는 소리가 들렸다. 나는 하늘색 담요를 뒤집어쓴 채 문을 열었다.

조시 오빠였다. 오빠는 나를 보고 배시시 웃으며 말했다. "안녕. 좀 놀다 가도 돼?"

"당연하지." 나는 문을 열어둔 채 느릿느릿 거실로 다시 들어갔다. 내가 외쳤다. "문 좀 잠가줘."

조시 오빠는 TV를 보고 나는 숙제를 했다. 미국사 책에 형광펜을 긋고 있는데 조시 오빠가 내게 물었다. "'아르카디아' 지원할 거야?" 봄맞이 연극 공연 얘기다. 어제 발표가 났다.

"아니." 내가 형광펜 색깔을 바꾸며 말했다. "내가 그걸 왜 하겠어?" 나는 사람들 앞에 나서거나 말하는 걸 싫어한다. 조시 오빠도 그걸 안다.

"왜. 네가 제일 좋아하는 연극이잖아." 조시 오빠는 채널을 바꾼다. "네가 토마시나 역 맡으면 정말 잘할 텐데."

나는 미소를 지었다. "고맙지만 됐네요."

"왜? 대학 지원서에 쓸 것도 생기고 좋잖아."

"내가 무슨 연극 전공할 것도 아닌데 뭘."

"맨날 있는 곳에서 벗어나 보는 것도 괜찮아." 조시 오빠는 그렇게 말하며 등 뒤로 기지개를 켰다. "겁나는 것도 한번씩 해봐. 마고처럼. 스코틀랜드까지 가잖아."

"나는 언니가 아냐."

"너더러 무슨 세상 반대쪽으로 가라는 게 아냐. 넌 절대 그렇게 안 할 거니까. 음, 학생 협의회 같은 건 어때? 너 비판하는 거 좋아하잖아!"

나는 조시 오빠를 흘겨봤다.

"아니면 모의 UN 총회나. 네 마음에 들 거야. 그냥 내 말은…… 키티랑 체커 두고 카빈스키 차로 돌아다니는 거 말고, 더 넓은 세상을 좀 겪어보라고."

나는 형광펜을 긋다가 멈췄다. 조시 오빠 말이 옳을까? 내 세상이 너무 좁은 걸까? 그러는 오빠의 세상은 뭐 그리 큰가? "오빠" 하고 말을 꺼냈다가 곧 멈췄다. 다음 말을 뭐라고 해야 할지 알 수가 없었다. 그래서 나는 그냥 들고 있던 형광펜을 조시 오빠에게 집어던졌다.

펜은 오빠의 이마에 가서 맞고 떨어졌다. "야! 눈이라도 맞으면 어쩌려고!"

"그럴 짓 한 거지 뭐."

"알았어, 알았어. 그런 뜻 아닌 거 알잖아. 그냥 사람들이 널 알 수 있는 기회를 주라는 얘기야." 오빠는 리모컨으로 나를 가리키며 말했다. "사람들이 널 알면, 널 정말 좋아할 거야." 조시 오빠는 진담이었다.

오빠, 정말 이렇게 내 마음을 찢어놓아야겠어? 그리고 오빠는 거짓말쟁이야. 오빠야말로 날 그 누구보다 잘 알면서도 날 좋아하지 않잖아.

43

핼러윈이 되어도 동양인 여자애가 선택할 수 있는 건 몇 가지 안 된다. 한번은 〈스쿠비두〉*에 나오는 벨마로 꾸미고 갔지만 애들은 내게 일본 만화 캐릭터냐고 물었다. 가발까지 썼는데! 그래서 앞으로는 무조건 그냥 동양인 캐릭터로 꾸미기로 했다.

마고 언니는 절대로 사람 캐릭터를 택하는 법이 없었다. 언니는 언제나 무생물이나 어떤 콘셉트로 분장했다. 작년에는 '공식적 사과'라는 콘셉트로 분했다. 언니는 자선 바자회에서 10달러를 주고 산 바닥까지 끌리는 이브닝드레스를 입고, 캘리그래피로 '미안해요'라고 쓴 팻말을 목에 걸었다. 언니의 분장은 학교 핼러윈 콘테스트에서 2등을 차지했다. 1등은 자메이카의 종교 집단 래스터패리언으로 분한 애였다.

키티는 닌자를 택했다. 동양인 캐릭터로 가기로 한 나한테 맞춘 모양이었다.

올해 나는 〈해리 포터〉에 나오는 초챙을 선택했다. 해리 포터 스카프에 이베이에서 찾은 오래된 검정색 성가대 가운을 입고,

---

* 미국의 유명 만화영화.

아빠 넥타이에 지팡이를 드는 거다. 콘테스트에서 상을 타지는 못하겠지만, 최소한 애들이 내가 뭐로 분장한 것인지는 알겠지. '넌 뭐니?'라는 질문은 다시는 받고 싶지 않다.

학교에 가려고 피터의 차를 기다리면서, 자꾸만 흘러내리는 무릎 양말을 끌어올리는 중이었다.

"라라 진!"

나는 무의식적으로 무슨 게임처럼 "조시 오빠!" 하고 외쳤다.

그리고 얼굴을 들어보니 조시 오빠가 자기 차 앞에 서 있었다. 머리끝부터 발끝까지 해리 포터 복장을 하고 말이다. 검정 가운, 안경, 이마의 번개 표시에 지팡이까지 들고 있다.

우리는 둘 다 웃음이 터졌다. 그 많은 복장 중에 하필! 아쉽다는 듯이 조시 오빠가 말했다. "만화 클럽 애들이 판타지 주인공으로 가재서 나는 〈왕좌의 게임〉에 나오는 드로고로 분장하려고 했는데, 알다시피 내가 상체는 되지만……."

나는 킥킥거리며 조시 오빠가 아이라이너를 그리고 머리를 길게 땋고 웃통을 벗은 모습을 상상해보려고 애썼다. 웃기는 그림이다. 굳이 조시 오빠를 말라깽이라고 부르고 싶지는 않지만…….

"야, 그렇다고 너무 그렇게 웃지는 말고. 그렇게까지 웃기지는 않았어." 조시 오빠는 열쇠를 쩔랑거리며 말했다. "초챙, 태워 줘?"

나는 시계를 봤다. 피터는 언제나처럼 5분 늦고 있다. 뭐 불평을 하려는 건 아니다. 공짜로 태워주는 거고, 피터가 아니면 버스를 타야 한다. 하지만 조시 오빠랑 간다면 교실까지 뛰어갈 필요도 없고, 사물함에 들를 수도 있고, 화장실도 갈 수 있고, 자동판매기에서 음료도 하나 뽑아 먹어도 된다. 하지만 벌써 피터가 근처까지 왔을 것이다. 또 지난번에 조시 오빠 차를 타고 갔을 때는 싸우기까지 했으니. "고맙지만, 피터를 기다리고 있어."

조시 오빠는 고개를 끄덕였다. "아, 그렇지…… 맞다." 조시 오빠가 차에 오르려고 했다.

내가 소리쳤다. "엑스펠리아르무스!" 조시 오빠가 차를 돌리더니 외쳤다. "피니테!" 우리는 얼간이들처럼 마주보고 웃었다.

오빠가 떠나고 나는 앉아서 무릎을 끌어당겼다. 조시 오빠와 나는 거의 비슷한 시기에 해리 포터를 읽었다. 내가 6학년, 오빠가 중1 때였다. 마고 언니는 예전에 다 읽었는데, 우리는 둘 다 언니처럼 빨리 읽을 수가 없었다. 언니는 같이 이야기하려고 우리가 3권을 읽을 때까지 기다리느라 지겨워 죽으려고 했다.

피터를 기다리고 있으려니, 옷이 점점 더 까끌거렸다. 나는 가운을 벗었다가 다시 입었다가 하기를 몇 번 반복했다. 폴리에스터라서 피부에 닿으면 느낌이 좋지 않았다. 피터의 차가 도착하자, 나는 달려가 인사도 없이 차에 올랐다. 나는 가운을 담요처럼 내 무릎 위에 펼쳐놓았다.

피터의 눈이 휘둥그레졌다. "섹시한데?" 놀란 목소리였다. "넌 뭐니? 일본 애니메이션 캐릭터?"

"아니." 나는 대답이라기보다는 쏘아붙였다. "초챙이야." 피터
는 아직도 멍한 얼굴이었다. 그래서 내가 덧붙였다. "해리 포터
말이야."

"아. 멋지네."

나는 피터를 건너다봤다. 피터는 평소 같은 셔츠에 청바지 차
림이었다. "네 코스튬은 어디 있어?"

"우리는 모이기 직전에 갈아입을 거야. 우리가 동시에 공개하
면 효과가 더 클 테니까."

그 코스튬이 뭐냐고 내가 물어주길 바라고 있다는 걸 알았지
만, 나는 대화하고 싶은 기분이 아니었다. 그래서 그냥 그대로
앉아 창밖만 멀뚱멀뚱 쳐다보았다. 나는 피터가 '왜 그래?' 하고
물어주기를 기다리고 있었지만 피터는 묻지 않았다. 저렇게 눈
치가 없다. 아마 내가 화가 난 것도 모를 것이다.

나는 불쑥 이렇게 말했다. "네가 맨날 늦지 않으면 좋겠어."

피터가 얼굴을 찡그렸다. "아이고, 미안. 코스튬 찾느라."

"오늘은 그랬다 치더라도, 너는 맨날 늦잖아."

"맨날 안 늦어!"

"오늘 늦었지, 어제도 늦었지, 지난 목요일도 늦었어." 나는 창
밖만 노려보았다. 벌써 낙엽이 지고 있다. "제시간에 안 올 거면
더 이상 데리러 오지 않으면 좋겠어."

고개를 돌리지 않아도 피터가 나를 째려보고 있다는 걸 알
수 있었다. "알았어. 그러면 나도 5분 더 잘 수 있겠네. 잘됐어."

"그래."

코스튬 심사 시간에 크리스와 나는 강당 발코니에 앉아 있었다. 크리스는 코트니 러브로 분하고 있었다. 분홍색 슬립에 구멍이 뽕뽕 뚫린 무릎 양말을 신고 덕지덕지 눈화장을 잔뜩 했다. "너도 내려가 봐. 분명히 뭐라도 탈 수 있을 거야." 내가 말했다.

"이 학교 사람들은 코트니 러브가 누군지도 모를 거야." 말은 그렇게 했지만 크리스가 나가고 싶어 한다는 걸 알 수 있었다.

피터네 무리는 모두 슈퍼히어로였다. 배트맨, 슈퍼맨, 아이언맨, 헐크까지 애쓴 정도도 가지각색이었다. 피터는 모든 걸 쏟아부었다. 피터는 피터 파커*였다. 카빈스키가 달리 누구를 택하겠는가? 피터가 입은 스파이더맨 코스튬은 완전히 진짜 같았다. 노란색으로 반짝거리는 눈에, 장갑 낀 손, 부츠까지. 무대 위에서 거들먹거리는 모습이 가관이었다. 일당은 한데 어울려 망토를 펄럭이며 싸우는 척했다. 피터가 기둥을 타고 오르려고 했지만 옐츠닉 선생님이 말렸다. 피터네 무리가 그룹 코스튬상을 탔을 때는 나도 환호를 보내줬다.

제너비브는 캣우먼이었다. 가죽 레깅스에 뷔스티에**를 입고 검정색 고양이 귀를 달고 있었다. 제너비브는 슈퍼히어로 테마에 참여한 건가? 피터가 말해줬을까? 아니면 혼자 생각해낸 건가? 제너비브가 2학년 코스튬 심사를 위해 무대에 오르자 강당에 있던 남자애들이 모두 미친 듯이 환호했다. "창녀가 따로 없구

---

* 스파이더맨이 평상시 학생일 때의 이름.
** 브래지어와 코르셋을 붙여놓은 것처럼 생긴 꽉 끼는 상의.

라라 진의 첫 번째 이야기

만." 크리스는 말은 그렇게 했지만 아쉬워하는 것 같았다.

제너비브가 1등을 했다. 당연한 결과였다. 피터 쪽을 슬쩍 보았더니 친구들과 함께 휘파람을 불고 발을 구르며 난리도 아니었다.

행사가 끝나고 사물함에서 화학 책을 꺼내고 있는데 피터가 왔다. 피터는 내 옆 사물함에 등을 기대고 마스크를 낀 채 인사를 건넸다. "안녕."

"안녕." 내가 말했다. 하지만 그러고 나서 피터는 아무 말도 없이 그냥 거기 그대로 서 있었다. 나는 사물함 문을 닫고 열쇠를 돌렸다. "그룹상 탄 거 축하해."

"그게 다야? 할 말이 그것뿐이야?"

엥? "또 무슨 말을 해야 되는데?"

바로 그때 조시 오빠가 저지 마이크와 함께 지나쳤다. 저지 마이크는 털북숭이 발까지 죄다 호빗으로 꾸미고 있었다. 조시 오빠가 뒤를 돌아보며 지팡이로 나를 가리켰다. "엑스펠리아르무스!"

자동으로 나는 내 지팡이를 들어 오빠를 가리키며 말했다. "아바다 케다브라!"

조시 오빠는 마치 내 총에 맞은 것처럼 가슴을 움켜쥐었다. "너무해!" 그렇게 외치고는 복도 저편으로 사라졌다.

"흠…… 내 여자친구라야 하는 애가 다른 남자애랑 커플룩을 입는 건 좀 이상하다고 생각하지 않아?" 피터가 내게 물었다.

나는 시선을 피했다. 나는 아침의 일로 아직도 화가 나 있었다. "미안한데, 그러고 있으니까 얘기를 못하겠다. 머리끝부터 발끝까지 라텍스인 사람과 어떻게 대화를 하겠어?"

피터가 마스크를 올리며 말했다. "장난치는 거 아냐! 네가 그러면 내가 어떻게 보일 것 같아?"

"첫째, 의도한 건 아니었어. 둘째, 내 코스튬이 뭔지 신경 쓰는 사람은 아무도 없어! 하물며 누가 그런 걸 신경 써?"

"애들은 알아봐. 내가 알아본다고." 피터가 씩씩댔다.

"흠, 미안. 이런 우연이 일어나서 정말 미안해."

"그게 어떻게 우연이라고." 피터가 중얼거렸다.

"그래서 내가 어떻게 해주길 바라는데? 점심시간에 코스튬 가게로 달려가 빨간색 가발이라도 사서 메리 제인*이 돼줘?"

피터가 능글능글하게 말했다. "그래 줄래? 그러면 좋고."

"아니, 못 해. 왠 줄 알아? 왜냐면 나는 동양인이거든. 사람들은 무조건 내가 일본 만화 코스튬을 입었다고 생각해." 나는 피터에게 내 지팡이를 건네줬다. "이것 좀 들고 있어." 나는 몸을 구부려 가운을 들어 올리고 무릎 양말을 끌어올렸다.

피터는 인상을 찡그리며 말했다. "미리 말해줬으면 나도 해리 포터에 나오는 인물로 입을 수 있었잖아."

"그래, 네가 모닝 머틀을 했으면 딱인데."

피터는 멍한 얼굴이었다. 나는 믿을 수가 없어서 말했다. "잠깐…… 너 해리 포터 한 번도 안 읽어본 거야?"

---

* 스파이더맨의 여자친구.

"2권까지는 읽었어."

"그런데 어떻게 모닝 머틀을 몰라!"

"너무 오래됐어. 모닝 머틀이 그림에 있었어?"

"아니! 그리고 어떻게 '비밀의 방'까지만 읽고 그만둘 수가 있어? 3권이 시리즈 전체에서 제일 좋은데. 나로선 상상도 못 할 일이야." 나는 피터를 빤히 봤다. "너는 영혼이 없어?"

"해리 포터를 죄다 읽지 못해 미안하다! 나는 진짜 '생활'이란 게 있어서 '판타지 클럽'인가 뭔가 하는 너희 괴짜들 클럽에도 못 들어 미안하다!"

나는 내 지팡이를 홱 잡아채 피터의 얼굴 앞에다 흔들었다. "실렌시오!"

피터는 팔짱을 끼더니 히죽히죽 웃으며 말했다. "네가 방금 무슨 주문을 던졌는지는 모르겠다만 효과가 없는 것 같으니 호그와트로 돌아가." 피터는 호그와트까지 언급하며 자신만만하게 말한다. 어찌 보면 귀여울 정도였다.

나는 번개같이 피터의 마스크를 내리고 한 손을 피터의 입에 올렸다. 그리고 다른 손으로 다시 지팡이를 흔들었다. "실렌시오!" 피터는 뭐라고 말을 하려고 했지만 나는 피터의 입에 댄 손을 세게 눌렀다. "뭐? 뭐라고? 안 들리는데, 피터 파커?"

피터는 손을 뻗어 나를 간지럽혔다. 나는 웃음이 터져서 지팡이를 떨어뜨릴 뻔했다. 황급히 몸을 뗐지만 피터가 덤벼들어서 내 손에 거미줄을 던지는 모습을 취했다. 나는 킥킥거리며 요리조리 사람들을 피해가며 복도 쪽으로 도망쳤다. 피터는 화학 수업 교실까지 나를 쫓아왔다. 선생님 한 분이 뛰지 말라고 소리쳤다. 우리는 속도를 늦췄지만 코너를 돌자마자 다시 뛰기 시작했다.

나는 숨을 헉헉거리며 내 자리에 앉았다. 피터는 돌아서며 내 쪽으로 거미줄을 던졌다. 나는 또 킥킥거렸고 마이어스 선생님이 나를 노려봤다. "진정해라." 선생님의 말에 나는 고분고분 고개를 끄덕였다. 그리고 선생님이 뒤돌아서자마자 가운으로 가리고 킥킥거렸다. 피터에게 계속 화를 내고 싶었지만 부질없는 짓이었다.

수업이 반쯤 진행되었을 때 피터가 내게 쪽지를 보냈다. 쪽지 가장자리에는 거미줄이 그려져 있었다. '내일은 늦지 않을게.' 절로 미소가 떠올랐다. 나는 피터의 쪽지가 구겨지거나 닳지 않게 가방의 프랑스어 책 속에 끼워두었다. 이 쪽지만큼은 보관하고 싶었다. 그래서 이 관계가 끝났을 때 꺼내 보면서 피터 카빈스키의 여자친구로 지내는 게 어땠는지 기억하고 싶었다. 이 모든 게 거짓 놀음이더라도 말이다.

44

우리 집에 도착해서 차를 세우는데 키티가 집에서 나와 차 쪽으로 달려왔다. "스파이더맨!" 키티는 꺅 하고 비명을 질렀다. 키티는 마스크는 벗었지만 아직도 닌자 코스튬을 입고 있었다. "오빠, 들어올 거야?"

내가 피터를 흘끔 봤다. "못 들어와. 훈련 가야 해." 피터는 매일 한 시간씩 라크로스 훈련을 한다. 훈련만큼은 절대로 빠지는 법이 없다.

"훈련?" 키티가 따라 했다.

"잠깐은 놀아도 돼." 피터는 그렇게 말하며 시동을 껐다.

"오빠한테 그 춤 보여주자!"

"키티, 안 돼." 그 춤이라는 건, 몇 해 전 어느 여름날 밤 해변에서 심심해진 언니와 내가 만들어낸 몸부림이다. 언니나 나나 안무에는 별 소질이 없다는 것만 말해두겠다.

피터의 눈이 반짝했다. 피터는 내가 망가지는 꼴을 보면서 웃을 수만 있다면 뭐든 할 것이다. "춤 보여줘!"

"꿈도 꾸지 마." 내가 말했다. 우리는 거실에서 각자 소파나 안락의자를 하나씩 차지하고 앉아 있었다. 아이스티와 포테이 토칩을 내왔는데 다들 눈 깜짝할 새 다 먹어치웠다.

"제발." 뿌루퉁해진 피터가 말했다. "그 춤 보여줘. 제발, 제발. 한 번만 보자."

"피터, 그래봤자 소용없어."

"어떻게 하면 보여줄래?"

피터는 특유의 매력적인 표정을 지어 보였지만 나는 손을 휘휘 내저었다. "소용없다고. 네 매력은 나한테는 안 통해."

피터는 마치 내가 자신을 도발했다는 듯이 눈썹을 추켜올렸다. "그거 지금 도전이야? 경고하는데 나한테 도전 안 하는 편이 좋을걸? 당해보고 싶어?" 피터가 몇 초 동안 내게서 눈을 떼지 않았다. 그 몇 초가 엄청 길게 느껴지면서 나는 내 얼굴에서 점점 미소가 사라지고 열이 나는 것을 느꼈다.

"라라 진, 제발!"

나는 눈을 깜박였다. 키티. 키티가 아직 여기 있다는 것을 깜박했다. 나는 얼른 일어났다. "음악 틀어. 피터가 방금 댄스 배틀 신청했어."

키티는 꺅 소리를 지르며 스피커로 뛰어갔다. 나는 거실 탁자를 한쪽으로 밀었다. 우리는 난로 앞에 자리를 잡고 섰다. 등을 보이고 고개는 숙인 채 두 손은 뒷짐을 졌다.

베이스가 쿵 하고 울리는 순간 우리는 뛰어오르며 뒤로 돌아섰다. 엉덩이를 쿡 찌른 다음 빙 돌린 후 무릎으로 미끄러졌다. 그다음에는 조깅 자세, 그다음에는 마고 언니가 러닝머신이라고 부르는 자세. 음악이 멈추고 키티와 나는 쓰러진 자세에서 꼼짝도 하지 않고 멈췄다가, 음악이 다시 시작되자 나비 자세, 다음에는 다시 무릎으로 미끄러졌다. 나는 다음 자세가 기억나지 않아서 얼른 키티가 하는 것을 훔쳐보았다. 흔들기 다음에 박수. 오 예.

장엄한 끝 동작은 양팔을 교차한 채 다리 찢기였다.

피터는 배꼽이 빠져라 웃어댔다. 미친 듯이 박수를 치며 다리를 굴렀다.

춤이 끝나고 나는 숨을 헉헉거리며 이렇게 말했다. "자, 네 차례야, 카빈스키."

"난 못해." 피터가 헉 하며 말했다. "내가 그런 걸 어떻게 따라 해? 키티, 그 통통 튕기는 동작 좀 가르쳐줄래?"

키티는 갑자기 부끄럼을 탄다. 두 손을 깔고 앉아 눈을 내리깔고는 고개를 저었다.

"제발, 응?" 피터가 부탁했다.

마침내 키티가 알았다고 했다. 그냥 피터가 더 부탁하게 만들려고 그런 모양이었다. 나는 둘이서 춤추는 모습을 오후 내내 감상했다. 내 동생 닌자와 내 가짜 남자친구 스파이더맨의 춤. 처음에는 웃고 있었는데 불현듯 걱정이 몰려왔다. 키티가 피터와 너무 친해질까 봐서였다. 우리는 오래갈 사이도 아닌데, 키티는 피터를 영웅처럼 우러러보고 있다.

피터가 가야 할 시간이 됐다. 내가 차까지 바래다주었다. 피터가 차에 오르기 전에 내가 말했다. "더 이상 네가 우리 집에 오면 안 될 거 같아. 괜히 키티가 헷갈릴 것 같아." 피터가 얼굴을 찌푸리며 말했다. "키티가 뭘 헷갈린다는 거야?"

"왜냐면…… 왜냐면…… 우리 사이가 끝나면, 키티가 널 그리워할 거야."

"그래도 키티는 계속 볼 거야." 피터는 내 배를 쿡 찔렀다. "공동 양육권 요구할 거야."

피터가 참을성 있게 키티와 놀아주던 모습이 자꾸만 떠올랐다. 나는 충동적으로 까치발을 해서 피터의 볼에 키스했다. 피터가 깜짝 놀라 뒤로 물러섰다.

"뭐야?"

나는 볼이 화끈거렸다. "키티한테 너무 잘해줘서." 나는 잘 가라고 손을 흔들고는 얼른 집으로 뛰어 들어왔다.

45

오늘도 장을 보지 않으면 저녁에 또 스크램블드에그를 먹어야 한다.

수리가 끝난 언니의 차는 몇 주째 마당에 그냥 세워져 있었다. 가려고 했으면 얼마든지 마트에 다녀올 수도 있었다. 그리고 정말 그러고 싶다. 운전이 싫은 것뿐이다. 전에도 운전이 자신 없었던 나는 그 사고 이후로 더 운전을 겁내게 됐다. 운전을 꼭 해야 하는 걸까? 사람을 다치게 하면 어떻게 하지? 키티가 다치면? 운전면허 시험은 좀 더 어렵게 낼 필요가 있다. 내 말은, 자동차는 정말 위험한 물건이라는 얘기다. 무기나 진배없다.

하지만 우리 집에서 마트는 채 10분 거리도 되지 않는다. 고속도로를 타는 것도 아니다. 그리고 오늘 저녁에는 절대로 스크램블드에그는 먹고 싶지 않다. 게다가…… 피터와 제너비브가 다시 화해한다면 더 이상 피터의 차를 얻어 탈 수도 없다. 혼자서 운전하는 법도 배워야 한다. 항상 남들의 도움을 받을 수는 없다.

"키티, 마트 가자." 내가 말했다.

키티는 TV 앞에 팔꿈치를 괴고 엎드려 있었다. 그렇게 있으니

몸이 엄청 길어 보였다. 키티는 나날이 길어지고 있다. 아마 조만간 나보다 키가 커질 것이다. 키티는 TV에서 눈을 떼지 않았다. "나는 안 갈래. TV 볼 거야."

"따라가면 아이스크림 사줄게."

키티가 벌떡 일어났다.

마트까지 가는 동안 내가 어찌나 천천히 차를 몰던지, 키티가 자꾸만 제한속도를 알려줬다. "제한속도 밑으로 달려도 딱지 끊을 수 있는 거 알지, 언니?"

"그런 건 누가 알려줬니?"

"아무도. 그냥 알아. 내가 운전하면 언니보단 잘할 거야."

나는 운전대를 더 꼭 쥐었다. "그렇겠지." 쥐방울만한 게. 키티가 운전을 시작하면 주변은 하나도 신경 안 쓰는 스피드광이 될 것이다. 그래도 나보단 운전을 잘하겠지. 누가 뭐래도, 잔뜩 겁먹은 운전자보다는 난폭 운전자가 낫다.

"나는 언니처럼 겁먹지 않거든."

나는 백미러를 살짝 돌렸다. "자신감이 대단한데?"

"그냥 그렇다고."

"혹시 차 오니? 차선 바꿔도 되겠어?"

키티가 고개를 돌렸다. "바꿔도 돼. 하지만 빨리 해."

"얼마나 빨리 해야 되는데?"

"벌써 늦었어. 잠깐…… 지금 바꿔. 지금!"

나는 얼른 왼쪽 차선으로 뛰어들고는 백미러를 보고 말했다. "잘했어, 키티. 계속 그렇게 좀 봐줘."

마트에서 카트를 밀고 다니는 동안에도 나는 돌아가려면 또 운전을 해야 한다는 생각에 빠져 있었다. 저녁에 호박을 곁들일지, 강낭콩을 올릴지 결정하는 동안에도 나는 계속 심장이 두근거렸다. 우유 코너 앞에 왔을 때는 키티가 징징거렸다. "좀 서두르면 안 돼? 다음 프로그램은 봐야 된다고!"

키티를 달래려고 나는 이렇게 말했다. "가서 아이스크림 골라 와."

집으로 돌아오는 길에 나는 차선을 바꿀 필요가 없도록 줄곧 오른쪽 차선으로만 달렸다. 내 앞에 있는 차는 어느 할머니가 거북이처럼 가고 있어서 안성맞춤이었다. 키티가 제발 좀 차선을 바꾸라고 내게 사정했지만, 나는 모른 체하고 내 갈 길을 갔다. 천천히. 운전대를 어찌나 세게 쥐고 있는지 손바닥이 하얗게 질려 있었다.

"집에 도착하면 아이스크림은 죄다 녹았을 거야." 키티가 징징거렸다. "내가 보는 프로그램도 다 끝났을 테고. 제발 빠른 차선으로 가면 안 돼?"

"키티!" 내가 꽥 하고 소리를 질렀다. "운전 좀 하자!"

"제발 좀 하라고!"

키티의 머리를 쥐어박으려고 손을 뻗는데 키티는 얼른 창가 쪽으로 피했다. "안 닿지?" 키티가 고소하다는 듯이 말했다.

"장난 그만 치고, 차 오는지나 좀 잘 봐." 내가 말했다.

고속도로에서 들어온 차 한 대가 내 오른쪽으로 다가오고 있었다. 조만간 내 차선으로 들어와야 했다. 차선을 바꿀 수 있는지 사각지대를 살피려고 나는 번개같이 고개를 돌렸다. 단 1초라도 길에서 눈을 떼야 할 때마다 숨이 막힐 것만 같다. 하지만 방법이 없었다. 나는 숨을 멈추고 왼쪽 차선으로 갈아탔다. 아무 일도 일어나지 않았다. 그제야 나는 숨을 내쉬었다.

집으로 오는 내내 내 심장은 방망이질을 멈추지 못했다. 하지만 우리는 무사히 돌아왔다. 사고도 나지 않았고, 아무도 나에게 경적을 울려대지도 않았다. 그럼 됐다. 그리고 아이스크림도 무사했다. 윗부분만 살짝 녹은 정도였다. 조금씩, 조금씩 나아질 것이다. 그러길 바란다. 시도를 멈추지만 않으면 된다.

키티에게 멸시를 받을 수는 없다. 내가 언니인데 말이다. 내가마고 언니를 우러러보듯이, 키티도 나를 우러러볼 수 있어야 한다. 내가 약해빠졌다면, 어떻게 키티가 나를 우러러볼까?

그날 저녁 나는 키티와 내 도시락을 쌌다. 가끔 케즈윅에 있는 포도주 양조장에 소풍 갈 때 엄마가 싸주곤 했던 도시락이었다. 당근과 양파를 다져서 참기름과 약간의 식초에 볶은 다음, 초밥용 밥에 섞었다. 다 된 것을 한 숟가락씩 떠서 유부 안에 넣었다. 작은 주머니에 든 주먹밥처럼 말이다. 정확한 레시피는 몰랐지만 엇비슷한 맛이 나왔다. 도시락을 다 만든 다음, 나는 사다리를 타고 올라가 엄마가 쓰던 도시락 통을 찾았다. 플라스틱 용기함 뒤에 숨어 있는 것을 찾아낼 수 있었다.

키티가 이 유부초밥을 기억해줄지는 모르겠지만, 키티의 마음만은 기억하기를 바라본다.

46

점심 식사 때 유부초밥은 피터와 그 친구들에게 인기 만점이었다. 나는 세 개밖에 먹지 못했다. "진짜 맛있다." 피터는 계속 그 말을 반복했다. 마지막 남은 한 개를 집으려다가 피터는 잠깐 멈추고 혹시 내가 보고 있는지, 얼른 나를 올려다봤다.

"먹어도 돼." 내가 말했다. 무슨 생각을 하는지 안다. '마지막 남은 피자 한 조각.'

"아냐, 괜찮아."

"먹어."

"안 먹고 싶어!"

나는 손가락으로 초밥을 집어서 피터의 얼굴 앞에 들이댔다. "자, '아' 해."

그래도 피터는 고집스럽게 말했다. "싫어. 네가 옳다는 걸 증명할 수는 없지."

대럴이 웃으며 놀렸다. "부럽다, 카빈스키. 나도 점심 먹여줄 여자친구가 있으면 얼마나 좋을까. 라라 진, 피터가 안 먹으면 내가 먹을게." 대럴이 몸을 앞으로 숙이며 입을 내밀었다.

피터가 대럴을 옆으로 밀치며 말했다. "비켜, 내 거야!" 피터는 입을 벌렸고 나는 물개에게 물고기를 주듯이 초밥을 던져 넣었다. 피터는 입안 가득한 밥을 씹으며 눈을 감은 채 계속 "음, 음, 음" 하고 맛있는 소리를 냈다.

그 모습이 너무 귀여워서 나는 절로 미소가 지어졌다. 그리고 아주 잠깐, 이게 진짜가 아니라는 걸 잊었다.

입안의 것을 꿀꺽 삼킨 피터가 말했다. "뭐야? 왜 슬픈 표정을 지어?"

"안 슬퍼. 배고파. 너희가 내 점심 다 먹었잖아." 나는 농담이라는 걸 보여주려고 사팔뜨기를 해 보였다.

피터는 당장 의자를 밀면서 일어났다. "샌드위치 사다줄게."

나는 피터의 소매를 붙잡았다. "아냐. 농담이야."

"확실해?" 내가 고개를 끄덕이자 그제야 피터는 다시 자리에 앉았다. "나중에 배고프면 집에 가면서 어디 들르자."

"참, 그거 말인데, 내 차 다 고쳤어. 그러니까 이제 안 태워줘도 돼."

"아, 정말?" 피터가 등을 뒤로 기댔다. "그래도 데리러 가도 돼? 너 운전하는 거 안 좋아하잖아."

"운전을 잘하게 되려면 연습을 하는 수밖에 없어." 나는 마고 언니처럼 말하고 있었다. 착한 마고 언니. "그리고 너도 5분 더 잘 수 있고."

피터가 씩 웃었다. "그렇긴 하지."

47

일요일 저녁 '가상 식사'는 내가 생각해낸 아이디어였다.

나는 식탁 한가운데에 책을 쌓아놓고 그 위에 노트북 컴퓨터를 올렸다. 아빠와 키티와 나는 모두 그 앞에 앉아서 각자 피자 조각을 하나씩 들고 있었다. 우리한테는 점심시간이었고, 마고 언니에게는 저녁시간이었다. 언니는 자기 책상에 앉아 샐러드를 들고 있다. 언니는 벌써 플란넬 파자마 차림이다.

"또 피자 드시는 거예요?" 마고 언니가 나와 아빠를 향해 못마땅한 표정을 지어보였다. "채소를 먹이지 않으면 키티가 자라지 않을 거예요."

"걱정 마, 언니. 피자에 피망도 들어 있어." 내가 피자를 들어보이며 그렇게 말하자 다들 웃음이 터졌다.

"저녁 때는 시금치 샐러드도 만들 거고." 아빠가 말했다.

"저는 시금치를 주스로 만들어주시면 안 돼요? 그게 시금치를 제일 건강하게 먹는 방법이에요." 키티가 말했다.

"그런 걸 어떻게 알았어?" 언니가 물었다.

"피터 오빠."

나는 피자를 입으로 가져가려다 얼어붙고 말았다.

"피터? 무슨 피터?"

"작은언니 남자친구."

"뭐라고? 라라 진이 누굴 사귀어?" 컴퓨터 화면 속 마고 언니의 눈이 휘둥그레졌다. 믿기지 않는다는 표정이었다.

"피터 카빈스키." 키티가 말했다.

나는 고개를 홱 돌려서 키티를 째려봤다. 그리고 눈으로 말했다. '비밀을 다 폭로해줘서 고마워.' 키티는 눈으로 이렇게 말했다. '뭐? 진즉에 언니가 말했어야지.'

키티를 보고 있던 마고 언니의 시선이 나를 향했다. "어떻게된 거야? 어쩌다가?"

자포자기한 심정으로 나는 이렇게 말했다. "어쩌다 보니……그렇게 됐어."

"진짜야? 아니, 왜 피터 카빈스키 같은 애한테 흥미를 느낀 거야? 걔는……" 마고 언니는 믿을 수 없다는 듯이 고개를 흔들었다. "내 말은, 전에 걔가 커닝하는 걸 조시가 적발한 적도 있어."

"피터가 커닝을 했어?" 아빠가 놀라서 말했다.

나는 얼른 아빠를 보며 말했다. "한 번이요, 중1 때! 중1 때 일을 누가 신경 써요. 옛날 옛날 얘기라고요. 그리고 시험이 아니라 퀴즈였어요."

"걔는 너한테 좋은 애가 아냐. 라크로스 팀에 있는 애들은 하나같이 속물들이라고."

"뭐, 피터는 그런 애들이랑 달라." 언니는 왜 그냥 나를 위해 축하해줄 수는 없는 걸까? 적어도 나는 언니가 조시 오빠와 사귀기 시작했을 때 축하하는 척이라도 했었는데 말이다. 그리고 그런 얘기를 아빠와 키티 앞에서 한다는 것도 화가 났다. "언니도 피터랑 얘기를 해보면, 한 번만 마음을 열어보면 알게 될 거야." 나는 내가 왜 언니를 설득하려고 애쓰고 있는지 알 수가 없었다. 어쨌거나 머지않아 끝날 관계인데 말이다. 하지만 나는 피터가 좋은 아이라는 걸 언니가 알았으면 좋겠다. 그게 사실이니까.

언니는 '그래, 어련하겠어' 하는 표정을 지었다. 나를 못 믿는 것이다. "제너비브는 어쩌고?"

"걔들 몇 달 전에 헤어졌어."

아빠가 어리둥절한 표정으로 말했다. "피터랑 제너비브가 사귀었어?"

"별거 아니에요, 아빠." 내가 말했다.

언니는 조용히 샐러드를 씹고 있었다. 그래서 나는 언니가 할 말을 끝낸 줄 알았다. 하지만 언니는 다시 말했다. "그리고 별로 똑똑한 애도 아니잖아? 내 말은, 학교에서 말야."

"모두가 국비 장학생일 수는 없잖아! 그리고 지능에는 여러 가지 종류가 있다고. 피터는 감성 지능이 아주 뛰어나." 나는 마고 언니가 못마땅해하는 것이 짜증났다. 아니 짜증을 넘어 화가 났다. 더 이상 여기 살지도 않으면서 무슨 권리로 끼어드는 거야. 언니보다는 차라리 키티에게 더 권리가 있었다. "키티, 너 피터 좋아?" 내가 키티에게 물었다. 당연히 그렇다고 할 것이다.

키티는 신이 났다. 언니들의 대화에 낄 수 있어 기쁜 게 분명했다. "응."

마고 언니가 놀라서 말했다. "키티, 너도 피터랑 어울렸어?"

"응. 맨날 놀러 와. 차도 태워주고."

"피터 차는 2인승인데?" 언니가 나를 노려봤다.

키티가 큰 소리로 말했다. "아니, 오빠네 엄마 밴으로!" 키티는 순진한 눈으로 이렇게 말했다. "나도 피터 오빠 컨버터블 타보고 싶어. 컨버터블 한 번도 안 타봤단 말야."

"그러면 더 이상 그 아우디는 안 타는 거야?" 언니가 내게 물었다.

"키티랑 같이 탈 때는 아냐." 내가 말했다.

"흠." 그게 언니가 말한 전부였다. 언니 얼굴의 그 회의적인 표정을 보고 있자니 당장 컴퓨터의 X 버튼을 누르고 싶었다.

48

학교가 끝나고 조시 오빠에게서 문자가 왔다.

―옛날처럼 둘이서 그 식당 가자.

다만 옛날이었다면 마고 언니도 있었을 것이다. 지금은 옛날이 아니다. 그리고 그게 꼭 나쁜 것만은 아닐 것이다. 새로운 게 좋을 수도 있으니까.

―알았어. 하지만 나도 그릴드 치즈 샌드위치 따로 시킬 거야. 맨날 오빠가 훨씬 많이 먹잖아.

―오케이.

우리는 주크박스 바로 옆에, 내가 제일 좋아하는 자리에 앉아 있었다. 두 번 중에 한 번은 주크박스가 고장 나 있긴 하지만 그래도 나는 주크박스 옆자리가 좋다.

마고 언니는 지금 뭘 할까. 스코틀랜드는 지금 밤이다. 언니는 어쩌면 기숙사 친구들과 호프에 가려고 준비하는 중일지도 모른다. 언니 말로는 그곳은 호프가 아주 크다고 한다. 그리고 '호프 깨기'라는 것이 있어서 이 호프에서 저 호프로 옮겨다니며 계속 술을 마신다고 한다. 언니는 술을 많이 마시지는 않는다. 나는 언니가 취한 것을 한 번도 본 적이 없다. 지금쯤은 언니도 취하는 법을 배웠으면 좋겠다.

　나는 동전을 달라고 손을 내밀었다. 이것도 조시 오빠와 나만의 전통이다. 주크박스에 넣을 동전은 항상 조시 오빠가 나한테 준다. 왜냐하면 조시 오빠는 주차요금 때문에 항상 차에 동전을 가득 가지고 다니기 때문이다. 나는 동전을 싫어해서 절대 가지고 다니지 않는다.

　나는 두왑*이냐, 포크 기타냐 한참 고민을 하다가 마지막 순간에 언니가 좋아하는 〈비디오 킬드 더 라디오 스타〉를 택했다. 그러니 어떻게 보면 언니는 여기 있는 것이나 마찬가지다.

　노래가 흘러나오자 조시 오빠가 미소를 지었다. "저거 고를 줄 알았어."

　"아니, 몰랐을걸. 나도 내가 저걸 고를 줄 몰랐으니까." 나는 메뉴판을 들고, 마치 처음 보는 메뉴판이라도 되는 양 꼼꼼히 훑어봤다.

　조시 오빠는 아직도 미소를 짓고 있다. "메뉴는 왜 보냐? 뭐 고를지 벌써 알면서."

　"마지막에 마음이 바뀔 수도 있지." 내가 말했다. "참치 치즈 샌드위치나 칠면조 버거, 셰프 샐러드를 고를 수도 있어. 모험을 해볼 수도 있다고."

　"그래." 조시 오빠는 말은 그렇게 했지만 실은 그냥 맞장구를 쳐주는 거다.

---

*　1950년대에 유행했던 흑인 음악.

직원이 주문을 받으러 오자 조시 오빠가 말했다. "저는 그릴드 치즈 샌드위치랑 토마토 수프, 초콜릿 밀크셰이크 주세요." 오빠는 기대된다는 듯이 나를 봤다. 웃음이 터지려는 듯 입술 끝이 씰룩거린다.

"어…… 음……." 나는 최대한 빨리 메뉴를 훑었지만 참치 치즈 샌드위치나 칠면조 버거, 셰프 샐러드 따위는 먹고 싶지 않다. 나는 포기했다. 좋아하는 건 좋아하는 거다. "그릴드 치즈 샌드위치 주세요. 블랙체리 소다랑요." 직원이 가버리자마자 내가 말했다. "한 마디도 하지 마."

"어, 안 하려고 했어."

그러고 나서 침묵이 흐르자 우리는 동시에 말을 뱉었다. 나는 "요즘 언니랑 얘기해봤어?"라고 했고, 조시 오빠는 "카빈스키랑은 잘돼가?"라고 했다.

편안한 미소가 사라지고 조시 오빠는 먼 곳을 봤다. "어. 가끔 채팅. 아마…… 집이 그리운가 봐."

나는 조시 오빠를 향해 장난스런 표정을 지었다. "어젯밤에 언니랑 얘기했는데, 집을 그리워하는 것 같지는 않던데? 여전히 옛날 언니 그대로였어. '건포도 주간*'에 관해 얘기해주는데, 그러니까 나도 세인트앤드루스에 가고 싶어지더라고."

"'건포도 주간'이 뭐야?"

"나도 백 퍼센트 확실하진 않은데…… 뭐 술 엄청 먹고 그런

---

* 신입생들이 선배들에게 건포도나 와인을 선물하는 전통에서 유래한 세인트앤드루스 대학 축제 기간.

전통인가 봐. 스코틀랜드식."

"너라면 그렇게 하겠어? 너라면 멀리 떠나겠어?"

나는 한숨을 내쉬었다. "아니. 안 갈 거야, 아마. 그건 마고 언니지, 나는 아니니까. 그래도 한 번쯤 가보는 건 좋겠지. 아마 봄방학 때 아빠가 날 보내주실 거야."

"마고가 엄청 좋아하겠다. 파리 여행은 물 건너간 거야?" 조시 오빠는 어색하게 웃더니 헛기침을 했다. "그래서, 카빈스키랑은 어때?"

내가 대답을 하려는데 직원이 음식을 가져왔다. 조시 오빠는 수프 그릇을 가운데로 밀었다. "한 모금 해볼래?" 조시 오빠가 밀크셰이크를 들어 보였다.

나는 좋아서 고개를 끄덕이며 몸을 앞으로 숙였다. 오빠가 잔을 들고 있는 동안 나는 크게 한 모금을 마셨다. "아아." 나는 그렇게 말하며 자리에 도로 앉았다.

"많이도 먹었네. 왜 너는 셰이크 안 시켜?" 오빠가 말했다.

"오빠 걸 먹으면 되니까." 나는 그릴드 치즈 샌드위치를 한 조각 떼어 내어 수프에 담갔다.

"그래, 뭐라고 말하려던 거야?" 조시 오빠가 물었다. 내가 멍하니 보자 오빠가 말했다. "카빈스키에 대해 말하려 했잖아……."

이 얘긴 안 나오길 바랐는데. 조시 오빠에게 더 이상 거짓말을 하고 싶지는 않다. "다 좋아." 조시 오빠가 뭔가를 더 원하는 눈빛으로 보고 있었기 때문에 나는 이렇게 덧붙였다. "엄청 다정해."

조시 오빠는 콧방귀를 뀌었다.

"오빠가 생각하는 거랑 달라. 사람들이 피터를 되게 쉽게 판단하는데 그렇지 않아." 놀랍지만 내 말은 사실이었다. 피터는 정말로 사람들 생각과는 다른 아이다. 물론 거들먹거려서 기분 나쁠 때도 있고 항상 약속에 늦기는 하지만, 그래도 신기하고 좋은 면도 많다. "피터는…… 오빠가 생각하는 거랑 달라."

조시 오빠는 미심쩍은 눈초리로 나를 한 번 보더니, 샌드위치의 절반을 수프에 푹 담그며 말했다. "그 말은 벌써 했잖아."

"그게 사실이니까." 조시 오빠는 못 믿겠다는 듯이 어깨를 으쓱했다. 그래서 내가 말했다. "키티가 피터랑 노는 모습을 한번 봐야 해. 키티가 피터를 얼마나 좋아하는데." 실제로 내 입에서 이 말이 나갈 때까지는 나도 깨닫지 못했지만, 나는 조시 오빠에게 상처를 주려고 그 말을 한 거였다.

조시 오빠는 그릴드 치즈 샌드위치를 한 조각 뜯어냈다. "흠, 키티가 피터랑 너무 친해지지는 않았으면 좋겠네." 이유는 달라도 한때 똑같은 생각을 했던 나지만, 조시 오빠가 그렇게 말하는 것을 들으니 마음이 아팠다.

갑자기 조시 오빠와 나 사이의 편안한 분위기는 사라져버렸다. 조시 오빠는 한발 물러서며 마음을 닫아버렸고, 나는 조시 오빠가 피터에 대해 한 말 때문에 기분이 상했다. 마치 서로 마주 앉아 옛날과 변함없는 척 연기를 하고 있는 기분이었다. 그게 어떻게 가능할 수가 있을까? 마고 언니가 없는데. 우리 셋이 만드는 조그만 삼각형은 마고 언니가 있어서 가능한 것이었다.

"야." 조시 오빠가 갑자기 입을 열었다. 내가 오빠를 올려다봤다. "그렇게 말하려고 한 건 아냐. 거지 같은 소리였어." 오빠가 머리를 푹 숙였다. "아마…… 모르겠어. 그냥 내가 질투가 났나 봐. 송 자매를 다른 사람이랑 공유하는 게 익숙하지 않으니까."

나는 마음이 스르르 녹았다. 오빠가 그렇게 말해주니 다시 따뜻하고 넉넉한 마음이 들었다. 말은 안 했지만 나는 속으로 이렇게 생각했다. '오빠는 송 자매를 나눠 갖는 게 익숙하지 않을지 몰라도, 우리는 오빠를 나눠 갖는 데 아주 익숙해.' "그래도 여전히 키티가 제일 좋아하는 사람은 오빠야." 내가 그렇게 말하자 조시 오빠는 그제야 미소를 지었다.

"키티한테 가래 뱉는 거 가르쳐준 사람이 나잖아. 그런 걸 가르쳐준 사람은 쉽게 잊을 수가 없지." 조시 오빠는 그렇게 말하며 밀크셰이크를 한 모금 길게 마셨다. "참, 주말에 〈반지의 제왕〉 연속 상영을 한대. 갈래?"

"연속 상영이면…… 아홉 시간이야!"

"어, 환상적인 아홉 시간이지."

"그렇긴 하지. 나도 가고 싶어. 그런데 피터한테 먼저 확인을 해봐야 해. 피터가 이번 주에 영화 어쩌고 했었거든……."

내가 말을 끝내기도 전에 조시 오빠가 말을 끊었다. "괜찮아. 루커스랑 가도 돼. 아니면 내가 키티를 데려가도 되고. 이제 키티한테도 톨킨*이라는 천재를 소개해줄 때가 됐으니까."

나는 말을 잃었다. 조시 오빠의 마음속에서는 나와 키티가 서

---

* 〈반지의 제왕〉의 원작자.

라라 진의 첫 번째 이야기

로 동급인가? 마고 언니와 나도?

오빠와 와플을 나눠 먹고 있는데 제너비브가 동생으로 보이는 꼬마와 함께 식당에 들어왔다. 진짜 동생은 아닐 것이다. 제너비브는 무남독녀이기 때문이다. 제너비브는 의형제 맺기 프로그램의 회장이다. 고등학생이 초등학생과 짝이 되어 공부도 가르쳐주고 함께 놀아주는 프로그램이다.

나는 자리에서 최대한 몸을 숙였지만 제너비브는 여전히 날 보고 있었다. 그리고 내게서 조시 오빠로 시선이 옮겨가더니 내게 살짝 손을 흔들었다. 나는 뭘 어떻게 해야 할지 몰라 그냥 손을 흔들었다. 나를 보고 웃는 제너비브의 모습에 왠지 불길한 기분이 들었다. 제너비브는 그 정도로 진짜 행복해 보였다.

제너비브가 행복하다면 내게는 좋은 일이 아니다.

저녁을 먹고 있는데 피터에게서 문자가 왔다. 샌더슨 형이랑 놀러갈 거면 최소한 사람 많은 데는 좀 피해줄래?

테이블 밑에서 나는 그 문자를 읽고 또 읽었다. 이건 피터가 아주 약간이라도 질투를 한다는 뜻일까? 아니면 정말로 제너비브에게 어떻게 비칠지를 신경 쓰는 건가?

"뭘 자꾸 보는 거야?" 키티가 궁금해했다.

나는 전화기를 뒤집어서 내려놓았다. "아무것도 아냐."

키티는 아빠를 보며 말했다. "피터 오빠한테서 온 게 틀림없어요."

아빠는 빵에 버터를 바르며 말했다. "난 피터 좋더라."

"정말요?" 내가 말했다.

아빠가 고개를 끄덕였다. "좋은 애야. 너한테 푹 빠져 있어."

"저한테 빠져 있다고요?" 내가 따라 했다.

키티가 나를 보고 말했다. "언니 앵무새 같아." 아빠에게는 이렇게 물었다. "빠져 있다는 게 무슨 뜻이에요?"

"라라 진의 매력에 빠졌다고. 홀딱 반했어." 아빠가 설명했다.

"음, 반한 건 뭐예요?"

아빠는 크크 웃으며 키티의 쩍 벌어진 입에 빵을 집어넣었다. "피터가 언니를 좋아한다고."

"확실해요." 키티가 빵을 우물거리며 말했다. "피터 오빠가…… 오빠가 언니를 엄청 많이 쳐다봐. 언니가 신경 안 쓰고 있을 때도 언니가 즐거워하고 있는지 자꾸 살펴."

"그래?" 나는 가슴이 따뜻해지는 기분이었다. 그리고 저절로 미소가 지어지는 걸 알 수 있었다.

"네가 행복한 걸 보니 좋구나. 마고는 집안일에 책임감을 느끼고 일을 너무 많이 떠맡는 것 같아서 걱정이 됐었어. 고등학교에서 경험할 수 있는 것들을 놓치지 않길 바랐는데 말이야. 하지만 너희도 마고를 알잖니. 너무 열심이니까." 아빠는 팔을 뻗어 내 어깨를 꽉 쥐었다. "지금 널 보면, 나가서 놀고 새로운 친구도 사귀고…… 그래서 아빠는 너무 좋구나. 정말 정말 좋아."

나는 목구멍에 뭔가가 걸린 것 같았다. 이 모든 게 거짓말이 아니라면 얼마나 좋을까?

"아빠, 울지 마세요." 키티가 말했다. 아빠는 고개를 끄덕이며 키티를 끌어당겨 안았다.

"키티, 아빠 부탁 하나만 들어줄래?" 아빠가 말했다.

"뭔데요?"

"영원히 자라지 말고 지금 이대로 있어줄 수는 없겠니?" 키티는 생각해볼 것도 없이 바로 대답했다. "할 수 있어요. 강아지만 사주시면요."

아빠는 웃음이 빵 터졌다. 키티도 함께 웃었다.

나는 가끔 내 동생이 정말 존경스럽다. 동생은 자기가 원하는 게 뭔지 정확히 안다. 그리고 그걸 성취하기 위해서라면 못할 일이 없다. 그럴 때는 염치 따위 가리지 않는다.

아빠와 얘기해서 키티의 목표를 이룰 수 있게 도와줘야겠다. 둘이서 조르면 아빠도 어쩔 수 없겠지. 장담하건대, 크리스마스 날 아침 우리 집 트리 밑에는 분명 강아지 한 마리가 있을 것이다.

49

다음날 저녁 피터와 나는 스타벅스에서 몇 시간째 공부하고 있었다. 뭐, 피터는 계속 일어나서 학교 친구들과 얘기를 했지만. 집으로 오는 길에 피터가 물었다. "스키 현장학습 신청했어?"

"아니, 나 스키 정말 못 타." 스키 현장학습은 피터네 무리처럼 쿨한 애들이나 가는 거다. 크리스를 졸라서 갈 수도 있겠지만, 크리스는 분명 대놓고 비웃을 것이다. 크리스는 학교에서 가는 여행이라면 그 어느 것도 가지 않는다.

"스키 안 타도 돼. 스노보드 타면 되지. 나도 보드 탈 거야."

내가 피터를 한 번 봤다. "내가 스노보드 타는 게 상상이 돼?"

"내가 가르쳐줄게. 가자. 재밌을 거야. 제발, 제발. 라라 진? 날 위해서. 재미있을 거야. 약속할게." 피터가 내 손을 잡고 말했다.

피터는 이런 식으로 날 놀라게 한다. 스키 현장학습은 겨울방학이나 되어야 간다. 그러니까 피터는 그때까지 우리 관계를 유지하고 싶다는 얘기다. 어쩐지 나는 안도가 되었다.

"스노보드가 타기 싫으면, 산장에 커다란 난로도 있고 크고 편안한 의자도 있어. 앉아서 몇 시간씩 책 봐도 돼. 거기 핫초콜릿이 정말 끝내줘. 내가 사줄게." 피터는 내 손을 꼭 쥐었다.

내가 말했다. "알았어, 갈게. 네 말대로 핫초콜릿이 맛있어야 할 텐데."

"원 없이 사줄게."

"그러면 1달러짜리 엄청 많이 가져와야 할 걸." 내가 이렇게 말하자 피터는 "뭐?" 하면서 코웃음을 쳤다.

"아냐."

집에 도착해서 나는 내리고 피터는 가버렸는데, 그제야 가방을 피터의 차 바닥에 두고 내린 게 기억났다. 아빠와 키티는 키티네 학교 학부모회에 갔기 때문에 집에는 아무도 없다.

나는 손수레 밑에 보관해두는 비상 열쇠를 찾으려고 손을 더듬거렸다. 그런데 그 순간 비상 열쇠가 집 안의 잡동사니 서랍에 들어 있다는 게 생각났다. 지난번에 내가 열쇠가 없을 때 사용하고는 도로 밖에 가져다두는 걸 깜박한 것이다. 열쇠도 없고, 전화기도 없고, 집 안으로 들어갈 방법도 없었다.

조시 오빠! 조시 오빠한테 비상 열쇠가 있었다. 우리가 휴가를 갔을 때 조시 오빠가 아빠 화분에 몇 번 물을 주었던 것이다.

나는 마당에서 돌멩이 하나를 주워 옆집으로 건너갔다. 그리고 조시 오빠의 창문 아래에 서서 돌멩이를 던졌다. 빗나갔다. 돌멩이를 또 하나 주웠다. 이번에는 유리에 틱 하고 맞았지만 소리가 크지 않았다. 나는 더 큰 돌멩이를 찾아왔다. 이번에는 성공.

조시 오빠가 창문을 열고 고개를 빼꼼 내밀었다. "안녕. 카빈스키는 벌써 갔어?"

내가 놀라서 말했다. "어. 차에 가방을 두고 내렸어. 비상 열쇠 좀 던져줄 수 있어?"

조시 오빠는 내가 뭐 대단한 부탁이나 한 양, 한숨을 내쉬었다. "기다려봐." 그러고는 사라졌다.

나는 거기 서서 오빠가 다시 창문에 나타나기를 기다렸다. 하지만 거기 나타나지는 않았다. 대신에 현관으로 나왔다. 후드 티에 운동복 차림이었다. 마고 언니가 제일 좋아하는 티셔츠다. 둘이 처음 사귀기 시작했을 때 조시 오빠는 유니폼처럼 맨날 저 옷만 입고 다녔다.

내가 손을 내밀자 조시 오빠는 열쇠를 내 손에 떨어뜨렸다. "고마워, 오빠."

내가 가려고 돌아서는데 조시 오빠가 말했다. "잠깐만. 나는 네가 걱정돼."

"응? 왜?"

오빠는 깊은 한숨을 내쉬더니 안경을 고쳐 썼다. 조시 오빠는 밤에만 안경을 쓴다. "카빈스키 말이야……."

"오빠, 그 얘긴 이제……."

"걘 플레이보이야. 네가 사귈 만큼 괜찮은 애가 아니라고. 너는…… 순수하잖아. 너는 다른 여자애들이랑 달라. 걔는 뻔한 애고. 걔를 믿으면 안 돼."

"오빠보다는 내가 피터를 훨씬 더 잘 알 것 같은데?"

"난 그냥 네가 걱정돼서 그래." 조시 오빠는 목청을 가다듬었다. "너는 내 동생이나 마찬가지니까."

나는 오빠를 주먹으로 한 대 치고 싶었다. "아니, 동생 아니거든." 내가 말했다.

조시 오빠의 얼굴에 불편한 기색이 스쳤다. 오빠가 무슨 생각을 하는지 안다. 나도 똑같은 생각을 하고 있기 때문이다.

그때 우리 집 앞 길 저편에서 밝은 불빛이 비쳤다. 피터의 차였다. 피터가 돌아온 것이다. 나는 조시 오빠에게 열쇠를 돌려주고는 우리 집으로 뛰어왔다. 그리고 뒤돌아보며 소리쳤다. "고마워, 오빠!"

나는 차 앞으로 돌아 운전석 쪽으로 갔다. 창문이 내려져 있었다. "가방 놔뒀더라." 그렇게 말하며 피터는 조시 오빠의 집을 한 번 흘깃 봤다.

"알아." 내가 숨이 찬 채로 말했다. "다시 와줘서 고마워."

"샌더슨 형 저기 있어?"

"몰라. 1분 전에는 있었어."

"그러면 혹시 모르니까." 피터는 고개를 내밀어 내 입술에 키스를 했다. 입술이 벌어진 확실한 키스였다.

나는 기절할 정도로 놀랐다.

피터는 미소를 띤 채 차를 돌렸다. "잘 자, 라라 진."

피터의 차는 어둠 속으로 사라져갔지만, 나는 아직도 거기 서서 내 입술에 손가락을 대고 있었다. 피터 카빈스키가 방금 내게 키스를 했다. 나한테 키스를 했고, 나도 좋았다. 분명 좋았다. 나는 아마 피터를 좋아하는 것 같다.

다음날 아침, 사물함에 책을 넣고 있는데 피터가 복도를 따라 걸어오는 게 보였다. 나는 심장이 쿵쾅거리기 시작했다. 어찌나 크게 울려대는지 내 귀에 그 메아리가 느껴질 정도였다. 피터는 아직 날 못 봤다. 나는 사물함 속으로 급히 머리를 숨겼다. 그리고 책을 정리하기 시작했다.

내 사물함 뒤에서 피터가 말했다. "커비, 그냥 네 마음 편하게 해주려고. 다시는 키스 안 할 테니까 걱정 마."

아.

그런 거였구나. 내가 피터를 좋아하는지 아닌지는 중요하지 않다. 피터가 나를 좋아하지 않으니까. 여태 내가 갖고 싶은 것인 줄 몰랐던 것에 대해 이렇게까지 실망한다는 건 웃기는 일이다. 그렇지 않나?

'실망한 모습을 들키면 안 돼.'

나는 피터를 똑바로 봤다. "걱정 안 해."

"에이, 걱정하고 있었잖아. 봐봐. 석고상처럼 얼굴이 굳어가지고는." 피터가 웃음을 터뜨렸다. 나는 표정을 풀고 평화로운 얼굴이 되어보려고 기를 썼다. "다시는 안 그럴게. 순전히 샌더슨 형 때문에 그런 거니까."

"그래."

"그래." 그렇게 말한 피터는 내 손을 잡고, 내 사물함 문을 닫은 다음, 교실까지 데려다주었다. 진짜 남자친구처럼. 진짜 사랑하는 사이처럼.

이러니 내가 진짜와 가짜를 어떻게 구분한단 말인가? 이 세상에 나 혼자만 그걸 구분 못하는 것 같았다.

50

내가 스키 현장학습 신청서를 보여드리자 아빠는 말도 못하게 기뻐했다. "와, 라라 진. 너무 멋진걸. 피터가 가자고 한 거야? 너 열 살 때 스키 타다가 다리 찢어지면서 넘어져 못 일어난 이후로 스키라면 정말 싫어했잖아."

"예, 기억나요." 신발이 스키에 얼어붙어서 나는 그 자리에 하염없이 앉아 있어야 했었다.

아빠는 신청서에 사인을 하며 말했다. "흠, 우리 크리스마스 때 다 같이 리조트에 가도 좋겠다. 피터까지 말이야."

이럴 때 나는 새삼 우리 아빠를 깨닫곤 한다. 아빠는 혼자 환상의 나라에 살고 있다. 아빠는 내게 신청서를 건네주며 신이 나서 말했다. "마고의 스키복을 입으면 되겠다. 장갑도 말야."

나는 아빠에게 그런 건 필요 없다고, 나는 아늑한 산장의 벽난로 옆에 앉아 책이나 보고 핫초콜릿이나 먹을 거라는 얘기는 하지 않았다. 뜨개질감도 같이 가져가야겠다.

그날 저녁에 언니와 전화 통화를 하면서 스키 현장학습을 갈 거라고 하자, 언니는 깜짝 놀랐다. "너 스키 싫어하잖아."

"스노보드를 한번 시도해보려고."

"아무튼…… 조심해." 언니가 말했다.

나는 언니가 스키 탈 때 조심하라는 얘기인 줄 알았다. 하지만 다음날 크리스가 옷을 빌리러 왔을 때 그게 아니라는 걸 알게 됐다. "다들 스키 현장학습 가서 엮이잖아. 학교에서 허가해 준 유혹의 날이랄까."

"뭐?"

"나도 1학년 때 스키 현장학습 가서 첫 경험했어."

"남자 사물함실이 첫 경험이었다며!"

"아, 그렇지. 어쨌건 내 말은 스키 현장학습 때 남자랑 잤다고."

"인솔자들도 있잖아." 내가 걱정스럽게 말했다. "인솔자가 돌아다니는데 어떻게 남자랑 잘 수가 있어?"

"인솔자들은 일찍 자잖아. 늙어서. 그러면 그냥 몰래 빠져나가면 돼. 그리고 거기 야외 온탕도 있어. 알고 있었어?"

"아니…… 피터가 그런 말은 안 했어." 뭐, 그렇든 말았든 나는 수영복은 안 가져갈 것이다. 원하지 않는데 누가 탕에 밀어 넣을 것도 아니고.

"내가 갔던 해에는 다들 그냥 맨몸으로 들어가던데?"

나는 눈이 튀어나오는 줄 알았다. 맨몸으로!! "알몸으로 들어갔다고?"

"뭐, 여자애들이 브래지어는 벗더라고. 알고나 있어." 크리스는 손톱을 물어뜯으며 계속했다. "내가 듣기로는 작년에 더넘 선생님이 애들이랑 같이 야외 온탕에 들어갔다고 하더라고. 소름 끼쳐."

"이건 뭐 무법천지네." 내가 중얼거렸다.

"그보단 '고삐 풀린 아가씨들'이랄까?"

피터가 날 어떻게 하려고 할까 봐 걱정이 되는 건 아니다. 그러지 않을 거라는 걸 알기 때문이다. 피터는 날 그런 식으로 보지 않으니까. 하지만 다들 그렇게 기대하면 어떻게 하지? 사람들한테 보이기 위해 한밤중에 피터네 방에 몰래 들어가기라도 해야 하는 건가? 현장학습에서 곤란한 일을 겪고 싶지는 않지만, 피터는 내가 하기 싫은 일도 하게 만드는 묘한 재주가 있다.

나는 크리스의 손을 잡았다. "너도 가면 안 돼? 제발, 제발!"

크리스는 고개를 저었다. "안 갈 거 알잖아. 난 현장학습은 안 가."

"전에는 갔잖아!"

"그래, 1학년 때는. 이제는 안 가."

"그치만 난 네가 필요해!" 나는 필사적으로 크리스의 손을 꼭 잡으며 말했다. "작년에 너 코첼라에 갔을 때 내가 너 도와준 거 기억나지? 너희 엄마한테 네가 집에 있는 것처럼 보이려고 주말 내내 내가 너희 집 몰래 들락거렸잖아! 설마 다 잊은 건 아니겠지, 크리스! 이번엔 내가 네 도움이 필요해!"

크리스는 끄떡도 하지 않고 내 손에서 자기 손을 빼낸 뒤 거울 앞으로 가서 얼굴을 들여다보기 시작했다. "카빈스키는 네가 원하지 않는 한, 같이 자자고 조르진 않을 거야. 그 악마 같은 년이랑 사귀었던 거만 빼면, 개도 엉터리는 아냐. 사실은 꽤 괜찮은 놈이라니깐."

"괜찮다는 게 무슨 뜻이야? 여자랑 자는 거에 관심 없다고?"

"나 참, 아니. 카빈스키랑 제너비브야 항상 뜨거운 사이였지. 제너비브가 피임약 먹은 게 나보다 더 오래됐을 테니까. 근데도 우리 가족들은 그년이 무슨 천산 줄 안다니깐." 크리스는 턱에 난 여드름을 꽉 눌렀다. "정말 가증스러워. 할머니한테 내가 익명으로 편지라도 보내야 되나…… 뭐 진짜로 그러진 않겠지만. 그년이랑 다르게 난 고자질은 안 하잖아. 그년이 할머니한테 내가 술 취해서 학교 다닌다고 일러바친 거 기억나지?" 크리스는 내가 대답할 틈도 주지 않았다. 제너비브 욕을 할 때면 아무것도 들리지 않는 모양이었다. "울 할머니는 내 대학 등록금으로 모아놓은 돈을 재활원에 쓰려고 했다니까! 나 때문에 가족회의까지 했어! 네가 그년한테서 카빈스키를 뺏어서 얼마나 고소한지."

"뺏은 적 없어. 둘은 벌써 헤어진 상태였다니까!"

크리스는 코웃음을 쳤다. "그래, 계속 그렇게 되뇌어봐. 제너비브도 스키 현장학습에 갈 거야. 학급 회장이니까 조직위원장이나 마찬가지지. 그러니 정신 바짝 차려. 절대로 혼자 스키 타면 안 돼."

나는 힘겹게 숨을 몰아쉬었다. "크리스, 제발 부탁이야. 같이 가자." 그때 번뜩 떠오르는 생각이 있었다. "네가 가면 제너비브는 엄청 짜증날 거야! 자기가 다 짜놓은 여행인데, 네가 오면 완전 싫어할걸!"

크리스가 씩 웃었다. "네가 날 좀 아는구나." 그리고 턱을 들어 보이며 말했다. "이거 터뜨려도 되겠어?"

51

추수감사절에 아빠는 나를 위해 칠면조를 다듬어놓고는 외할머니를 모시러 갔다. 외할머니는 여기서 한 시간 거리에 있는 실버타운에서 수많은 한국 할머니들과 함께 산다. 친할머니는 추수감사절을 남자친구네 식구들과 보낸다고 한다. 나한테는 잘된 일이다. 오셔봤자 요리에 대해서 좋은 얘기는 안 하실 게 뻔하니까.

나는 뭔가 즉흥적이고 창의적인 분위기를 내고 싶어서 오렌지 채를 곁들인 껍질콩 요리를 했다. 키티에게 맛을 보였는데 한 입 먹어보더니 오렌지 피클 같다고 했다. "그냥 껍질콩 찜에 캔에 든 양파 튀김을 같이 내면 안 돼?" 키티는 이해가 안 가는 모양이었다. 키티는 칠면조 모양 접시받침을 만들려고 갖가지 색의 깃털을 오리고 있다.

"즉흥적이고 창의적인 요리를 하고 싶어서 그래." 나는 냄비에 육수 캔 하나를 쏟아부으며 말했다.

키티가 미심쩍다는 듯이 말했다. "흠, 그래도 브로콜리 캐서롤은 여전히 만들 거지? 그게 있어야 돼."

"이 주방에 브로콜리 비슷한 거 보여?" 내가 물었다. "안 보이잖아. 오늘 식사의 채소 요리는 껍질콩이야."

"매시트포테이토는? 그래도 매시트포테이토는 만들 거지?"

매시트포테이토. 나는 벌떡 일어나서 다용도실로 달려갔다. 감자 사는 걸 깜박했다. 우유에 버터랑 마고 언니가 항상 하는 것처럼 고명으로 올릴 골파까지 준비했는데, 정작 감자 사는 걸 깜박한 것이다. "아빠한테 전화해서 오시는 길에 감자 좀 사다 달라고 해." 나는 다용도실 문을 닫으며 말했다.

"감자를 깜박하다니 믿기지가 않는다." 키티가 고개를 절레절레 흔들었다.

나는 키티를 쏘아봤다. "네 접시받침이나 신경 쓰셔."

"아니. 내가 매시트포테이토 안 물어봤으면 저녁 식사 완전히 망쳤을 거잖아. 나한테 고맙다고 해야지."

키티는 자리에서 일어나 아빠에게 전화를 걸러 갔다. 내가 소리쳤다. "그리고, 그 칠면조, 진짜 칠면조가 아니라 NBC 방송국 공작 로고처럼 보여."

키티는 내 말은 들은 체도 하지 않았다. 나는 껍질콩을 한 번 더 먹어보았다. 정말 오렌지 피클 같았다.

꺼내 보니 내가 칠면조를 뒤집어서 요리한 사실이 드러났다. 그리고 키티가 과학 시간에 비디오를 봤다면서 자꾸만 살모넬라균 얘기를 하는 바람에 칠면조를 너무 오래 익혔다. 매시트포테이토는 멀쩡해 보였지만 허겁지겁 삶았더니 여기저기 덜 익어 있었다.

우리는 식당에 있는 큰 테이블에 둘러앉았다. 키티가 만든 접시받침은 정말로 분위기를 더해줬다.

외할머니는 껍질콩을 수북이 덜어 먹었다. 나는 키티에게 승리의 미소를 지어 보였다. '봤지? 좋아하는 사람도 있어.'

엄마가 돌아가신 후 아주 잠깐 외할머니가 우리 집에 와서 우리를 돌봐주신 적이 있었다. 그리고 계속 계실지도 모른다는 얘기도 있었다. 할머니는 아빠 혼자서는 감당이 안 될 거라고 생각했던 것이다.

"그래, 자네." 할머니가 입을 열었다. 키티와 나는 식탁 위로 서로 눈빛을 교환했다. 다음 말이 무엇일지 이미 알기 때문이다. "요새는 누구 좀 만나고? 데이트라도 해?"

아빠는 얼굴이 빨개졌다. "어…… 별로요. 일이 워낙 바빠서……."

할머니는 혀를 끌끌 찼다. "남자가 혼자인 건 별로 안 좋아."

"딸들이 있는데요, 뭘." 아빠는 긴장한 티를 내지 않고 쾌활하게 얘기하려고 애쓰고 있었다.

할머니는 아빠를 차갑게 쏘아봤다. "지금 그 말이 아니잖나."

설거지를 하면서 할머니가 내게 물었다. "라라 진, 아빠가 여자친구 생기면 싫어?"

언니와 나는 오랫동안 이 얘기를 나눠왔다. 보통 늦은 밤, 불을 끄고 있을 때였다. 아빠가 누군가를 만나야 한다면 어떤 여자가 좋을까? 유머 감각이 있는 사람, 마음이 따뜻한 사람 등등. 키티에게는 단호하면서도 너무 구속하지는 않아야 한다. 그래야 키티만의 특별한 부분들이 주눅 들지 않을 테니 말이다. 그리고 우리 엄마가 되려고 시도하지 않는 사람이어야 한다. 언니는 특히 이 부분을 중시했다. 키티에게는 엄마가 필요하지만 우리는 엄마가 필요 없을 만큼 충분히 컸으니까. 그게 언니의 이유였다.

우리 셋 중에서는 언니가 제일 비판적이었다. 언니는 믿기지 않을 만큼 엄마의 추억에 집착했다. 나라고 그렇지 않은 것은 아니지만, 그동안 내게는 엄마가 있으면 얼마나 좋을까 하는 순간들이 여러 번 있었다. 블러셔를 어떻게 바르는지, 속도위반 딱지를 끊게 생겼을 때 경찰관에게는 어떻게 애교를 떨어야 하는지, 그렇게 장차 필요한 것들을 알려줄 수 있는 연륜을 가진 여자 말이다. 하지만 그런 일은 일어나지 않았다. 아빠는 가끔 데이트를 하기는 했지만 꾸준히 만나는 여자친구는 없었다. 항상 그 점이 안도가 되었던 것도 사실이지만, 이제 나도 나이가 조금씩 들고 보니, 나까지 떠나버리고 나서 키티와 아빠만 남게 되면 어떻게 하나 하는 생각이 자꾸만 들었다. 그러고 나면 머지않아 아빠만 남게 될 텐데 말이다. 아빠가 혼자 있는 건 싫다.

"아뇨. 전혀 싫지 않아요."

할머니는 내게 기특하다는 표정을 지어 보였다. "그래야 착한 딸이지."

52

12월 1일 크리스마스 쿠키 파티가 시작됐다. 우리는 엄마의 옛날 요리책과 요리 잡지를 꺼내 거실 바닥에 죽 펼쳐놓고 〈찰리 브라운 크리스마스〉 앨범을 틀었다. 우리 집에서는 12월 1일이 되기 전에는 크리스마스 음악을 틀 수 없다. 누가 이 규칙을 만들었는지는 기억나지 않지만 어쨌든 우리는 이 규칙을 꼭 지키고 있었다. 키티는 '꼭 만들' 쿠키와 '가능성 있는' 쿠키 리스트를 만들었다. 항상 만드는 것들도 몇 가지 있는데, 예컨대 아빠가 좋아하는 피칸 크레슨트*는 꼭 만들어야 한다. 슈거쿠키**도 당연히 있어야 하고, 키티는 스니커두들, 언니는 당밀쿠키, 나는 카우걸쿠키***가 있어야 한다. 조시 오빠는 화이트초콜릿 크랜베리 쿠키를 제일 좋아한다. 하지만 올해는 이것저것 섞어서 좀 색다른 쿠키를 만들어봐야겠다. 전부 다 바꿀 수는 없지만 몇 가지는 새로 만들어봐야지.

피터가 왔다. 학교가 끝나고 화학 공부를 하려고 왔는데, 몇

---

* 견과를 갈아 넣고 겉에는 슈거파우더를 뿌리는 초승달 모양의 크리스마스 쿠키.
** 표면에 설탕을 뿌린 동글납작한 쿠키.
*** 여자 카우보이처럼 생긴 쿠키.

시간이 지났지만 아직도 가지 않고 있다. 피터와 키티, 나는 거실에서 요리책들을 훑어보고 있었다. 아빠는 주방에서 라디오를 들으며 내일 점심을 만드는 중이다.

"칠면조 샌드위치는 제발 좀 그만요." 내가 외쳤다.

피터가 나를 쿡 찌르며 입술로 "버릇없게"라고 했다. 그리고 손가락을 흔들며 키티와 나를 번갈아 가리켰다. "뭐 어때. 너도 매일 엄마가 도시락 만들어주시잖아. 그러니 닥쳐." 내가 작은 소리로 말했다.

아빠가 큰 소리로 대답했다. "애들아, 나도 먹다 남은 음식 지겨워. 하지만 어떻게 하니? 다 내다 버려?"

키티와 나는 서로를 쳐다봤다. "네, 바로 그거예요." 내가 말했다. 아빠는 음식 버리는 것을 못 본다. 오늘 밤에 내가 몰래 주방에 가서 남은 걸 내다 버리면 아빠가 눈치챌까? 아마 그렇겠지.

"강아지가 있으면 이제 남는 음식은 없을 거예요." 키티는 큰 소리로 그렇게 말하고는 내게 눈을 찡긋했다.

"무슨 종이 갖고 싶어?" 피터가 키티에게 물었다.

"괜히 희망 주지 마." 내가 일렀지만 피터는 손을 내저으며 무시했다.

키티는 한 치도 망설이지 않고 말했다. "아키타. 빨간 털에 시나몬빵 같은 꼬리가 달린 거. 아니면 내가 장님 안내견으로 훈련시킬 수 있는 저먼 셰퍼드."

"근데 너는 장님이 아니잖아." 피터가 말했다.

"언젠가 될 수도 있지."

피터는 씩 웃으며 머리를 절레절레 흔들었다. 피터는 다시 또 나를 쿡 찌르며 감탄스럽다는 듯이 말했다. "말로는 못 이겨."

"어, 소용없어." 내가 말했다. 나는 잡지를 들고 키티에게 보여주었다. "어때? 크림시클* 쿠키?" 키티는 '가능성' 란에 크림시클을 적었다.

"이건 어때?" 피터가 내 무릎에 요리책을 디밀었다. 과일케이크 쿠키의 레시피가 나와 있었다.

"장난해? 농담이지? 과일케이크 쿠키? 으웩." 내가 말했다.

"제대로만 만들면 과일케이크 쿠키도 엄청 맛있어. 우리 트리시 할머니가 이걸 만들어주시곤 했는데, 위에다가 아이스크림 올리면 끝내줬어."

"뭐든 위에다 아이스크림을 올리면 다 맛있어." 키티가 말했다.

"말로는 못 이겨." 내가 말했다. 피터와 나는 키티의 머리 위로 미소를 교환했다.

"그래, 무슨 말인지 알아. 하지만 이건 보통 과일케이크 쿠키가 아냐. 그냥 알록달록하고 축축한 덩어리가 아니라고. 피칸이랑 말린 체리, 블루베리 등등이 들어가. 할머니는 그걸 크리스마스의 추억 과일케이크라고 불렀어."

"나 그 소설 좋아해!" 내가 외쳤다. "제일 좋아하는 소설이야. 너무 좋고 또 너무 슬퍼."

피터는 어리둥절한 표정을 지었다. 키티도 마찬가지였다. 그

---

* 과일이나 초콜릿칩 등을 박아 넣어 만드는 촉촉한 쿠키.

래서 내가 설명했다. "〈크리스마스의 추억〉은 트루먼 카포티의 단편소설이야. 버디라는 이름의 소년과 어릴 때 자신을 돌봐준 사촌 관계인 할머니에 대한 얘기야. 두 사람은 과일케이크를 만들 재료를 사려고 일 년 내내 돈을 모아. 그리고 그렇게 만든 쿠키를 친구들뿐만 아니라 대통령한테까지 선물로 보내지."

"그런데 왜 슬퍼?" 키티가 궁금해했다.

"두 사람은 최고의 친구이자, 그 누구보다 서로를 사랑하는데 끝에 가면 헤어지게 되거든. 가족들이 할머니가 버디를 잘 돌보지 않는다고 생각한 거지. 그럴 수도 있지만, 그건 중요치 않아. 여전히 할머니는 버디의 소울 메이트였으니까. 마지막에 할머니가 죽는데, 버디는 임종도 지키지 못해. 실화지."

"우울하네. 과일케이크 쿠키는 만들지 말자." 피터가 말했다.

키티는 목록에서 과일케이크 쿠키를 지웠다.

내가 오래된 주부 잡지를 휘리릭 넘겨보고 있는데 초인종이 울렸다. 키티가 얼른 일어나 현관으로 달려갔다. "누군지 보고 문 열어." 내가 키티의 뒤통수에 대고 외쳤다. 키티는 항상 먼저 확인하는 걸 잊어버린다.

"조시 오빠!" 키티가 소리를 지르는 게 들렸다.

피터가 고개를 번쩍 들었다.

"키티 보러 온 거야." 내가 말했다.

"어, 그래."

조시 오빠는 원숭이처럼 키티를 목에 달랑달랑 매달고 거실로 걸어 들어왔다. "안녕." 조시 오빠는 눈을 깜박거리며 피터 쪽을 본다.

"형, 안녕." 피터가 최대한 다정하게 말했다. "앉아."

나는 이상하다는 듯이 피터를 봤다. 방금 전까지도 투덜거리고 있더니 금세 확 밝아진다. 남자애들은 이해가 안 간다.

조시 오빠는 비닐봉지를 하나 들고 있었다. "캐서롤 그릇 가져왔어."

"조시 왔냐?" 아빠가 주방에서 소리쳤다. "조시, 간식 먹을래? 칠면조 샌드위치 어떠냐?"

나는 오빠가 거절할 줄 알았다. 조시 오빠네도 우리 집만큼이나 집에서 남은 칠면조로 만든 샌드위치를 많이 먹었을 테니 말이다. 하지만 오빠는 "그럼요!"라고 말했다. 조시 오빠는 키티의 팔을 풀더니 소파에 풀썩 주저앉았다. 그리고 내게 말했다. "크리스마스 쿠키 파티?"

"크리스마스 쿠키 파티." 내가 확인해줬다.

"내가 제일 좋아하는 것도 만드는 거지?" 그러면서 조시 오빠는 내게 강아지 같은 눈길을 보냈다. 저 모습은 볼 때마다 웃음이 난다. 너무나 조시 오빠 같지 않기 때문이다.

"바보가 따로 없어." 나는 고개를 절레절레 저었다.

"형은 뭘 제일 좋아해?" 피터가 조시 오빠에게 물었다. "벌써 목록을 다 만든 거 같아서 말야."

"벌써 목록에 있을걸." 조시 오빠가 말했다.

나는 조시 오빠를 보다가 다시 피터를 봤다. 도무지 두 사람이 농담을 하는지, 진담을 하는지 모르겠다.

피터가 팔을 뻗어 키티의 발을 간질였다. "목록 좀 읽어봐. 캐서린."

키티는 킥킥거리며 굴러서 노트를 가지러 갔다. 그리고 일어나 당당한 목소리로 말했다. "M&M 쿠키는 확정, 카푸치노 쿠키는 가능, 크림시클 쿠키는 가능, 과일케이크 쿠키는 절대 안 됨⋯⋯."

"잠깐. 나도 위원회 위원이잖아." 피터가 이의를 제기했다. "그런데 두 번 생각도 안 해보고 내 과일케이크 쿠키를 지워버린 거야?"

"네가 과일케이크 쿠키는 만들지 말자며! 5초 전에 그랬잖아!" 내가 말했다.

"흠, 지금은 다시 고려해줬으면 좋겠어." 피터가 말했다.

"미안하지만 표가 부족해." 내가 말했다. "키티랑 나랑 둘 다 반대니까, 2대 1이야."

아빠가 거실 쪽으로 빼꼼 고개를 내밀었다. "나는 과일케이크 쿠키 찬성에 한 표." 그러고는 다시 주방으로 사라졌다.

"고맙습니다, 아저씨." 피터가 날 끌어당기며 말했다. "봤지? 아저씨는 내 편일 줄 알았어."

나는 웃음을 터뜨렸다. "어휴, 이런 아부쟁이!"

그리고 나는 조시 오빠를 건너다봤다. 오빠는 소외된 듯한 묘한 표정이었다. 그 표정을 보니 나는 미안해졌다. 나는 얼른 피터에게서 떨어져 다시 내 책들을 넘기기 시작했다. 내가 조시 오빠에게 말했다. "목록은 아직 작업 중이야. 쿠키 위원회는 오빠의 화이트초콜릿 크랜베리 쿠키를 비중 있게 고려해볼게."

"대단히 감사합니다." 조시 오빠가 말했다. "네가 만든 화이트초콜릿 크랜베리 쿠키가 없으면 크리스마스가 아니지."

키티가 신나서 말했다. "히야, 조시 오빠도 아부쟁이네." 조시 오빠는 키티를 붙잡아서 눈물이 쏙 빠질 때까지 간지럽혔다.

조시 오빠가 떠나고 키티는 TV를 보러 2층으로 올라간 후, 피터는 소파에 늘어져 거실을 치우는 나를 지켜보고 있었다. 나는 피터가 곧 가겠거니, 가겠거니 했는데 피터는 계속 미적거렸다.

그러다가 뜬금없이 피터가 말했다. "핼러윈 때 말이야. 너는 초챙, 샌더슨 형은 해리 포터를 입었잖아. 그거 절대 우연 아냐. 형이 키티한테서 네가 뭘 입는지 알아내서 달려가 해리 포터 코스튬을 사온 거야. 내기라도 할 수 있어. 그 형 너한테 푹 빠져 있어."

나는 얼어붙었다. "아냐, 그런 거. 조시 오빠는 우리 언니를 사랑해. 항상 그래왔고 앞으로도 그럴 거야."

피터는 손을 휘휘 내저었다. "두고 봐. 너랑 내가 끝나자마자 촌스런 개수작을 부리면서 널 사랑한다고 고백할걸. 음악이라도 깔면서 말이야. 장담하는데, 나는 남자애들 머릿속을 훤히 알아."

나는 피터가 등을 기대고 있는 쿠션을 뺏어서 안락의자에 놓았다. "곧 겨울방학이니까 언니가 올 거야. 둘이 합친다는 데 내기를 걸게."

피터는 내기를 하자는 뜻으로 손을 내밀었다. 내가 그 악수를 받아주자 피터는 나를 잡아당겨 소파 옆에 앉혔다. 다리가 서로 닿았다. 피터의 눈에 장난기가 번득였다. 아마도 내게 키스를 하려는 것 같았다. 나는 겁이 났지만 동시에 흥분되기도 했다. 하지만 바로 그 순간 아래층으로 내려오는 키티의 발소리가 들렸고, 타이밍은 지나가고 말았다.

라라 진의 첫 번째 이야기

53

"이번 주에 트리 세우면 안 돼요?" 아침 식사를 하며 키티가 물었다.

아빠가 오트밀 그릇에서 고개를 들었다. 오트밀이라니, 웩. "안 될 거 없지."

나는 진심도 아니면서 이렇게 말했다. "언니 없이 트리 만든 걸 알면 언니가 엄청 화낼 텐데." 하지만 실은 나도 트리를 세우고 싶다. 크리스마스 쿠키 파티를 하고, 트리에 반짝반짝 불을 켜고, 크리스마스 음악이 흘러나오면서 집 안이 온통 설탕과 버터 냄새가 나는 게 너무 아늑하고 좋았다.

"브리엘네는 추수감사절 다음날 바로 트리를 세웠단 말야." 키티가 말했다.

"그러면 그러자, 뭐. 아빠, 그래도 되요?" 내가 말했다.

"브리엘네가 세웠다면 뭐." 아빠가 말했다.

우리는 한 시간이나 운전을 해서 크리스마스 트리 농장을 찾았다. 진짜 좋은 트리는 이곳에 와야 있다. 키티는 제일 좋은 걸 고르기 위해 트리를 하나씩 전부 다 봐야겠다고 주장했다. 나는 통통한 발삼 전나무가 냄새가 제일 좋기 때문에 추천했지만 키티는 너무 작다고 했다. 결국 우리는 미송을 골랐고 집에 오는 내내 크리스마스 아침 같은 냄새를 맡을 수 있었다.

우리가 나무를 안으로 옮기느라 낑낑대고 있었더니 조시 오빠가 자기네 집에서 뛰어나왔다. 조시 오빠와 아빠는 나무를 들어올려 집 안으로 들고 들어갔다. 아빠가 받침에 트리를 고정하는 동안 조시 오빠는 나무가 쓰러지지 않게 잡고 서 있었다. 나는 아마 조시 오빠가 남아서 트리 장식을 돕고 싶어 할 것 같다는 생각이 들었다. 피터가 했던 말이 도저히 머릿속에서 사라지지 않는다. 조시 오빠가 나를 좋아할 수도 있다는 얘기 말이다.

"조금 왼쪽으로." 키티가 지시를 내렸다. "똑바르지가 않아요."

나는 꼬마전구와 장식물들이 들어 있는 상자를 내려서 종류별로 정리하기 시작했다. 내가 제일 좋아하는 장식은 내가 유치원 때 반죽해서 만든 파란색 별이다. 이걸 제일 좋아하는 이유는 한쪽 구석이 떨어져 나갔기 때문이다. 키티에게 이게 쿠키라고 했더니 키티가 얼른 한 입 베어 무는 바람에 생긴 상처다. "올해는 색깔 전구로 할까, 흰색 전구로 할까?" 내가 물었다.

"흰색." 키티가 말했다. "흰색이 더 고급스러워."

"그치만 색깔 전구가 더 기발하지 않아? 옛날 생각도 나고." 조시 오빠가 말했다.

나는 어이없다는 표정을 지었다. "기발하다고?" 그러자 조시 오빠는 색깔 전구를 지지하는 주장들을 늘어놓기 시작했고, 오빠와 나는 결국 아빠가 그냥 반반 하라고 얘기할 때까지 계속

옥신각신했다. 그제야 모든 게 진짜 제자리로 돌아간 것 같은 기분이었다. 오빠와 나는 옛날처럼 티격태격하고 있었다. 피터가 틀렸다.

나무가 어찌나 큰지 꼭대기가 거의 천장에 닿았다. 전구가 모자라서 아빠가 전구를 더 사러 가야 했다. 조시 오빠는 키티에게 목마를 태워 트리 꼭대기에 별을 달 수 있게 해줬다.

"올해는 트리가 커서 좋아." 소파에 주저앉아 트리 꼭대기를 올려다보던 내가 행복한 한숨을 내쉬며 말했다. 불이 환하게 켜진 크리스마스 트리보다 더 아늑한 건 없다.

잠시 후 아빠는 다시 병원으로 들어가야 했고, 키티는 난롯불에 스모어*를 만들어 먹는다고 옆집으로 건너갔다. 그래서 조시 오빠와 나만 남아 청소를 했다. 나는 장식 고리들을 각각 지퍼락에 넣고, 조시 오빠는 달 곳이 없었던 장식들을 종이 상자에 넣었다. 오빠가 상자를 들고 옮기다가 트리의 나뭇가지에 부딪히자 유리로 된 장식 하나가 굴러 떨어져 산산조각이 났다.

조시 오빠는 끙 소리를 냈다.

"오빠ㅡ." 내가 말했다. "내가 가정 시간에 만든 건데."

"미안."

"괜찮아. 어차피 잘 만든 것도 아니었어. 깃털을 너무 많이 넣어서." 투명한 유리공 속에 흰색 깃털과 스팽글을 집어넣은 장식물이었다.

---

* 통밀 크래커에 마시멜로와 초콜릿을 얹어 먹는 캠핑용 간식.

나는 빗자루를 가지러 갔다. 돌아온 내게 조시 오빠가 말했다. "카빈스키가 있으면 네 행동이 달라지는 거 알아?"

나는 부서진 장식을 쓸다가 고개를 들어 조시 오빠를 봤다. "아니, 몰랐는데."

"너 같지가 않아. 마치…… 카빈스키 주변의 다른 여자애들 같아. 그건 네 모습이 아냐, 라라 진."

나는 화가 나서 말했다. "나는 항상 하듯이 똑같이 해. 오빠가 뭘 알아? 우리랑 같이 어울린 적도 별로 없으면서." 나는 쭈그리고 앉아 유리 조각을 주웠다.

"조심해." 조시 오빠가 말했다. "이리 줘. 내가 할게." 오빠가 내 옆에 쭈그리고 앉아 다른 유리 조각에 손을 뻗었다. "아야!"

"오빠야말로 조심해!" 나는 조시 오빠에게 가까이 다가가 손가락을 자세히 보려고 했다. "피 나?"

조시 오빠는 고개를 저었다. "괜찮아." 그리고 말했다. "내가 이해가 안 가는 게 뭔지 알아?"

"뭔데?"

조시 오빠는 나를 빤히 보았다. 양볼이 시뻘게져 있었다. "왜 네가 한 마디도 하지 않았냐는 거야. 그 오랜 시간 동안 내게 그런 감정이 있었다면, 왜 아무 말도 안 한 거야?"

나는 온몸이 굳어버렸다. 이런 말이 나올 줄은 몰랐다. 이렇게 준비 없이. 나는 마른침을 삼키고 말했다. "오빠가 언니랑 사귀고 있었잖아."

"마고랑 사귀지 않던 때도 있었잖아. 네가 쓴 글…… 너는 내가 마고를 좋아하기 훨씬 전에 나를 좋아했어. 왜 그냥 말하지 않았어?"

나는 크게 숨을 한 번 내쉬었다. "지금 대체 그게 무슨 상관인데?"

"상관있어. 나한테 말했어야지. 적어도 나한테 기회는 줬어야지."

"그래봤자 아무것도 달라지지 않았을 거야, 오빠!"

"달라졌을 거라고!" 조시 오빠가 내게 한 발 다가왔다.

나는 벌떡 일어섰다. 조시 오빠는 왜 대체 지금 이 얘기를 꺼내는 거지? 이제야 모든 게 정상으로 돌아왔는데. "오빠는 정말 제멋대로야. 오빠는 나를 한 번도 그런 식으로 생각한 적 없어. 한 번도. 그러니 이제 와서 옛날 일을 멋대로 얘기하려고 하지 마. 이제야 나도 누군가 만나고 있으니까."

"네 맘대로 말하지 마." 조시 오빠가 내 말을 잘랐다. "네가 어떻게 내 생각을 전부 다 알아?"

"알아. 그 누구보다 잘 알아. 왠 줄 알아? 오빠는 너무 뻔한 사람이니까. 무슨 일을 하든 예상을 벗어나는 법이 없어. 오빠가 이제 와서 그런 말을 하는 이유는 오로지 질투 때문이야. 그리고 그건 나 때문에 하는 질투조차 아냐. 오빠는 내가 누구랑 사귀든 관심도 없으니까. 오빠는 그냥 피터가 오빠 자리를 뺏어간 게 질투 나는 거야. 이제 키티도 오빠보다 피터를 더 좋아해."

조시 오빠의 얼굴이 어두워졌다. 오빠는 나를 노려봤고, 나도 오빠를 노려봤다. "그래!" 오빠가 소리쳤다. "난 질투 나! 이제 만족해?"

그리고 오빠는 내 쪽으로 고개를 바짝 내밀더니 내게 키스를 했다. 입술에. 조시 오빠는 눈을 감고 있었고, 나는 눈을 커다랗게 뜨고 있었다. 그리고 나도 곧 눈을 감았다. 잠깐, 아주 잠깐이었지만 나도 오빠의 키스를 받아줬다. 그리고 곧장 오빠를 밀쳐냈다.

의기양양하게 조시 오빠가 말했다. "이것도 예상했어? 라라진?"

입을 달싹거렸지만 아무 말도 나오지 않았다. 나는 빗자루를 내던지고 정신없이 2층으로 뛰어 올라갔다. 나는 내 방까지 뛰어가 문을 잠가버렸다. 조시 오빠가 내게 키스를 했다. 우리 집 거실에서. 몇 주 후면 언니가 돌아올 것이다. 나한테는 가짜 남자친구가 있고, 방금 나는 가짜 남자친구 몰래 바람을 피웠다.

54

　루커스와 내게는 새로운 습관이 생겼다. 4교시가 되기 전에 루커스가 내 사물함 앞에서 기다리고 있으면, 만나서 함께 학교 동관으로 걸어가는 것이다.

　오늘 루커스는 얇은 타이에 브이넥 셔츠를 입고 치토스 한 봉지를 들고 있다. 루커스가 치토스를 한 줌 입에 털어 넣자 오렌지색 가루가 날아올라 흰색 브이넥 셔츠 위에 떨어진다. 루커스의 입가도 살짝 오렌지색이다. "저기, 할 말이 있어."

　나는 웃음을 터뜨렸다. "네가 교양이 넘치는 애라고 생각한 내가 잘못이지." 나는 이렇게 말하며 후후 불어서 루커스의 셔츠에 묻은 가루들을 멀리 날렸다. "무슨 얘긴데?" 나는 이렇게 물으며 봉지에서 치토스 몇 개를 집었다. 루커스가 머뭇거리기에 나는 이렇게 말했다. "루커스, 나는 할 말 있다고 해놓고 바로 말 못 하는 사람들 보면 정말 싫더라. 재미있는 얘기 있다고 해놓고 망설이는 것처럼 말이야. 그냥 얼른 말해. 재미있는지 없는지는 내가 결정할 테니까."

　루커스는 입술에 묻은 치즈를 핥았다. "저기, 내가 제너비브랑 같은 동네에 살잖아." 내가 고개를 끄덕였다. "어젯밤에 카빈스키가 제너비브네 집에서 나오는 걸 봤어."

"아." 그게 내가 내뱉은 전부였다. "아."

"물론 아무 일도 아니겠지. 그치만 걔들의 과거를 생각하면…… 네가 알아야 할 것 같더라고."

원래는 조시 오빠가 내게 키스했다는 얘기는 피터에게 이야기할 생각이 없었다. 정말이다. 하지만 루커스와 함께 걸어가다가 나는 피터와 제너비브가 복도를 함께 걸어가는 것을 보고 말았다. 루커스는 불쌍하다는 듯이 나를 쳐다봤고, 나는 그런 루커스를 못 본 척했다.

화학 시간에 나는 피터에게 쪽지를 썼다.

'조시 오빠 얘기는 네가 맞았어.'

나는 피터의 등을 두드린 후 피터의 손에 쪽지를 쥐여주었다. 그걸 읽은 피터는 자세를 고쳐 앉더니 즉시 뭔가를 휘갈겨 써서 건넸다.

'자세히 말해봐.'

'나한테 키스했어.'

피터의 자세가 뻣뻣해지는 것을 보니, 차마 말하기 부끄럽지만, 약간은 복수를 한 것 같은 기분이 들었다. 나는 피터가 다시 쪽지를 보내올 줄 알았지만 더 이상 쪽지는 없었다. 수업이 끝나는 종이 치자마자 피터가 뒤를 돌아보며 말했다. "뭐라고? 어떻게 그럴 수가 있어?"

"크리스마스 트리 만드는 거 도와주러 왔었거든."

"그래서 뭐? 키티 앞에서 너한테 키스를 했다고?"

"아니! 집에 우리 둘밖에 없었어."

피터는 정말로 화가 난 것 같았다. 나는 그 얘기를 한 게 후회가 되기 시작했다. "그 인간 대체 무슨 생각을 하는 거야? 내 여자친구한테 키스를 했다고? 말도 안 되는 소리! 가서 그 인간이랑 얘기 좀 해야겠어."

"잠깐, 뭐? 안 돼!"

"별 수 없어, 라라 진. 이건 그냥 못 넘어가."

나는 일어나 가방을 챙기기 시작했다. "조시 오빠한테는 아무 말도 안 하는 게 좋을 거야, 피터. 나 농담 아냐."

피터는 말없이 내 모습을 지켜보더니 이렇게 물었다. "너도 같이 키스한 거야?"

"그게 무슨 상관이야?"

피터는 갑자기 놀란 표정을 지었다. "너 나한테 뭐 화난 거 있어?"

"아니." 내가 말했다. "그치만 조시 오빠한테 한 마디라도 했다가는 화내게 될 거야."

"알았어." 피터가 말했다.

"그래." 내가 말했다.

55

조시 오빠가 내게 키스를 한 이후 한동안 오빠를 보지 못했다. 그런데 도서관에서 공부를 하고 돌아온 날 밤, 집에 와보니 조시 오빠가 남색 점퍼 차림으로 우리 집 현관 앞에 앉아서 나를 기다리고 있었다. 집 안에 불이 켜져 있는 것을 보니 아빠가 집에 있다. 키티의 방에도 불이 켜져 있다. 나는 조시 오빠를 피하고 싶었지만, 오빠가 이렇게 내 집 앞에 와 있다.

"안녕." 조시 오빠가 말했다. "얘기 좀 할 수 있어?"

나는 조시 오빠 옆에 앉아 똑바로 길 건너 정면을 응시했다. 로스차일드 아줌마도 크리스마스 트리를 세우고 있었다. 아줌마는 트리를 꼭 현관 옆 창가에 세운다. 사람들이 밖에서도 볼 수 있게 말이다.

"마고가 오기 전에 우리가 어떻게 할지 의논해봐야 해. 그런 일이 생긴 건 내 잘못이야. 내가 얘기할게."

나는 믿기지가 않아서 조시 오빠를 뚫어지게 쳐다봤다. "얘기를 한다고? 미쳤어? 우리는 언니한테 아무 말도 안 할 거야. 할 얘기가 없으니까."

조시 오빠는 턱을 밖으로 내밀었다. "나는 마고한테 비밀을

라라 진의 첫 번째 이야기

만들고 싶지 않아."

"그 생각은 나한테 키스하기 전에 했어야지!" 내가 고함을 질렀다. "그리고 혹시나 해서 하는 말인데, 만약 누군가 언니에게 얘기를 해야 한다면 그건 내가 돼야 해. 내가 동생이니까. 오빠는 그냥 언니의 남자친구였을 뿐이잖아. 더구나 이제는 그것조차 아니고, 그러니……."

조시 오빠의 얼굴에 상처받은 표정이 떠올랐다. 그리고 그 표정은 풀리지 않았다. "나는 그냥 마고의 남자친구였던 적은 한 번도 없어. 이 상황은 나한테도 어색해. 그 편지를 받은 후로 줄곧……." 오빠는 머뭇거렸다. "아냐."

"그냥 말해." 내가 말했다.

"그 편지를 받은 후로 줄곧, 너랑 내 사이는 엉망이 됐어. 이럴 수는 없어. 너는 하고 싶은 말 다 해놓고, 너를 어떻게 생각할지 다시 정리하는 일은 전부 내 몫이고. 나도 내 머릿속에서 이걸 이해할 수 있어야 해. 생각지도 못하고 있는 내게 폭탄을 던져놓고는 그냥 나를 차단해버렸잖아. 카빈스키와 사귀기 시작했고, 나랑은 더 이상 친구도 아냐." 조시 오빠는 한숨을 내쉬었다. "네 편지를 받은 후로…… 네 생각이 머리에서 떠나질 않아."

조시 오빠의 입에서 무슨 말이 나올 거라고 생각하고 있었든, 이건 아니다. 절대로 이건 아니었다. "오빠……."

"듣고 싶지 않다는 거 알아. 그래도 내가 할 말은 하게 해줘."

나는 고개를 끄덕였다.

"나는 네가 카빈스키랑 사귀는 게 싫어. 정말 싫어. 그 앤 네가 만날 만큼 괜찮은 애가 아냐. 이렇게 말해서 미안하지만, 그 앤 아냐. 내 생각엔 네가 만나도 될 만큼 괜찮은 애는 세상 어디에 도 없을 거야. 나는 말할 것도 없고." 조시 오빠는 고개를 푹 숙 이더니 갑자기 고개를 들어 나를 보며 말했다. "이런 적이 있었 어. 아마 2년쯤 전일 거야. 누구네 집에 갔다가 우리 둘이 걸어 오고 있었어. 아마 마이크네에 갔을 거야."

더운 날이었고 땅거미가 질 즈음이었다. 나는 화가 나 있었 다. 마이크의 형인 지미가 우리를 집까지 태워주기로 해놓고 어 딘가를 가서 나타나지 않았다. 우리는 걸어서 집에 오는 수밖에 없었다. 로퍼를 신고 있던 나는 말도 못하게 발이 아팠고, 조시 오빠는 계속 빨리 오라고 재촉했다.

조시 오빠는 차분하게 말했다. "너랑 나뿐이었어. 너는 늘 입 던 그 술 달린 황갈색 셔츠를 입고 있어서 배꼽이 훤히 보였어."

"70년대 셰어가 인디언을 만난 것 같은 셔츠였지." 아, 그 셔 츠 정말 좋아했었는데.

"그날 너한테 거의 키스할 뻔했어. 그럴까 생각했었어. 그런 이 상한 충동이 일었거든. 그냥 그러면 어떨지 알고 싶었어."

나는 심장이 멎는 것 같았다. "그러고 나서는?"

"그러고 나서는 나도 모르겠어. 잊어버렸나 봐."

나는 한숨을 내쉬었다. "그 편지를 받게 해서 미안해. 절대로 오빠가 볼 일이 없는 편지였어. 오빠는 절대로 읽을 일이 없는. 그냥 나 혼자 보려고 쓴 편지였어."

"그럴 운명이었나 보지. 어쩌면 이 모든 게 그냥 이렇게 될 일이었는지도 몰라. 왜냐하면…… 왜냐하면 언제나 너랑 나는 얽이게 될 사이였으니까."

나는 그냥 제일 먼저 떠오르는 생각을 말했다. "아냐, 그렇지 않아." 그리고 그게 사실이라는 걸 알았다.

지금 이 순간 나는 내가 조시 오빠를 사랑하지 않는다는 걸 깨닫고 있었다. 벌써 한동안 그래왔다는 걸. 어쩌면 나는 한 번도 오빠를 사랑한 적이 없는지도 모른다. 왜냐하면 오빠가 바로 거기 손 내밀면 닿는 곳에 있는데, 다시 키스를 할 수도 있고 내 것으로 만들 수도 있는데, 나는 오빠를 원하지 않기 때문이다. 나는 다른 사람을 원하고 있다. 그렇게 오랜 기간 무언가를, 혹은 누군가를 원해왔는데 어느 순간 딱 멈춰진다는 게 이상하게 느껴졌다. 나는 재킷 소매 속으로 손가락을 집어넣었다. "언니한테는 말하지 마. 약속해야 해, 오빠."

조시 오빠는 마지못해 고개를 끄덕였다.

"최근에 언니한테서 연락 있었어?" 내가 물었다.

"응. 얼마 전에 전화가 왔었어. 집에 오면 함께 놀자고. 하루 정도 워싱턴 DC에 다녀오고 싶어 해. 스미소니언 박물관에 갔다가 차이나타운 가서 저녁 먹으면 좋겠다고."

"좋아. 그러면 되겠네." 나는 오빠의 무릎을 한 차례 두드리고는 얼른 손을 뗐다. "오빠, 우리는 그냥 옛날처럼 행동하면 돼. 항상 그래왔던 것처럼. 그러면 아무 문제 없을 거야." 나는 머릿속으로 같은 말을 되뇌었다. '아무 문제 없을 거야.'

56

수업이 끝나고 나는 웨이트 트레이닝실에 피터를 찾으러 갔다. 피터는 벤치프레스를 하고 있었다. 피터의 차 안보다는 여기서 얘기하는 편이 나을 것 같았다. 피터의 차를 타고 돌아다니던 때가 그리워질 것이다. 이제 내 차처럼 편안해지던 참이었다. 누군가의 가짜 여자친구였던 것도 그리울 것이다. 그냥 '누군가'가 아니라 '피터'의 여자친구였던 것도. 대럴이나 게이브를 비롯해 라크로스 팀의 다른 남자애들도 정말로 좋아하게 됐는데. 그 애들도 사람들이 얘기하는 것처럼 속물은 아니었다. 좋은 애들이었다.

웨이트 트레이닝실에는 피터밖에 없었다. 피터는 벤치프레스에서 바벨을 들어올리고 있다가 나를 보더니 미소를 지었다. "나 찾으러 온 거야?" 피터는 일어나 앉더니 셔츠 칼라로 얼굴의 땀을 닦았다.

나는 심장이 아프게 조여 왔다. "이별하러 왔어. 가짜 이별 말야."

피터가 깜짝 놀라 말했다. "잠깐, 뭐?"

"더 이상 유지할 이유가 없어. 네가 원하던 걸 얻었잖아. 너

라라 진의 첫 번째 이야기

도 체면 살고, 나도 마찬가지고. 조시 오빠랑 얘기를 했는데 우리는 다시 모든 게 정상이 됐어. 언니도 곧 집에 올 거고. 그러니…… 임무 완수인 셈이지."

피터는 천천히 고개를 끄덕였다. "어, 그런 거 같네."

웃고 있었지만 나는 마음이 찢어지는 것 같았다. "그래, 그러면." 나는 호들갑스럽게 얼른 가방에서 우리 계약서를 꺼냈다. "무효. 이로써 양측은 서로에 대한 의무를 완전히 이행하였음." 나는 법률용어를 아는 대로 동원해 그렇게 말했다.

"그걸 계속 가지고 다녔어?"

"당연하지! 키티가 얼마나 잘 훔쳐보는데. 집에 뒀으면 금방 찾아냈을 거야."

종이를 찢어버리려고 높이 드는데, 피터가 내 손에서 종이를 낚아챘다. "잠깐! 그러면 스키 현장학습은?"

"그게 뭐?"

"그래도 갈 거지?"

이 부분은 생각해보지 못했다. 내가 가려고 했던 것은 순전히 피터 때문이었다. 이제는 갈 수 없다. 굳이 피터와 제너비브의 재결합의 증인이 되고 싶지는 않다. 그냥 둘이서 마법처럼 화해한 채로 스키 여행에서 돌아온다면, 이 모든 게 내가 꾼 꿈처럼 느껴질 것이다. 그 편이 낫다. "안 가."

피터의 눈이 커다래졌다. "에이, 커비! 이제 와서 바람맞히는 게 어디 있어? 벌써 등록하고 보증금까지 다 냈잖아. 가자. 그리고 마지막 파티를 즐기면 되잖아." 내가 뭐라고 말하려고 했지만 피터는 고개를 저었다. "가는 거야. 그러니 이 계약서는 도로 넣어둬." 피터는 계약서를 도로 접어서 조심스럽게 내 가방에 다시 넣었다.

왜 피터에게는 싫다고 말하는 게 이렇게 힘든 걸까? 누군가를 사랑한다는 건 바로 이런 건가?

라라 진의 첫 번째 이야기

57

아침 조회 시간에 든 생각이었다. 이번 주말에 우리 학교에서 모의 UN 총회가 열린다고 했다. 존 앰브로즈 매클래런은 중학교 때 모의 UN 회장이었다. 나는 그 애도 참가하는지 궁금했다.

점심시간에, 다른 애들이 나타나기 전에 피터에게 이 얘기를 꺼냈다. "존 매클래런이 아직도 모의 UN 하는지 알아?"

피터는 묘한 표정을 지어 보였다. "그걸 내가 어떻게 알겠어?"

"뭐, 그냥 혹시나 해서."

"왜?"

"이번 주말에 모의 UN 총회에 갈까 싶어. 걔가 올 것 같거든."

"정말?" 피터가 웃음을 터뜨렸다. "걔가 오면, 네가 어떻게 할 건데?"

"아직 거기까지는 생각 안 해봤어. 만나 보지 뭐. 아님 말고. 그냥 걔가 어떻게 변했나 궁금해서."

"지금 바로 인터넷에서 찾아서 보여줄 수 있어."

나는 고개를 저었다. "아니. 그건 엿보는 거잖아. 내 눈으로 직접 보고 싶어. 직접 보고 놀라고 싶어."

"나한테 같이 가자는 말만 하지 마. 토요일 하루를 모의 UN

에서 날릴 마음은 없으니까."

"너한테 가자고 할 생각 없었어."

피터는 상처받았다는 듯한 표정을 지었다. "뭐? 왜?"

"그냥, 나 혼자 해보고 싶은 일이거든."

피터가 나지막하게 휘파람을 불었다. "와. 아직 시체의 온기도 가시지 않았는데."

"응?"

"커비, 너 진짜 플레이걸이다. 아직 우리가 헤어지지도 않았는데 벌써 다른 남자애랑 얘기를 하려고 하다니. 내가 이만큼 너한테 놀라지만 않았어도 상처받았을 거야."

나는 절로 미소가 지어졌다.

중2 때 어느 파티에서 나는 존 매클래런에게 키스를 했다. 로맨틱한 키스는 아니었다. 실은 '키스'라고 말하기도 힘들다. 우리는 병을 돌리던 중이었고, 존의 차례가 되었을 때 나는 숨을 죽이고 내가 당첨되길 기도했다. 그리고 실제로 내가 당첨됐다! 병은 거의 앤지 파월 앞에서 멈출 뻔했는데, 그날따라 내게 운이 따랐는지 1센티미터 차이로 내가 당첨됐다. 나는 얼굴에 웃음기가 돌까 봐 로봇처럼 얼굴 근육을 움직이지 않으려고 애썼다. 존과 나는 가운데로 기어 나와 병아리들처럼 엄청 짧게 쪽 하고 입을 맞췄다. 다들 앓는 소리를 냈고 존은 얼굴이 벌게졌지만 나는 실망이었다. 나는 뭔가 좀 더 힘 있는 키스를 바랐다. 좀 더 '두-두-두-둥' 하는 키스 말이다. 하지만 그게 다였다. 어쩌면 다시 기회가 생길지도 모른다. 그러면 피터를 잊게 될지도.

58

토요일 아침 학교에 들어서며 나는 뭐라고 말할지 속으로 연습을 해봤다. 그냥 이 정도면 어떨까. '안녕, 존. 어떻게 지내? 나, 라라 진이야.' 중학교 2학년 이후로 존을 보지 못했다. 존이 나를 못 알아보면 어떻게 하지?

나는 로비의 팻말들을 죽 훑어보았다. 총회란 아래에서 존의 이름을 찾을 수 있었다. 존은 중국 대표였다.

총회는 강당에서 열리고 있었다. 각 대표들을 위한 책상이 놓여 있고, 무대 위의 연단에서는 검정 정장 차림의 여자애 하나가 핵확산 방지에 관한 연설을 하고 있었다. 나는 그냥 뒷자리 아무 데나 앉아서 회의를 지켜보려고 했지만 빈자리가 없었다. 그래서 그냥 뒤에 선 채 팔짱을 끼고 존을 찾았다. 하지만 사람은 너무 많고 다들 앞을 보고 있어서 당최 구분이 되지 않았다.

정장 차림의 남자애 하나가 뒤로 돌아보더니 나를 보고 이렇게 속삭였다. "메신저예요?" 그 애는 접힌 종이 한 장을 들고 있었다.

"어……." 나는 메신저가 뭔지 몰랐지만 주위를 둘러보니 여자애 하나가 종종걸음으로 돌아다니며 사람들에게 쪽지를 전해주고 있었다.

남자애는 종이를 내게 찔러주고는 다시 돌아서서 노트에 뭔가 열심히 쓰기 시작했다. 쪽지는 프랑스 대표가 브라질 대표에게 보내는 것이었다. 그러니 나는 메신저였다.

책상 배열은 알파벳순이 아니었다. 그래서 나는 브라질 대표를 찾으려고 이리저리 돌아다니기 시작했다. 마침내 나비넥타이를 매고 있는 브라질 대표를 찾아냈더니, 다른 아이들이 내게 쪽지를 전해달라고 여기저기서 손을 들었다. 얼마 지나지 않아 나도 종종걸음을 치고 있었다.

저 앞에서 남자애 하나가 손을 드는 것이 보였다. 얼른 앞으로 가보았더니 머리를 살짝 돌리는데, 맙소사, 중국 대표 존 앰브로즈 매클래런이었다. 바로 몇 걸음 앞이었다.

존은 황갈색 머리를 단정히 자르고, 카키색과 하늘색이 섞인 단추 셔츠에 남색 라운드 스웨터를 입고 있었다. 진짜 대표가 된 것처럼 진지하게 몰입한 모습이었다.

솔직히 존은 내가 상상한 그대로 자라 있었다.

존은 내게 줄 쪽지를 내민 채로 고개를 숙이고 뭔가를 적고 있었다. 내가 손을 내밀어 손가락이 종이 바로 근처까지 갔을 때 존이 고개를 들더니 깜짝 놀라며 물러섰다. 존이 낮은 목소리로 말했다. "라라 진?"

"안녕." 내가 속삭였다. 우리는 둘 다 아직 그 쪽지를 들고 있었다.

"안녕." 그렇게 말한 존은 눈을 끔벅이더니 쪽지를 놓았고 나는 얼른 물러났다. 심장 두근거리는 소리가 귀까지 들려왔다.

존의 글씨는 정확하고 깔끔했다. 나는 쪽지를 미국 대표에게 전달한 다음, 내게 손짓하는 영국 대표를 무시하고 곧장 강당 문을 나서서 환한 오후의 햇빛 속으로 들어섰다.

방금 존 매클래런을 봤다. 그렇게 긴 시간이 흘러 드디어 존을 본 것이다. 그리고 존도 나를 알고 있었다. 보자마자 나라는 것을 알아봤다.

점심시간에 피터에게서 문자 메시지가 왔다.

— 매클래런은 봤어?

나는 그렇다고 답장을 썼다가 보내기 전에 그냥 지워버렸다. 그리고 '아니'라고 보냈다. 왜 그랬는지는 모르겠다. 아마도 그냥 나만의 비밀로 간직하고, 존이 나를 기억한다는 사실을 아는 것으로만 만족하고 싶었던 것 같다.

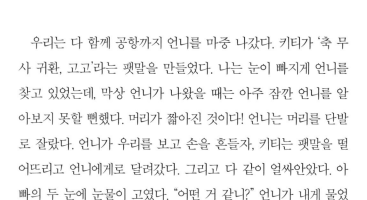

59

우리는 다 함께 공항까지 언니를 마중 나갔다. 키티가 '축 무사 귀환, 고고'라는 팻말을 만들었다. 나는 눈이 빠지게 언니를 찾고 있었는데, 막상 언니가 나왔을 때는 아주 잠깐 언니를 알아보지 못할 뻔했다. 머리가 짧아진 것이다! 언니는 머리를 단발로 잘랐다. 언니가 우리를 보고 손을 흔들자, 키티는 팻말을 떨어뜨리고 언니에게로 달려갔다. 그리고 다 같이 얼싸안았다. 아빠의 두 눈에 눈물이 고였다. "어떤 거 같니?" 언니가 내게 물었다. 나는 헤어스타일을 묻는다는 것을 알아들었다.

"나이 들어 보여." 나는 거짓말을 했다. 언니가 활짝 웃었다. 언니는 어려 보인다는 얘기를 제일 싫어한다.

집으로 오는 길에 언니는 배고프지 않다면서 늘 가던 식당에 들러 치즈버거를 사 가자고 했다. "이게 너무 먹고 싶었어요." 언니는 그렇게 말했지만 몇 입 먹지 못했고, 나머지는 모두 키티가 먹어치웠다.

나는 우리가 만든 그 많은 쿠키들을 얼른 보여주고 싶어서 언니를 주방으로 데려갔다. 하지만 언니는 쿠키가 담긴 그릇들을 보더니 울상을 하며 이렇게 말했다. "나 없이 크리스마스 쿠

라라 진의 첫 번째 이야기

키 파티를 한 거야?"

나는 조금 찔리기도 했지만, 솔직히 언니가 그렇게 생각할 줄은 몰랐다. 언니는 스코틀랜드에서 온갖 재미있는 일들을 하며 지내면서 말이다. "어, 뭐. 어쩔 수가 없었어. 학교는 내일 끝나는데, 언니가 올 때까지 기다렸으면 시간이 없었을 거야. 그치만 반죽을 반은 덜어서 냉동실에 넣어놨으니까 언니랑 같이 만들어서 이웃들 나눠주면 돼." 나는 파란색 큰 통을 열어서 줄지어 놓여 있는 쿠키들을 언니에게 보여줬다. 크기랑 높이가 정말 똑같아서 내심 자랑스러웠다. "올해는 새로운 걸 몇 가지 시도했어. 오렌지 크림시클 한번 먹어봐. 진짜 맛있어."

언니는 통 속을 들여다보더니 얼굴을 찡그렸다. "당밀쿠키는 안 만든 거야?"

"올해는 안 만들었어…… 대신에 오렌지 크림시클을 만들기로 했거든." 언니는 크림시클을 하나 집었고, 나는 언니가 그걸 입으로 가져가는 것을 지켜보았다. "맛있지? 그치?"

언니가 고개를 끄덕였다. "음음."

"키티가 고른 거야."

언니는 거실을 한 번 흘깃 보았다. "트리는 언제 만든 거야?"

"키티가 못 기다리겠다고 해서." 변명 같았지만 사실이었다. 나는 변명처럼 들리지 않게 하려고 애쓰며 덧붙였다. "트리를 오래오래 즐길 수 있으면 좋잖아."

"그래서 언제 세운 거야?"

내가 천천히 말했다. "2주 전에……." 왜 언니 기분이 이렇게 별로인 거지?

"그러면 한참 됐잖아. 크리스마스가 되면 다 말라버릴 거야."
언니는 트리로 걸어가서 나무로 된 부엉이 장식물을 다른 가지
로 옮겼다.

"내가 매일 물을 주고 있어. 할머니가 가르쳐준 대로 스프라
이트에도 담가두고."

어쩐지 싸우는 것 같은 느낌이었다. 우리는 한 번도 싸운 적
이 없는데.

하지만 그 순간 언니는 하품을 하며 이렇게 말했다. "도저히
시차 적응이 안 된다. 낮잠 좀 자야겠어."

누군가 오랫동안 자리를 비우면, 처음에는 하고 싶은 얘기들
을 잔뜩 쌓아둔다. 모든 걸 기억해두려고 애쓴다. 하지만 그건
손바닥에 모래를 쥐고 있는 것과 같다. 그 작은 알갱이들은 모
두 손을 빠져나가고 결국에는 빈주먹만 꽉 쥐고 있게 되는 것이
다. 그러니 그렇게 모든 걸 쌓아두는 건 불가능하다.

그렇기 때문에 마침내 서로 보게 되었을 때 사람들은 큰 안
부만 주고받게 된다. 작은 것들까지 모두 이야기하는 것은 너
무 큰 수고이기 때문이다. 하지만 삶을 만드는 것은 그 작은 것
들이다. 한 달 전에 아빠가 바나나 껍질에 미끄러졌던 일처럼 말
이다. 키티가 부엌 바닥에 흘려놓은 진짜 바나나 껍질을 아빠가
밟았었다. 키티와 나는 그것 때문에 끝도 없이 웃었다. 그때 바
로 언니에게 이메일을 보냈어야 하는 건데. 바나나 껍질 사진을
찍어서 말이다. 이제 와서는 그 모든 게 '언니도 그때 있었어야

하는 건데.' 혹은 '아냐, 뭐 그렇게 재미있었을라고.'가 되어버린다.

사람들이 점점 멀어진다는 건 이런 걸까? 자매들 사이에서도 그런 일이 일어날 수 있을 줄은 몰랐다. 남들은 몰라도 우리 자매 사이에서는. 언니가 떠나기 전에는 물어보지 않아도 언니가 무슨 생각을 하고 있는지 알 수 있었다. 하지만 이제는 아니다. 언니 창밖의 풍경이 어떤지, 아직도 언니는 매일 아침 일찍 일어나 제대로 된 아침 식사를 만들어 먹는지, 아니면 이제 대학생이니까 늦게까지 놀다가 늦게 잠이 드는지, 나는 모른다. 언니가 스코틀랜드 남자를 좋아하는지, 미국 남자를 좋아하는지, 룸메이트가 코를 고는지도 모른다. 이제 내가 아는 거라곤 언니가 수업을 마음에 들어 한다는 것과 런던에 한 번 다녀왔다는 사실뿐이다. 말하자면 나는 아무것도 모르고 있다.

그리고 그건 언니도 마찬가지다. 나는 큰일인데도 언니에게 얘기하지 않은 것들이 있다. 내 편지들이 발송되었다는 얘기. 피터와 나의 진짜 관계. 나와 조시 오빠의 관계.

언니도 이걸 느끼는지 모르겠다. 우리 사이의 거리를. 언니는 눈치나 채고 있는 걸까?

저녁에는 아빠가 볼로네즈 스파게티를 만들었다. 키티는 스파게티에 커다란 피클과 우유 한 잔을 곁들였다. 듣기만 해서는 이상할 것 같지만, 내가 한 입 먹어보았더니 실제로 피클이랑 스파게티는 서로 잘 어울렸다. 우유도 마찬가지였다.

키티가 접시에 면을 더 덜면서 말했다. "작은언니. 피터 오빠한테 크리스마스 선물 뭐 할 거야?"

나는 언니를 흘끗 봤다. 언니는 나를 쳐다보고 있다. "몰라. 아직 생각 안 해봤어."

"선물 고르러 나도 같이 가도 돼?"

"응, 내가 뭘 사게 되면."

"당연히 뭐 사줘야지. 언니 남자친구잖아."

"네가 피터 카빈스키랑 사귄다는 게 나는 아직도 믿기지가 않아." 마고 언니가 말했다.

언니는 당연하다는 듯이 말투부터가 곱지 않았다. 내가 말했다. "언니 제발 좀…… 그만할래?"

"미안. 그냥 나는 걔를 안 좋아해서."

"안 좋아해도 돼. 내가 좋아하니까." 내가 이렇게 말하자 언니는 어깨를 으쓱했다.

아빠가 일어나서 손뼉을 치며 말했다. "디저트로 먹을 수 있는 아이스크림이 세 종류나 있어! 프랄린 앤드 크림, 청키 멍키, 스트로베리. 전부 다 마고 네가 좋아하는 것들이야. 키티, 그릇 좀 가져다 줄래?" 다들 스파게티 접시를 포개서 싱크대로 가져갔다.

언니는 조시 오빠네 집 쪽으로 난 창을 내다보며 말했다. "조시가 있다가 보재. 조시도 이제는 우리가 헤어졌다는 걸 좀 받아들이고, 내가 있는 동안 매일같이 우리 집에 오려고 하지는 않으면 좋겠어. 그만 잊어야 할 텐데."

뭐 이런 비겁한 말이 다 있담. 조시 오빠한테 전화를 건 것은 언니다. 조시 오빠가 전화한 게 아니라. "언니를 애타게 그리워 하거나 하지는 않았어. 언니가 상상하는 게 그거라면 말이야. 조시 오빠도 끝났다는 걸 받아들이고 있어." 내가 말했다.

언니는 놀라서 나를 빤히 보았다. "흠, 정말 그랬으면 좋겠네."

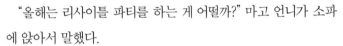

60

 "올해는 리사이틀 파티를 하는 게 어떨까?" 마고 언니가 소파
에 앉아서 말했다.

 엄마가 살아 계셨을 때 우리 가족은 크리스마스 때마다 '리
사이틀 파티'라는 걸 했다. 12월에 하루 날을 잡아 엄마는 음식
을 잔뜩 장만하고 사람들을 초대했고, 언니와 나는 드레스를
맞춰 입고 저녁 내내 피아노로 크리스마스 캐럴을 연주했다. 사
람들은 피아노실을 드나들며 노래를 따라 했고, 언니와 나는 번
갈아 피아노를 쳤다. 나는 피아노 리사이틀을 진짜 싫어했다. 또
래 중에서 내가 최악이고 언니가 최고였기 때문이다. 다른 아이
들은 다 벌써 리스트로 넘어갔는데 혼자서 〈엘리제를 위하여〉나
치고 있는 게 창피했다. 나는 언제나 리사이틀 파티를 싫어했고,
연주를 하지 않게 해달라고 사정하곤 했다.

 마지막 크리스마스 때 엄마는 우리에게 서로 어울리는 빨간
색 벨벳 드레스를 사주셨다. 나는 난리를 피며 입지 않겠다고
했다. 실은 입고 싶었는데, 실은 정말 마음에 들었는데 말이다.
그냥 그걸 입고 언니 옆에서 피아노를 쳐야 한다는 게 싫었다.
나는 엄마에게 소리를 지르고는 내 방으로 뛰어가 쾅 하고 문

라라 진의 첫 번째 이야기

을 닫아버렸다. 그리고 나오지 않았다. 엄마가 올라와서 내가 문을 열게 해보려고 애썼지만 나는 열지 않았고 엄마는 다시는 오지 않았다. 사람들이 하나둘 도착했고 언니가 피아노를 치기 시작했는데도 나는 계속 2층에 있었다. 나는 내 방에 앉아 울면서, 엄마와 아빠가 만들었을 그 많은 카나페와 디핑 소스를 생각했고, 내 몫은 하나도 남아 있지 않을 거라고 생각했다. 그리고 내가 한 행동을 생각하면 어쨌거나 엄마는 내가 내려오길 바라지 않을 거라고 생각했다.

엄마가 돌아가신 후 우리는 다시는 리사이틀 파티를 열지 않았다.

"진담이야?" 내가 언니에게 물었다.

"안 될 거 뭐 있어?" 언니는 어깨를 으쓱했다. "재미있을 거야. 계획은 내가 다 세울 테니, 너는 아무것도 안 해도 돼."

"내가 피아노 싫어하는 거 알잖아."

"그러면 연주하지 마."

키티가 걱정스런 눈으로 나와 언니를 번갈아 쳐다봤다. 키티는 입술을 깨물며 말했다. "나는 태권도 시범을 보일게."

언니는 팔을 뻗어 키티를 꼭 끌어안으며 말했다. "좋은 생각이다. 내가 피아노를 치고, 너는 태권도를 하고, 라라 진은 그냥……."

"지켜볼게." 내가 말했다.

"나는 '손님 접대'라고 말하려고 했어. 하지만 좋을 대로 해."

나는 대답하지 않았다.

나중에 우리는 TV를 보고, 키티는 소파에서 진짜 고양이처럼 웅크리고 잠이 들어 있었다. 언니는 키티를 깨워 방으로 보내려고 했다. 하지만 나는 그냥 자도록 내버려두자고 하며 이불을 덮어줬다.

"아빠한테 크리스마스 선물로 강아지 사달라고 할 건데 좀 도와줄래?" 내가 물었다.

언니는 끙 소리를 냈다. "강아지는 손이 정말 많이 가. 하루에도 몇 십 번씩 내보내서 소변을 보게 해줘야 해. 그리고 털도 엄청 빠져. 다시는 검정색 바지는 못 입을 거야. 산책시키고, 밥 주고, 돌보는 건 누가 할 건데?"

"키티가 할 거야. 내가 도와주고."

"키티는 아직 그런 책임 감당 못 해." 그리고 언니의 눈은 이렇게 말하고 있었다. '너도 마찬가지야.'

"언니가 떠난 후로 키티도 철이 많이 들었어." '나도 마찬가지야.' "이제 점심 도시락도 직접 싸는 거 알아? 빨래도 도와. 숙제하라고 잔소리할 필요도 없어. 알아서 하니까."

"정말? 그렇다면 놀라운 일인데?"

왜 언니는 그냥 '라라 진, 수고했어'라고 말하지 못하는 걸까. 이걸로 끝이다. 언니가 떠나버린 후 내가 식구들을 잘 챙겨왔다는 걸 언니가 인정할 수만 있다면 좋겠지만, 그런 일은 없었다.

61

    스키 현장학습 날 아침, 아빠는 아침 6시 30분에 나를 학교에 데려다주셨다. 아직 동도 트지 않았다. 하루하루 해가 점점 더 늦게 뜨는 것 같았다. 내가 차에서 내리려는데 아빠가 코트 주머니에서 모자를 하나 꺼냈다. 꼭대기에 술이 달린 얇은 분홍색 털모자였다. 아빠는 내 귀가 덮이도록 모자를 단단히 씌워주셨다. "거실 옷장에 들어 있더라고. 아마 엄마 것일 거야. 엄마가 스키를 정말 잘 탔거든."

    "알아요. 기억나요."

    "적어도 한 번은 슬로프에 나가겠다고 약속해줄래?"

    "약속할게요."

    "네가 이번 여행을 가서 정말 기쁘구나. 새로운 걸 해보는 건 좋은 일이야."

    나는 희미하게 웃었다. 스키 여행에서 무슨 일이 벌어지는지 안다면 아빠도 이렇게까지 기뻐하지는 않을 것이다. 그 순간 전세 버스 옆에 피터와 그 친구들이 어슬렁거리고 있는 게 보였다. "태워주셔서 고마워요, 아빠. 내일 밤에 봐요." 나는 아빠의 볼에 뽀뽀를 하고는 가방을 챙겼다.

"파카 지퍼 올리고." 차 문을 닫는데 아빠가 외쳤다.

나는 파카의 지퍼를 올리고 아빠 차가 멀어져가는 것을 지켜보았다. 주차장 저편에서는 피터가 제너비브와 이야기를 나누고 있었다. 피터가 뭐라고 하자 제너비브가 웃음을 터뜨렸다. 그때 나를 발견한 피터가 그쪽으로 오라는 손짓을 했다. 제너비브는 손에 든 클립보드를 살피며 다른 곳으로 갔다. 내가 다가가자 피터는 내 가방을 받아서 자신의 가방 옆에 놓았다. "내가 버스에 실을게."

"정말 춥다." 나는 이를 딱딱 부딪히며 말했다.

피터는 나를 자기 앞으로 당겨서 팔을 둘렀다. "내가 따뜻하게 해줄게." 나는 '유치해'라는 눈빛으로 피터를 올려다보았지만, 피터의 관심은 딴 곳에 가 있었다. 피터는 제너비브를 바라보고 있었다. 피터가 내 목을 파고들었다. 나는 피터에게서 떨어지려고 꿈틀거렸다. "왜 그래?" 피터가 물었다.

"아냐." 내가 말했다.

대븐포트 선생님과 화이트 코치님이 아이들의 가방을 샅샅이 검사했다. 대븐포트 선생님이 여자애들 것을, 화이트 코치님이 남자애들 것을 맡았다. "뭘 찾는 거야?" 내가 피터에게 물었다.

"술."

나는 전화기를 꺼내서 크리스에게 문자를 보냈다.

— 술 가져오지 마! 가방 검사하고 있어!

답이 없었다.

— 일어났어?

— 일어나!

하지만 그때 크리스네 엄마의 SUV 차량이 주차장으로 들어왔고 조수석에서 크리스가 뛰어내리는 게 보였다. 방금 일어난 것 같은 얼굴이었다.

어휴, 다행이다! 피터는 얼마든지 제너비브와 얘기해도 좋았다. 나는 크리스와 함께 앉아서 내가 싸온 간식을 나눠먹을 테니. 나는 딸기 젤리와 크리스가 좋아하는 와사비콩 과자, 그리고 빼빼로를 챙겨왔다.

피터가 끙 소리를 냈다. "크리스도 와?"

나는 피터를 무시하고 크리스를 향해 손을 흔들었다.

버스 옆에서 클립보드를 들고 서 있던 제너비브도 크리스를 발견했다. 제너비브는 얼굴을 잔뜩 찡그리더니 곧장 크리스에게로 걸어가 말했다. "크리스, 너는 신청 안 했잖아."

나는 두 사람 쪽으로 가서 크리스 옆에 섰다. 그리고 작은 목소리로 말했다. "지난 주 조회 때 아직 자리가 남았다고 했어."

"그래, 신청을 했다면 말이야." 제너비브는 고개를 저었다. "미안하지만 신청도 안 하고 보증금도 안 냈으면 크리스는 못 가."

언제 왔는지 피터가 내 옆에 나타났다. "무슨 일이야?" 피터가 물었다.

팔짱을 낀 제너비브가 말했다. "크리스는 스키 현장학습에 신청을 안 했어. 미안하지만 크리스는 못 가."

나는 당황해서 어쩔 줄을 몰랐지만 크리스는 얼굴에 비웃음을 띤 채 아무 말도 하지 않았다.

피터가 고개를 절레절레 흔들며 말했다. "제너비브, 그냥 가게 해줘. 신청을 했든, 안 했든 그런 걸 누가 신경 써?"

제너비브는 화가 나서 얼굴이 시뻘게졌다. "피터! 규칙은 내가 만든 게 아냐. 크리스는 그냥 공짜로 가야 한다는 거야? 그게 어떻게 다른 애들한테 공평할 수가 있어?"

마침내 크리스가 입을 열었다. "아, 내가 대븐포트 선생님한테 얘기했는데 와도 된다고 하셨어." 크리스는 제너비브를 향해 입을 쭉 내밀어 보였다. "안됐다, 제너비브."

"좋아, 어쨌건. 난 상관없으니까." 제너비브는 그대로 뒤로 돌아 대븐포트 선생님 쪽으로 사라졌다.

크리스는 제너비브가 사라지는 걸 지켜보며 씩 웃었다. 내가 크리스의 옷깃을 잡아당기며 속삭였다. "왜 처음부터 그렇다고 하지 않았어?"

"그래야 더 재밌지." 크리스는 한쪽 팔을 내게 척 걸치며 말했다. "커비, 재미난 주말이 될 거야."

걱정된 내가 속삭였다. "술은 안 가져왔겠지? 가방을 검사하고 있어."

"걱정 마. 알아서 했으니까."

내가 미심쩍다는 표정을 짓자 크리스가 속삭였다. "샴푸 통에 데킬라를 채워서 가방 바닥에 넣었어."

"진짜 잘 씻었길 바란다! 안 그랬다간 병 걸릴 거야!" 나는 크리스와 그 친구들이 거품이 부글거리는 데킬라를 먹으려고 애쓰다가 병원에 실려가 위 세척을 하는 모습이 머릿속에 그려졌다.

크리스가 내 머리칼을 헝클어뜨리며 말했다. "아, 라라 진."

우리는 나란히 줄지어 버스에 올랐다. 피터는 가운데 자리에 앉았고 나는 계속 들어가려고 했다. 놀란 피터가 말했다. "야, 내 옆에 안 앉을 거야?"

"크리스랑 앉을 거야." 나는 안으로 더 들어가려고 했지만 피터가 내 팔을 붙잡았다.

"라라 진! 장난해? 내 옆에 앉아야지." 피터는 누구 듣는 사람은 없는지 주위를 둘러봤다. "너는 내 '여자친구'라고."

나는 피터를 떨쳐냈다. "곧 헤어질 거 아냐? 차라리 이게 더 현실적으로 보일 거야."

내가 옆에 앉자 크리스가 고개를 저었다.

"왜? 너 혼자 가게 할 순 없어. 넌 나 때문에 온 거잖아." 나는 가방을 열어서 간식을 보여줬다. "보이지? 네가 좋아하는 거 챙겨왔어. 뭐부터 먹을래, 젤리? 빼빼로?"

"아직 해도 안 떴어." 크리스는 투덜거리며 말했다. "젤리."

나는 미소를 지으며 가방을 열어젖혔다. "원하는 만큼 가져가."

하지만 제너비브가 버스에 올라 피터 옆에 앉는 것을 보자 나는 미소가 싹 사라졌다.

"네가 자초한 거야." 크리스가 말했다.

"너 때문에!" 하지만 사실은 아니었다. 어쩌면 나는 그냥 이 모든 것에 지친 것 같았다.

크리스가 계속했다. "물론 네가 사랑보다 우정을 중시한다는 건 아는데, 그래도 내가 너라면 조심할 거야. 내 사촌은 인정사정없거든."

나는 입안에 젤리를 잔뜩 넣고는 씹었다. 목구멍으로 잘 넘어가지가 않았다. 제너비브가 피터의 귀에 대고 뭐라고 속삭이는 게 보였다. 크리스는 본인이 얘기한 대로 내 어깨에 기대서 그대로 곯아떨어져 버렸다.

산장은 피터가 얘기한 그대로였다. 커다란 벽난로와 곰가죽 카펫이 있었고 구석구석 숨을 곳이 많았다. 밖에는 진눈깨비가 내리고 있었다. 크리스는 기분이 좋았다. 버스를 타고 가던 중간쯤 깨어난 크리스는 찰리 블랜처드와 시시덕거리기 시작했고 블랜처드가 크리스를 블랙 다이아몬드 슬로프에 데려가기로 했다. 운 좋게도 우리는 3인실이 아닌 2인실을 쓰게 됐다. 다른 여자애들이 모두 세 명씩 짝을 지어 등록한 덕분이었다.

크리스는 찰리와 함께 스노보드를 타러 갔다. 크리스는 나도 함께 가자고 했지만 내가 사양했다. 언젠가 마고 언니가 스노보드를 탈 때 함께 스키를 탄 적이 있었는데, 서로 내려오는 속도가 다르다 보니 서로를 기다리다가 하루 종일 서로 잃어버린 일이 있었다.

만약 피터가 함께 스노보드를 타러 가자고 했다면 아마도 갔을 것이다. 하지만 피터는 그러지 않았고, 나는 배도 고팠기 때문에 산장에 점심을 먹으러 갔다.

산장에는 대븐포트 선생님이 휴대전화를 보며 수프를 먹고 있었다. 대븐포트 선생님은 젊은 분이지만 나이가 좀 들어 보인다. 아무래도 풍채가 있고 가운데 가르마라서 더 그럴 것이다. 대븐포트 선생님은 아직 미혼이다. 크리스 말로는 와플 가게 앞에서 웬 남자랑 싸우고 있었다고 하니 아마도 남자친구가 있는 모양이었다.

난로 옆에서 내가 혼자 샌드위치를 먹는 것을 발견한 선생님이 자기 쪽으로 오라고 손짓을 했다. 그래서 나는 접시를 들고 선생님 맞은편으로 가 앉았다. 나는 혼자 조용히 책을 읽으며 점심을 먹고 싶었지만 내가 선택할 수 있는 사항이 아니었다. 나는 선생님에게 물었다. "선생님은 주말 내내 여기 산장에 계셔야 하는 거예요, 아니면 스키 타러 가셔도 되나요?"

"공식적으로 나는 여기 담당이지." 선생님은 입가를 닦으며 말했다. "슬로프는 화이트 코치님 담당이고."

"불공평하게 들리는데요."

"상관없어. 사실 나는 산장에 앉아 있는 게 좋거든. 평화롭잖아. 그리고 비상시를 대비해서 누군가는 여기 있어야 하고." 선생님은 수프를 한 입 더 먹었다. "너는 어때, 라라 진? 왜 다른 애들처럼 슬로프에 안 나가니?"

"스키를 잘 못 타요." 그렇게 말하면서도 나는 창피했다.

"아, 그래? 카빈스키는 스노보드를 아주 잘 탄다고 하던데. 가르쳐달라고 하지 그러니? 둘이 사귀는 거 아니니?"

대븐포트 선생님은 아이들의 연애담을 좋아했다. 선생님은 살아 있는 기분이 든다는 식으로 말하지만 실은 그냥 뒷담화를 좋아하는 것뿐이다. 아마 기회만 있다면 아는 소문을 있는 대로 떠벌릴 것이다. 대븐포트 선생님은 제너비브와 친하다.

나는 문득 버스에서 제너비브와 피터가 머리를 맞대고 있던 모습이 떠올랐다. 심장이 쪼그라드는 것 같다. 우리 계약은 아직 끝나지 않았다. 그런데도 나는 왜 제너비브가 1초라도 빨리 피터를 차지하게 내버려둬야 하지? "네, 사귀어요." 나는 그렇게 말하고 일어섰다. "저는 나가서 슬로프 구경 좀 해야겠어요."

62

마고 언니의 분홍색 스키복에 술이 달린 모자를 쓰고 파카를 입으니 나는 마치 부활절 간식이 된 기분이었다. 딸기맛 마시멜로 말이다. 스키를 신으려고 낑낑대고 있는데 학교 여자애들 몇 명이 예쁘장한 요가복 같은 스키 바지를 입고 지나갔다. 나는 저런 게 있는 줄도 몰랐다.

나는 언제나 내가 스키를 좋아한다고 생각하다가 막상 타러 가면 내가 스키를 싫어한다는 걸 기억해내곤 했다. 다른 애들은 모두 블랙 다이아몬드 슬로프에 있었고 나는 버니 슬로프라고 하는 초보자 코스에 있었다. 내가 슬로프를 내려오는 내내 꼬마들이 내 옆을 쌩쌩 지나갔는데, 그때마다 나는 혹시 부딪힐까 봐 정신을 못 차리곤 했다. 꼬마들은 마치 올림픽 선수들처럼 쉭쉭 지나쳐갔다. 그중에는 아예 폴을 들지 않은 애들도 있었다. 키티가 생각났다. 키티는 블랙 다이아몬드 슬로프를 내려갈 수 있다. 키티와 아빠가 좋아하는 코스다. 언니도 마찬가지다. 이제 언니는 스키보다 스노보드를 좋아하지만.

나는 눈이 빠져라 피터를 찾아 헤매고 있었지만 아직 보지 못했다. 그리고 혼자 그러고 있자니 점점 쓸쓸한 기분이 들었다.

내가 재미삼아 중급자 코스를 시도해볼까 생각하고 있는데 피터와 그 친구들이 스노보드를 들고 오는 게 보였다. 제너비브는 보이지 않았다. "피터!" 나는 그제야 한시름 놓으며 그렇게 소리쳤다.

피터가 고개를 돌렸고, 나를 본 것 같았다. 그런데도 피터는 가던 길을 계속 갔다.

흠.

피터는 분명 나를 봤다.

저녁 식사 후에 크리스는 다시 스노보드를 타러 갔다. 짜릿함에 중독된 거 같다고 하면서 말이다. 나는 방으로 돌아가려다가 피터와 다시 마주쳤다. 이번에는 수영복에 후드티를 입은 피터가 게이브, 대럴과 함께 있었다. 다들 목에는 수건을 둘렀다. "라지, 안녕." 게이브가 내게 수건을 튕기며 말했다. "종일 어디 있었어?"

"근처에 있었어." 나는 피터를 건너다봤지만, 피터는 나와 눈을 맞추려고 하지 않았다. "슬로프에서 너희 봤어."

대럴이 말했다. "그러면 부르지 그랬어? 점프하는 거 너한테 보여주려고 했는데."

나는 장난스럽게 말했다. "뭐, 피터를 불렀는데 아마 못 들었나 봐."

피터가 마침내 나와 눈을 맞췄다. "그래. 못 들었어." 차갑고 무심한 말투가 전혀 피터스럽지 않았다. 나는 얼굴에서 웃음이

라라 진의 첫 번째 이야기

싹 가셨다.

게이브와 대럴이 서로 '와' 하는 표정을 주고받더니, 게이브가 피터에게 말했다. "우리는 야외 온탕에 가 있을게." 그리고는 총총 사라졌다.

피터와 나만 로비에 남아서 서로 아무 말 없이 서 있었다. 결국 내가 입을 열었다. "나한테 뭐 화나거나 그런 거야?"

"내가 왜 화가 나겠어?"

그러고 다시 침묵.

내가 말했다. "나더러 이 여행을 가자고 한 건 너잖아. 그러면 최소한 얘기라도 해야 하는 거 아냐?"

"최소한 너는 버스에서 내 옆에 앉았어야지!" 피터가 폭발했다.

나는 입이 다물어지지 않았다. "버스에서 네 옆에 앉지 않은 것 때문에 그렇게까지 화가 난 거야?"

피터는 못 참겠다는 듯이 씩씩거렸다. "라라 진, 누구를 사귀면 말이야. 무조건…… 어떤 건 무조건 해야 하는 거야, 알겠어? 학교 여행에서 옆자리에 앉는 것처럼 말이야. 그건 그냥 당연한 거라고."

"대체 뭐가 그렇게 문제인지 모르겠어, 난." 내가 말했다. 어쩜 그렇게 사소한 일에 이렇게까지 화를 내지?

"관둬." 피터는 가버리려는 듯이 돌아섰다. 나는 피터의 소매를 잡았다. 피터와 싸우고 싶지 않았다. 그냥 늘 그랬듯이 피터와는 재미있고 가벼운 분위기를 만들고 싶었다. 나는 피터가 적어도 친구로 남기를 바랐다. 특히나 이제는 우리 사이도 끝나려는 참이니 말이다.

내가 말했다. "제발 화내지 마. 난 그게 그렇게 중요한지 몰랐어. 집에 갈 때는 무슨 일이 있어도 네 옆에 앉을게. 응?"

피터가 입술을 오므렸다. "그치만 내가 왜 화가 났었는지 알기는 알아?"

나는 열심히 고개를 끄덕였다. "어."

"흠, 모카 슈거 도너츠를 놓쳤다는 것만 알고 있어."

나는 입이 떡 벌어졌다. "그걸 어떻게 구한 거야? 그 가게 그렇게 일찍 안 열잖아?"

"버스에서 먹으려고 내가 간밤에 나가서 사다놨어." 피터가 말했다. "너랑 먹으려고."

이런! 나는 감동했다. "흠, 남은 건 없어?"

"없어."

어쩌나 새침한 표정을 짓는지, 나는 그만 피터의 후드 티셔츠 끈을 확 잡아당겼다. "으이그." 말은 그렇게 했지만 애정을 담아서 한 소리였다.

피터는 나를 빤히 봤다. 피터의 얼굴에 뭔가가 떠올랐다. 피터는 불쑥 이렇게 말했다. "재밌는 얘기 해줄까?"

"뭔데?"

"나 네가 좋아지기 시작한 거 같아."

나는 '하' 하고 웃음을 내뱉었다. 놀라서 나온 웃음이었다. 나는 그러고 싶지 않았지만 이미 웃기 시작했기 때문에 계속 웃을 수밖에 없었다. "피터, 넌 참 재밌는 애야."

"농담이 아냐."

나는 머리가 뱅뱅 도는 것 같았다. 이게 진짜 벌어지고 있는 일인가? "그치만…… 너는 아직 제너비브를 좋아하잖아, 아냐?"

피터는 어깨를 으쓱했다. "넌 왜 자꾸만 제너비브를 들먹여? 나는 우리 얘기를 하려는 건데. 넌 온통 제너비브 얘기뿐이야. 그래, 제너비브랑 나는 사귀었어. 나는 항상 제너비브를 걱정할 거고." 피터는 어깨를 으쓱했다. "하지만 이제…… 나는 네가 좋아." 그렇게 말하는 피터는 나만큼이나 놀란 것처럼 보였다.

사람들이 산장을 드나들고 있었다. 우리 학교 아이 하나가 지나가다가 피터의 어깨를 툭 쳤다. "안녕." 피터가 말했다. 그 애가 가버리자, 피터가 말했다. "그래, 너는 어떤데?" 피터는 기대에 찬 눈으로 나를 쳐다보고 있었다. 나도 그렇다고 말해주길 기대하고 있었다.

나는 나도 그렇다고 말하고 싶었지만, 다른 사람에게 마음을 주고 있는 남자애랑 사귀고 싶지는 않았다. 한 번쯤은 나도 누군가의 첫 번째가 되고 싶었다. "넌 나를 좋아한다고 생각하지만, 실은 그렇지 않아. 정말로 그렇다면 아직도 제너비브를 좋아하지는 않을 거야."

"제너비브랑 내 관계는, 너하고 내 관계랑은 완전히 별개야." 피터가 말했다.

"어떻게 그럴 수가 있겠어? 애당초 이건 처음부터 제너비브 때문에 시작된 일인데."

"그렇게 말하면 안 되지. 처음에는 너도 샌더슨 형을 좋아했잖아."

"지금은 아냐." 나는 마른침을 삼켰다. "그치만 너는 아직도 제너비브를 사랑하잖아."

피터는 실망해서 자기 머리를 쥐어뜯었다. "나 참, 네가 사랑에 대해 뭘 그렇게 잘 안다고 그래? 네가 좋아했던 남자애들 다섯 명 중에 하나는 게이였어. 하나는 인디애나인가 몬태나인가에 살고. 매클래런은 무슨 일이 생기기도 전에 이사를 가버렸지, 또 한 명은 네 언니랑 사귀었잖아. 그리고 나머지 하나가 나야. 흠, 이 다섯 명의 공통점이 뭐야? 공통분모가 뭐냐고?"

나는 온몸의 피가 얼굴로 몰려드는 것 같았다. "그렇게 말하면 안 되지."

피터가 가까이 다가오며 말했다. "너는 잘될 가망이 없는 남자만 좋아한다고. 왜냐면 겁이 나니까. 대체 뭐가 그렇게 겁이 나는 거야?"

나는 뒤로 물러났다. 뒤는 벽이었다. "아무것도 겁 안 나."

"안 나긴, 뭘 안 나. 너는 진짜 사람이랑 사귀느니, 차라리 네 머릿속에서 환상 속의 남자를 만들어내잖아."

"네가 지금 화를 내는 유일한 이유는, 대 피터 카빈스키님께서 날 좋아한다고 했는데 내가 감히 행복에 겨워하지 않기 때문이야. 너는 그렇게 자기 자존심밖에 없는 애야."

피터의 두 눈이 이글거렸다. "있잖아, 꽃다발이라도 들고 네 집 앞에 나타나서 영원한 사랑을 고백하지 않은 건 내가 미안한데, 라라 진. 진짜 세상은 그렇지가 않아. 철 좀 들라고."

여기까지다. 더 이상 피터 말을 들어줄 이유가 없다. 나는 뒤돌아서 자리를 떴다. 그리고 뒤를 보며 말했다. "야외 온탕 재밌게 즐겨."

"그럴 거야." 피터가 외쳤다.

나는 흔들리고 있었다.

사실일까? 피터 말이 맞는 걸까?

방으로 돌아온 나는 플란넬 잠옷으로 갈아입고 두꺼운 양말을 신었다. 그리고 씻지도 않은 채 불을 끄고 침대로 기어 들어갔다. 하지만 잠은 오지 않았다. 눈을 감을 때마다 피터의 얼굴이 보였다.

어떻게 감히 피터가 나한테 철이 들라고 말할 수가 있지? 자기가 뭘 안다고? 저는 뭘 얼마나 철이 들었기에!

하지만 나에 대한 얘기는 피터 말이 맞는 걸까? 나는 절대로 가질 수 없는 남자들만 좋아하는 걸까? 나는 언제나 피터는 내가 범접할 수 없는 아이라고 생각했었다. 내 것이 될 수 없다고 말이다. 하지만 오늘 피터는 날 좋아한다고 했다. 내가 그토록 오랫동안 바라왔던 말을 피터가 한 것이다. 그런데도 나는 왜, 기회가 있을 때 나도 널 좋아한다고 말하지 않은 걸까? 나는 피터를 좋아하는데 말이다. 분명히 난 피터를 좋아한다. 잘생긴 애들 중에서도 군계일학인 피터 카빈스키를 좋아하지 않을 여자애가 대체 어디 있을까. 그리고 알고 보니 피터는 그것보다 훨씬 더 괜찮은 애였다.

더 이상 두려워하고 싶지 않다. 용감해지고 싶다. 나는…… 이제 제대로 살고 싶다. 사랑에 빠지고 싶고, 내가 좋아하는 애가 날 사랑해주길 바란다.

나는 다른 생각이 들기 전에 얼른 파카를 입었다. 그리고 키카드를 주머니에 넣고 야외 온탕으로 향했다.

63

야외 온탕은 산장 뒤편에 있었다. 숲속 나무로 만든 단 위에 만들어져 있었다. 가는 길에 머리칼이 젖은 아이들과 마주쳤다. 통금 전에 자기 방으로 돌아가고 있는 거였다. 통금은 11시였고 지금은 벌써 10시 45분이다. 시간이 별로 없다. 피터가 아직 거기 있어야 할 텐데. 용기를 잃고 싶지는 않다. 그래서 발걸음을 빨리하고 있는데 그 순간 피터가 보였다. 혼자 탕 속에 들어가 눈을 감은 채 머리만 빼꼼 내밀고 있었다.

"안녕." 내가 말했다. 숲 속에 내 목소리가 메아리쳤다.

피터가 눈을 번쩍 떴다. 그리고 불안한 눈빛으로 내 뒤를 살폈다. "라라 진! 여기서 뭐 하는 거야?"

"너 보러 왔지." 이렇게 말하는데 입에서 새하얀 김이 술술 나왔다. 나는 신발과 양말을 벗기 시작했다. 두 손이 떨렸지만 추워서 그런 건 아니었다. 긴장이 되었다.

"어…… 뭐 하는 거야?" 피터는 마치 내가 미치기라도 한 것처럼 쳐다봤다.

"말했듯이 발가락 담그는 중이야!" 덜덜덜 떨면서 나는 파카를 벗어서 벤치에 놓았다. 물에서 김이 모락모락 올라오고 있었다. 발을 담그고 탕 가에 앉았다. 목욕물보다 뜨거웠지만 기분이 괜찮았다. 피터는 아직도 내가 하는 행동을 유심히 쳐다보고 있었다. 나는 심장이 미친 듯이 뛰기 시작했다. 피터의 눈을 똑바로 볼 수가 없었다. 살면서 이렇게 겁이 난 적은 없었다. "아까 네가 했던 말 말인데…… 느닷없이 그런 얘기를 하는 바람에 어떻게 답해야 할지 몰랐었어. 그치만…… 나도 너 좋아해." 더듬거리는 말투가 너무나 자신 없게 들려서 처음부터 다시 말하고 싶을 정도였다. 좀 더 유창하고 자신 있게 말이다. 나는 더 큰 목소리로 다시 말해보았다. "피터, 나 너 좋아해."

피터는 눈을 끔벅였다. 그러고 있으니 어린아이처럼 보였다. "난 너희 여자애들이 이해가 안 가. 너를 좀 알게 됐다고 생각했는데 또 금세…… 또……."

"또 금세?" 나는 숨을 죽이고 피터의 말을 기다렸다. 너무 초조했다. 나는 계속 마른침을 삼켰다. 그 소리가 내 귀에까지 들렸다. 내가 숨 쉬는 소리, 심지어 심장 소리까지 들려왔다.

피터의 동공이 커지나 싶더니 나를 빤히 쳐다봤다. 피터는 한 번도 본 적 없는 눈으로 뚫어지게 나를 쳐다보고 있었다. "금세 또 모르겠어."

"모르겠어"라는 소리에 나는 숨이 턱 막혔다. 내가 다 망쳐버린 건가? 그래서 이제 모르겠다고 하는 건가? 이렇게 끝낼 수는 없었다. 이제야 용기를 냈는데. 이제야 내가. 나는 심장이 미친 듯 방망이질치는 것을 느끼며 성큼 피터 쪽으로 몸을 움직였다. 그리고 고개를 숙여 내 입술을 피터의 입술에 포갰다. 피터가 깜짝 놀라 움찔하는 것이 느껴졌다. 하지만 곧 내 키스를 받아주면서 입술을 열어 내게 키스하기 시작했다. 처음에 나는 다소 긴장했지만 피터는 곧 손으로 내 뒷머리를 받쳐주었고, 마치 안심하라는 듯이 내 머리칼을 쓰다듬으며 긴장을 풀어주었다. 내가 여기 턱에 앉아 있어 다행이었다. 무릎에서 힘이 다 빠져나가는 기분이었다.

피터가 나를 물속으로 잡아당겼다. 이제 나도 탕 속에 들어와 있었다. 잠옷이 다 젖어버렸지만 상관없었다. 아무것도 상관없었다. 키스가 이렇게 기분 좋은 것인 줄 처음 알았다.

나는 물줄기에 치마가 들려 올라갈까 봐 두 팔을 옆으로 내리고 있었다. 피터는 두 손으로 내 얼굴을 감싼 채 키스를 하고 있었다. "괜찮아?" 피터가 속삭였다. 목소리가 달랐다. 거칠면서도 다급하고 그러면서도 뭔가 한없이 여린 그런 목소리였다. 내가 아는 피터 같지가 않았다. 더 이상 능글맞지도, 심심해하지도, 장난스럽지도 않았다. 지금 나를 보는 피터의 눈빛은 내가 원하는 것이라면 무엇이든 해줄 그런 눈빛이었다. 이상하면서도 강력한 감정이었다.

나는 두 팔로 피터의 목을 감쌌다. 피터의 피부에서 나는 염소 소독제 냄새가 좋았다. 피터에게서 수영장 같은, 여름 같은, 방학 같은 냄새가 났다. 영화와는 달랐다. 훨씬 좋았다. 이건 진짜니까.

"다시 머리 만져줘." 내가 그렇게 말하자 피터의 양 입꼬리가 올라갔다.

나는 피터에게 몸을 기댄 채 키스했다. 피터가 손가락으로 내 머리칼을 훑기 시작했다. 나는 너무 기분이 좋아서 정신을 차릴 수가 없을 지경이었다. 헤어숍에서 누군가 머리를 감겨주는 것보다 훨씬 더 좋았다. 나는 양손을 피터의 등으로 내려 피터의 척추를 따라갔다. 피터는 가볍게 몸을 떨더니 나를 더 가까이 끌어당겼다. 남자의 등은 여자의 등과는 너무나 다르다. 훨씬 억세고 단단했다.

키스를 하는 중간중간 피터가 말했다. "통금 시간 지났어. 들어가야 해."

"그러기 싫은데." 내가 말했다. 이 순간, 여기에, 피터와 함께 머물고 싶은 생각뿐이었다.

"나도 싫어. 그치만 네가 곤란해지면 안 되니까." 그렇게 말하는 피터의 얼굴에 진심 어린 걱정이 묻어났다. 그게 너무나 달콤했다.

나는 손등으로 피터의 볼을 살살 쓰다듬어보았다. 부드러웠다. 피터의 얼굴을 몇 시간이고 바라보고 싶었다. 아름다운 얼굴이었다.

하지만 나는 자리에서 일어났다. 금세 몸이 덜덜 떨리기 시작했다. 나는 잠옷의 물기를 짜내기 시작했고, 피터는 얼른 탕 밖으로 뛰어나가 수건을 가지고 돌아와서 내 어깨에 둘러주었다. 그리고 피터가 손을 내밀었고 나는 이를 딱딱 부딪히며 밖으로 나왔다. 피터는 수건으로 내 팔이며 다리의 물기를 닦기 시작했다. 나는 앉아서 양말과 부츠를 신었다. 마지막으로 피터가 내게 파카를 입히고는 지퍼까지 올려주었다.

　그리고 우리는 산장 안으로 뛰어들어갔다. 남자 숙소, 여자 숙소로 나뉘어 들어가기 전에 나는 피터에게 다시 한 번 키스했다. 하늘을 나는 기분이었다.

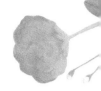

64

다음 날 아침 피터를 발견했을 때 피터는 라크로스 팀 친구들과 모여 있었다. 처음에 나는 부끄럽기도 하고 긴장이 되었지만, 피터는 나를 보자마자 활짝 웃었다. "일루 와, 커비." 내가 다가가자 피터는 내 가방을 받아 자신의 어깨에 멨다. 피터는 내 귀에 대고 말했다. "나랑 같이 앉는 거지? 응?"

나는 고개를 끄덕였다.

피터와 함께 버스에 오르는데 누군가 야유의 휘파람을 불었다. 모두들 우리를 보고 있는 것 같았다. 처음에 나는 그게 순전히 내 상상인 줄 알았지만, 자세히 보니 제너비브가 나를 똑바로 쳐다보다가 에밀리 누스바움에게 귓속말을 하는 것이 보였다. 나는 등골이 오싹해졌다.

"제너비브가 나를 죽일 듯이 노려보고 있어." 내가 피터에게 속삭였다.

"커비, 네가 너무 귀여우니까 그렇지." 그렇게 말한 피터는 두 손을 내 어깨에 올리고 내 볼에 입을 맞췄다. 제너비브는 내 머릿속에서 싹 사라졌다.

피터와 나는 게이브를 비롯한 라크로스 팀 남자애들과 함께

라라 진의 첫 번째 이야기

버스 뒷좌석에 앉았다. 나는 크리스에게도 이리 오라고 손짓을 했지만, 크리스는 찰리 블랜처드와 알콩달콩한 분위기였다. 크리스에게는 미처 어젯밤에 있었던 일을 얘기하지 못했다. 내가 방에 돌아갔을 때 크리스는 이미 곯아떨어진 상태였고, 오늘 아침에는 둘 다 늦잠을 자서 이야기할 시간이 없었다. 나중에 전부 다 얘기해줘야지. 그렇지만 지금 당장은 피터와 나 둘이서만 그 일을 알고 있는 것도 나쁘지 않았다.

산을 내려가면서 나는 남자애들과 빼빼로를 나눠 먹었고, 역시 내가 챙겨온 카드 게임을 열심히 하며 재미난 시간을 보냈다.

한 시간쯤 차를 달린 후 휴게소에서 아침 식사를 했다. 나는 시나몬 번을 먹었고, 피터와 나는 테이블 밑으로 손을 잡고 있었다.

화장실에 갔는데 제너비브가 혼자 조그만 브러시로 립글로스를 바르고 있었다. 볼일을 보고 나오면 제너비브가 가버렸기를 바랐지만, 제너비브는 그대로 있었다. 얼른 손을 씻는데 제너비브가 입을 열었다. "어릴 때 내가 너였으면 하고 바랐던 거 알고 있었니?" 나는 그 자리에서 온몸이 얼어붙었다. 제너비브가 '딱' 하고 콤팩트를 닫으며 말했다. "너희 아빠가 우리 아빠였으면, 그리고 마고 언니랑 키티가 내 형제였으면 하고 바랐어. 너희 집에 놀러 가는 걸 정말 좋아했었지. 네가 자고 가라고 날 불러줬으면 하고 기도했었어. 집에 아빠랑 있는 게 정말 싫었거든."

더듬더듬 나는 이렇게 말했다. "나, 나는 몰랐어. 나는 너희 집

가는 걸 좋아했어. 너희 엄마가 너무 잘해주셔서."

"엄마가 널 정말 좋아하셨지." 제너비브가 말했다.

나는 있는 용기, 없는 용기를 모두 짜내서 제너비브에게 물었다. "그런데 왜 더 이상 나랑 친구를 안 했던 거야?"

제너비브는 눈을 가늘게 뜨고 나를 봤다. "정말 몰라?"

"몰라."

"중학교 1학년 때 존 매클래런네 지하실에서 네가 피터한테 키스했잖아. 내가 피터를 좋아하는 걸 알면서도, 너는 아랑곳없이 피터한테 키스를 했어." 나는 움찔했다. 제너비브는 계속 말을 이었다. "언제나 나는 네 그 착한 척이 가짜라는 걸 알고 있었어. 내 사촌이랑 네가 지금 제일 친한 친구인 것만 보아도 뻔한 거 아니겠어? 적어도 크리스는 대놓고 난잡하기라도 하지. 아닌 척은 안 하잖아."

나는 온몸이 굳었다. "대체 무슨 얘기야?"

제너비브가 웃음을 터뜨렸다. 그 만족한 웃음소리가 소름 끼쳤다. 저 소리는 내가 이미 죽었다는 뜻이다. 나는 제너비브의 입에서 어떤 야비한 말이 나올지 마음의 준비를 단단히 하려고 했지만, 그 다음에 제너비브가 한 말은 그런 대비를 모두 수포로 만들었다.

"너랑 피터가 어젯밤 야외 온탕에서 완전 진하게 섹스한 거 말이야."

나는 완전히 멍해졌다. 잠깐 정신을 잃은 것 같기도 하다. 선 채로 휘청휘청하고 있는 게 느껴졌다. 누가 빨리 와서 코에 스멜

링 솔트라도 대줬으면 했다. 곧 기절할 것 같았다.

나는 머릿속이 뒤죽박죽 정신을 차릴 수가 없었다. "누가 그래?" 내가 가까스로 말했다. "누가 그러는데?"

제너비브는 머리를 옆으로 갸우뚱하며 말했다. "……다들?"

"그치만…… 그치만 우리는 절대……."

"미안하지만 그건 정말 역겨운 일 아니니? 야외 온탕에서 섹스라니? 공공 탕에서 말이야……." 제너비브는 몸서리를 쳤다. "지금 거기에는 대체 뭐가 떠다니고 있을지. 그 온탕은 가족들이 쓰는 곳이야, 라라 진. 지금도 어느 가족이 있을지 모른다고."

나는 눈물이 새어나오려고 했다. "우리가 한 거라곤 키스뿐이야. 누가 대체 왜 그런 말을 하는지 모르겠지만."

"음, 왜냐면 피터가 사람들한테 그랬다고 말하고 다니니까?"

나는 온몸에서 온기가 빠져나가는 것 같았다. 저건 사실이 아니다. 그럴 리가 없다.

"남자애들은 다 그래. 탕 속에서 어여쁜 라라 진 커비를 굴복시키면 자기가 하나님이라도 된 줄 알지. 그냥 얘기해주는 건데, 애당초 피터가 널 만난 유일한 이유는 날 질투나게 하려고 했던 거야. 그 자존심 강한 애가 더 나이 많은 남자애 때문에 내가 저를 찼다는 걸 도저히 받아들일 수가 없었던 거지. 피터는 널 '이용'한 거야. 그 참에 공짜 섹스까지 할 수 있다면 더 좋고. 왜냐면 피터는 날 사랑하니까. 피터는 절대로 다른 여자애를 나만큼 사랑하지 않아." 내가 어떤 표정을 지었는지 몰라도 제너비브는 그 표정에 만족한 모양이었다. 미소를 지었기 때문이다. "이

제 나랑 블레이크는 끝났으니까…… 우린 서로 보게 되겠지? 안
그래?"

제너비브는 거울을 보며 머리를 부풀리고, 나는 그 자리에 마
비된 사람처럼 말없이 서 있었다.

"그치만 걱정 마. 이젠 네가 난잡한 애가 됐으니까 너랑 데이
트하겠다는 남자애들이 줄을 설 거야. 고작 하룻밤용이겠지만."

나는 도망쳤다. 화장실을 나와 버스까지 그대로 내달렸다.
그리고 울었다.

65

버스에 다시 아이들이 들어차기 시작했다. 다들 나를 보는 게 느껴졌다. 그래서 나는 고개를 창 쪽으로 돌렸다. 김 서린 유리 끝을 따라 손가락을 더듬어보았다. 유리창은 차가웠고, 손가락 흔적을 남겼다.

크리스가 슬그머니 내 옆에 와서 앉았다. 그리고 낮은 소리로 말했다. "어, 내가 좀 전에 말도 안 되는 소리를 들었어."

나는 덤덤하게 말했다. "뭐? 내가 어젯밤에 피터랑 야외 온탕에서 섹스했다는 얘기?"

"어. 괜찮아?"

나는 심장이 조여 오는 것 같았다. 숨이라도 크게 한 번 들이쉬었다가는 다시 울음이 터지고 말 것이다.

나는 눈을 감았다. "그런 일 없었어. 누가 그래?"

"찰리가."

피터가 이쪽으로 걸어오고 있었다. 피터는 우리 앞에서 걸음을 멈췄다. "야, 왜 테이블로 돌아오지 않았어? 무슨 일 있어?" 피터는 거기 서서 걱정스런 눈으로 나를 쳐다보았다.

차분한 목소리로 내가 말했다. "다들 우리가 탕에서 섹스를 했다고 말하고 있어."

피터는 끙 소리를 냈다. "자기들 일이나 신경 쓰라지." 피터는 하나도 놀란 것 같지 않았다.

"너는 벌써 알고 있었던 거야?"

"아침에 남자애들 몇 명이 물어보더라고."

"그치만…… 걔들은 대체 어디서 그런 생각을 해낸 거야?" 나는 속이 울렁거렸다.

피터는 어깨를 으쓱했다. "몰라. 누가 우릴 봤나 보지. 그게 무슨 상관이야? 사실도 아닌데."

나는 입을 꽉 다물었다. 지금 울 수는 없다. 왜냐하면 지금 울기 시작하면 절대로 멈출 수 없을 것이기 때문이다. 집에 도착할 때까지 계속 울게 될 것이고, 모두가 보게 될 것이다. 그럴 수는 없다. 나는 피터의 뒤쪽 엉뚱한 곳으로 시선을 고정했다.

"이해가 안 돼. 왜 나한테 화가 난 거야?" 피터는 여전히 어리둥절한 모습이었다.

피터 뒤로 자기 자리로 돌아가려고 하는 아이들이 하나둘 쌓였다. "뒤에 애들 기다려." 내가 말했다.

피터가 말했다. "크리스, 내 자리 좀 비켜줄래?"

크리스는 나를 쳐다봤고, 나는 고개를 저었다.

"이제 내 자리야, 카빈스키." 크리스가 말했다.

"제발 좀, 라라 진." 피터가 내 어깨를 잡으며 말했다.

나는 피터를 뿌리쳤고, 그 모습에 피터는 입을 다물지 못했다. 애들이 우리를 보며 수군거리고 있었다. 피터는 뒤를 흘끔 보더

라라 진의 첫 번째 이야기

니 얼굴이 벌게졌고, 하는 수 없이 안으로 들어갔다.

"괜찮아?" 크리스가 물었다.

눈물이 차오르는 게 느껴졌다. "아니. 전혀 안 괜찮아."

크리스는 한숨을 쉬었다. "여자애들만 불공평해. 남자애들은 아무렇지도 않은데. 다들 피터한테는 축하를 해줬을걸? 남자라면서 등도 두드려주고 말이야."

나는 코를 훌쩍이며 말했다. "애들한테 얘기한 게 피터일까?"

"아니. 내 말은 피터가 죄다 떠벌리지는 않았을 테고, 그렇다고 아니라고 하지도 않았겠지. 무슨 말인지 알지?"

나는 고개를 저었다.

"내 말은, 피터는 분명 아니라고 했을 거야. 거만한 미소를 띠면서 말이야. 피터 같은 애들은 원래 그래. 남자처럼 보이고 싶어 하거든. 다른 남자애들이 다들 우러러보게 말이야." 크리스는 씁쓸하게 말했다. "그런 애들은 우리 명예보다는 자기네 체면을 더 중시해." 크리스는 고개를 저었다. "하지만 일어난 일은 일어난 거야. 넌 그냥 고개 빳빳이 들고 신경도 안 쓴다는 듯이 행동하면 돼."

나는 고개를 끄덕였다.

크리스가 내 머리칼을 헝클어뜨리며 말했다. "달리 어쩌겠냐? 아가야."

제너비브가 마지막으로 버스에 올랐다. 나는 얼른 자세를 바로 하고 눈가를 닦은 후 정신을 수습했다. 하지만 제너비브는 자기 자리로 곧장 가지 않고 베시 모건 앞에 멈춰서 뭐라고 귓속말을 했다. 베시는 헉 하고 놀라더니 몸을 돌려 나를 똑바로 쳐다봤다.

세상에.

크리스와 내가 지켜보고 있는데도 제너비브는 한 자리, 한 자리 그렇게 지나쳤다.

"나쁜 년." 크리스가 내뱉었다.

나는 뜨거운 눈물이 차올랐다. "난 이제 잘래." 나는 크리스의 어깨에 머리를 기댔다. 그리고 울었다. 크리스가 한쪽 팔로 나를 꼭 안아주었다.

라라 진의 첫 번째 이야기

언니가 키티를 태우고 학교까지 나를 데리러 왔다. 두 사람은 내게 여행이 어땠냐고, 계속 초급자 코스에만 있었냐고 물었다. 나는 목소리 톤을 끌어올려보려고 기를 썼다. 심지어 중급자 코스를 내려간 이야기를 지어내기까지 했다. 언니가 부드럽게 물었다. "괜찮은 거야?"

나는 머뭇거렸다. 마고 언니는 내가 사실이 아닌 얘기를 하면 항상 눈치챈다.

"어. 그냥 좀 피곤해. 크리스랑 늦게까지 안 자고 얘기했거든."

"집에 가면 한숨 자." 언니가 말했다.

내 전화가 '징' 하고 울렸다. 내려다보니 피터가 보낸 문자였다.

— 얘기 좀 할래?

나는 메시지를 지워버렸다. "크리스마스 휴일 내내 잠이나 잘까 봐." 내가 말했다. 그나마 크리스마스 휴일이 있어서 얼마나 다행인지. 적어도 학교로 돌아가 애들 얼굴을 보기까지 열흘은 시간이 있었다. 아니면 그냥 영영 돌아가지 말까 싶기도 하다. 아빠에게 홈스쿨링을 시켜달라고 설득할 수 있을지도 모른다.

아빠와 키티가 자러 가고, 언니와 나는 거실에서 선물 포장을 하고 있었다. 반쯤 포장을 끝냈는데 언니가 크리스마스 다음날 리사이틀 파티를 하자고 했다. 나는 언니가 그 아이디어를 완전히 잊어버렸기를 내심 바라고 있었지만, 언니는 결코 뭘 잊어버리는 법이 없다. "크리스마스 끝, 새해 대비 파티를 여는 거야." 아빠가 키티를 위해 준비한 선물 중 하나에 리본을 묶으며 언니가 말했다.

"너무 얼마 안 남았잖아." 나는 그렇게 말하며 조심조심 흔들목마가 그려진 포장지를 잘랐다. 나는 거의 완성되어 가는 언니의 스크랩북에 남은 포장지를 붙이고 싶어서 특별히 조심하는 중이었다. "아무도 안 올 거야."

"당연히 오지! 리사이틀 안 한 지가 얼마나 오래됐는데. 전에는 사람들이 얼마나 많이 왔다고." 언니는 일어나 엄마의 오래된 요리책들을 꺼내 실 테이블 위에 쌓았다. "괜히 산통 깨지 마. 키티를 위해서라도 되살려야 할 전통이니까."

나는 굵은 녹색 리본을 잘라냈다. 어쩌면 이 파티 덕분에 딴생각을 좀 덜하게 될 수도 있다. "엄마가 만들었던 지중해식 치킨 요리 좀 찾아봐. 꿀이랑 요거트로 디핑 소스 만드는 거."

"오! 그리고 캐비어 디핑 소스 기억나? 사람들이 엄청 좋아했는데. 그것도 만들자. 치즈 막대로 해, 치즈 볼로 해?"

"치즈 볼." 내가 말했다. 언니가 어찌나 신이 나 있는지, 나는 지금의 처량한 내 신세에도 불구하고 언니를 말릴 수가 없었다.

언니는 주방에서 펜과 종이를 가져와 하나씩 적기 시작했다.

"그러면 치킨 요리, 캐비어 디핑 소스, 치즈 볼, 펀치……. 쿠키나 브라우니도 굽자. 이웃들을 몽땅 초대하는 거야. 조시랑 조시 부모님, 샤네 식구들, 로스차일드 아줌마. 네 친구는 누구를 초대하고 싶어? 크리스?"

나는 고개를 저었다. "크리스는 보카레이턴에 있는 친척 집에 간대."

"피터는? 피터네 엄마도 오시면 되겠다. 동생도 있던가?" 언니가 애쓰고 있다는 걸 알 수 있었다.

"피터는 놔둬." 내가 말했다.

언니의 이마에 주름이 잡혔다. 언니는 종이에서 눈을 떼고 나를 올려다봤다. "스키 여행에서 무슨 일 있었어?"

나는 숨 쉴 틈도 없이 이렇게 대답했다. "아니. 아무 일 없었어."

"그럼 왜? 내가 피터에 대해 좀 더 알고 싶어서 그래."

"피터도 동네에 없다고 했던 거 같아." 언니가 내 말을 믿지 않는다는 것을 알았지만, 언니는 더 추궁하지 않았다.

언니는 그날 밤에 이메일 초대장을 보냈고 즉시 다섯 군데서 오겠다고 연락이 왔다. 할 말을 적는 난에 D이모(진짜 이모가 아니라 엄마의 친한 친구였다)는 이렇게 썼다. '마고, 네가 아빠랑 〈베이비 잇츠 콜드 아웃사이드!〉를 부르는 걸 얼른 듣고 싶구나.' 이것도 우리 리사이틀의 전통 중 하나였다. 언니와 아빠는 〈베이비 잇츠 콜드 아웃사이드!〉를 부르고, 나는 항상 〈산타 베이비〉를 부르라는 요청을 받았다. 전에는 엄마의 하이힐을 신고 친할머니의 여우 목도리를 두른 채 피아노 위에 누워 그 노래를 부르곤 했지만 올해는 어림없다.

다음날 언니는 내게 키티와 함께 이웃에 쿠키 배달을 가자고 했지만 나는 피곤하다면서 빼달라고 사정했다. 나는 내 방에 올라가 마고 언니의 스크랩북 마무리 작업을 했다. 그리고 영화 〈더티 댄싱〉에 나오는 느린 곡들만 골라 들으며 계속 전화기를 확인했다. 피터가 다시 문자를 보내오지 않을까 싶어서였다. 피터는 문자를 보내지 않았다. 조시 오빠가 보냈다.

─ 무슨 일 있었는지 들었어. 괜찮아?

조시 오빠까지 안단 말야? 조시 오빠는 나랑 같은 학년도 아니다. 학교 전체가 안다는 얘긴가?

나는 답장을 보냈다. 사실이 아냐. 오빠에게서 다시 답장이 왔다. 말 안 해도 돼. 한순간도 믿지 않았어. 그 글을 보니 눈물이 날 것 같았다.

언니가 집에 온 이후로 조시 오빠와 언니는 한 번 함께 어울렸다. 하지만 조시 오빠가 말했던 그 워싱턴 DC 여행은 가지 않았다. 그냥 조시 오빠와 언니의 페이지는 스크랩북에서 뜯어내 버리는 편이 나을 것 같다.

그런 다음 나는 피터의 쪽지들을 내다 버렸다. 버리려니 마음이 아팠지만, 계속 가지고 있으면 마음만 더 아플 뿐이었다. 나는 전화기에서 피터의 사진을 지우고 전화번호도 지워버렸다. 그렇게 다 지워버리고 나면, 마치 아무 일도 일어나지 않았던 것처럼, 이렇게 아픈 마음이 조금은 나아질 것처럼.

67

크리스마스 날 아침 키티가 온 식구들을 모두 깨웠다. 밖은 아직 어두웠지만, 해마다 키티는 이랬다. 아빠는 해마다 하듯이 와플을 만들었다. 우리 식구는 오로지 크리스마스 때만 와플을 먹는다. 와플 기계를 꺼냈다가 다시 씻어서 선반 제일 높은 곳에 올리는 게 예삿일이 아니라고 다들 동의했기 때문이다. 그리고 이렇게 하면 와플이 더욱 특별하게 느껴졌다.

우리는 선물 뜯는 시간을 늘리려고 한 사람씩 돌아가며 선물을 개봉했다. 나는 언니에게 스카프와 스크랩북을 선물했는데 언니가 무척 좋아했다. 언니는 스크랩북을 꼭 끌어안고는 "완벽한 선물이야"라고 말했다. 나는 그동안 우리 사이의 긴장과 앙금들이 말끔히 날아가는 기분이었다. 언니는 내게 스코틀랜드에서 사온 연한 분홍색 캐시미어 스웨터를 선물했다. 잠옷 차림 위에 그대로 입어봤더니 너무나 부드럽고 고급스러웠다.

언니는 키티에게는 유화 물감과 수채화 물감, 특수 마커 등이 모두 들어 있는 미술용구 세트를 선물했다. 키티는 좋아서 꺅꺅 소리를 질러댔다. 반대로 키티는 언니에게 원숭이가 그려진 양말을 선물했다. 나는 키티에게 자전거에 달 수 있는 새로운 바구니와 몇 달 전에 키티가 부탁했던 개미 키우기 상자를 선물했고, 키티는 내게 뜨개질 책을 선물했다. "이제 좀 더 잘 만들 수 있을 거야." 키티는 그렇게 말했다.

아빠 선물은 우리 셋이서 돈을 모아 마련했다. 두꺼운 스칸디나비안 스웨터*였는데 그걸 입으니 아빠는 얼음 낚시꾼처럼 보였다. 사이즈가 좀 큰 것 같았지만, 아빠는 그대로가 좋다고 우겼다.

아빠는 언니에게는 근사한 새 전자책 리더기를 선물했고, 키티에게는 이름이 쓰인('키티'가 아니라 '캐서린'이라고 쓰인) 자전거 헬멧을, 그리고 내게는 린든 앤드 화이트의 상품권을 선물했다. "네가 늘 쳐다보던 그 로켓 목걸이를 사주려고 했는데, 팔리고 없더구나." 아빠는 그렇게 말했다. "그치만 다른, 마음에 꼭 드는 걸 찾을 수 있을 거야." 나는 펄쩍 뛰어서 아빠 목에 매달렸다. 눈물이 날 정도로 좋았다.

흔히 '아빠'라고도 알려진 산타클로스는 석탄 포대와 잉크가 든 물총 같은, 말도 안 되는 선물들과 운동 양말, 프린터 잉크, 내가 제일 좋아하는 펜 같은 실용적 선물들을 가져다놓았다. 산타도 선물은 마트에서 사는 모양이었다.

선물 개봉식이 모두 끝났을 때 키티는 강아지가 없어서 실망한 것을 한눈에 알 수 있었다. 하지만 키티는 아무 말도 하지 않았다. 나는 키티를 끌어당겨서 꼭 끌어안고 이렇게 속삭였다.

---

* 눈꽃 문양 등 화려한 무늬가 수놓아진 두꺼운 스웨터.

라라 진의 첫 번째 이야기

"아직 네 생일이 남았잖아." 키티는 고개를 끄덕였다.

아빠가 와플판이 데워졌는지 보러 주방으로 가고 나서 초인종이 울렸다. "키티야, 네가 좀 나가 볼래?" 아빠가 주방에서 외쳤다.

키티가 현관으로 가고 나서 몇 초 후 날카로운 비명 소리가 들렸다. 언니와 내가 벌떡 일어나 달려가 보니, 바로 거기 발판 위에 놓인 바구니에 갈색과 흰색이 섞인 강아지 한 마리가 목에 리본을 두른 채 들어 있었다. 우리는 다 같이 펄쩍펄쩍 뛰며 비명을 질렀다.

키티가 강아지를 들어올려 안고 거실로 뛰어 들어가자 아빠가 활짝 웃으며 서 있었다. "아빠, 아빠, 아빠!" 키티는 계속 새된 소리를 질러댔다. "고마워요, 고마워요, 고마워요!"

아빠는 어젯밤에 벌써 동물 보호소에서 강아지를 데려왔는데, 지난 밤 동안 앞집에 사는 로스차일드 아줌마가 강아지를 숨겨주었다고 한다. 그건 그렇고 숫놈이었다. 부엌 바닥에 온통 오줌을 싸대는 바람에 금세 알 수 있었다. 워커 하운드와 비글의 잡종이었는데, 키티는 아키타나 저먼 셰퍼드보다 이게 훨씬 더 좋다고 단언했다. 키티는 강아지의 이름을 임시로 랠프라고 지었다. 집으로 오는 차 안에서 제일 먼저 한 일이 토한 거라서* 그렇다고 한다.

키티가 이렇게 기뻐하고 또 인내하는 것은 처음 보았다. 키티

* 영어 '랠프(ralph)'에는 '토하다'라는 뜻도 있다.

는 크리스마스 휴일 내내 랠프에게 재주를 가르치려고 애쓰고 밖에 데리고 나가 오줌을 누이면서도 쉴 새 없이 눈빛을 반짝였다. 그런 키티를 보고 있으니 나도 다시 어린아이가 되어 크리스마스 선물인 강아지 한 마리로 모든 문제가 해결되면 얼마나 좋을까 하는 생각이 들었다.

68

파티 날 아침 10시가 지나 아래층에 내려와 보니 다른 사람들은 벌써 몇 시간째 일을 하고 있었다. 언니가 수석 주방장, 아빠가 보조였다. 언니는 아빠에게 양파와 셀러리를 썰고 냄비를 씻게 했고, 우리한테는 이렇게 말했다. "라라 진, 아래층 목욕탕 청소랑 바닥 닦고 정리 좀 해줘. 키티, 장식은 네가 감독해."

"시리얼이라도 먼저 좀 먹고 시작해도 될까?" 내가 물었다.

"어. 그치만 서둘러." 언니는 그렇게 말한 후 다시 쿠키 반죽을 뜨기 시작했다.

내가 키티에게 속삭였다. "나는 이 파티를 원하지도 않았는데, 언니는 나더러 변기 닦으래. 왜 너만 좋은 일을 하는 거야?"

"내가 막내니까 그렇지." 키티는 그렇게 말하고는 보조 식탁에 앉았다.

언니가 뒤돌아서며 말했다. "흥, 어차피 변기 청소는 해야 됐거든! 그리고 분명히 나중에 잘했다 싶을 거야. 리사이틀 파티는 정말 오랜만이니까." 언니는 쿠키 선반을 오븐에 밀어 넣었다. "아빠, 가게에 좀 뛰어갔다 오셔야겠어요. 사우어크림이 없어요. 얼음도 큰 봉지로 하나 필요하고요."

"네, 알겠습니다." 아빠가 말했다.

우리 중에 언니가 일을 시키지 않는 것은 랠프뿐이었다. 랠프는 크리스마스 트리 아래서 낮잠을 잤다.

✻✻✻

나는 흰색 셔츠에 격자무늬 스커트, 그리고 빨간색과 녹색 격자무늬 보타이를 했다. 어느 패션 블로그에서 읽었는데 격자무늬를 매치하는 게 유행이라고 한다. 나는 키티 방에 가서 머리를 좀 땋아달라고 사정했다. 키티는 경멸조로 "그 옷 안 섹시해"라고 했다.

나는 얼굴을 찡그렸다. "뭐? 누가 섹시하겠대? 축제처럼 보이려고 하는 거야."

"흠…… 언니는 지금 무슨 스코틀랜드 웨이터나 브루클린에 있는 바텐더처럼 보여."

"네가 브루클린에 있는 바텐더에 대해 뭘 알아?" 내가 따졌다.

키티는 내게 한심하다는 표정을 지었다. "흥, 나도 영화 채널 보거든."

흠. TV에 자녀 안심 채널 설정을 좀 해놔야 할 것 같다.

키티는 내 옷장으로 가서 스커트 부분이 차르르 접히는 빨간색 오프숄더 니트 원피스를 꺼냈다. "이거 입어. 크리스마스 분위기는 나면서도 요정 코스튬은 아닌 것처럼 보이니까."

"알았어. 그치만 그 위에 지팡이 사탕 핀을 할 거야."

"그래, 핀은 해도 돼. 그치만 머리는 내려. 땋지 말고." 나는 키티를 향해 최대한 불쌍한 표정을 지어 보였지만 키티는 고개를 저었다. "볼륨이 좀 살도록 웨이브는 넣어줄게. 하지만 땋는 건 절대 안 돼."

나는 고데기에 전원을 연결하고 바닥에 앉아 랠프를 무릎 위에 올렸다. 키티는 침대에 앉아서 내 머리카락을 여러 부분으로 나눈 다음, 진짜 프로 같은 손놀림으로 능숙하게 내 머리카락을 감아 돌리기 시작했다.

"조시 오빠도 파티에 온다고 했어?" 키티가 물었다.

"잘 모르겠어." 내가 말했다.

"피터 오빠는?"

"피터는 안 와." 내가 말했다.

"왜?"

"그냥 못 와." 내가 말했다.

언니는 피아노에 앉아 〈블루 크리스마스〉를 연주하고 있었다. 옛날 우리 피아노 선생님이었던 최 선생님이 그 옆에 앉아 노래를 부르고 있었다. 방 저쪽 편에서는 아빠가 샤 가족에게 새 선인장을 보여주고 있었고, 키티와 조시 오빠, 그리고 어린아이들 몇 명은 랠프에게 앉는 법을 가르치려고 시도 중이었다. 나는 크랜베리 생강 에일 펀치를 마시며 D이모와 이모의 이혼 얘기를 나누고 있었는데 피터 카빈스키가 걸어 들어왔다. 단추 셔츠 위에 사냥용 녹색 스웨터를 입고 크리스마스 쿠키 통을 들고 있었다. 나는 펀치가 목에 걸려 캑캑거렸다.

키티도 나와 동시에 피터를 발견했다. "오빠, 왔구나!" 그렇게 외친 키티는 곧장 달려가 피터의 팔에 안겼다. 피터는 쿠키 통을 내려놓고, 키티를 번쩍 들어올려 흔들어주었다. 피터가 키티를 내려놓자, 키티는 피터의 손을 붙잡고 내가 정신없이 쿠키 접시들을 이리저리 옮기고 있는 뷔페 테이블로 끌고 왔다.

"피터 오빠가 가져온 것 좀 봐." 그렇게 말하며 키티는 피터를 앞으로 밀었다.

피터가 쿠키 통을 내게 건넸다. "이거. 우리 엄마가 만든 과일 케이크 쿠키야."

"여기서 뭐 해?" 내가 낮은 소리로 추궁했다.

"쟤가 날 초대했어." 피터는 머리로 키티를 가리켰다. 키티는 어느새 강아지한테로 도로 뛰어가 버린 후였다. 조시 오빠는 이제 일어서서 찡그린 얼굴로 우리 쪽을 건너다보고 있었다. "얘기 좀 해."

"안 해도 돼."

피터가 내 팔꿈치를 붙잡았다. 나는 뿌리치려고 했지만 피터가 놓아주지 않았다. 피터는 나를 주방으로 밀고 들어갔다. "가줬으면 좋겠어." 내가 말했다.

"네가 왜 그렇게 나한테 화가 났는지부터 말하면."

"왜냐하면!" 나는 폭발하고 말았다. "다들 우리가 야외 온탕에서 섹스를 했다면서 나더러 난잡하다고 수군대는데 너는 신경도 안 쓰잖아!"

"남자애들한테 아니라고 말했어!"

"말했어? 남자애들한테 우리가 한 거라고는 키스뿐이고, 그 외에는 아무것도 안 했다고 얘기했어?" 피터는 머뭇거렸다. 나는 말을 이었다. "아니면 '애들아, 우리는 탕 속에서 섹스한 적 없어' 하면서 윙크나 찡긋한 거야?"

피터의 두 눈이 이글거렸다. "커비, 설마 날 그 정도로 보는 건 아니겠지?"

"카빈스키, 넌 쓰레기야."

나는 휙 돌아섰다. 거기 조시 오빠가 서 있었다. 주방 입구에 서서 피터를 노려보고 있었다.

"애들이 라라 진에 대해서 그런 말도 안 되는 소리를 하는 건 네 잘못이야." 조시 오빠는 역겹다는 듯이 고개를 가로저었다. "라라 진은 그런 짓을 할 애가 아냐."

"목소리 낮춰." 나는 낮은 소리로 그렇게 말하며 주변을 빠르게 살폈다. 지금 이래서는 안 됐다. 바로 옆방에 내가 아는 모든 사람이 모여 있는 리사이틀 파티에서는 말이다.

피터의 턱이 움찔했다. "조시 형, 이건 사적인 대화야. 나랑 내 여자친구 사이의. 가서 '월드 오브 워크래프트'라도 하는 게 어때? 아니면 TV에서 〈반지의 제왕〉 연속 상영이라도 보든지."

"닥쳐, 카빈스키." 나는 놀라서 숨이 멎을 것 같았다. 조시 오빠는 나를 보며 말했다. "라라 진, 바로 이런 일이 생길까 봐 내가 널 보호하고 싶었던 거야. 이 놈은 네가 만날 만큼 괜찮은 놈이 아냐. 널 실망시킬 뿐이라고."

내 옆의 피터도 만만치 않았다. "집어치워. 라라 진은 더 이상 형을 안 좋아해. 끝났다고. 잊어버려."

"아무것도 모르는 소리 하지 마." 조시 오빠가 말했다.

"좋으실 대로. 형이 얘한테 키스하려고 했다며. 다시 한 번만 그래 봐. 가만있지 않을 테니까."

조시 오빠는 짧은 웃음을 내뱉었다. "그래, 어디 해봐."

나는 패닉 상태에 빠져들고 있었다.

그 순간 언니가 눈에 보였다. 언니는 조시 오빠의 몇 걸음 뒤에 서서 손으로 입을 막고 서 있었다. 피아노 소리는 멈춘 상태였고, 세상도 멈춘 것 같았다. 언니가 모든 걸 다 들은 것이다.

"아니지? 아니라고 해줘."

나는 입을 달싹했다. 아무 말도 할 필요가 없었다. 언니는 이미 아는 것이다. 세상에서 나를 가장 잘 아는 게 언니니까.

"네가 어떻게?" 그렇게 묻는 언니의 목소리가 떨려서 나왔다. 언니의 두 눈에 담긴 상처를 보니 나는 죽고만 싶었다. 한 번도 보지 못한 눈빛이었다.

"마고." 조시 오빠가 입을 열었지만, 언니는 고개를 저으며 뒤로 물러났다.

"나가." 언니의 목소리가 갈라져 나왔다.

그리고 언니는 나를 봤다. "너는 내 동생이야. 내가 세상 그 누구보다 믿는 사람이라고."

"언니, 기다려……." 하지만 언니는 이미 사라지고 없었다. 2층으로 뛰어 올라가는 언니의 발소리가 들렸다. 문이 닫히는 소리가 들렸다. 쾅 하는 소리는 아니었다.

그제야 나는 눈물이 터져 나왔다. "미안해." 조시 오빠가 내게 말했다. 오빠는 쓸쓸한 목소리로 "모두 다 내 잘못이야"라고 말한 뒤 뒷문으로 나가버렸다.

피터가 다가와 내게 팔을 두르려고 했다. 하지만 나는 피터를 멈춰 세웠다. "그냥…… 그냥 좀 가줄래?"

피터의 얼굴에 놀람과 상처가 동시에 떠올랐다. "물론 갈 수 있지." 피터는 그렇게 말하고는 주방을 나갔다.

나는 주방 옆에 있는 화장실로 가서 변기에 앉아 울었다. 누군가 문을 두드렸다. 나는 울음을 멈추고 "잠깐만요"라고 외쳤다.

샤 아줌마의 명랑한 목소리가 말했다. "미안하다!" 그리고 아줌마의 구두굽 소리가 또각또각 멀어졌다.

나는 일어나 찬물로 세수를 했다. 두 눈은 여전히 발갛게 부어 있었다. 나는 수건을 물에 적셔 얼굴에 가져다대었다. 내가 아플 때 엄마가 해주던 방법이었다. 엄마는 얼음처럼 찬 수건을 내 이마에 올려놓고 더 이상 차갑지 않으면 새것으로 갈아주곤 했다. 지금 여기 엄마가 있었으면 좋겠다.

파티로 되돌아가 보니 최 선생님이 피아노에 앉아서 〈해브 유 어셀프 어 메리 리틀 크리스마스〉를 연주하고, 로스차일드 아줌마는 소파에서 아빠를 궁지에 몰아넣고 있었다. 아줌마는 샴페인을 계속 따랐고 아빠는 약간 놀란 듯한 표정을 짓고 있었다. 아빠는 나를 보자 소파에서 벌떡 일어나 내게로 왔다. "어휴, 다행이다. 고고는 어디 갔니? 우리 노래해야지."

"언니는 몸이 안 좋대요." 내가 말했다.

"흠, 내가 가서 보고 올게."

"그냥 혼자 있고 싶어 하는 것 같아요."

아빠의 이마에 주름이 잡혔다. "고고랑 조시가 싸웠니? 조시가 좀 전에 가버리던데."

나는 마른침을 삼켰다. "어쩌면요. 제가 가서 언니랑 얘기해볼게요."

아빠가 내 어깨를 두드렸다. "넌 정말 착한 동생이야."

나는 억지로 웃었다. "고마워요, 아빠."

나는 위층으로 올라갔다. 언니의 방문은 잠겨 있었다. 나는 밖에 서서 물었다. "들어가도 돼?"

답이 없었다.

"언니, 제발. 제발 설명 좀 하게 해줘……."

역시 아무 말이 없었다.

"미안해, 언니. 미안해. 나하고 얘기 좀 해."

나는 주저앉아 울기 시작했다. 언니는 나를 가장 아프게 하는 방법이 뭔지 알고 있었다. 아무 말도 하지 않는 것, 그냥 나를 차단하는 것, 그게 언니가 내게 줄 수 있는 가장 큰 벌이었다.

69

엄마가 돌아가시기 전에 언니와 나는 서로 적이었다. 우리는 바람 잘 날 없이 싸웠다. 보통은 내가 뭔가 언니의 것을 망쳐놓았기 때문이었다. 언니의 게임이나 언니의 장난감 같은 것들 말이다.

언니에게는 로첼이라는 이름의 아끼는 인형이 있었다. 매끄러운 붉은 갈색 머리의 그 인형은 언니처럼 안경을 쓰고 있었다. 엄마 아빠가 언니의 일곱 살 생일 선물로 사준 인형이었다. 언니에게 인형은 로첼 밖에 없었고, 그래서 언니는 로첼을 애지중지했다. 나는 잠깐만 한번 들어보자고 언니에게 사정사정했지만 언니는 언제나 안 된다고 했다. 그러던 어느 날이었다. 감기가 걸렸던 나는 등교를 하지 못하고 집에 있게 됐다. 나는 언니의 방으로 기어가서 로첼을 가져왔다. 나는 오후 내내 로첼을 가지고 놀았다. 로첼과 내가 절친한 친구 사이인 척하면서 말이다. 그러다가 나는 로첼의 얼굴이 실은 좀 밋밋하다는 생각을 하게 됐다. 립스틱을 바르면 훨씬 더 예쁠 것 같았다. 로첼이 예뻐지면 언니도 좋아하겠지. 나는 엄마의 화장대에서 립스틱을 하나 꺼내 로첼에게 발랐다. 하지만 내가 잘못 생각했다는 걸 금세 알 수 있었다. 립스틱은 입술 밖으로 삐져나갔고 로첼은 예쁜 게 아니라 어릿광대처럼 보였다. 나는 언니가 집에 올 때까지 이불 밑에 숨어 있었다. 로첼의 상태를 알게 된 언니가 비명을 지르는 게 들렸다.

엄마가 돌아가신 후에 우리는 모두 조금씩 바뀔 수밖에 없었다. 다들 새로운 규칙이 생겼다. 언니와 나는 더 이상 싸우지 않았다. 이제 키티를 돌보는 건 우리 몫이라는 걸 둘 다 잘 알았기 때문이다. "동생을 잘 돌봐야지." 엄마는 항상 그렇게 말했었다. 엄마가 살아 계실 때는 마지못해 그렇게 했지만, 돌아가신 후에는 시키지 않아도 우리는 그렇게 했다.

며칠이 지나도 언니는 말 한 마디 하지 않았다. 나를 없는 사람 취급했고, 필요할 때만 내게 말을 했다. 키티는 걱정스런 눈으로 우리를 지켜보았다. 아빠는 어리둥절해서 무슨 일이냐고 물었지만, 내게 대답을 강요하지는 않았다.

이제 언니와 나 사이에는 벽이 생겼고, 언니가 점점 더 내게서 멀어지는 것을 느낄 수 있었다. 원래 자매들은 서로 싸우고 화해하기를 반복하게 마련이다. 언제나 서로에게 돌아가는 길을 찾을 수 있기 때문이다. 하지만 어쩌면 우리는 그러지 못할 거라는 두려운 예감이 들고 있었다.

70

창밖으로 눈송이들이 내리고 있다. 마당이 점점 목화밭처럼 변해가고 있었다. 하루 종일, 밤새 눈이 내렸으면. 눈보라가 몰아쳤으면.

누군가 방문을 두드린다.

나는 베개에서 고개를 들었다. "들어오세요."

아빠가 들어와 내 책상에 앉았다. "그래." 아빠는 뭔가 긴장할 일이 있을 때의 버릇처럼 턱을 긁으며 말했다. "얘기 좀 하자."

나는 심장이 쿵 하고 내려앉는 것 같았다. 일어나 앉아 무릎을 양팔로 감쌌다. "언니가 뭐라고 해요?"

아빠는 헛기침을 했다. "하더구나." 나는 아빠 얼굴을 쳐다볼 수도 없었다. "이것 참 곤란하네. 마고랑은 한 번도 이런 얘기를 한 적이 없어서⋯⋯." 아빠는 다시 한 번 헛기침을 했다. "내가 의사니까 이런 걸 아주 잘할 거라고 생각하겠다만⋯⋯ 그냥 나는 네가 성관계를 갖기에는 아직 너무 어리다고 생각해, 라라 진. 아직 준비가 된 것 같지 않아." 아빠는 금방이라도 울 것 같은 목소리였다. "피터가⋯⋯ 피터가 혹시 어떤 식으로든 강요하든?"

나는 온몸의 피가 얼굴로 쏠리는 느낌이었다. "아빠, 우리 안

잤어요."

아빠는 고개를 끄덕였지만 내 말을 믿는 것 같지는 않았다.
"나는 네 아빠니까 물론 네가 쉰 살까지 기다리면 좋겠어. 하지
만······." 아빠는 다시 한 번 헛기침을 했다. "나는 네가 피임을
잘 했으면 좋겠구나. 월요일에 후데츠 선생님한테 예약을 잡아
놓으마."

나는 울음을 터뜨렸다. "예약 같은 건 필요 없어요. 아무 짓도
안 하고 있으니까요! 피터랑 잔 적 없어요! 야외 온탕이고 어디
고 할 것 없이. 죄다 누군가 지어낸 얘기라고요. 믿어주세요."

아빠는 고통스러운 표정을 지었다. "라라 진, 이런 얘기를 엄
마가 아니라 아빠랑 해야 하는 게 쉽지 않다는 것 안다. 나도
너희 엄마가 여기 있어서 이 문제를 헤쳐 나가준다면 좋겠어."

"저도 엄마가 있었으면 좋겠어요. 그랬으면 엄마는 저를 믿어
줬을 테니까요." 눈물이 뺨 위로 줄줄 흘러내렸다. 모르는 사람
들이 나를 최악으로 생각하는 것만으로도 충분히 아픈데, 내 언
니와 아빠까지 그런 얘기를 믿을 줄은 몰랐다.

"미안." 아빠는 내게 두 팔을 둘렀다. "미안하다. 네 말 믿어.
네가 아니라고 하면 아니겠지. 나는 그냥 네가 너무 빨리 어른
이 되지 않았으면 좋겠다. 나한테 너는 키티나 다름없이 어리게
만 보이니까. 너는 내 꼬마니까, 라라 진."

나는 아빠에게 축 기댔다. 이 세상에 아빠 품보다 더 안전한
곳은 없다. "모든 게 엉망진창이에요. 아빠는 더 이상 날 믿지 않
고, 피터랑은 헤어지고, 언니는 날 미워하고."

"널 믿는다. 당연히 널 믿어. 그리고 너랑 마고도 당연히 화해할 거야. 언제나 그래왔잖니? 마고는 그냥 네가 걱정되는 거야. 그래서 나한테 왔던 거고." 그렇지 않다. 언니는 복수를 하려고 한 것이다. 아빠가 잠깐이라도 나를 그렇게 생각한 것은 모두 언니 탓이다.

아빠는 내 턱을 들어 올려 눈물을 닦아주었다. "피터를 진짜 좋아하는 거구나, 그렇지?"

"아뇨." 나는 흐느끼며 말했다. "어쩌면요. 모르겠어요."

아빠는 내 머리칼을 귀 뒤로 넘겨주며 말했다. "다 잘 해결될 거야."

자매들만 할 수 있는 그런 싸움이 있다. 그럴 때는 절대로 주워 담을 수 없는 말을 하게 된다. 너무 화가 나서, 도저히 그 화를 주체할 수가 없어서, 제대로 앞뒤를 분간하지 못하고 목구멍으로 올라오는 말을 그대로 내뱉어버리는 것이다.

아빠가 나가고 아빠 방에서 잘 준비를 하는 소리가 들리자, 나는 노크도 없이 그대로 언니 방으로 쳐들어갔다. 책상에 앉아 노트북 컴퓨터를 보고 있던 언니는 놀라서 나를 올려다봤다.

나는 눈물을 닦으며 말했다. "나한테는 얼마든지 화를 내도 좋지만, 내 뒤에서 아빠를 찾아가는 짓은 하지 마."

언니는 날카로운 목소리로 말했다. "복수하려고 그런 게 아냐. 네가 뭔지도 모르는 짓을 저지르고 있는 게 분명하니까 그런 거야. 조심하지 않으면 그 안타까운 10대들 통계치에 너도 포함되게 될 테니까." 언니는 마치 생판 남인 사람을 대하듯 차갑게 말했다. "라라 진, 넌 변했어. 솔직히 나는 이제 네가 어떤 애인지조차 모르겠어."

"그래, 언니는 내가 어떤 애인지 몰라. 한순간이라도, 내가 학교에서 간 여행에서 남자애랑 잤을 거라고 생각했다면 말이야! 그것도 누가 지나갈지 모르는, 훤히 다 보이는 야외 온탕에서? 언니는 나를 하나도 모르는 게 확실해! 언니가 조시 오빠랑 잤다고 해서, 나도 피터랑 잘 거라는 그런 생각은 하지 마."

언니는 숨을 들이마셨다. "목소리 낮춰."

나도 언니에게 상처를 주었다고 생각하니 고소했다. 나는 계속 소리를 질렀다. "왜? 아빠는 이미 나한테 실망했으니까 언니한테는 실망하면 안 된다는 거야?"

나는 그대로 뒤로 돌아 내 방으로 돌아갔다. 언니가 곧장 내 뒤를 따라왔다.

"이리 와!" 언니가 소리쳤다.

"싫어!" 나는 언니의 눈앞에서 방문을 닫으려고 했지만 언니가 문틈을 비집고 발을 들이밀었다. "나가!"

나는 등으로 방문을 밀어붙였지만 힘은 언니가 더 셌다. 언니는 힘으로 문을 밀고 들어와 등 뒤로 방문을 잠가버렸다.

언니가 내 쪽으로 다가왔다. 나는 뒤로 물러섰다. 이번에 당당한 쪽은 언니였다. 나는 점점 주눅이 들어 몸을 웅크렸다. "내가 조시랑 잤다는 거 어떻게 알았어? 둘이서 나 몰래 만날 때 조시가 직접 얘기해줬니?"

"뒤에서 만난 적 없어! 그런 거 아냐."

"그럼 뭔데?" 언니가 따지고 들었다.

목구멍에서 울먹거리는 소리가 나왔다. "내가 먼저 오빠를 좋아했어. 중3이 되기 전 여름 내내. 나는 오빠도 나를 좋아하는 줄 알았어. 그런데 어느 날 언니가 둘이 만난다고 했어. 그래서 나는, 나는 그냥 속으로 삭였어. 오빠한테 작별 편지를 썼어."

언니의 얼굴이 비웃음으로 일그러졌다. "넌 지금 내가 널 동정해주길 바라는 거니?"

"아니. 그냥 일어난 일을 설명하는 거야. 그 이후로는 오빠를 좋아하지 않았어. 맹세해. 다시는 그런 식으로 조시 오빠를 생각하지 않았어. 그런데 어느 날 언니가 떠나고 나서, 내 깊숙한 곳에 아직도 조시 오빠에 대한 마음이 남아 있다는 걸 알게 됐어. 그때 내 편지가 발송됐고, 조시 오빠가 알아버린 거야. 그래서 나는 피터랑 사귀는 척을 시작했어……."

언니는 고개를 흔들었다. "그만해. 듣고 싶지 않아. 그리고 지금은 네가 무슨 소리를 하는지도 모르겠어."

나는 덜덜 떨리는 목소리로 말했다. "언니는 언니가 나한테 얼마나 큰 영향을 주는지 모를 거야. 언니의 의견이 얼마나 큰 영향력을 갖는지. 내가 얼마나 언니를 존경하는지."

언니는 말도 못하게 얼굴이 일그러졌다. 눈물을 참고 있었다. "엄마가 늘 내게 뭐라고 하셨는지 알아?" 언니는 턱을 높이 쳐들었다. "'동생들을 잘 돌봐라.' 그래서 나는 그렇게 했어. 언제나 나보다 너와 키티를 우선시하려고 했어. 여기 식구들로부터 그렇게 멀리 떨어져 있는 게 얼마나 힘든지 알아? 얼마나 외로웠는지 아냐고. 집으로 돌아오고 싶은 생각뿐이었어. 하지만 그럴 수 없었어. 나는 강해져야 하니까. 나는……" 언니는 숨을 몰아쉬었다. "모범이 돼야 하니까. 약해질 수가 없었어. 너희들한테 용감해지는 법을 보여줘야 하니까. 왜냐면…… 왜냐면 우리한테는 그렇게 해줄 엄마가 안 계시니까."

눈물이 또르르 내 볼을 타고 내려왔다. "알아, 언니. 말 안 해도 알아. 언니가 우리를 위해서 얼마나 많은 노력을 했는지."

"그러다가 내가 떠나고 나니까, 너희는 내가 그렇게 필요하지 않은 것 같았어." 언니의 목소리가 갈라져 나왔다. "내가 없어도 잘 지내는 것 같았어."

"언니가 전부 다 가르쳐주고 갔으니까!" 내가 울부짖었다.

언니의 얼굴에서 참고 있던 무언가가 무너졌다.

"미안해." 나는 흐느끼며 말했다. "미안해."

"네가 필요했어, 라라 진."

언니는 한 걸음 앞으로 나왔다. 나도 언니 쪽으로 한 걸음을 뗐다. 우리는 서로의 품에 쓰러져 울었다. 말할 수 없는 안도감이 밀려왔다. 우리는 자매지간이다. 언니나 내가 무슨 말을 한대도 그건 바뀔 수가 없다.

아빠가 방문을 두드렸다. "얘들아? 안에 별일 없는 거니?"

우리는 서로 얼굴을 보다가 동시에 말했다. "별일 없어요, 아빠."

71

새해 전날이다. 새해 전날이면 우리 식구는 언제나 집에서 휴일을 보낸다. 팝콘에 탄산음료를 먹다가 자정이 되면 뒷마당으로 나가서 폭죽을 터뜨린다.

언니의 고등학교 때 친구들 몇 명은 산장에서 파티를 열고 있다. 언니는 그곳에 가지 않고 우리랑 함께 있겠다고 했지만, 키티와 내가 등을 떠밀어 언니를 파티에 보냈다. 조시 오빠도 그곳에 갔으면 하는 바람이다. 가서 둘이서 얘기를 나눈다면 무슨 일이 벌어질지 또 누가 알겠는가. 누가 뭐래도 새해 전날이니까 말이다. 새로운 시작을 위한 밤.

우리는 아빠를 병원 사람이 여는 파티에 보냈다. 키티는 아빠가 제일 좋아하는 셔츠를 다림질하고, 나는 넥타이를 골랐다. 우리는 아빠도 등을 떠밀어 문 밖으로 쫓아버렸다. 외할머니 말이 맞는 것 같다. 혼자인 건 안 좋다.

"왜 아직도 슬픈 얼굴이야?" 그릇에 팝콘을 담고 있는데 키티가 물었다. 둘 다 주방에 있었다. 키티는 다리를 덜렁거리며 보조 식탁에 앉아 있다. "마고 언니랑 화해했잖아? 그런데 슬플 일이 뭐가 있어?"

나는 슬프지 않다고 부인하려다가, 그냥 한숨을 내쉬었다. "나도 몰라."

키티는 팝콘을 한 줌 집으며 말했다. "어떻게 모를 수가 있어?"

"왜냐면 어떤 때는 그냥 슬픈데 설명이 안 될 때가 있거든."

키티는 고개를 갸우뚱했다. "월경전 증후군?"

나는 마지막 생리일부터 날짜를 세 보았다. "아니. 여자애가 슬프다고 해서 항상 월경전 증후군인 건 아냐."

"그러면 왜?" 키티가 다그쳤다.

"모른다니까! 누가 보고 싶은가 보지."

"피터 오빠가 보고 싶어? 아니면 조시 오빠?"

나는 머뭇거렸다. "피터." 그 많은 일에도 불구하고, 피터다.

"그러면 전화해봐."

"못 해."

"왜 못 해?"

뭐라고 답해야 할지 알 수가 없다. 얘기를 하자니 너무 창피한데, 나는 키티한테 존경받는 언니이고 싶기 때문이다. 하지만 키티가 내 말을 기다린다. 그 작은 눈썹에 주름을 만들면서. 이럴 땐 진실을 말하는 게 맞다. "키티, 전부 다 가짜였어. 전부 다. 피터랑 나는 진짜로 사귄 적이 없어. 피터는 나를 진짜 좋아한 적이 없어."

키티가 얼굴을 찡그렸다. "가짜라니 무슨 뜻이야?"

나는 한숨을 내쉬며 말했다. "전부 다 그 편지 때문에 벌어진 일이야. 내 모자 상자가 없어졌던 거 기억나지?" 키티는 고개를 끄덕였다. "그 안에 편지가 들어 있었어. 내가 좋아했던 남자애들한테 쓴 편지. 혼자만 보려고 쓴 거였는데, 절대로 보내려고 쓴 게 아닌데, 누군가 발송을 해버렸어. 그래서 모든 게 엉망이 된 거야. 조시도 받고, 피터도 받고, 나는 완전히 창피당하고…… 그래서 피터랑 나는 우리 둘이 사귀는 척하기로 했어. 그러면 나는 조시 앞에서 체면이 살고, 피터는 옛날 여자친구를 질투 나게 만들 수 있으니까. 그런데 모든 게 걷잡을 수 없는 방향으로 진행됐어."

키티가 불안한 눈빛으로 입술을 깨물고 있었다. "언니…… 내가 무슨 말을 해도 화내지 않는다고 약속해야 돼."

"뭐? 말해봐."

"약속부터 해."

"알았어. 약속할게. 화 안 내." 나는 뭔가 등골이 서늘해졌다.

키티가 단번에 말을 쏟아냈다. "그 편지들 보낸 사람이 나야."

"뭐?" 나는 비명을 질렀다.

"화 안 낸다고 약속했잖아!"

"뭐?" 나는 다시 소리를 질렀다. 하지만 소리는 좀 낮췄다. "키티, 네가 어떻게 나한테 그럴 수 있어?"

키티는 고개를 푹 떨궜다. "화나서 그랬어. 내가 조시 오빠 좋아한다고 놀렸잖아. 강아지 이름도 조시로 지을 거라고. 그래서 너무 화가 났었어. 그래서 언니가 잘 때…… 언니 방에 몰래 들어가서 모자 상자를 훔쳤어. 그리고 편지들을 전부 읽어보고 부쳤어. 곧장 후회했지만 이미 늦었더라고."

"그런 편지가 있다는 건 대체 어떻게 알았던 거야?" 내가 소리를 질렀다.

키티는 눈을 가늘게 뜨며 말했다. "언니가 없을 때 가끔 언니 방을 뒤져보니까 그렇지."

나는 키티에게 몇 번 더 소리를 지르고 싶었지만, 나도 언니가 조시 오빠에게 쓴 편지를 읽었던 게 생각나서 그냥 삼켜버렸다. 나는 최대한 차분하게 말했다. "너 때문에 내가 얼마나 힘들었는지 알기는 하니? 어떻게 그렇게 앙심을 품을 수가 있어?"

"미안해." 키티가 작은 목소리로 말했다. 키티의 눈가에 굵은 눈물방울이 맺히더니 하나가 빗방울처럼 똑 하고 떨어졌다.

나는 키티를 끌어안고 위로해주고 싶었지만, 아직은 화가 풀리지 않았다. "괜찮아." 나는 절대로 괜찮지 않은 목소리로 그렇게 말했다. 키티가 그 편지들만 보내지 않았으면 이런 일은 하나도 벌어지지 않았을 것이다.

키티는 벌떡 일어나더니 2층으로 뛰어 올라갔다. 아마도 자기 방에 들어가서 몰래 울겠지. 내가 어떻게 해야 하는지 안다. 가서 키티를 위로하고, 진심으로 용서해줘야 한다. 이번에는 내가 모범을 보일 차례다. 좋은 언니가 될 차례.

2층으로 올라가려고 하는데, 키티가 다시 부엌으로 뛰어들어왔다. 두 팔에는 내 모자 상자를 안고 있었다.

　언니와 나밖에 없던 시절에는 엄마는 뭐든 항상 두 개를 샀다. 파란색은 언니 것, 분홍색은 내 것이었다. 이불도, 동물 인형도, 부활절 바구니도 모두 색깔별로 두 개씩이었다. 뭐든 공평해야 했다. 당근 조각도, 감자튀김도, 구슬도, 컵케이크처럼 생긴 지우개도 모두 개수가 같아야 했다. 그런데 문제는 내가 언제나 지우개를 잃어버리거나 당근 조각을 너무 빨리 먹어서 언니에게 하나만 달라고 졸라댔다는 점이다. 그러면 엄마는 가끔 언니에게 나눠주라고 시키곤 했는데, 당시에도 나는 그게 불공평하다는 것을 알고 있었다. 당연했다. 간식을 천천히 먹는다고, 지우개가 어디 있는지 안다고, 언니가 손해를 보아서는 안 된다. 키티가 태어나고 나서 엄마는 처음에 파란색, 분홍색, 노란색을 시도했다. 하지만 똑같은 물건을 세 가지 색으로 구하는 건 두 가지보다 훨씬 더 어려운 일이었다. 그리고 키티는 워낙 우리와 나이 차이가 많이 나다 보니, 우리는 키티와 똑같은 장난감을 원하지는 않았다.

　이 청록색 모자 상자는 엄마가 나에게만 선물해준 유일한 물건일 것이다. 이것만은 다른 형제들과 나눠 가질 필요가 없었다.

이것만은 온전히 내 것이었다.

처음에 이 상자를 열었을 때 나는 챙이 넓은 모자나 아니면 빵모자라도 들어 있을 줄 알았다. 하지만 상자는 비어 있었다. 엄마는 그렇게 말했다. "특별한 물건을 담는 데 써. 제일 소중하고, 좋아하고, 비밀스런 것들을 몽땅 거기에 담는 거야."

"예를 들면 어떤 거요?" 내가 말했다.

"그 안에 들어가는 거면 뭐든. 순전히 혼자만 간직하고 싶은 물건이면 아무거나."

키티의 작고 뾰족한 턱이 떨리고 있었다. "정말 미안해, 언니."

그걸 보고 있으니 더 이상 화를 낼 수가 없었다. 그건 불가능한 일이었다. 그래서 나는 키티에게 다가가 꼭 안아주었다. "괜찮아." 내가 그렇게 말하자 키티는 그제야 안도하고 내게 푹 기댔다. "상자는 네가 가져도 돼. 네 비밀 물건들을 몽땅 거기에 담아."

키티는 고개를 저었다. "아냐, 언니 거잖아. 필요 없어." 키티는 상자를 내게 내밀었다. "내가 언니를 위해 뭔가 넣어놨어."

상자를 열어봤더니 쪽지들이 들어 있었다. 수없이 많은 쪽지가. 피터가 쓴 쪽지들이었다. 내가 버린 피터의 쪽지들.

"언니 쓰레기통 비우다가 발견했어." 키티는 얼른 덧붙였다. "몇 개밖에 안 읽어봤어. 그리고 중요한 거 같아서 모아뒀어."

나는 피터가 비행기 모양으로 접은 쪽지를 만져 보았다. "키티…… 나랑 피터가 다시 합치지 않는 거 알지?"

키티는 팝콘 그릇을 잡으며 말했다. "그냥 읽어봐." 그러고선 거실로 가서 TV를 켰다.

나는 모자 상자를 닫아서 2층으로 가지고 올라왔다. 내 방에 들어와 바닥에 앉아서 쪽지들을 하나씩 펼쳐 늘어놓았다.

수많은 쪽지에는 '학교 끝나고 네 사물함 앞에서 봐.', '어제 화학 시간에 필기한 것 좀 빌려줄 수 있어?' 같은 말들이 적혀 있었다. 핼러윈 때 받았던 거미줄이 그려진 쪽지를 보니 미소가 지어졌다. 또 다른 쪽지에는 이렇게 적혀 있었다. '오늘은 버스 타고 갈래? 키티를 놀래주고 싶어서 그래. 키티네 학교에 내가 데리러 가면 키티가 나랑 내 차를 친구들한테 자랑할 수 있잖아.' '주말에 의자 가지러 같이 가줘서 고마워. 네 덕분에 하루가 재미있었어. 내가 한 번 빚졌다.' '내가 먹을 한국 요거트 챙겨오는 거 잊지 마!' '조시의 그 말도 안 되는 화이트초콜릿 크랜베리 쿠키는 만들면서 내 과일케이크 쿠키는 안 만들면, 우리 사이는 끝이야.' 나는 크게 소리를 내서 웃었다. 그리고 그 다음 쪽지는 읽고 또 읽었다. '오늘 예쁘다. 넌 파란색이 잘 어울려.'

지금까지 나는 한 번도 연애편지를 받아본 적이 없다. 하지만 이렇게 이 쪽지들을 하나씩 읽고 있자니, 받아본 것도 같다. 마치…… 마치 오로지 피터밖에 없었던 것 같은 기분이 든다. 피터보다 먼저 만났던 애들은 모두 피터를 만나기 위한 준비였던 것만 같다. 이제야 그 차이를 알 것 같다. 누군가를 멀리서 좋아하는 것과 가까이서 좋아하는 것 사이의 차이. 가까이서 보면 진짜 그 사람이 보인다. 하지만 그들 역시 내 진짜 모습을 보게 된다. 피터가 그랬다. 피터는 나를 봤고, 나는 피터를 봤다.

사랑은 겁나는 것이다. 사랑은 변하고, 사라지기도 한다. 하지만 그건 사랑하는 사람이 감수해야 할 어쩔 수 없는 위험이다. 더 이상 겁먹고 싶지는 않다. 나는 용감해지고 싶다. 언니처럼.

나는 특별할 때만 사용하는 부드럽게 잘 쓰이는 펜과 두꺼운 편지지를 꺼냈다. 그리고 편지를 쓰기 시작했다. 작별 편지가 아닌 진짜 연애편지를.

피터에게……

라라 진의 첫 번째 이야기

감사의 말

《내가 사랑했던 모든 남자들에게》가 한국에서 출간된다는 건 제게는 꿈이 실현되는 것과 같아요. (가장 감개무량해할 분은 저희 엄마일 거예요. 엄마, 제니예요!) 세계 각국에 이미 제가 쓴 책들이 출간되어 있지만, 가장 큰 의미를 갖는 곳은 한국입니다. 누가 뭐래도 한국은 저의 뿌리니까요. 저는 미국에서 태어났지만 한국도 제게는 고향입니다. 제 가족들이 살고 있기도 하고 (안녕하세요! 부산 가족들~), 한국은 세상에서 제가 가장 좋아하는 곳 중에 하나지요. 제가 쓴 책을 마침내 제 가족들이 읽을 수 있게 됐다는 건 제게는 정말로 의미가 크답니다. 원고 검토에 도움을 준 한국 사촌 지민 김Jimin Kim에게 크나큰 감사를 드립니다. 당신은 최고예요!

《내가 사랑했던 모든 남자들에게》는 제 경험에서 아이디어를 얻어 쓰게 되었어요. 저도 이 책의 주인공 라라 진처럼 잊고 싶은 남자친구가 있으면 편지를 썼거든요. 이제 그만 마음을 접기 위해, 저 혼자만 볼 수 있는 편지를 썼던 거지요. 그 아이에 대해 내가 아는 모든 것들, 모든 감정들, 그 온 마음을 편지지에 쏟아내고 나서, 봉투를 봉하고 모자 상자에 넣어두었어요. 라라 진처럼 말이죠. 다행히도 제가 쓴 편지들이 발송되는 일은 없었습니다. 하지만 안타깝게도 우리의 라라 진은 다섯 통의 편지 모두가 자신도 모르게 발송돼버립니다. 언니의 옛 남자친구, 과거에 알았던 남자아이들, 그리고 오랜 이웃이자 한때는 가장 친했던 친구의 남자친구인 피터 카빈스키에게까지 말이죠.

라라 진과 피터의 계약연애에 대한 아이디어는 한국 드라마에서 가져온 거예요. 저는 한국 드라마를 엄청 좋아하는데, 그중에서도 '계약연애'라는 소재를 정말 좋아하거든요. 가짜 커플들의 그 꽁냥꽁냥한 모습들이 너무 귀엽잖아요. 〈내 이름은 김삼순〉도 그랬고, 〈풀하우스〉, 〈커피 프린스 1호점〉, 〈궁〉까지도 말이에요.

《내가 사랑했던 모든 남자들에게》는 배경도 미국이고 순전히 미국적인 이야기이지만, 제게는 라라 진이 가진 한국인으로서의 정체성을 보여주는 것 역시 중요했습니다. 라라 진의 아빠는 백인이고, 돌아가신 엄마는 한국계 미국인이에요. 라라 진은 둘 다이고요. 낭만적이고 몽상적인 소녀인 라라 진은 언니, 동생이나 아빠와 함께 집에 있는 걸 좋아합니다. 난로 옆에서 시간을 보내고, 케이크를 굽고, 책을 읽으면서 말이죠. 라라 진은 한국 스타일을 동경하고 특히나 한국 음식을 아주 좋아합니다.

음식은 한국계 미국인, 특히나 한국어를 사용하지 않는 한국계 미국인이 한국 문화와 연결될 수 있는 중요한 통로예요. 저는 이 책에서 그 점을 보여주고 싶었습니다. 그래서 라라 진의 가족들은 보쌈을 즐기고, 요구르트를 마시고, 김치를 먹습니다. 이 책의 속편에서는 새해 첫날 떡국을 먹는 장면이 있는데, 해마다 저희 집도 그렇게 하고 있고 아마 여러분의 집도 마찬가지겠지요.

한국의 독자 여러분, 이 책을 골라주셔서 감사합니다. 그리고 마음에 꼭! 드시기를 진심으로 기원합니다. 이 책을 제가 여러분에게 보내는 연애편지라고 생각해주세요.

사랑을 담아,
제니 한

내가 사랑했던 모든 남자들에게

1판 1쇄 발행 | 2016년 2월 16일
2판 1쇄 발행 | 2019년 5월 22일

지은이 제니 한
옮긴이 이지연
펴낸이 김기옥

문학팀 제갈은영 | **마케팅** 김주현
경영지원 고광현, 김형식, 임민진

인쇄·제본 (주)민언프린텍

펴낸곳 한스미디어(한즈미디어(주))
주소 (04037) 서울시 마포구 양화로 11길 13(서교동, 강원빌딩 5층)
전화 02-707-0337 | **팩스** 02-707-0198 | **홈페이지** www.hansmedia.com
출판신고번호 제313-2003-227호 | **신고일자** 2003년 6월 25일

ISBN 979-11-6007-364-5 04840
        979-11-6007-363-8 04840 (SET)

한스미디어 소설 카페 http://cafe.naver.com/ragno | 트위터 @hans_media
페이스북 www.facebook.com/hansmediabooks | 인스타그램 @hansmystery